———— 每本书都是一座传送门

次元书馆

战略级天使
不灭之火

白伯欢 著

新 星 出 版 社　NEW STAR PRESS

战略级天使

不灭之火

我们一生会摔倒很多次，幸运的是人生长到我们总能站起来。

献给苏冉

在我向你合十膜拜之中，我的上帝，让我一切的感知都舒展在你的脚下，接触这个世界。

像七月的湿云，带着未落的雨点沉沉下垂，在我向你合十膜拜之中，让我的全副心灵在你的门前俯伏。

让我所有的诗歌，聚集起不同的调子，在我向你合十膜拜之中，成为一股洪流，倾注入静寂的大海。

像一群思乡的鹤鸟，日夜飞向他们的山巢，在我向你合十膜拜之中，让我全部的生命，启程回到它永久的家乡。

——《吉檀迦利》
泰戈尔 著
冰 心 译

○

车突然停下,发动机熄火了。

黑暗中,少校在自己的大衣里陡然惊醒,防水手表上的荧光数字显示现在是凌晨四点。他悄无声息地拔出手枪,敲了敲隔板。

"没事。"

过了大概一分钟,驾驶员才悄声道:"前面的路被水冲没了,卡车开不过去。"

少校犹豫了一下,拉开了后车厢的门。

豪雨滂沱。

特制装甲车厢里听不见外面的一点儿声音,只能感觉到雨点拍打在顶板上的轻微震动。门一打开,喧嚣的雨夜便闯进了车厢,浓厚的水汽将他环抱起来。少校眯起眼睛,两名穿着明橙色雨衣的士官已经立在雨中,注视着少校和他身后的黑暗。

"还有多长的路?"少校问。

"车子开过去还有十多分钟。"其中一名士官用带着浓重口音的普通话回答道,"人用脚蹚过去要一个多小时哩。"

"能不能……"另一名士官看了看车厢。

少校沉吟了一下,摇头道:"把他扛过去。"

"是!"

士官们转身前去传令,少校注视着前方熄火的运兵卡车,他知道前后一共有四辆卡车,除了这辆车之外,每辆卡车上有五十名全副武装的士兵。每一个士兵都通过了重重审查和考验,是他亲手带出来的好兵。而现在,这支精锐力量将用在祖国最需要他们的地方。

"全体都有!下车!列队!"他听见尖厉的吼叫声从雨幕中传来,然后转过头去。在黑暗中沉浸了许久的眼睛让他能在微光下视物,他发现那人已经醒了。

"你可以再睡一会儿。"少校柔声道,"等到了我叫你。"

那人无声地摇着头。

黑暗中,一对晶莹的眼睛像是宝石一样闪闪发光,反射着后面车头灯的黄辉。

"接下来会有些颠簸。"少校接过一名士官递过来的防水毯,披在那人身上。几个士兵跳进车厢,将那人从床上仔细抬起来。

"把他的头也盖上。"少校吩咐道。

轻盈的身体被运出去,然后两个兵把呼吸器和储氧钢瓶也扛了出去。

"全体都有!"少校跳下车,雨点打得他粗糙的皮肤都微微发疼,"检查装备,跑步——前进!"

已经没有路了,只剩下被水流覆盖的泥泞泽地。齐膝的水深让每一个人都步履维艰。靴子像是被泥水吸住一样,踏下去得费好大劲儿才能拔出来。在这样的路况下步行前进,谁也不知道会踩上什么,或许是一个让整个身体都没进泥水里的深坑。

"三十分钟一换!"

少校擦掉自己脸上的雨水,焦躁地注视着流淌泥浆的山坡,祈祷不会有人落进身边的深谷。或者说,不是他身边的这个人。

军用毯下面,一只苍白的小手掀开了毯子的一角,让里面的人露出头来。这是一个少年,不,或许只能用幼童来称呼,看不出是男是女,头发一丝不剩,圆秃秃的,连眉毛也特别稀疏,简直像是从猎奇怪兽电影里跑出来的畸形小怪物。

他让雨点打在自己的脸上,在如注的雨幕中睁开眼,咧嘴笑了。

行军路上,路边不时可以看见被水流冲断的树木,被弃置在原地趴了窝的卡车以及在帆布营帐下吃饭的士兵。随着这支沉默的部队靠近目的地,周围的军人变得越来越多。车开不进去了,只能用人力往上送沙袋、石袋和木桩。鱼群一样的队伍不断梭巡,像是某种古代的祭祀仪式。

东方泛起鱼肚白的时候,目的地到了。

少校站在沧江大坝上,脚下有一种空虚感。他知道这只是一种心理上的错觉——千万吨重的水泥大坝不动如山,在洪水的冲击下已经坚持了半个月。

"昨天早上,垮了一截。"一个疲惫的声音在他身后响起。少校认出了对方的军衔,敬了个礼。

两人都没说话,看着堤下翻滚的江水。

"当地有的老乡说是地下走蛟了。"军区政委轻声说,"我们征用了两艘水泥船,开到决口的地方,然后用焊枪把船底切开,让它们沉下去。"

"堵上了?"

"用了十一个小时。"军区政委说,"堵口的时候冲走了十五个人,手都拉在一起。下游的冲锋舟部队正在搜救。"

"希望我们来得不算太晚。"少校抿紧嘴唇。

"再等等。"政委看了一眼被士兵们扛在肩膀上的军用毯,"我们腾出一顶帐篷。真正的洪峰还没到,他还能休息几个小时。"

"我的人也能参与抢险任务。"少校挺起胸膛,"我们将与大堤共生死。"

"不行。"政委说,"如果真的决堤了,我们与大堤共生死,你们保着他出去。有一架直升机在那边的桥头待命。哪怕我们全死了,他也得活着出去。"

中午一点,前线总指挥部来电。

"第五次洪峰还有三个小时抵达沧江大坝。"政委放下话筒说,"上游测量流量为六万五千立方米每秒,是目前为止的最强波次。"

有人从帐篷里搀出那个少年,他神态安详地盘膝坐在潮湿的沙袋上。少校想给他戴上呼吸器,被他拒绝了。

"这样就很舒服了。"少年说出了第一句话,声调有些怪怪的。

少校蹲下,握着少年的手,轻声说出了他为众人所知的名字:"龙王……"

"嗯。"

"这里就交给你了。"

"我知道。"龙王露出笑容,"大爸跟我说过了,养兵千日,用兵一时,我要在这里努力,才对得起叔叔阿姨们这么久的照顾。"

他穿着白色的布袍子,幼小的身躯上像套了一口钟似的。少校曾经见过他摔下三阶楼梯,断了骨头。

龙王的身体脆弱得不可思议，就像是上天的某种平衡，抑或是天生的不幸，凡人无法触及的伟力与纤薄脆弱的身体融为一体，这极端的不平衡令少校在这几年里夙夜不安，总是担心有一天，这枚世界的珍宝将落地粉碎。

而现在，沧江下游上百万人的生命，都压在了这个小人儿的肩膀上。

下午四点二十分，洪峰如期而至。

被称为龙王的孩子已经在大坝上坐了三个小时，这三个小时里，他吸了五次氧。有人远远地认出了他，于是消息野火般传遍了上下。有正迁移的灾民在岸边向他磕头，也有人向他哭喊叫骂，最后被士兵拖走。龙王一直坐在沙袋上，兴趣盎然地观察着周围的人们，大声把每一个他觉得有趣的人描述给少校：扛着澡盆的中年男人，抱着鸭子的头巾老汉，甚至还有在大雨里穿着白色连衣裙，一直在远处盯着他看的女孩。

他从没见过这么多人，但他的活跃反而让少校愈加不安。

少校把手放在龙王的肩膀上，用坚定的动作给他鼓励与信心。二人看向远处席卷而来的黑潮。那不仅仅是浑浊的江水，少校想，里面还有数无量计的石头、泥沙、树枝、房屋、船与人的碎片……

如果连被众人敬畏的龙王都制不住洪水，该怎么办？他脑中浮现出这个问题。

当洪峰逼近的时候，所有人都胃部抽紧，无法呼吸。这是一头无可抵御的巨大怪物，纯粹而惊人的液体与固体推动的庞然流量，像是一座山向众人势不可当地压过来。脚下的大堤像是一个纸糊的玩具，甚至不能指望这人类的造物能够多坚持五分钟。

"龙王。"少校说话的声音中带了一丝惊悸。

"嗯。"孩子伸开自己的双臂，大声应道，"我现在感觉真好！"

在后方听报告永远也无法想象真正面对洪水的感觉，在来到战场之前，少校印象中的洪水仅仅是沿着河道前进的一波巨浪，但现在他知道了，洪水是土地肌体的溃烂，是一种恐怖情绪的蔓延。目力所及之处，上游的大片田地、工厂、乡镇……都被黄浊的水流所淹没。它是漫溢在山原中的不定型生物，人们所能够做的，仅仅是小心翼翼地控制与疏导它的动作。

现在，这头巨兽正在向沧江大坝扑来，他们则指望一个孩子给它套上笼头。

"感觉很好吗？"少校伫立在雨中问道，"身体能撑住吗？"

"嗯。"龙王大声说，"我终于能派上用场了！"

在巨浪将要扑到大坝上，所有人都抓住身边固定物，准备迎接地震般的冲击时，龙王抬起了他的手掌。

于是，浪潮崩溃了。

哪怕是亲眼见证的当事人，少校也很难形容那一刻到底发生了什么。只见巨大的、浑浊的、流动的黄色洪涛，一下子变得低微弱小了。冲击到堤坝上层，足以将卡车掀翻的巨浪，现在只是轻轻拍打着众人的靴子。

水……消失了，取而代之的是冰凉、甜美、润湿的空气。空气中浓重的水汽加重了雨量，云层中似乎有什么东西正在翻涌。少校抬起头的时候，云的阴影交错晃动出细长柔韧的身影，他知道这只是光线造成的错觉，但眼前所发生的奇迹——

大地的溃烂正在以肉眼可见的速度消退，龙王神态凝重地坐在原地，只是伸出自己的手掌，指向正在挣扎的江水，仿佛在责问这驰骋大地、蹂躏山原的原始神灵。在少校和政委的世界里，他们看见大坝下还在疯狂冲击的洪水，巨兽在撕咬水泥的根基，洪流正在与虚空中强韧的意志力相抗衡。除了水之外的东西，那些石头、钢铁、沙砾……随着水流的消逝，这些事物都逐渐停滞、沉默下来。

液体卷动的动量正在迅速消散，这违背物理学常识的迹象让少校脊背发麻，他不禁思索这些消失的能量到底去了哪里。他所受的唯物主义智识训练让他情不自禁地想到了答案：一切反作用力都在由龙王承担。哪怕龙王能够以最精巧的方式抽去洪水存在的根基，这伟力对他的身体来说也是一种难以承受的负担。

但他什么也做不了，少校唯一能做的就是相信龙王。他是万中无一的战略性珍贵人才，价值更胜过千军万马，是能够左右一场战争局势的个体，经过极度罕见进化的超人类。但对他来说，龙王只是一个由他照顾的孩子。

少校转过脸去，龙王表情端庄的脸上出现了紫色的血管，蛛丝般的毛细血管里渗出血来。

政委的脸色突然变了，他指向前方的山坡，咬牙道："山体滑坡了！你快带他走！"

少校陡然一惊，连绵的丘陵正在上流江水的冲击下逐渐崩溃，山体正在下陷，连日暴雨令山坡上的土壤松动，当树林也开始滑坡的时候，缠绕纠结的树根带下的是数倍于地面林地的泥土沙石，半片山丘正在滑落，轰然间撞入江水，千万吨的高密度物体带着难以计算的势能，向着数公里外的大坝闯来。

"直升机！"

政委脸色铁青，他缓缓向少校敬了个礼——事已至此，不用再多说什么了。

"不用。"龙王吃力地笑道，"我真的能撑得住。"

"现在不是任性的时候了,我必须带你走!"

"不行。姜叔叔,你没办法强迫我的。"龙王流下了鼻血,用孩子赌气的口吻道,"我这次真的真的能搞定。你就多相信我一次吧!"

姜叔叔——姜德少校拔出手枪,却不知该指向谁,他嘶声道:"这是命令!你的命比我们所有人都重要!听话!"

一股无形的斥力将少校和政委推开,在龙王的身周出现了肉眼可见的半透明水膜。从空气中抽离出来的水流形成了牢不可破的护盾,这里是龙王的主场。跟跄站起来的姜德少校意识到,他已经不可能阻止下定决心的龙王了。他知道这个孩子的天赋与意志力,知道他能创造怎样巨大的奇迹。

龙王在水层中站起身来,向前缓缓行走。隔着流动的帷幕,少校看见血流正在布满龙王的面颊。

山崩的冲击——足以将大坝的骨架震散的冲击,连大地都为之颤动。在这天倾般的破坏力面前,少校从未如此清晰地感受到人类的渺小,任何武器和军队,任何人类能够组织起来的力量,都无法正面抵御来自天地的惩戒。

但,这里有人可以——代表了人类个体进化新高峰的超人类。

龙王一步步走向洪涛,而代表千万年沧桑天地的原始力量则开始一步步退却。人类的个体在这一短暂的片刻战胜了山河的力量,在龙王的意志面前,水的本质正在崩溃、重组,自然的法则臣服于新的主人面前,谦卑地退却了。湍流开始旋转、退缩,岩石与树木躺倒在裸露的河床上,水则成为在其驾驭者控制下的玩具,向大地的深处流去。

河床中,巨大的裂缝打开了。岩层被水神的巨力撕开,底下暗流的水道暴露在天光之下,让地面上的洪流找到了新的出口。少校头晕目眩，大脑发麻地看着长达数公里的广阔地形被少年纯粹的意志力所重塑，这已经超出了他对特异能力的理解，也超出了之前他曾经见证的纪录。这代表新人类身上所具备的力量，有远比预期更为广阔而深远的可能性。

当他重新将目光转回龙王的时候，水幕已经变成了浅红色，那是血的颜色。被血球包裹住的龙王如同年少的神祇般庄严地盘腿坐在地上，双目低垂，似乎睡着了。洪水中的神灵还在远方咆哮，但被导入地下支流的它已经无力再对大坝造成实质性的破坏。

"医护兵！"

在第一个进化者出现，并深远地改变了世界局势的走向后六十年，具备奇异功能的人类已经在世界各地普遍出现，并且诞生在社会的各个阶层。然而真正具备无可比拟价值的进化者，依然凤毛麟角，百万中无一。他们被称为"战略级进化者"，被当作国之重器对待，关于他们的情报是地球上每一个国家的最高机密。

金蔷薇历七十四年，金蔷薇国战略级进化者"龙王"从名单上被划去了。

沧江大坝抗洪纪念碑上，有一个坐着轮椅，面目模糊的儿童身形，他独立于士兵群的雕塑之外，一个人坐在最前方，神情严肃，目光炯炯地望着远处的滔滔江水。

金蔷薇历七十六年，内务部少校姜德被调往沧江市。

故事从这里开始。

一

沧江市每年有六个月是雨季,这座城市像是跟水结了缘,城郊有一座龙王庙,从前里面立的是沧江的老龙王,金蔷薇历七十四年后多了一座老龙王转世的小龙王。

与此事相映成趣的是,曹敬十七岁时被审核小组判定为不合格品,二十三岁的时候却成了审核者中的一员。

曹敬把电瓶车停在门廊边,抖了抖雨披上的水,然后才走进派出所。被江水分割的沧江市,冬天又冷又潮。派出所里的暖气片提供了一些庇护,但曹敬的膝盖在寒气中依然有些转动不灵的僵直感。

从外表上看,哪怕总是在笑,曹敬也散发出一股生人勿近的气息。他身材高瘦,举止轻柔,披着厚重的黑色长外套。借科长老马的话来说就是"一天到晚跟出殡似的,看着就不吉利"。特别是一头劳改犯似的圆寸,总是眼珠一动不动地盯着人看,老有人觉得他刚从监狱里出来。

曹敬本人对这些看法并不放在心上,反而觉得他的外貌会对工作有一些特殊帮助。他的工作对象不喜欢普遍意义上的公务员，反倒对他这种不吉利的怪人颇感兴趣，他们说他像乌鸦，像黑猫，像那些无家可归的流浪汉。

曹敬觉得他们说得很有道理。

公安部门传真过来的档案他看过了。雷小越，男，十二岁，初中一年级学生，典型的情绪事件。曹敬根据自己的经验估算了一下，觉醒症状可能已经出现了两三个月，一般家长只会当作普通的感冒发烧，毕竟从外部症状上来看，两者很难区分。

他隔着门看了一眼，禁闭室里坐着的男孩还穿着校服，卷起袖子的右臂上有几块创可贴，脸上有一块瘀青。

屋子里有地暖，但没有窗户，中央空调有气无力地换着气，室内很闷。这是曹敬第二次来这里，第一次那个对象精神不太稳定，墙被烧黑了一块，现在还能看见重新刷上去的一块白灰，墙上像是长出一个多棱的月亮。

曹敬摸了摸自己的脖子后面，问了一下食堂的位置，意外得知竟然没人敢给雷小越送饭。

"真要命，你走进去就知道了。"带路的公安捏着烟，指了指自己粗壮的手臂，"你看，汗毛都竖起来了。"

曹敬站在门口往里面看了一会儿，说道："我给他带饭进去。"

几分钟后，曹敬端着一个不锈钢餐盘走进房间。坐下来时他看了眼手表，十二点三十分，秒针还在转动，好现象。他把餐盘推到桌子对面，然后从挎包里拿出塑料袋包着的饭盒。

雷小越在照片上看着有这个年龄段的男孩常有的傻气，现在坐在桌子对面，被拘束在椅子上的男孩正在用愤懑的眼神瞪着他。

曹敬知道，有的进化者能单凭眼睛杀人，他有些庆幸自己这会儿还是完整一块。

"吃饭吧。"曹敬说,"中午十二点半,刚好是吃饭的时候。"

说话的时候,他感觉自己的声音有些发闷。

"你是来带我走的人?"声音有点沙哑,男孩没有动筷子。

曹敬夹起自己早上做的炒菜,看到男孩喉结动了一下,笑道:"我为什么要带你走?"

"你不是少训所的么?一身黑皮。"

曹敬一边吃饭一边摇头,他手指有些发麻,嘴里泛起金属般的苦味,说:"我是教育局来的,青少年进化管理办公室,教职人员。"

——并且负责跑腿,曹敬心想。他扬眉道:"你不是还没吃中饭么?"

"吃过早饭被送来的。"少年用狐疑的眼神瞪着他,伸出手去拿筷子,"这个管理办公室又是干什么的?监视我这种人?"

曹敬叹了口气,说道:"保护你们。我们帮助表露出进化征兆的青少年做心理辅导,提供一些简单的自我控制方法。还会对青少年中的进化者进行登记,并为你们的家庭提供一些帮助,这就是我的工作。"

"你?一个正常人?"

"也不能说完全正常。"曹敬耸肩,扯开一点围巾,让对面的少年看见自己脖子上的束缚器,"不过,是的。你可以在所有方面都把我当作一个正常人看待。"

"你是一个次品?"少年瞪大了眼睛。

曹敬把白米饭扒到一边,夹起一块青椒,露出习以为常的微笑。"这样很不礼貌,特别是当着别人的面说。"

"你是什么能力?"少年不理会他说的话,好奇地问。

"不值一提。"

"告诉我吧，"少年不满地说，"如果要我配合的话。"

带着一点侵略性，小狡猾。曹敬借水杯的掩护仔细看了一眼他的神情，并不具备明显的恶意。每次遇到危机的时候他总有一种脖子根发痛的感觉，这可能是过去能力的残余，或是生物的本能。这种本能救了他几次，"驯化"新觉醒的少年是一种风险相当高的行为。

从个性上来看，雷小越并不比之前的工作对象更难以教化。拜职业所赐，曹敬见识过很多更危险狂躁的人。几次受伤后，他明白了为什么办公室里所有人都排斥外勤工作。然而外勤的特别津贴很高，而曹敬又很想赚钱。

曹敬斟酌了一下，说道："我睡着的时候，能接触到别人的梦。"

安静。曹敬注意到窗外的雨声似乎越来越大了。

他其实并不讨厌下雨，从很小的时候就这样。雨声不会让他感到焦躁，反而觉得宁静。雨天总让他想起小时候的事，以前兄弟姐妹几个里，他是读书的人，雨天的时候不用出去干活儿，他就读福利院里仅有的那几本书给他们听。

雷小越没听说过有这样迷幻的能力，他好奇地问道："接触梦境很有趣吗？"

曹敬摇头道："并不会。实际上，给我造成了很大的负担。有的能力是无法主动控制的。很不幸，我就是那种。很长一段时间里我以为我只是很容易做梦的那类人。每天早上醒来的时候都感觉一夜没睡好，像是被卷入一千个梦境造成的沙暴。而且，拜我小时候身处的环境所赐，触碰到的都是那种又潮湿又冰冷的梦。"曹敬双手合握在一起，盯着对面少年的眼睛。

窗外的雨声还在持续。

"这是一种难忍的煎熬,你也能理解吧。"

"懂一点点。"少年故作老成地点头。

"如果没有束缚器的话,我可能在十年前就疯了,被绑手绑脚地送进'七院'。"曹敬低声笑了起来,开了个小玩笑。"七院"是本地精神病院的外号,他伸手点了点自己脖子上的银色圆带。"有人挺讨厌这玩意儿。但对我来说,它是健康的保障。只有戴上这玩意儿之后,我才能睡一个好觉。"

对面的少年换了个坐姿,略微前倾。

"我听说少训所很可怕。"雷小越表情严肃地说。

曹敬摇了摇头,说道:"对我来说不算可怕。有点儿像是寄宿制学校,还蛮好玩的。当然,我是在福利院里长大的,感觉没什么区别。不过如果你是正常家庭出身,开始那两周可能不太习惯,后面就好了。"

"听说他们在搞军事化管理。"

"没有那么夸张。不过坦诚地说,要管理像你这样具有巨大潜能的人,总不能单凭爱心和温柔。少训所强调纪律性,这一点没什么可隐瞒的。"曹敬温和地说,"对于能力特殊的进化者来说,还会有专门人员进行特化训练,不过那是极少数。"

如果他觉醒的是极度罕见的精神能力,曹敬心想,他就能钻透我的脑壳,看见我此刻回忆起来的东西。这样的话,工作就很难做了。无论对本人还是周围的人来说,与精神感应相关的天赋都是一种灾难。

"比如战略级?"少年眼睛开始发亮。每一次他们都会问这种问题,曹敬心想,每一次他们都会问到战略级的问题。

"比如战略级。"曹敬微笑。

"你见过？"少年随即自问自答，"我感觉你一定见过。你就是干这个的，对吧？你见过战略级吗？真的有传说中那么厉害吗？"

"事关国家安全，"曹敬故作神秘地说，"无可奉告。"

给青少年做心理辅导是个苦差事，尤其当他们具备各种进化后的异能力之时，这份职业所要跨越的障碍又上升到了全新的高度。当年辅导他的几个老师的心情，曹敬现在也能感同身受。

还没有能够控制好自己能力的进化者，身边会出现各种异象。能量从他们身上不断溢出来，对周围环境造成各种影响。对于绝大部分进化者来说，他们的"溢出"最多也只是扰乱收音机信号，或者加热一杯水的程度。

但是雷小越所表现出的"能量溢出水平"有些高，从走进室内之后曹敬就感觉到了。人体——特别是训练有素的人——对这方面的征兆很敏感。舌头上的苦味，偶尔出现的嗡嗡声，以及手指尖过电的麻痹感。这些都是自己正在进入对方"场"的表现，他甚至能从中感受到对方状态的不稳定。

"战略级，你们学校国庆节的时候也组织过活动，去大坝上看过吧？"曹敬用力搓了搓手指，"我记得我小的时候就组织过献花圈，还会折白色的小纸花，排着队一个个放上去。"

"你说的是沧江大坝？"雷小越仰起头盯着电灯泡，光线一闪一闪，"上面有个抗洪烈士纪念碑，我们在建军节的时候去看过。听说曾经有个战略级死在那里，但没人告诉我们到底是怎么回事。"

"是这样，我的养父……嗯，大概可以这么叫，我的养父给我们讲过很多次这个故事。他说金蔷薇历七十四年大洪水的时候，他就在沧江大坝上的抗洪部队里，还亲眼见过龙王。"

"龙王？"

"是的。"曹敬点了点头,"金蔷薇历七十四年的战略级之一,从这个称号和他干的事来看,是和'水'相关的能力。洪峰到来的时候,他顶住了最大流量的洪峰,并且成功疏导了江水,直到沧江重新平静下来。然后……就死在了大坝上,我猜是力竭了。"

少年的眼睛里有惊叹的光。

他看上去懵懵懂懂的,曹敬心想,他还什么都不明白。

我也一样。

"我听说你是因为在学校里伤了人,才被拘押进来。"曹敬打开挎包,取出里面的复印件,开始进入正题。"在这之前,我们并不知道你已经初步觉醒了能力。当然,这种事并不少见。你不是第一个造成附带伤害的进化者,也不会是最后一个。"

雷小越紧绷的表情表示他并不想谈这件事。

"我是被逼的。"

"没人怪罪你。"曹敬说,"没必要抵触,在最开始的时候,我们都曾控制不住。但最重要的是直面问题,然后解决它。"

啪的一声,灯泡熄灭了。熔断的钨丝颤抖着垂落下来,室内陷入了黑暗。

禁闭室里一片黑暗,双方好一会儿没说话。

"我不是故意的。"过了一会儿,桌子对面传来低语。

"没事。这么黑着也不错。"曹敬把履历文件放回桌上,"黑暗里谈话能让我们双方都自在点儿。"

雷小越的履——用履历这个词可能夸张了一点儿,一个仅仅十二岁的孩子没有什么"履历"可言。被称为履历的东西实际上是一份在事件发生后立刻开始调查的档案,被调查的人员包括他的班主任、授课老师以及同班同学。

曹敬来之前就已经针对这份档案做好了腹案，事实上，这份调查档案就是这两天他本人骑着电瓶车奔波的结果。外勤是个辛苦活儿，曹敬干脆直接一条龙包办首尾。雷小越算是已经被他"承包"了。

老马经常表扬曹敬这种勤劳肯干的精神品质，不过仅限于口头表扬。曹敬一直希望他能够多批点津贴或者通勤补贴，甚至评先进工作个人的时候能够不拘一格。不过曹敬进办公室工作刚一年半，评先进还轮不到他，所以希望永远只是希望。

外勤工作的危险性主要在于其不确定性。每一个初步觉醒的进化者都不稳定，会出现各种难以预料的意外。在办公室里有一个和曹敬同期进来的应届毕业生马莉，大家都叫她小马，嘴甜人又乖巧，大家都喜欢她。结果有一次她去做外勤的时候出事儿了，虽然没伤筋动骨，但着实把她吓得不轻。

在那之后，马莉就打死也不肯出外勤，宁愿坐在办公室里做文案工作。曹敬胆子大，做事又心细周到，再加上有着非常强烈的赚钱愿望，所以遇到外勤工作，基本上都会去当排头兵。

"不稳定性"导致没有一个万能的应对方案。每一个觉醒的进化者都需要细心揣摩，琢磨他们的心理活动，并且一对一地进行长时间的跟踪观察，以确保其稳定性，保护进化者本人，和进化者身边的人。

今天是曹敬第一次和雷小越交流。

"我见过不少进化者。"曹敬在黑暗中说，"通常来说，我们在觉醒后会有两种心态：高兴，还有害怕。"

"嗯。"

"高兴是因为我们能够得到一种与众不同的能力。哪怕它没什么用,甚至对我们本身生活造成困扰或伤害,但它依然证明了我们与众不同,独一无二。"曹敬说,"而害怕,是因为我们不知道它将对我们的人生带来怎样的影响,它带来一种变数,而这个变数是好是坏,我们不知道。"

"我觉得挺刺激的。"雷小越说。

曹敬在黑暗中笑了一声,说道:"你和我的养父很像。他老是说,人要把命运的主动权掌握在自己手里,这才是男人的选择。当初我也被他鼓励,去努力掌握自己的命运。只是……命运有时候没办法因为你的主观意志而转移……

"有点儿扯远了,我说这个是因为我在想,你是因为什么而引发了这次事故。"曹敬把双手合握在一起,"你能给我讲一讲吗?"

桌子对面的人似乎在犹豫,过了好一会儿才说道:"我只是想反击一下而已。他们老是一起欺负我,我只是产生了一种反击的想法,很强烈。然后就……失控了。"

学校里的斗殴事件。曹敬之前就知道这件事,他已经取得了老师、学生的证词,但现在想从当事人口中听到本人的说法。

"那是因为什么打起来的呢?"

"因为……我不记得了。下课的时候,七个人一起打我,我就躺在地上,用双手护住腹部和肋骨,用脚去蹬……"

曹敬沉默了一会儿。

他回忆起自己小时候的体验,这种跟狗爬一样的狼狈打架,他以前也经历过。他还记得自己在野蛮的群架中学会的东西,必须护住侧腹,绷紧肌肉,然后瞄准对方的小腹,或者面部……

"我也不知道,为什么他们老是打我,可能是我看上去不会反抗吧。"雷小越低声说,"我真的不想反击的。我以前都会打回去,但是自从我知道,我有点儿超能力后,我就不敢反击了,怕会出事……结果他们又来打我。午休时间把我约出去决斗,然后课间十分钟继续打……"

曹敬从学生那边得到的说法和这个不太一样,据另一方当事人的说法,只是"普通的玩玩闹闹"。班主任和任课老师的说法也都差不多,他们给雷小越的评价是"成绩不算好,一般。不太惹事,但有的时候也有点儿皮"。

在这个办公室里工作了一年多,曹敬接触的学生也不少。从工作角度上来说,他不得不注意到教育系统中存在的一些问题。教师队伍中,具备细腻观察能力和责任心的不算多数,当前对于教师教育成果的评判更多取决于升学成绩。

据说明年要在市里试点小班化教育,现在一个班五十多号人,教师精力有限,没有办法关注到每一个个体。本身升学压力就大,当班主任更是一个体力活。哪怕是曹敬这样经受过师范学校训练的人,如果让他去管一整个班的五十几个学生,大概也会力不从心。

而且雷小越的父母都是工人阶层,工作辛苦,经常加班,教育方式偏向简单粗暴,没有能力关注和干涉他的心理健康问题。这是一个无解的结,曹敬能看出问题所在,但他也没有解决的办法。

"他们为什么欺负你呢?"

"他们不敢欺负成绩好的,也不敢欺负会打架的、身高体壮的。所以他们就挑成绩又差,也不会跟他们一起混的人。"雷小越在黑暗中不快地解释道,"欺负成绩好的,他们会告诉老师。而成绩差的,哪怕告诉老师也没多大用。他们找我们要'活动资金',不给的话就约出去'单挑'。单挑就是你一个单挑他们全部,要群殴就是他们群殴你一个。"

雷小越活灵活现地模仿其他孩子的语气，曹敬笑了两声，空气里的气氛稍微变得轻松了一点儿。

"不知道是因为被他们打多了，还是怎么的。后来连普通同学也不把我放在眼里，老是拿我开玩笑。在教室里打的时候这些人还会故意站在边上踹一脚，或者把我绊倒，然后踢几脚。也不重，但是会痛。"

曹敬准备了一些问题，他觉得是时候问一个了："你家里关系还好吗？"

"一般吧，就那样。我妈老是唉声叹气，我爹喜欢喝酒，喝完了酒就喜欢打人。真不想回家。"雷小越说。

"你爸妈知道你觉醒了的事么？"

"不知道，可能今天早上，你们上门的时候才知道这件事。"雷小越叹了口气，"出事后我爹想把我揍一顿，他还以为我在学校里打架出事了。我把门反锁起来，晚饭都不敢出去，等他们睡了才敢出去找东西吃。"

跟曹敬之前推测的一样，雷小越缺乏健康的家庭成员互动。他有时候觉得，由于独生子女政策，童年时期开始的从家庭到学校的人际关系的缺失，会造成新一代青年的心理异化，出现各种社会问题。对于他来说，工作也愈发困难。

"雷小越同学。我今天上午去你家家访过，你知道你父母对你的评价吗？"

"不知道。也不想知道。"

"为什么？"

"无非是我不听话，学习成绩差，将来没前途之类的。"

曹敬有的时候惊讶于孩子和父母之间的对立是如此浓烈，有的孩子憎恨他们的父母。曹敬最头疼遇到顽固的憎恨者，在罕见的几个案例里，他们用自己的能力去报复自己的父母。

经过事实的验证，曹敬早已不相信"父母都爱孩子"的观念，但是他不认为父母会无理由地刻意伤害自己的孩子。少数家长会通过对孩子的虐待（包括心理上的虐待）来释放自己的情绪压力，同时确保自己对孩子的控制。但是他觉得现代社会的亲子关系中，最病入膏肓的问题其实是冷漠。

父母不具备对孩子的同情心，也不在意孩子们的想法，这种态度是恶性事故发生的最大诱因。对孩子们来说，如果连父母都不支持自己，那还有哪里可以容身呢？

"你有很好的父母，不是每个人都像你这样幸运。"曹敬叹了口气，"他们很关心你的安危，并且一再向我保证，你是个好孩子，绝不会去害人。"

"嗯……？"

"你看，你对你爸妈的判断出了一点儿差错。"曹敬说，"至少在我看来，他们对你是真心实意的好。可能方法上比较粗暴，但是毕竟没有想要害你。"

"他们不尊重我，我就不想跟他们说话。"

"你有能够说话的人吗，学校里？"

"有那么两个。"

曹敬笑道："还不错，有朋友说话就很好。只是你也可以多跟父母说说话，他们不是不尊重你，而是不知道你到底想要什么。你和他们好好沟通沟通，他们会理解你的。还有，你这次算是意外事故，所以各类损失都会有赔偿渠道，不会让你家里赔钱。如果你在担心这个,没必要的。"

"唔……"

"过两天是你的生日。"曹敬开始迂回地进入正题,"不过这次你的生日可能没办法在家里过了。"

"少训所?"雷小越敏锐地抓住了问题的重心,"我能不去吗?"

"真聪明,可以是可以,但手续特别麻烦,而且说实话,我觉得去少训所住几周不算坏事。"

曹敬的主要工作目的,就是让对象能够主动前往少训所。理论上来说,觉醒者走一堆程序后可以不去少训所,但在实际操作中几无可能。办公室的一大政治任务,就是确保所有觉醒者百分之百接受少训所的培训。

"能不能等过完生日再去?"

"少训所也能过生日,而且里面还会准备专门的生日蛋糕。"曹敬大笑。

"你在里面过过生日?"雷小越好奇地问。

"没,看别人过的。"曹敬回想了一下,"过生日的是我那时候的室友,他名字很怪,姓很罕见,姓相。至于我嘛,我这辈子没过过生日。"

"怎么可能,怎么会有人不过生日?"

曹敬在黑暗中笑了一声,说:"真的。我不知道自己的生日是几月几号。"

"怎么会?"

"金蔷薇历七十四年大洪水,我当时刚出生,洪水过去之后被救灾的军队发现后送到卫生院,后来又被送去福利院。我是在福利院里长大的,不知道自己爹妈是谁,也不知道自己是什么时候出生的,身份证上写的是一月一号。洪灾中有的堤垮了,上面的大人没了,就剩下家里的小孩,福利院里不知道自己生日的人大部分都是这种。我们的生日都是一月一号,过元旦的时候顺便一起庆祝了。"

在那场席卷数省的洪水里,死了不少人,受灾人数以十万计。灾后重建工作做得很艰难,有些洪水中出现的孤儿被统一交托给国家福利院收养。那时候领养的法规还不完善,所以大多数人是由国家养大。

"我们这批人是天灾搞出来的孤儿,看着还正常。福利院里还有很多被丢掉的小孩是先天畸形,各种奇形怪状的都有,外人看着都害怕。那会儿分了好几个班,我在抗洪班,还有成长班以及归化班。成长班的以残疾和畸形小孩为主,他们班的班长长得黑又是兔唇,我们都叫他黑兔子,他弟弟也一样,叫小兔子。"

曹敬说起了福利院里的往事,他不是喜欢说这些的人,从福利院里出去之后,几乎没有人会主动说自己是福利院里长大的。说出来后,会被当成某种异类,被施以同情或厌恶的目光。

"福利院里有那么多人,又没人管着,岂不是很自由?"

"这你就错了。虽然人多,但是还是有人管的,而且管得很严。"曹敬在黑暗中摆了摆手,也不知对面的雷小越能不能看到。"我们那时候也打架,不过跟你们这会儿打架不一样,可以算得上是帮派斗争了。特别是我们抗洪班和归化班,差点儿打出人命来。"

"归化班是什么?"

这是个比较复杂的问题,曹敬沉吟了一会儿才回答道:"归化班的,都是夜摩岛来的归化民孤儿,算是历史遗留问题。因为语言问题,迁到国内的归化民基本上都喜欢住在一起,就是所谓归化村、归化街。发洪水那年,沧江跟渝水交界的西南那块,有个很大的归化村被淹了，抗洪死掉的人特别多，所以后来有二三十个归化民孤儿被送到这里来，专门分了一个班。"

雷小越似乎被这个话题吸引了。

"你们孤儿院里打架很厉害？为什么会打起来的？"

"这就是个有点儿长的故事了。"曹敬在黑暗中笑道，"不过我觉得这个故事可能对你来说有些教育意义。你想听吗？我去外面泡杯茶，然后我可以讲给你。这个故事里，可不止一个人有超能力。"

曹敬去外面泡了杯茶，他在茶水间里等开水的时候站了一会儿，回忆了不少往事。

那些许久不曾回想的记忆，这会儿似乎逐渐鲜明起来。涮茶叶的几分钟工夫里，他回忆起的细节越来越多，沧江市儿童福利院的那些生活汹涌地扑面而来，几乎让他忘记了自己手上的工作。

"是这样的。那时候归化班的班长叫明郁江，是个女生。"他准备以这样的话作为开头，"可能小时候女生发育比较早，所以那会儿我印象里女生都挺早熟的。不过话又说回来，福利院里的小孩儿都挺早熟的……"

二

  金蔷薇历八十四年。沧江市儿童福利院坐落在城郊，边上就是沧锡矿山企业。福利院的院长姜德是退下来的转业军人，沧锡的一个厂长跟他是战友关系。那几年，福利院里很多家具都是沧锡的工厂车间里搞出来的。老姜说，连厨房里的刀都是他自己亲手用砂轮磨出来的。

  曹敬那时候不太合群，周末喜欢在福利院里的图书室读书，但老是会被老姜拉出来训一顿。老姜总是一股子老军阀做派（二哥这么说），放学后总把抗洪班和归化班的儿郎巾帼们当作军人一样操练。每到老姜把曹敬批判一番后，总会对老姐说，看好你弟弟！

  "看好你弟弟！"

  "我知道了。"老姐淡定地说，然后瞟了曹敬一眼，摆头道，"回去队伍里站好。"

  老姐是抗洪班的班长，名字很好听，叫曹雪卿。正如曹敬后来说的那样，小时候女生发育早，所以相比起男生来说更早熟一些，当时抗洪班和归化班的班长都是女生。抗洪班里一共有四个姓曹的,老姜叫他们四曹姐弟,大姐曹雪卿、老二曹阳、老三曹丹、老四曹敬。

曹敬一直怀疑四人可能不是亲的兄弟姐妹,绰号"操蛋"的三哥曹丹跟他有点儿像,看着都比较秀气,但是二哥"曹老虎"曹阳却孔武有力,一脸横肉。姐姐总是扎着长长的麻花辫,有一双兄弟几个都没有的凤眼。

"起步……跑!跑得最慢的人所在的那个班,最后盛饭!"老姜吹响哨子,然后一群小孩就开始玩儿命跑起来。除去成长班的人可以坐在小操场边上看着,抗洪班和归化班的两派人马每次都跟搏命一样。

曹敬很恨老姜,因为他体力不好,每次跑一千米都是最后几人中的一个。之前归化班有个叫唐泽的胖子一直跑得比他慢,但那小子前段时间被他们班里人揍了一顿,之后还每天晚上都被逼着练跑步,昨天居然跑到前面去了,结果曹敬立刻成了倒数。

曹敬还没被自己人打过,因为他是老姐的人。曹雪卿一直是抗洪班的精神领袖,说话有威信,而且有三个忠诚部下拱卫。曹雪卿说,团结才能胜利,大家就开始讲团结。而团结的力量是哪里来的呢?团结来自外部压力。曹敬不知道两帮人的对立是不是老姜有意引导,但抗洪班和归化班互相敌视了好些年,他从来不管。

曹敬瞪着对面归化班的队伍,他们开始喊口号了,一二一地跑步前进。

有人用夜摩语嚷嚷了一句什么,然后就传来一阵哄笑声,曹敬认得这个是对面"猴子"的声音,他发现归化班里很多人都转过头来看着他笑。这羞辱让他脸涨红了,曹敬的自尊心特别强,或者用老姜的话说,这个人倔。

"操!"

曹阳的怒吼从前面传来,像是发令枪一样,抗洪班的队伍里顿时爆发出一阵污言秽语,两边开始一边跑步一边对骂。

"调整呼吸。"曹雪卿的声音从他前面传过来,曹敬抬起眼睛,看见老姐的麻花辫正在他面前甩来甩去。"跟着我一起跑。"

"没事……呼……我没事……"曹敬一边跑一边喘,"……你上去吧。"

姐姐没说话,只是速度又降下来了一点儿,然后前面两个人也慢了下来。曹丹是速度最快的一个,他乐此不疲地一边跑一边用夜摩语跟归化班的人对骂,显得游刃有余。抗洪班里,曹丹是少数学会了夜摩语的人,其他人只会最简单的几十个词汇(绝大部分都是脏话),而曹丹不耻下问(自称)地用了很长时间和归化班的人混在一起,能用夜摩语进行日常对话,连老姜都说他聪明得过分了。

"阿丹,帮小敬一把。"

"欸。"

曹阳和曹丹一左一右地夹住曹敬的胳膊,这两人像发动机一样,把曹敬推到了队伍中间。目的不是为了提高速度,而是为了帮他节省一部分体力。到了后半程,所有人的速度都有所下降,而曹敬靠着节省下来的体力,总算可以混在中间,不拖后腿了。

"曹雪卿!"

姐姐一直跟在曹敬的边上跑,归化班的队伍里有人放慢速度,跟姐姐搭腔。是明郁江,归化班的班长。曹敬侧头看了一眼,这个敌人头目可以说是抗洪班的死对头、曹雪卿的宿敌。

姐姐没搭腔,有意识地变速很耗体力。这会儿曹雪卿的额头上已经挂了汗珠,前胸后背都出现了水痕。

"我们两个来比一比，看谁先到终点？"

明郁江腿长，跑步速度在两个班里都是首屈一指，特别是她不久前还初步觉醒了进化能力，从那以后体能突飞猛进，打架也比男生厉害。老姐也有进化能力，但是老姐的能力跟身体素质没关系，跟明郁江比跑步没胜算。

"贱人！"曹阳在边上大骂，"真不要脸！"

"要比跟我比……呼，来不来！"曹丹往前猛冲，还有最后大概三百米。

"喂，曹雪卿！怕了吗？"

曹敬看到曹雪卿瞥了明郁江一眼，嘴角牢牢抿住。

"走！"曹敬用尽全力在她背后推了一把，然后奋然往边上一扑，抓住了明郁江的后领子，猛地往后一扯。惊叫声中，明郁江回身一拳，把他打翻在地。晕眩中，曹敬腿一伸，把她也绊倒在地上。

这下捅了马蜂窝，明郁江一个窝心肘砸在他心口，两人在地上扭打起来。下一秒钟，归化班的人已经围了上来，拳脚跟雨点一样落下。

曹敬后来在禁闭室里跟雷小越笑着传授经验，被群殴的时候抓着一个狠揍就行。两人纠缠在一起的时候，边上的人也不好插手。但当时的发展并没有曹敬后来描述得那么轻松，主要原因是明郁江太厉害了，他根本打不过。归化班的班长身上滚烫，皮肤热得不太正常，看上去白白瘦瘦的，结果力气比男生还大。一记窝心肘就差点儿让曹敬闭过气去，后来更是骑在他身上对着头狂揍。曹敬听见她喊了一声，让班上的人继续往前跑，不要中了奸计。

曹敬努力反抗了几下，在其他故事里可能还有旖旎的描写，类似摸到不该摸的地方之类的。但曹敬后来觉得，在那种暴力殴打下，哪怕真摸到什么不该摸的地方，也不会有别的想法——已经被打昏头了，他只能用双手护住自己的头面，承受榔头一样的敲打。

一千米跑完，倒数第二是明郁江，倒数第一是一瘸一拐的曹敬。他的失败让全班只能吃残羹剩饭，但所有人都说他是条好汉。等他走过终点之后，接连有人来拍他肩膀。

"我带他去医务室。"老姐撑着膝盖说，一双大眼睛在湿漉漉的刘海后面看着曹敬，"伤口要及时处理。"

"靠，很可以啊，老四。"曹丹嬉皮笑脸地晃过来，揉揉曹敬的头发，"下次拳头打不过就上牙咬吧，跟老姜学学近身格斗，别搞得连女人都打不过。"

"你上你也打不过。"曹阳一巴掌把曹丹拍了个趔趄，"帮老大带饭去。"

"晚上轮到我们组进厨房，刚好能搞点儿小灶吃。"曹丹愉快地说，"要么给归化班的饭里吐口痰。"

"别搞得这么恶心。"曹敬笑道，"这太狠了，让他们知道了以后，轮到他们进厨房的时候，我们也得提心吊胆了。"

"这就叫国与国之间的互相制衡。战略级威慑，后发制人，和平崛起，不做第一个越线的人。"曹丹装模作样地模仿中央广播。

沧江市儿童福利院的医务室里只有个胖老头儿常年值班，每次进去的时候老头儿都在戴着老花镜读武侠小说。一般的小伤就是扫一眼，然后从柜子里拿一瓶紫药水出来，让人自己涂。

曹敬和曹雪卿进医务室的时候，看见明郁江正拿着棉花给自己擦伤的膝盖涂药，抬头看见两人走进来，哼了一声。

老头儿让曹敬把满是灰土的上衣脱了，明郁江转过脸去，曹雪卿看着青紫色的伤痕叹了口气。

"下手还挺黑。都是瘀伤,把瘀血化开就行。"老头儿捏捏曹敬的耳朵,"柜子,第二排左手那个药酒,让你姐给你揉开。"

药酒抹在皮肤上有点儿辣,曹雪卿把手掌放在他脊背上,能够感觉到的辣劲儿立刻飙升起来,几乎是滚烫的,曹敬忍不住惨叫了一声。

"忍着点儿,就当是拔火罐。"老姐把另一只手也放了上来,"忍住。"

坐在对面床上的明郁江哈哈大笑起来:"活该!"

明郁江笑起来的时候很漂亮,她身上似乎总有一种强韧的生命力,气场强大,这或许就是她能当上班长的原因。和温和从容的曹雪卿比起来,那时候的明郁江有一股不管不顾的狠劲。如果不是因为敌对关系,曹敬觉得自己会很喜欢她。

曹敬咬着牙,忍耐背后的高温炙烫。房间里的光线似乎变暗了一些,光线被吸聚在曹雪卿的手掌中,在她的手指间一丝丝溢出来。被姐姐纤细的手掌烤了几十秒后,曹敬反而觉得很舒服,好像背后的皮肤神经已经融化了,再也感觉不到痛,暖洋洋的,很舒服。

当她抽离手掌的时候,曹敬反而有些不舍的感觉。

在曹雪卿使用能力的时候,明郁江和医务室的老头儿都瞪着眼看。明郁江很喜欢表现自己的能力,但是曹雪卿很少这么干,以至于亲眼看到她力量的人很少。人们都好奇她能做到什么程度,但抗洪班的班长总是一副无足挂齿的态度。

"喂,老曹。"明郁江向曹雪卿打了个招呼,"下一批捐赠大概一个礼拜后到,到时候东西怎么分?"

"抽签吧。"曹雪卿把药酒放回柜子,"赢的人先挑,然后对面的人再挑,一个个交替轮换,这样最公平。"

福利院的大人不多，至少不够管上百号小孩。不上学的时候基本上处于小孩自治的情况，老姜把很多权力交给每个班投票选出的班长，说这叫民主政治。三个班长都能够参与福利院内部的一些事务运作，虽然都是十一二岁的年纪，但是福利院里的孩子们都早熟，班长们也都做得有模有样。

"我有个想法。"明郁江揉揉鼻子，"挑完后，我们开个黑市。把三个班的物资互相流通一下，公平交易。"

"老姜会同意么？"

"我们两个都同意，再拉上黑兔子，老姜不会反对的。三个班长同时提出的意见，老姜还从来没有否决过。"归化班的班长把两条长腿盘起来，坐在病床上斜睨着曹雪卿，"怎么样，你怎么说？"

"可以。"

福利院没多少钱，一大物资来源就是社会各界的捐赠，比如红十字会之类的募捐成果。大部分都是些旧衣服，还有些书、文具，有的是放在公用图书室里，有的算班级财产，内部自己分配。

曹敬讲到一半的时候，对面的少年突然问："你说当时福利院里，那两个班长都是有进化能力的，没有人管吗？当时没有你这样的人来把她们送进少训所？"

"那时候还没有这么完善的系统。很多进化者都是野路子，我们都是后来才被接去那时候的训练所的。"曹敬喝了口茶，"我姐一直都把自己的能力控制得很好，明郁江一开始出了点儿小问题，不过都解决了。那个时候针对进化者的援助相当有限，出了问题都是自己扛，没人能帮你。"

"那她们到底是什么能力？"雷小越忍不住问了他最好奇的问题。

曹敬在黑暗中笑了。

明郁江的能力曹敬是后来才知道的，她的能力是对部分液体的小范围精密操控。归化班的班长一直热衷于开发自己的能力，而确实让她尝试出一种颇为有用的技能，就是加速自身血液循环，以获得超乎常人的体能。

而曹雪卿的能力，曹敬一直都是知道的。

光。

曹雪卿的能力哪怕在进化者数量翻了几番的金蔷薇历九十九年也是极为罕见的类型——对光线的感受与操作。她就像一束稳定的光，照亮曹敬的生命，也指引着他的方向，从小到大一直如此。哪怕福利院里的童年有那么多不幸，但只要有曹雪卿在，曹敬便觉得那都是让他舒坦的回忆。

那天晚上进厨房帮忙的时候，曹雪卿是女生，不用干粗活，厨子让她拿剪刀剥毛豆。曹敬这三兄弟可就没这么好运了，又要洗又要择，要削皮的土豆萝卜堆得跟小山一样，搞完一盆腰都直不起来。

几个小光球无声无息地浮现在三兄弟面前，就跟三个小灯泡一样，让人略感宽慰。老姜往这边瞥了一眼，笑道："给你们照个亮，挺好。"

干了一会儿，老姜突然问道："小雪，以后你有没有考虑去当兵？"

"嗯。"

老姜点了根烟，往厨房门口走了几步，看着外边的太阳，过了一会儿才说道："你是个好苗子。如果你去当兵，能做不小的贡献。我认识几个朋友，等你再大一点儿，去少训所进修一段时间……说到底还是看你自己选择，我不强迫你。"

"我想当兵。"曹阳说。

"你也就一块当兵的料。"老姜大笑，"跟我当年差不多，从小喜欢打架惹事，知道自己根儿上就不是读书人。"

"当兵多好。"曹丹羡慕地说，"漂亮妹妹们都喜欢。"

"那跟我有什么关系。"曹雪卿平静地说，大家都笑了。

"姜老大，今天中午我打架的时候，你为啥不管？"曹敬等笑完之后开口问。

老姜捋了捋自己短短的头发，看着曹敬问："小东西话还挺多，那我问你，你觉得我能管你们到什么时候？"

"不知道。"

"我今天能管，明天能管，后天能管，总不能管你们一辈子。我在福利院里能管，我在学校里就管不了了。"老姜嘬了一口烟，"总有一天，你们得离开福利院，进入社会。而那时候，你们遇到的事儿比小孩子打架可要复杂多了。现在开始学着自己处理问题，日后遇到事儿了就能有自己的想法。这个叫培养你们的独立自主性。"

曹敬沉默了。他在图书室里读过不少书，在书里读到过正常的家庭是什么样的，有关爱孩子的父母，有自己独立的房间，有私人玩具和书籍，能够每周末都去动物园或者游乐园玩。而且，在他们读完书之前，不必考虑进入社会后的关系。在正常孩子的生命中，有很长一段时间都处于"被保护期"，而他们没有。

福利院里别的孩子对自身所处的不幸境地并没有清晰的认识，大部分人还没有到会为这个问题而苦恼的年龄。曹敬是少数喜欢看书的人之一，他意识到了这一点，意识到了"分别"，而这种分别带给了他忧郁。"不幸"的定义来自人与人之间的比较，曹敬想，我知道了世界上还有许多孩子比我更幸福,我就变得"不幸"了。

他眼前的那个光球突然散开,变成了一条流曳的光线,交错编织成三个字:有我在。

这三个字转瞬即逝,重新凝聚成用来照亮的光球。

曹敬的心安定了下来。转过头去看的时候,姐姐只是抬起头与他对视了一眼,笑了笑。

或许并没有那么不幸,曹敬心想,世界上还有很多人孤身一人,而我还有可以依靠的人。

"如果能给我一个选择,和你的家庭交换,"曹敬在黑暗中对雷小越说,"你猜猜看我换不换?"

"换?"雷小越用手指啪啪地敲着桌面,"你是想说,我的家庭已经很幸福了,人要知足?"

"我不换。"曹敬说,"我所经历的一切,我的兄弟,我的姐姐,我的对手……是我生命的一部分。我花了很长时间去理解和接受我到底是谁,认清自己,然后我才能找到自己在这个世界上的位置……"

雷小越在黑暗中沉默着。他还没有阅历来理解我说的话,曹敬有点儿无奈地想。

然而这些或许都是我自己在庸人自扰,我也只不过是滚滚红尘中身不由己的一粒微尘,谁又确信能够把握自己的命运,在生命的洪流中抓住渺茫的光芒,得到觉悟与解脱?

那天晚上,吃过晚饭后,下雨了。

抗洪班的人都坐在操场边的宿舍屋檐下,曹敬打开书,借着光念道:"《玩具狗历险记》第十七章,大战大胡子……"

操场上,归化班的胖子唐泽还在冒着雨跑圈。班里的其他人都聚在另一边的屋檐下,有人用夜摩语给小胖子打着慢跑的节拍。明郁江坐在一个木箱子上,像是白玉雕成的艺术品。小胖子逐渐有点儿跑不动了,于是归化班的人开始唱歌,大约是他们家乡的山歌,还有两个调皮鬼开始跟着节奏跳滑稽的舞蹈。

明郁江一直看着抗洪班这边的曹敬,支着下巴,若有所思的模样。

捐赠品被卡车运来的那天,归化班抽到了第一位,成长班第二位,抗洪班第三位。物资分成了两堆,主要还是衣服和书。书统一送到图书室里去,衣服则是根据之前的约定,每个班按照号码轮流挑。

在福利院里,大家看上去都很土气。曹敬记得自己一直穿着一身蓝色的运动服,还算合身,很是轻便。在觉醒悸动的青春期意识之前,男生对自己的外形一般不太在乎,而女生就比较着重打扮一些。

相比曹雪卿,明郁江的姿容更胜一筹。哪怕大家都还没长开,明郁江就拥有了令人赞叹的美貌,她天生肤白到耀眼的程度,五官精致,身材纤细,一头长发每天都精心梳理……然而所有这些先天条件加起来也比不上她那种旁若无人的自信气场。明郁江有一身特别珍爱的莲花刺绣白衬衫,无论什么时候都洗得干干净净,搭配黑色的旧裙子,在那个美学观感还未萌芽的时候,第一次给福利院的少男少女们带来视觉上的冲击。

后来曹敬回想的时候才意识到,在觉醒能力之前,明郁江只是归化班里一个不太起眼的女孩。在她得到能力之后,才逐渐展现出后来那种自信的光芒。她像是为了能让自己配得上天赐的才能,所以努力让自己成为一个模范。

明郁江的觉醒就像是一夜之间发生的事,而曹雪卿,好像从一开始,就已经是曹雪卿了。

曹敬所敬爱的曹雪卿姐姐,从他有记忆起就一直照顾着他。在他很小的时候,她就是抗洪班这个大家庭的"家长"了,虽然看上去温柔宁静,但却很有决断力。她很少说话,但总以行动关爱着自己的弟弟妹妹们,每当她说话的时候,通常就代表着最后的结果。

在曹敬看来,曹雪卿很难用"美与丑""好看与不好看"来评判。姐姐一直就是姐姐,她的容貌好看与否对他来说没有意义,无论如何,她就是曹敬心中最重要的亲人。

她平时穿的是男装,很宽松的T恤和衬衫,普普通通的牛仔裤,也不太打扮自己,曹敬一直觉得姐姐天生丽质,在曹雪卿觉醒后,就好像什么都没有发生过,之前的曹雪卿和之后的曹雪卿并没有什么不同。

与气质鲜明的明郁江相比,曹雪卿安静、内敛,有一种涌动却节制的人格力量。后来的曹敬觉得自己少年时期对她存在一种盲目而又热切的爱,这种爱不掺杂肉欲,是纯洁到炽烫的仰慕。他愿意为了自己亲爱的姐姐献身,为她牺牲,为她而死。那时候的曹敬认为自己配不上她,甚至不配做她的弟弟。

众人热情地按照类型把旧衣服分成几类,整齐地摆放在地上。曹敬在那边整理玩具和书本,突然间,他的手被扎了一下。仔细一看,是个银色的发夹。

曹敬给老姐打了个招呼,手上举着一个纤细的银色凤凰模样的发夹。这件小首饰夹杂在一堆零零碎碎的东西里,躺在一大盒玩具兵中间,和周围粗制滥造的小玩意儿大不一样。很难想象有人把这么漂亮的东西放在捐赠箱里,或许是某个女生弯腰的时候从头上滑落了。

曹雪卿接过来抚弄了一下，笑了笑，又放回了玩具堆里。

"待会儿我拿这个吗？"

"小敬。"曹雪卿揉了揉他的头发，"谢谢你。"

因为她的这个动作，曹敬的心情变得很好，直到挑选开始为止。

明郁江作为归化班的第一个人，在衣服堆里花了一点时间翻翻捡捡，没有一件合她的意。最后她在杂物堆里走来走去，突然弯下腰，捡起了那件银色的发卡。

"我拿这个了。"

"下一个。"老姜在点名册上画了个勾，"王金德。"

黑兔子去拿衣服的时候，曹敬看见姐姐双眉紧皱。

等轮到曹敬的时候，他拿了一件白衬衫，曹雪卿则拿了一件黑色羽绒衣。在福利院里，你的衣服不到破得没办法补，不会有换新衣服的机会。这次捐款的衣服数量比较大，所以每个人能拿两轮。

收拾完所有东西花了一整个下午，接下来所有人都去洗分到的衣服。这时候，明郁江叫住了曹敬。

"那个讲故事的！我有事跟你说。"

曹敬以为她要把自己喊去"教训教训"，但明郁江拽着他的胳膊，把他强拉到了拐角，看看左右没人，犹豫了好一会儿，问道："你是不是想要这个？"

明郁江拿出那个银发卡晃了晃，曹敬立刻意识到她听到了之前他和姐姐的对话。

"阿敬老兄，表情别这么吓人。"明郁江冷笑道，"我还没跟你算之前把我绊倒的账，我问你，你想要这个发卡吗？去送给老曹，让她再揉揉你脑袋？"

"关你屁事。"曹敬果断反击。

明郁江看着他说道:"这样,你帮我做一件事……不,两件事。作为交换,我就把这个发卡给你。"

"简单地说,她想把我拉到归化班去。"曹敬在黑暗中说,"归化班的人国文水平很差,而她想要我去帮他们学国文。并且这其中还有一个私人原因,她有一本书想要我念给她听,一本有些复杂的历史书,她想学一点儿历史。"

"真的假的?"雷小越很明显认为曹敬是在吹牛,"请你教她学历史?"

"归化班的人本来就是我们国家的少数民族,社会内部又封闭,而老姜非但没有打破这种文化上的封闭,反而把这种封闭给……正规化了。这就导致我们两个班之间的矛盾越来越剧烈。"曹敬喝了口茶,"明郁江看到了矛盾的本质,并且主动出击,试图把主动权抓在自己手里。她的想法,以那个年龄段来说太成熟了……那本《金蔷薇国近代史》说不定扭转了她的人生走向。"

那本书不知是哪一批送来的赠品,被明郁江搞到了手。她第一次和曹敬一起念书的时候,花了一个下午在学校里找没人的自习室,但第二次她变魔术一样搞到了教学楼天台的钥匙,把那里当作了自己的秘密营地。

曹敬读书的时候,明郁江坐在他身边,侧头去看书上的文字,曹敬总被她散发着香气的头发撩得想打喷嚏,几乎心旌摇动。虽然性格很烂,但明郁江长得漂亮,肯定有很多人会想和他交换现在的位置。

明郁江有金蔷薇语基础，普通的文字能读写，但是一些比较生僻的字需要曹敬来教，曹敬专门带了一本国语字典过来。查字典是上语文课的基础，但是明郁江说她国文基础太差，有人念着学起来会比较快。

小学里的历史课没有细讲近现代史，课本也写得很浅显，曹敬还是第一次读这么艰深的历史书，很多论述在小学生的眼中看来佶屈聱牙，曹敬只能尽力理解，然后用自己的话来解释。

明郁江最感兴趣的是金蔷薇人民会议的故事，两人一起研究历史上最早的战略级进化者之一——夜摩北一郎大将组建一月内阁，又被神秘毒杀的故事。除此外金蔷薇主义在亚西洲的兴起、金蔷薇历四十五年的《联合宣言》、夜摩人大西迁……这些多源流文化在一个世纪里的碰撞和融合的故事也都是她感兴趣的。

这是曹敬第一次和明郁江近距离接触，他发现在她那种充满活力的自信外壳下有一颗和他印象截然不同的心。在一起读书的时候，明郁江并没有平日的攻击性和主动性，反而有一种专注于思考的魅力。他们一起讨论战略级对于世界局势的影响，谈论夜摩国与铁翅国之间的战争，谈论地区政策和弁辰战争的前因后果，谈论南亚美利哥洲独立和产品倾销……

"战争……还是不要打仗吧。"等书终于读完的时候，二人达成共识。明郁江抬起眼，把书合上。"如果再次发生战争，死人会比洪水时多一百倍吧。"

"晚上我回抗洪班念故事。"曹敬突然觉得没什么别的话可说，他有一种畅快的心满意足的感觉。"哦对了，上次跑步的时候，不好意思拉了你一下。"

"我也不好意思，下重手把你打了一顿——虽然是你耍贱招在先。"明郁江看上去有点儿无奈，但又在笑，"我一直在我们班的人面前表现得很强势，所以那个时候必须表现得强硬，不然我也会丢脸。你知道的。被欺负了就要揍回去，是我的为人处世之道。"

在研究历史的时候，曹敬觉得明郁江是个很有意思的书友，但当谈论到现实中的话题时，他感觉到那种微妙的隔阂又回来了。

"没事，等我有机会打回来。"

明郁江突然伸出手，按在曹敬脖子上。

"你别动。"

曹敬只觉得脖子那里像被针扎了一下的痛，然后自己身体里突然腾起一股强烈的不适感。心脏怦怦地快速跳动，全身上下的血液有些异样，一股力量在血脉中游走，最后在自己之前受伤的地方反复冲击。涂了药酒几天后依然有些不适的地方，在血液的加速流动下一个个松解开来，仿佛有血从背上流下来。

明郁江过了一会儿才松开手。

"我这段时间也有点儿麻烦，有些不知道从哪儿冒出来的流言。"

"什么流言？"

明郁江沉默了一下，然后说："有人说，我们住的镇子当年被淹，是因为被当作了泄洪区，为了保住沧江市，我们的家被牺牲了。"

"不可能吧？"曹敬吃了一惊，"哪怕是泄洪，也肯定会事先疏散居民呀。"

"我也不知道是从哪里传出来的话，他们说因为我们是归化民，所以疏散的时候可能……不知道是故意的，还是无意的，通知没传达到我们那边，然后洪水就过来了……"明郁江面无表情地理了理自己的头发，"最近几天在归化班里传得很热闹，我不知道是谁开始传的，但有些人气得哭了。"

过了两天，曹敬才发现明郁江只把话说了一半。

某天中午吃饭的时候，曹雪卿坐在他旁边，问道："小敬，你最近和那女人走得很近？"

曹敬皱眉，反问："怎么了？"

"我听到消息，归化班里有人在针对她，说她喜欢上了对面班里的人，每天中午都消失得不见人影。"曹雪卿指了指自己头发上的银凤凰发卡，"你那天送给我的这个发卡，你说是在黑市上跟她换来的，是真的吗？"

"回去再说吧。等吃完饭。"曹敬觉得这个问题回答起来有点儿尴尬，"没什么喜欢不喜欢的，公平交易而已。"

"小敬。"曹雪卿把自己饭盒里的肉夹给他，姐姐总是把肉给他吃，说他看上去最瘦，而女生要减肥。"哪怕你真的和她好了，我也会支持你们。但我们两个班关系不好，你跟她都会承担很大压力。"

"姐，你想多了。"曹敬翻了个白眼，"那人哪里看得上我，我跟她做了个交易而已。"

曹雪卿低头扒饭，突然冷笑一声："小敬你哪里配不上她了。都是没爹没娘的，小弟人又好，她还挑三拣四不成？"

曹敬觉得自己越抹越黑，只好叹了口气，继续扒饭吃。

这段闲暇时间他都在找书读，上一批捐赠到了之后，图书室里多了不少新书。明郁江让他为后面给归化班的人上国文课做准备，曹敬思前想后，觉得从最受欢迎的儿童故事开始讲比较好。

有一些归化班的人连金蔷薇语都说不顺溜，曹敬观察了他们一段时间，认为归化班的孩子精神世界比较贫乏。按照年龄，三个班的小孩都是去附近的沧师大附小念书。福利院里不上学的时候，这些人都无所事事，就是在小操场上玩一玩篮球、足球、乒乓球之类。

师大附小的师资资源很匮乏，老师讲课也都心不在焉，特别是给福利院小孩上课，完全是放养，随便念念书本就行了。曹敬后来读师大的时候才知道，按理来说内地的归化班应该先读一年预科，强化学习国文。然而在师大附小，归化班的二三十号人根本没上过预科。

那天晚上，明郁江已经安排好他的故事时间，曹敬夹着书走到归化班的人面前的时候，一件意料之外的事发生了。

曹敬打开《小布头奇遇记》，打算开始讲述布偶的冒险故事，却突然卡壳了。在这一瞬间，曹敬突然丧失了一切语言功能，他发现自己没有办法认清书上的文字，他可以看见语言的排列，却无法读懂，符号全部失去了意义。

明郁江轻轻咳嗽了一声，示意他可以开始了。曹敬跟明郁江对视，汗流浃背，她发现有些不对，曹敬看上去摇摇欲坠。

曹敬瞥见了一个半透明的女孩，苍白、长发，穿着纯白的连衣裙，出现在他猝不及防的瞬间，安静地站在明郁江身边，直勾勾地看着他。曹敬在她的双瞳中看见漆黑无底的深井，将他身上的所有热量全部吸走，他浑身发冷、打战，听不见夜摩归化民们的窃笑，也感觉不到他们聚焦在自己身上的目光。

准备好的台词、声调……全部从手指间流走了。

他竭力试图找回自己的理智，把目光从那个站在明郁江身边的形体上转开，他看向明郁江，她正在皱眉，表情疑惑而又关切。他咽了口唾沫，翻了一页书，但是目光无法聚焦。

"喂！"有个男生走上前来，推了他一把，"说话！"

曹敬扑通一声跌倒在地，浑身无力。书掉在地上，他看见插图上主人公"小布头"离开家的画面，但他无法集中精神，甚至无法思考，只觉得空气中有什么东西正在无形地逼压过来，让他的头脑乱成了一锅粥。

"喂！笨蛋！站起来！"他模模糊糊地意识到周围的人围了上来，人群围绕在他身边，有人低下头来看他，然后一道闪光从他眼前划过。

"哎呀！"

有人痛叫了一声，然后另一道闪光划过。巨大的白光充塞了他的视野，然后人群被冲散了，几个人影冲进来。曹敬听见拳脚相加的声音，他躺在地上，身上中了几脚，但是意识越来越模糊，有人踩在他手上，他只记得自己最后的动作是把书放在自己的胸口。

我要死了吗？

搅动头脑的混沌苦痛让他这样想，接着他便失去了意识。

曹敬做梦了。

在这之前，他很少做梦，也没有一次梦境如此清晰。他梦见自己身处的地方有水纹在不停波动，黑色的荆棘四处盘绕，缠绕在人的肉体上，逐渐勒紧，在表面烙刻出伤痕。有一种隐秘的喜悦将他的心灵浸满。

然后，荆棘盘绕得越来越紧，将他活生生勒成了碎屑，下一瞬间，他又进入了另一个玄秘的世界。这个世界冰冷锋锐，阴寒之气似乎要将全身的关节固化。而一股压抑的火焰存在他的胸中，这团火焰是他在这个世界中唯一的力量来源。他不得不开始奔跑，越奔跑，这团火焰就越加澄澈、干净，热量从全身上万个毛孔中散溢出去，把他包裹在水雾之中。

就在他肆意奔驰的时候，脚下一空，他坠入了深海。

曹敬像是一块石头一样沉入水的深处，光明逐渐离他远去，周围深黑的水压挤压着他的身躯，把他肺泡里最后一点氧气挤压出来。

他想挣扎，但是无论怎么奋力游动，他都无法向上一分一毫，只能坐视自己落入更深的海底。

窒息。

死亡。

他听说淹死是世界上最痛苦的死法。在海水灌入喉咙的时候，曹敬放弃了反抗。然后他看见深黑色的海水中，有一个白色的影子缓缓漂浮到他的面前。这个影子好像在微微发着光，让他能够看清楚她的形容。正是那个神出鬼没的白衣幽魂。

白色的连衣裙在水中缓缓漂荡，曹敬身体僵直，只能在恐惧中不由自主地靠近那具鬼魂的尸骸，向她黑色的双瞳中望过去，只能看见深不见底的黑暗。这对深渊正在将他的心智吸入其中，永远地隔绝天日……这个时候，手腕上一阵锐痛，让他猛地从梦中惊醒。

"啊……呼。"

曹敬长长地吸了一口气，那个窒息的梦境是如此真实，以至他忍不住摸了摸自己的头发，潮乎乎的。到底是梦境还是现实？曹敬吃了一惊，然后才发现是自己身上的汗，汗水把身下的床单都浸透了，很难受。

一团冷光悠悠浮现，曹敬发觉有人一直握着自己的手。

"醒了？"曹雪卿问。

"……嗯，做了个噩梦。梦见鬼了。"

他不动声色地把汗津津的手从姐姐手里抽回来，发现手腕上有一条红色的印痕。他躺在医务室里的病床上，这里只有一张床。

"你把我吓死了。"

曹雪卿熄灭了光团，坐在黑暗中说："你晕倒后就一直在发烧。我们和归化班打了一架，想必他们会记住这个教训。"

"打架？"

"让他们懂得欺负我们的人会有什么下场。"

曹敬想说明一下，但却不知道说什么好。哪怕所有人都知道，他是去念书的，但打架这件事还是难以避免。抗洪班，自己的兄弟姐妹们，之所以会跟归化班打起来，不是因为自己，这只是一个开打的借口而已。他们只是想战胜归化班——这群抱有敌意的异己。

"小敬。"曹雪卿在黑暗中轻声唤他，"我这次伤了很多人。"

"嗯？"

曹雪卿的声音很轻，几乎听不见，她似乎贴近了曹敬说："我和明郁江打了一架。你会不会不高兴？"

"不……不会。"

曹雪卿几乎从不参与野孩子们的斗殴，在作风粗野的福利院里，她是那种说话平声静气的好孩子，在老姜的命令下维持秩序，做过的最粗暴的事情就是对着某人怒吼。曹敬一直没想通，她是如何保持这种出淤泥而不染的高洁品质的。在她的能力觉醒之后，她只用这分能力自卫过，用强光闪对面人的眼睛，曹敬当时也在现场，爆发的巨大闪光令他有整整半分钟看不清东西。

"那就好，小敬……"

一条光带在黑暗中出现，它绕过了曹敬的手腕，沿着他的手臂往上延伸。所到之处，曹敬的皮肤能够感受到隐隐的灼烫感。曹雪卿能够控制光线，通常离得越远，她所能够聚集的能量就越少。所以在那之前，曹雪卿为他按摩的时候，必须用手掌贴着才能够聚集高温。

然而这次却有所不同，光带如同蛇一样游入他的袖子，在他全身各处游走，好像是被烫红的铁链摩擦一样，烤得他眼冒金星。这束光线已经脱离了曹雪卿的身体，但依然保持着高度的能量凝聚，让曹敬又烫又痒。然而他摸不清曹雪卿到底是什么意思，只能放之任之。

"啊！"

就在他忍不住痛叫出声的一瞬，身上的灼痛感立刻散去。

"对不起，小敬……是我不小心。"姐姐在黑暗中惶急地道歉，"我……我好怕。我怕自己控制不住……"

"没事。没事，有我在。"曹敬说出了这句曹雪卿经常对他说的话，"一切都会没事的。真的，一点也不痛。"

他突然摸到了一个粗糙的东西，然后发现曹雪卿手上绑着石膏绷带。

"姐，这是什么？"

曹雪卿在黑暗中轻柔地说："没事，被明郁江打了一拳。只是小骨折而已。"

他心中原先的那种柔软的感觉顿时被怒火取代，曹敬已经没有办法用理智去思考了。他接受过的任何教育，哪怕是老姜说的话，都在告诉他，这件事上，他一定要复仇。明郁江之前和他说话的时候，他们之间曾经存在的友谊，已经烟消云散。曹敬此刻就是一个被仇恨所驱动的战士，他要让对方付出血淋淋的代价。

"小敬。"曹雪卿按住他的肩膀，"先睡吧。我不会再吵醒你了。"

第二天上学的时候，曹敬在路上才意识到曹雪卿昨晚说的"伤了很多人"是什么意思。归化班的男生有一小半都包着纱布，手臂、脸这类裸露在外的地方，能够看见红色的粉嫩的新皮肤，如同被鞭子抽过一样的烫痕遍布皮肤表面。

上学的路上，原来两个班之间还会有交流，或者说对骂，现在只剩下满溢憎恨的沉默。他和明郁江见面后，对方跟他说的唯一一句话是:"现在你满意了吗?"

　　明郁江脸上有一道横贯面颊的烫伤,像是被铁鞭抽过一样,伤口长出了一串水泡,看上去很狰狞。这对心高气傲的明郁江来说不啻一个毁灭性的打击。但这些都不是最让他痛苦的,他发现自己看见明郁江眼睛里打转的泪水后,居然会感到有些心痛,这对当时那个自以为铁石心肠的少年来说,才是最大的打击。

三

"你觉醒前没有一点儿征兆？"

曹敬不喜欢抽烟，但他觉得作为讲故事的人，这里应该点起一根烟。"之前有一段时间身体发热，我以为是季节交换的时候着凉了，没太在意。具体发作的时候其实就是一瞬间，然后就昏过去了。"

他留了一半话没说，他那时候以为发热是因为和明郁江长时间近距离接触，内心里觉得是情窦初开时的热病，逐渐会自己消失。曹敬并不以为昏迷有着特殊意义，直到他第二天晚上又做了怪梦。

他梦见自己从宿舍管理员那里偷钱，然后把钱藏在了操场边上一盆含羞草下面。

曹敬早上醒来后，晨跑时看到操场边上的那排含羞草，一时好奇抬起来看了一眼，发现有个黑色的小塑料袋，里面包着一小沓钱。

曹敬知道事情不对了。

"在那之后，我用了一段时间去假设，自己做梦的时候，到底是看见了谁的梦？"曹敬对雷小越说，"偷钱的人，我后来经过仔细观察，确认了对方的身份，因为我把钱放回去了。但其他人做的梦，很多时候对我来说都没有特殊价值和判断方法，我只能猜一猜到底是谁做的梦……"

"没跟别人说吗？"雷小越笑问。

"那样太危险了。"曹敬喃喃自语，"我真觉得我的能力有点儿危险。假设我能够看见别人做梦梦见了什么，还能改变这些梦。那谁还敢跟我睡在一块儿？连做梦都没有隐私权，好像太恐怖了一点儿吧。"

雷小越没接茬。

"有个小知识，其实没有别人知道。"曹敬说，"这个知识一般会让人很感兴趣，动物也会做梦。"

"假的吧？"

"真的。福利院里曾经养了条叫黄皮的狗，我有的时候会看见它在做梦。"曹敬认真地说，"动物做的梦，和人做的梦不一样。你要说哪里不一样，我一下子还真说不上来，因为很难用语言形容，你估计也懂。进化能力这种东西，就算你使用的是自己的力量，你也说不出到底是怎样一种感觉，但……你就是能一眼看出来，很奇怪的梦，跟人的梦完全不一样。"

"蚂蚁会做梦吗？"

"不会。做梦是具备高级思维能力的哺乳动物才有的能力。"曹敬现在确实希望自己手边有一支烟，虽然他不抽烟。"抽象思维，这是做梦的基础，你的头脑具备抽象思维，能够理解实体和概念之间的差别，这样的头脑才会做梦。碎片……那些记忆的碎片，才会在你的脑海中组织成怪异的事件和人物。"

"呃，等等等等。"雷小越突然大叫，"等一下，你刚刚说你能够改变别人的梦境？差点儿给你把这事儿滑过去！别人的梦境你也能够改变？"

"是的。我就知道你要问这个。"曹敬大笑，然后他沉默了一下，摇头道，"这个真的很危险，真的不适合。我一度在这个能力上做了很多试验，但是……让我自己感觉很不舒服。"

"举几个例子吧，你都做了些什么试验？"

"无可奉告。"曹敬轻声笑道，"你可以自由发挥想象。"

"你大概潜入了很多女生的梦境里吧。"

"随你想象。"

"很爽吗？"

"并不。"

小时候的曹敬是曹氏四杰（老姜给他们起的另一个外号，讽刺居多，后来就叫开了）里最内向的一个，他对和人交流感到异常恐惧。和后来那个精心琢磨与青少年交流技巧的教职人员相比，童年时期的曹敬就连跟隔壁班的人讲话，都花了相当长时间去努力。

后来他分析自己的性格，认为自己对于精神能力的运用，就是这种内向性格的最好表现。在觉醒了能力之后，他试图用这个能力去和别人沟通，在梦中说出自己的话。

曹敬对于人与人之间的接触存在本能的回避心态，就像这次他因为一个小小的误会导致两班人火并了一次，还伤害了自己的亲人和一位朋友，而作为事件引火线的曹敬在感到深深愧疚的同时，对当事人几乎产生了一种恐惧心理。他现在每次看到曹雪卿头上的银发卡，都感觉不自在。

而看到明郁江的时候，这种不自在的感觉就愈加强烈了。曹敬本来就不甚愉快的人际交往体验，现在更落入了前所未有的低谷。当他意识到目前所持有的能力之后，他立刻决定使用自己的力量，去弥补这件事所造成的裂痕。

"我当时发明了一个小技巧，来定位自己的目标。"曹敬决定给雷小越简单地讲一下当初的一些事情，略去那些真正重要的部分，给他开拓一点儿未来运用能力的思路。"我无法准确判断梦境的主人是谁，所以我在白天给自己想要定位的人植入一些概念上的引导。当然，当时的我真的很笨。"

这个技巧，简单地说，就是睡前给目标讲个自己编的鬼故事，然后曹敬躺下后开始寻找存在于无数梦境中那个独一无二的噩梦。

"我以前听说一个事。"吃完晚饭后，曹敬给曹雪卿讲了这个故事。因为右手还绑着绷带，所以这会儿的姐姐只能用左手吃饭。当然，饭盒肯定是洗不了的，曹敬自然老实不客气地接下了这个活儿。

"什么事？"曹雪卿等在水池边上，有一搭没一搭地跟他闲扯。

"我听说以前这里有个杀人犯。"曹敬一边洗碗一边平静地说，"听说脑子不太正常，杀过一整栋居民楼的人。后来因为太恐怖了，所以政府也下了封口令，只有小道消息。"

"一整栋？太夸张了吧？"

"据说他把保安室的钥匙串偷了出来，然后半夜十二点走进那栋居民楼，从一〇一开始，走进去，用刀子直接捅死床上睡觉的人。然后去一〇二……三个七层单元的楼，一共四十二户，除了不在家的，都被他一晚上杀光了。就这么从一楼到七楼，不慌不忙，一户户走进去，跟杀猪一样利索，刀子都换了好几把。"

"那这消息是谁传出来的？"曹雪卿脸上有点儿发白。

"听说后面警察来问口供,对面楼有个小姑娘半夜里跟男朋友在楼道里约会,看见对面楼道里的灯不一会儿就亮一下。"曹敬一边洗碗,一边不动声色地观察曹雪卿的表情,"一开始觉得没什么,后面发现这个灯亮得太有规律了,而且还是从一层到七层这样,五分钟亮一层,她就觉得有点儿不对劲了。第二天下午警察来问的时候她才明白过来,后来那姑娘直接疯了。"

"怎么疯的?"

"她说她跟男朋友亲热的时候,看见对面楼道里那个凶手的影子,似乎当时凶手正站在楼道里看她这边。她说还看见那个人冲她笑了一下。从那以后,她晚上睡觉一定要开着灯。她那栋楼所有楼道灯都被她砸了,说是这样那个人就找不到她了。"

"……凶手抓到了吗?"

"没。倒是那个姑娘,两个月后从楼顶上跳下来死了。楼顶天台上还有她咬破手指写下来的'他在七楼'这几个血字。"曹敬不动声色地把洗好的饭盒递给姐姐,满意地发现她脸色发青。"我说起这个事,主要是今天下午我看见有个戴着帽子的人在盯着我们这个宿舍楼看。我想大热天怎么穿得这么严实,还戴着手套。回来觉得不对劲,就跟你说一声。"

"记得往楼顶跑。"曹敬又加了一句。

讲完故事后,一整个白天,曹雪卿看上去都有点儿紧张。

晚上,曹敬躺在大通铺上,合上双眼,开始搜寻噩梦。梦的颜色、气味、质感都是不一样的,根据其主人情绪的不同,曹敬可以感受到的东西也五花八门。虽然在梦境中,他并不具备物理上的感官系统,但他心灵上的体验本能地转化为心智可以处理的信息流,其具体表现就是无限接近现实的梦境体验。

噩梦的味觉是苦的,像是加了青涩柠檬汁的黑咖啡粉,单是进入噩梦,让梦境主人的情绪浸透自己,就会让梦境中的曹敬感觉到后脑勺发疼。

很不幸的是,福利院里噩梦出现的频率相当高。曹敬每一次进入都必须忍受巨大的不快,梦境主人的情感汹涌而来,有的是梦见父母将自己抛弃,有的是自己一个人孤苦地流浪街头,甚或是一辈子被关在福利院里,无法挣脱无形的锁链,直到在福利院里老死……这些都还是有简单逻辑的噩梦。

更多的噩梦就是负面情绪煮成的稀粥,这些梦境如同不断扩散的污染源,让曹敬难以挣脱。琐碎空虚又没有意义的负面情感凝聚成一摊蠕动的沼泽,用触须将曹敬自身的能量攫取、吞噬。

终于,在不断"跳转"之后,曹敬找到了,那是一个具备深黑色质感的梦境,其主人的心力强盛到能将梦境构建得非常清晰。曹敬立刻跃入梦境,然后惊愕地发现自己进入了一具身体。

"别怕。小敬,别怕,有我在。"

曹敬看着自己的姐姐抱着自己,两人缩在衣柜里。他在梦境中能够清晰地感觉到曹雪卿温暖的身体,以及衣柜外面沉闷的砍杀声。

"屏住呼吸……他就发现不了。"

姐弟二人躲藏在衣柜里,深深地抑制住自己的呼吸。

曹敬现在后悔了,自己为什么要编出这样一个惊悚的故事。这个故事是他自己的幻想,一个深夜无聊时候的想法,但他真正身临其境的时候,却感觉到这个凶手太恐怖了。曹雪卿本人的恐惧正通过肌肤传递过来,她是梦境的主人,当她把这个疯子构想成恶魔的时候,它就真的具备令人绝望的压迫感。

曹敬觉得自己几乎要窒息了,终于,那个黏稠的胶鞋脚步声在砍杀完之后，离开了。

两人战战兢兢地一丝丝推开衣柜门，生怕凶手站在衣柜门前，就等着两人开门后一斧子砍下。

"走……"曹雪卿在曹敬耳边轻声啜泣，"小敬，我们一起走……"

床上还有两具"父母"的尸骸，曹敬不去看血肉模糊的景象，和曹雪卿轻声挪出寝室。大门开着，如果那个凶手继续往上走的话，那么现在就是下楼的最好时机。

"小敬……"就在两人走出门的时候，一向温柔坚强的姐姐突然哭出了声，"脚印……"

曹敬心立刻凉了一半，他往脚下一看，顿时毛骨悚然。沾着血的脚印，只有进门的，没有出门的。

"我们身……身后……"

"跑！"

曹敬将所有操纵梦境的技巧全忘记了，恐惧彻底占据了他的身心，他拉住姐姐的手，用力飞奔。向下的楼梯已经消失不见，两人唯有向上、向上，在背后沉重脚步的追赶下不停向上逃生。

"有个问题一直困扰了我很多年。"曹敬低声自言自语，"甚至到今天都一直困扰着我。"

"你说说看。"雷小越终于找到了能够转换立场——不是坐着听训，而是转过来教训对面——的机会，"我可以帮你想想。"

曹敬沉默了很长一段时间，长得让雷小越觉得他不想继续这个话题。

"小雷同学，你说我这样一个平凡普通，还有点儿卑劣的人，为什么还会有人对我这么好呢？我觉得自己配不上这些曾经为我付出过的人。"

长时间黑暗的禁闭室里突然闪起了光芒，之前灯丝熔断的灯泡突然间违反常理地被重新点亮。这一瞬间，雷小越发现曹敬在黑暗中一直严肃地注视着自己，他似乎一直能够看透无光的房间，这让少年有些心虚。

少年使劲揉了揉眼睛，发现坐在对面的曹敬神态异常憔悴，他的眉心有三道很深的竖纹，这个人看上去年轻，但好像已经皱了四十年眉。回忆把他的精力抽干了，让他之前那种从容自若的面具消失，露出表皮下的本质。

"或许你也为他们……付出了些东西。"

"我和那些我爱着的、爱我的人之间，我们的付出和回报，太不成比例了。"曹敬缓慢地摇了摇头，"说老实话，小雷同学，这就是我为什么一直努力去超越自身的局限，想成为一个更好的人……我希望有一天我能够配得上这些对我好的人，而不是一直伤害他们。"

灯光又熄灭了。

"我还是继续讲故事吧。"

在曹雪卿为了保护曹敬而在梦境中挺身而出的一瞬，曹敬产生了"自惭形秽"的想法。他为自己的举动感到十分羞耻，对于让曹雪卿感到恐惧与痛苦——哪怕仅仅在梦境中——这件事，曹敬认为自己简直愚蠢透顶，无耻至极。

曹敬一直为自己的小聪明而沾沾自喜，然而他在这一秒钟后才清楚地明白，没有信念、没有意志力的自己，任何聪明诡计都只不过是沙滩上的城堡，潮水过后就什么都不剩。他现在的进化能力、他的小才智、他自以为能够在梦境中掌握姐姐的情绪——一切的一切，都在一句温柔的"有我在"面前土崩瓦解。

曹雪卿站在他身前，勇敢地举起手，将黑夜中的光聚集在掌心中……光芒煌煌如旭日东升，一瞬间将目力所及的一切梦境邪秽焚烧殆尽。高举斧头的染血杀人狂、溢出鲜血的巢楼、阴郁的负面情绪……这些全部在澄澈的心之光面前灰飞烟灭。

曹敬觉得自己也被这炽烈的光焰烧成了灰，但他的头脑反而越来越清晰。他才意识到明郁江为什么要去专门读归化民的历史，她想弄明白自己到底是谁，然后才能想明白自己到底要做什么。和蝇营狗苟地活着的自己相比，明郁江正如她的骄傲一样强大，姐姐也正如她的温柔一样坚强，明郁江在追寻自我，曹雪卿在保护自己的亲人……

那我在做什么？曹敬自问，我到底是谁？

我是一个福利院中的孤儿，我有姐姐，我有两个哥哥，我有一些朋友，我还有一个深交了几天的朋友。我是曹敬——一个年轻的觉醒者。

光芒散去后，曹敬发现自己正被姐姐抱在怀里哭泣，像狗一样呜咽不止。

"没事，有我在。"姐姐说。

"我昨晚好像做了个梦。"曹雪卿早上用左手刷牙的时候说，三个弟弟同时"嗯"了一声，一个个神游物外的模样。

"好像跟小敬给我讲的故事很像，我梦见一个杀人犯潜进来，想把我们一个个都杀了。"曹雪卿神情严肃，"不过保安室的备用钥匙串确实是个很大的隐患，每天都挂在那么显眼的地方也没人看着。

还好，梦里小敬保护了我。"

"嗯？"曹敬满嘴牙膏抬起头。

这件事引发了一件意料之外的连锁反应，曹雪卿把这个故事讲给了女同学们听。一传十，十传百，于是在这之后整整两周，曹敬每次想要进入他人梦境的时候，总是要经历大量雷同的噩梦，直到他已经对提着刀斧的沉默杀人狂的故事彻底免疫。后来有一次他回福利院看老姜的时候，偶然发现这个故事已经成了当地都市传说之一，和白衣幽灵并驾齐驱。只是每次讲起，故事的发生地点都不太一样。

经过数个精疲力竭的夜晚后，曹敬认真考虑，下次如果再使用这种梦境定位技巧，应该找个棉花糖或者小马驹之类的题材作为导航坐标。

在姐姐的梦里哭过一场后，曹敬开始寻找明郁江的梦境。然而明郁江的梦，他实在找不到。他怀疑有的人天生就是少梦的体质，每天晚上睡着之后，他们的记忆碎片纷飞四散，无法组成像样的梦境。

还有一个重要原因是归化班和抗洪班的铺位相隔很远，从建筑结构上来说是宿舍楼的对角位置。物理距离对曹敬的能力影响还是很大的，他偶尔能够捕捉到以夜摩语为思考语言的梦境，质地不太一样。如果说以金蔷薇语为思考语言的梦境是暧昧模糊的一摊，那么以夜摩语为思考语言的梦境就更松脆一些。

只不过这些归化班的梦境都太稀薄了，曹敬没有办法深入调查。

当初明郁江脸上的烫伤不算特别严重，过了一周，她脸上的水泡就消退了，恢复了之前飒爽干练的少女模样。

"郁江同学。"明郁江脸上伤疤消退后没几天，曹敬去搭讪，得到的是一个冷冷的眼神。

"什么事？"

"你有睡午觉的习惯吗？"

"……有。"

"你一般会做什么梦？"

明郁江迅速地意识到了自己的迷茫表情，她晃了晃脑袋，皱眉道："你问这个干什么？我做什么梦关你什么事？"

"我接下来要说的话，可能会让你产生极大的误解，但我还是很想说……你能不能和我睡得近一点儿？睡午觉的时候？"曹敬抱着勇毅的决心说出了这句话。

明郁江用纤细的手指按摩着眉心，沉吟了好一会儿才叹息道："你也知道你这个话听上去很流氓……我之所以没给你脸上来一拳，最主要的原因是迷茫，迷茫于为什么会有人提出这么无理的要求。而且提出这个要求的还是之前耍了我一把，让我差点儿毁容的曹敬。这个问题真的让我无限迷茫啊！"

"我有个秘密。"曹敬说，"这个秘密哪怕是我姐姐都不知道。"

"继续。"明郁江的身体语言表现出她略微提起了一点儿兴趣。

"你要先发个誓，你不会告诉任何人。"

明郁江发出了介于吐痰和嗤笑之间的声音，类似"kek"的一声。

"好吧，一报还一报。我想哪怕你给我捅出去了，我也算还你人情了。"曹敬叹了口气，然后直视明郁江的眼睛，"你还记得当天我晕过去了吗？我刚好能力觉醒了。"

"什么？"

"我觉醒进化能力了。"曹敬说，"我那个时候精神支撑不住了，纯粹是巧合，并不是抗洪班随便找个理由跟你们开打，我也绝对没有想落你面子的意思。只是那种感觉一下子冲上来，我就晕了过去，后面你们怎么干仗的，我就不知道了。"

明郁江看上去有点儿将信将疑。

"我之所以说这个，是因为……我的能力是，能够看见别人做的梦，甚至能进到梦里去跟人说话。"

明郁江疯狂眨眼，对不停变化的新事态，她接受能力还不是很强。

"试一试。"曹敬坚持道，"我们可以隔得稍微远一点儿，如果只有你和我两个人在做梦的话，那我搜索起来应该会比较方便。"

沧师大附小一直有睡午觉的规矩，大约是为了让少年儿童的身体得以发育。教师中午都要轮流查班，以确保没有精力过盛的学生溜出去玩，或者偷偷看闲书。

福利院的两个班"待遇特殊"，几乎没有老师管他们。可能觉得这群没爹没妈的孤儿不可救药，老师从不来这两个班里查班。

每天中午的时候，曹敬班的教室总是很安静。哪怕没有人管，纪律也很好。所有人可以各干各的，就是不能发出声音，因为老大要睡午觉——曹雪卿睡午觉被吵醒的时候极度易怒。

隔壁班的教室就比较喧闹了，明郁江是典型的精力过盛型，中午完全睡不着。这个问题在她后来升初中的那一天得到了一百八十度的逆转。入学考试时，曹敬亲眼看到前排的明郁江写完试卷后趴在桌上开始轻声打呼。初中第一次升旗仪式，曹敬看见侧前方的明郁江脑袋耷拉着，似乎站着睡着了。从那之后，明郁江在初中是出了名地喜欢在课堂上睡觉，到了高中这个习惯变本加厉，几乎有三分之一的时间都睡过去了。

明郁江掏出钥匙开门，两人娴熟地绕过地上堆叠的废旧课桌椅，跟之前偷偷上来读书的时候一样。

楼顶有一层防水隔热层,被锡箔纸软软地包裹了一层。曹敬学明郁江那样直接躺下来,发现跟床垫一样,躺着很舒适。天上的阳光并不刺眼,他发现明郁江瞪着天上的云,姿势有点儿僵硬。

几分钟后,明郁江承认自己睡不着。

"你躺在我边上,让我浑身都感觉不舒服。"明郁江跟曹敬说。

曹敬估算了一下两人的距离,大约有十五米。

"我再离你远一点儿的话就得从楼顶滚下去了。"曹敬诚实地反驳,"我们平时不是睡通铺么,你应该习惯了跟人睡一起才对啊。"

"那些是女生。而且跟很多人睡在一起和跟一个人睡在一起,这两者有很大区别。"明郁江翻了个白眼,"你,给我讲点儿无聊的事,让我能睡着的就行。"

曹敬把上次给曹雪卿讲的那个故事给她再讲了一遍。

"你真的想让我睡着吗?"明郁江枕着手瞪他,"这个故事我这两天听过四五回了。"

"我就不明白你有什么可怕的。难道怕我非礼你?"曹敬觉得自己短时间里想不出更有意思的故事了,对明郁江这种婆妈的风格感到大不耐烦,"你这么个力大无穷的妖怪,我真的要非礼你还不被你一脚踹下楼去了。"

"这个跟我力气大不大又有什么关系?"明郁江摇摇头,"你是男生,我是女生,男女之间保持距离才安全。我们现在已经十岁……十一岁了,我对靠近我的男生感到敏感……是很正常的。哪怕我们都是进化者也一样。"

"觉醒的超能力,会将进化者从精神上改变成一种超越正常人类的生命阶级。"曹敬陷入了沉思,"任何一个经典社会理论都有一个前提，就是组成社会的每一个个体，在统计学意义上来说都是平等的。然而进化者并非如此，他们是'异常'，难以用以前的社会理论来预测其动向。"

话锋一转，两个孩子一本正经地讨论历史与社会，说了几句后忍不住一起笑了。

"我以前看书，据说普鲁士有个疯子相信历史是由英雄驱动的。英雄就是与众不同的人，就是具备领导众人意志力的强者。"明郁江的声音似乎变轻了一些，"我还记得那时候我家里有很多书，我爸爸经常教我认字，拿书来给我念……念了很多奇怪的书。但都是夜摩文，我能读夜摩文，国文就很一般了。"

曹敬第一次听明郁江谈起自己以前的家庭。洪水来临的时候，他还太小，没有留下之前生活的记忆。而明郁江年纪比他大一点，还记得在那之前家里的事。

"你父母以前是做什么的？"

"医生。"明郁江轻轻地说，"我记得我爸爸是个医生，我妈妈是全职主妇，在家里照顾我，烧饭……"

"真羡慕你，我也想知道我的父母是谁。但是我怎么回想，都只有一点点模模糊糊的印象，什么也拼凑不起来。"

"我羡慕你才对。你不知道自己的父母，所以你没什么可失去的。"明郁江翻了个身，用后脑勺对着他。

曹敬闭上了眼睛。

过了一会儿，明郁江似乎睡着了，曹敬也迷迷糊糊地进入了梦境。或许因为物理层面上的接近，曹敬第一次如此清晰地触摸到了明郁江的梦境。这个梦境狭小、温暖、明亮，传来蜂蜜和面包的香气，就像是漂流在幽暗海洋中的一个小光泡。曹敬穿越繁复的精神波纹，笨拙地介入她的世界。

父亲。这个概念闯入进来，曹敬进入了明郁江的梦境，他感觉到这场梦的质地与别的梦不同。带着归化民梦境的松脆，本质却和金蔷薇语的梦是一样柔软混沌的，充满了暧昧不清的意象和哀伤的情绪。他能听见一个人在说话，一个让他感觉亲切的来自父亲的声音，他说：

"语言本身就包含着神性和隐喻，它不仅是工具，也是文明的基因，文明的基本元素，甚至是我们作为智慧生命的思维。语言是抽象思维诞下的神之长子，符号——最原始的宗教的根源。"

"别忘了你的语言和血脉。"那个声音说。

但哪怕是曹敬这样的孩子也知道，亚西洲太平洋人民政治会议，或者说亚太政治局，已经在事实上治理着共和国全境。从唐努乌梁海到苏禄群岛，从北海道到兴都库什山脉与阿拉伯海的交界，作为新罗马、欧共体、铁翅之外的世界第四极，金蔷薇国的创造者们通过席卷世界的战火和金蔷薇主义的革命潮流，将战争中的远东民族锻造成一个命运共同体。

作为一个国家的夜摩，已经从地球上消失。夜摩民族的文化，也在战后的"大西进"中与大陆文明再度碰撞融合。在以百万计的人口大迁移运动中，作为少数民族的夜摩人的文化已经在潮流中逐渐被淹没、遗忘。

梦境中，洪水卷了进来，浑浊的水流将小小的房屋填满。精致的家具在水流中慢吞吞地漂浮起来，他们身下出现了一个深不见底的大洞，漩涡将在场的所有人吞没。温暖瞬间远去，只剩下粗粝的浊流撕碎牺牲品。流动的魔怪将血肉之躯吞入其中，生猛的腥臭散发着死气，盘旋、啸叫的流动野兽任性地把人摔打、碾压，人类温暖柔软的身体一瞬间就被分解，与混沌的浆流化为一体。

曹敬闭上了眼睛。

在这一刻，以梦境为介质，他和明郁江的情感和思想在瞬间连接在了一起。黏稠的恐惧、绝望、悲伤和愤怒灌入他的脑海，曹敬几乎一瞬间就惊醒了过来。他感觉胃很不舒服，全身一阵冷一阵热，像是得了疟疾。头晕、耳鸣，像是有一个声音在他耳边不停地尖叫，令他感觉到天旋地转。

过了好一会儿，曹敬发现自己正趴在地上干呕。明郁江摇摇晃晃地站起身来，走到他身边，不轻不重地踢了他一脚。

"给我起来。"

"干什么……"

女生一把拎着他的领子把他从地上揪起来，严厉地逼视着他，寒声道："你看见了什么？"

曹敬过了一会儿才晃晃头，反问："你看见了什么？"

"我看见……"明郁江突然卡壳了，迟疑了好几秒钟后，她才不情愿地说，"我看见你了。我在家里，大水冲进来了，然后你……拉着我的手。"

明郁江有些焦躁地跺着脚，把曹敬放开。"有种很奇怪的感觉，我每次做这个梦的时候，都会感觉到很难受。但刚才你拉着我的时候，我突然觉得好像舒坦了很多，没有以前那么难过了。"

"哇。"雷小越以一个字表达了自己的心情，"也就是说，你在那时候证明了，自己真的有能够改变别人梦境的能力。"

"是的，可以这么说。"曹敬调整了一下坐姿，不动声色地把双手在桌子下面合十。

"那真的很爽啊!"雷小越一拍桌子,十分兴奋,"我要是有你这种能力,岂不是爽呆了?"

"其实并不会。"曹敬摇了摇头,"我去年看一部国外的翻译电影,讲的是一个男人成年后觉醒了能听到女人心思的能力。和那部电影里的主人公不一样,我在现实交际里不太讨人喜欢。"

"怎么会?"雷小越不解地问道,"哪怕你在梦里面装神弄鬼,让你喜欢的女生觉得自己也喜欢上了你,这也……肯定会让你大受欢迎啊!"

"你这个想法有点儿缺德。"曹敬笑道,"我可以这样做。但是这只是让人对我有了一些好感而已。进化者的能力一般是藏不住的。你想想,可能有女孩子会喜欢上我,但是知道了我的能力之后,谁受得了?"

"嗯?"

"哪怕是最亲密的恋人关系,也要给彼此留下一点儿空间。"曹敬一边说话一边心中失笑,自己竟然变成了情感咨询师。"青年男女热恋的期间,恨不得把两个人捏成一个,但时间长了,各种矛盾和分歧就开始显现出来了。时间一长,女生就会开始有些反感了,如果连梦——自己最私密的情感花园都失去了遮蔽,暴露在一个外人面前,这是一种很恐怖、很压抑的事情。"

"哦……"雷小越若有所思。

"哪怕我保证,我绝不会在没有得到允许的情况下进入她的梦境,她心里也会有个疙瘩。她看不到我心里在想什么,如果我是骗她的呢?如果我偷偷潜进她的梦,作为一个窥私癖肆无忌惮地观察她心灵的最深处;又或者她因为老是想着这个问题,自己做梦的时候想出了一个我,而那实际上根本不是我,她却以为我又闯进了她的梦——这种事情谁也说不清的呀。"

曹敬说到后面自己都笑了,把自己的手指关节一个个地拧了一遍。

"所以我这个人适合一个人住,如果我想要找女朋友的话,那就得严格保守秘密,绝不告诉她我到底是什么能力。根据国家进化人士专项法规的保护性条款,戴上束缚器的进化者有权保护自己的能力隐私,她去管理部门也查不到我的档案。但这么活着,我觉得真是没劲。我不希望我在最亲密的人面前还戴着面具,保有一个秘密……这事儿也是够倒霉的。"

曹敬在大学课程里学到了一件事:如果你曾经受过伤,当你反复地把这件事给别人讲过一遍、两遍、三遍……之后,这伤口就不会痛了,而且会随着时间的发酵结疤,并逐渐变得坚硬。在受到重创的时候,我们一开始都会觉得自己好像永远也没办法从这种挫败中恢复过来,但时间会帮助我们。

倾诉是最好的良药。

曹敬认为,人并没有自己所认为的那么脆弱、那么深情、那么纯洁……反而具备一种顽强的生命力,只要能吃饱、能睡觉,无论是生理还是心理,都能够随着时间流逝而逐渐康复。

曹敬看着雷小越。

他有的时候觉得自己像是一把锁,短暂地将一个个少年进化者和世界上的恶意隔离开来。曹敬是经受过那种苦楚的,但是他希望这些孩子能够尽量少经受一些这样的……苦难,尽快地学会保护自己。

"我以前和我的几个朋友讨论过一个问题,每一个进化者或迟或早都要面对的问题。"曹敬开始把话题引入更深的阶段,"那个问题是……进化者的存在,为人类的社会和历史,究竟带来了多大的改变?"

"嗯?"

"我觉得进化者是一种不正常的东西。"明郁江这样说,"在进化者出现之前,人和人是同一个物种。而当进化者从一百多年前开始发端,人类社会就被分割成了两个阶级,泾渭分明的两个种族。进化者和非进化者。两者的数量和存在感完全相反。"

而曹敬问曹雪卿的时候,得到的回答就不一样了。

曹雪卿的回答是:"我觉得进化者……或许一定程度上推动了历史的进程,但并没有带来超乎预想的改变。或许进化者和非进化者之间存在一些能力的差异,但是人和人之间的差异是天生的,我们谁也无法改变。有的人生来就比别人聪明,有的人生下来就比正常人强壮。跑得快、长得漂亮、视力好、动作灵巧……哪怕没有进化者,这些差异也一直存在于这个世界上。而进化者,只不过是这种差异的延伸罢了。"

"但是,进化者和非进化者,对个人命运带来的改变也太大了吧?"被明郁江说服的曹敬持反对意见。

"呵呵……"曹雪卿笑着摸了摸他的头,"生在孤儿院和豪富之家,也算是一种差异吧。这种差异可比会喷火、会吐水之类的杂耍本事要大得多了。命运将人拨弄于股掌之间,远胜于所谓超能力。"

"北一郎不是曾经改变了夜摩的政治局势么?"转去明郁江那边的时候,曹敬又听到了这样的回答。

归化班的小班长曾经认真地把几个著名战略级进化者的进化能力都做了记录。这次着意拿了上次谈过的北一郎作为论据。"北一郎当时的称号是'神风大将',据说能够靠意念力控制气流,甚至曾经在海上掀起风暴。这样的猛人，才能够带领军官成功兵变，以下克上，以一人之力击溃成建制的武装力量，彻底改变了夜摩的历史。"

"北一郎的下场是什么？"课间眼保健操的时候，曹雪卿若有所思地问，"我记得上次我们看历史课本，他的酒里被下了毒，被几个小角色给毒死了。"

曹雪卿是眼保健操的值班检查，大家都闭着眼睛做眼保健操，她也懒得管，直接靠在曹敬的桌子边上，轻声问道："进化者能够具备常人难及的破坏力，但这种破坏力和子弹比起来又有什么不同？用超能力杀人是杀人，用刀杀人也是杀人，用枪杀人也一样。再厉害的进化者，打起仗来，和一颗导弹相比，又怎么样？"

"气死我了！你到底跟谁学的这些？"明郁江这次踢了他一脚，"我就问你，假设把进化者的能力当作一把枪。如果我们的社会中只有一部分人有枪，而另一部分人没有枪，难道这不奇怪吗？这难道很公平吗？！"

"刀和枪有本质上的差别吗？"曹雪卿一边看着曹敬洗饭盒一边说，"如果真的起了害人的心思，有没有超能力没什么区别，一块砖头就解决问题了。"

说完之后，曹雪卿思考了一下，皱眉问道："你老婆明明是个进化者，怎么想问题老是用正常人的角度去想？这个脑子好奇怪啊。"

"谁是我老婆啦！"

曹雪卿非常任性地指定曹敬和明郁江之间存在不正常的男女关系，并且为这事儿生了好一段时间的气。曹敬很好奇她到底是怎么知道这些话是出自明郁江之口，当他问过后，曹雪卿对他翻了个白眼，抛下一句"傻瓜"就走了。

学生时代，拿异性关系开玩笑是很正常的事。但是那时候所有人都觉得这是一件很丢脸的事。无论是曹敬还是明郁江，在遇到这个问题的时候都会坚决否认。为了证明这一点（哪怕是在自己内心），两人每次在楼顶举办读书心得研讨会议的时候都是一言不合便拳脚相加一番，似乎这样就能够确保两人之间纯洁的书友关系。

自从曹敬证明了自己上次掉链子是因为觉醒能力之后，明郁江大方地表示原谅了他，并且正式和他拉钩和好。曹敬想理论一番她上次跟曹雪卿打架的事，但是每次话要出口，就看见明郁江漂亮脸蛋上的那道伤痕。虽然过了一段时间伤痕就消失了，但是曹敬总觉得有点怪怪的。

见色忘义，曹敬为此十分自责。

"我？你问我怎么想？"雷小越惊问。

"是啊。你说说你对进化者是什么看法。"曹敬真的觉得自己下次应该带一袋瓜子过来，不然就这么干坐着聊天太无聊了。

"我……我能有什么想法嘛。倒是你们那个时候才几岁，明明只是一群小学生，怎么就会讨论这么复杂的问题了？是不是你们孤儿院里的人都这么早熟啊？"

雷小越的质问相当精准，不过回忆里，福利院里的环境确实会逼着孩子们提前接触社会。当时娱乐活动没有现在这么多，曹敬有很多时间可以用来看书和想事情。

"我们那时候，青少年进化者培训还没有今天这么成熟。"曹敬简单地解释了一下，"现在，你觉醒之后，我会来辅导你，帮你解决一些心态上的问题。但是我小时候那会儿，根本没有这么多事，连证都是到十六岁才考的。在那之前，我们这种进化者都是野生放养，这类问题需要自己解决。"

"我对这个问题的看法……"曹敬看见雷小越模模糊糊的影子似乎挂着下巴想了一会儿,"我实话实说,我觉得进化者真的比普通人要牛逼很多。"

"啊,是,这想法很正常。"

"我觉得嘛,我们跟普通人都是社会的一分子,普通人做普通人,我们做我们就行了。在这个……社会上,大家八仙过海,能怎么混就怎么混呗。"雷小越满不在乎地说。

"你倒是看得很开。"曹敬大笑,"这一点上,我得跟你学习。"

"那你们之后跟那个夜摩班又打了吗?你有一个夜摩朋友,会不会左右不是人?"

"这个嘛……刚好跟之前我们谈的话题有点联系了。"曹敬收了笑声,"是这样的,两个团体之间矛盾越来越激化,后来可真是惹出了大祸。"

雷小越"哇"了一声,追问道:"那后来呢?"

曹敬突然顿住了,他似乎后悔提起了这件事。沉默片刻后,他说:"有人偷了一把枪。"

雷小越屏住呼吸。

"是归化班里的一个老被我们欺负的胖子,名字叫唐泽。或许和我之前袭击明郁江的那件事有关吧。"曹敬换了个坐姿,"也或者是我姐姐那次把他们都打伤了的原因。他想要证明自己,想要报复我们抗洪班,于是他把矛头指向了我的姐姐……老头子有一把枪,他以前是军人,但转业后因为某种原因……"

曹敬的故事卡壳了,有很多事难以向眼前的孩子解释。

"我看见了他的梦境,知道了他的愚蠢计划。"曹敬又换了个坐姿,派出所的椅子不是很舒服。"我阻止了他,消除了这件蠢事发生的可能性。然后我意识到仇恨已经根深蒂固，在那之后我不断进入他人的梦乡，为他们带来温暖振奋的美梦……"

"美梦？"

曹敬笑道："是啊，温暖的美梦。在梦中为他们讲故事，包括世界上所有的童话。这不是很好的对自身能力的运用吗？为他人带来快乐，用我们的能力点亮这个世界，虽然只是一点温暖的火苗。"

外面有人拿灯泡过来维修，第三者的闯入让对谈告一段落。灯光重新亮起，曹敬端坐在椅子上，一动不动地看着雷小越。

他低头看了看手表说："今天我们就先到这里吧。"

曹敬骑着电瓶车，一路滑过逐渐荒芜的雨后街道。

与青少年觉醒者的谈话暂时告一段落，天色将晚，曹敬准备回到家后先整理完今天的记录，为下一次谈话做好预案。

曹敬现在住的地方在郊区，离他曾经生活的福利院不远，隔着两个街区的位置，是他大学毕业后老姜的战友给找的地方。其实就是个仓库管理员的宿舍，建在老厂区的边上，也算是兼职给人看仓库。优点是清静、免房租，每个月还有三百块钱的工资可拿，缺点是只有这几个优点。

曹敬已经习惯了一个人住，他顺路还买了菜回去。虽然办公室里有伙食补贴，但这个补贴是以食堂饭票的形式发放的，曹敬一般都是把票换成桶装花生油拎回家，早晚都是自己在宿舍里做饭吃。

沿着煤渣铺成的小路一路骑行到终点，曹敬嘎吱一声把车停下，掏出钥匙打开仓库院子的侧门，把车推进去停在仓库边上。

他的手顿了一下，门边上的一把火钳倒了，有人来过。

曹敬环顾四周，这是老院子里的老仓库，里面没什么值钱东西。

也就只有他住在这里，平日里根本都不会有人过来，更别提毛贼了，哪怕是敞开大门让贼来搬也不会有损失。

他蹲下身，能看见淡淡的湿鞋印留在室内水泥地上的痕迹。从这个水迹上来看，闯入者来到这里不足半个小时。从鞋印的大小和形状来看，不像是男人的鞋印，而是女式皮靴。

他从后腰那里抽出一根伸缩警棍，无声地拉开，向仓库内走去。

脚印延伸向他的宿舍。

曹敬轻轻推开门，看见自己书桌前有个女人盘腿坐在椅子上，只能看见她的侧面还有被发带束起来的黑顺长发。曹敬短暂地停顿了一下，白天的记忆与此刻的人像重叠，让他有一种恍惚的感觉。书桌上放着一罐糨糊和一个纸盒子，里面堆着许多发票，而这位不速之客正戴着他的 Walkman 听着 CD，全神贯注地用一根小木棍把这些发票按顺序整整齐齐地粘到一张纸上。

她的靴子横七竖八地撂在床边，大冬天的还赤着脚。曹敬叹了口气，走过去把她的耳机摘掉，黑豹乐队的 *Don't Break My Heart* 轻微地响起。他的几张 CD 散放在桌上，《超载》《黑豹》和《新长征》……

"欢迎回家。"明郁江咧开嘴，"我快饿死了。"

四

"最近有没有遇到什么有意思的小孩儿啊？"

曹敬在厨房里准备晚饭的时候，明郁江的声音从厨房外传来。

"我今天遇到一个闯了祸的小孩儿。"曹敬一边切洋葱一边说，"我给他讲了讲我小时候的事。"

"哦？你想用你的亲身经历告诉他，洗心革面好好做人才是人间正道？"

"我说，我们那时候觉醒了能力，意外地阻止了一起冲突事件。"曹敬顿了一下，"我跟他说，掌握并且运用好自己的能力，这是每一个具备进化能力的人的责任。只要每个人都献出一点儿爱，世界就会变得更美好。"

"哈哈哈哈哈哈……"明郁江的大笑声从外面传来，还传来捶桌子的声音，听上去她笑得眼泪都要出来了。"你真的跟他这么编的？"

"不然你给我想一个呗？"

"我就说……你被两个黑帮大哥当作男宠抢来抢去，最后为了你，双方决定以一场群殴来决定胜负。你大哥赶到的时候，你已经被淫辱得遍体鳞伤。就当你的亲夫想把奸夫一枪击毙的时候，你却从一边冲出来拦在亲夫面前，并说——已经怀上了他的孩子，孩子不能没有爸爸！"

"你最近是不是又看什么奇怪的东西了？"曹敬把切好的笋干丢进沸腾的砂锅。

"没有啊……"懒洋洋的声调这次距离很近。

曹敬回身一瞥，看见明郁江斜倚在狭小的厨房门口，饶有兴味地看着他围着围裙忙碌的模样。他迅速收回自己的目光，若无其事地将卤好的肉切片，但是明郁江此刻的姿态已深深印入视网膜，难以遗忘。

哪怕用再严苛的标准来看，明郁江也已成长为出色的美人了。小时候那种粗暴的野性与现在节制的知性中和，调和为神秘内敛的出众气质。虽然和他一样处于穷困的境地，但是明郁江一丝不苟地对待自己的容貌，服饰简单却精心搭配，令她散发出难以捉摸的魅力。

本来就是身材高挑的俏丽少女，今天的明郁江在黑色百褶裙下的那对白皙长腿依然具备野猫般的纤长和活力。男式衬衫和长外套似乎都是以前捐赠品里的旧衣服，但布料上乘，干干净净，没有丝毫廉价感。

此刻曹敬深刻地体验到曾经他人对自己的恐惧。

没有人想让自己内心最深处的欲望被赤裸裸地揭开，他此刻脑中出现的景象，如果有人知道了……会让他感到羞惭万分。曾经的他让身边所有人都没有安全感，任何人都会有肮脏、卑劣、下流的念头，这些都掩藏在表皮之下，而他曾经能够穿透这层表皮，看见里面的内容……曹敬现在十分庆幸明郁江不具备精神能力。

"喂，阿敬。"明郁江若有所思地问，"你现在是不是在想一些下流的东西？"

不具备吗？

"你又胡扯什么？"

"你脸有点儿红哦。"明郁江轻佻地说，"而且你突然不说话了。是不是因为……"

她的气息逐渐贴近，在只离他一步的地方停止。

曹敬感受到两人之间的"力"正在膨胀，明郁江似乎犹疑地停顿了。

"好多油啊。"明郁江把头探过来，"为什么这个肉切下去会冒出这么多油呢？"

"这个肉事先卤过，香叶、八角和花椒。"曹敬举起手中的厨刀，"香料的精华在长时间的焖煮下渗入其中，其实已经是熟的了。只需要和配菜炒在一起就好。"

"辛苦你了。"明郁江从他身后抱了他一下，蜻蜓点水般的拥抱，力气很大，但一触即收，"那我去帮你贴发票喽。"

贴发票是市教育局的一项很恶心的内部政策，老马说为了应付上级部门检查账目，局里规定上交的发票金额和发下来的奖金直接挂钩，发票越多，到手的奖金也越高。而不贴发票的人，奖金和补贴都先停发，等拿了发票再来兑换。而发票又要按照顺序贴在一张纸上，齐齐整整，不齐的地方还要用剪刀修剪一下。

这个事情让局里的人都怨声载道，本来工作事情就多，还要抽时间去贴发票，烦人得很。而且发票还得去火车站搞，那里有专门做这个生意的人，收集丢在地上和垃圾桶里的发票然后批发。二十块钱一捆，按比例来说不算贵。但是本来应得的奖金因为这个事情还要多生枝节，让曹敬很不耐烦。

吃晚饭的时候，明郁江说了溜到他这里来的原因。

"我跟舍友吵架了。"明郁江一边往嘴里塞肉一边说，"烦死人了，老给我下绊子。"

明郁江现在住在沧江大学的研究生宿舍里，同宿舍住了三个人。虽然跟留学生宿舍不能比，但住着还算惬意。曹敬在沧江师范大学念本科的时候通过明郁江组织过联谊，认识她本科时候的几个舍友。一个是南缅来的，两个是大马的，金蔷薇语都不是很熟练，但交流得还算愉快。

本科读完后，曹敬直接被分配去了教育局工作，也算是专业对口。明郁江念的是历史系，就业困难，她直接考研，本校研究生比较好考，分到了现在的研究生导师。

读研后，明郁江的舍友就换了一批，曹敬还没接触过。本来还想着什么时候抽时间一起出去玩，看她现在这模样，这事大概是不可能了。

"咋了？"

曹敬很早以前就学会了倾听，明郁江需要的是在他这里倾倒一下情绪垃圾，抱怨一番，把怨气发出来就好多了。事情的原委没有出乎他的意料，矛盾很简单：明郁江是进化者。

进化者在外人看来很不错，完全是另一个阶级，考证出来每个月还有国家津贴。《计划生育法》规定，乙级以上的进化者能生两个，甲级以上第一次结婚还能分一套房子。这简直就是一步登天了，一个证跨入小康。去年有个省大规模舞弊，曝光对社会震动很大，不少乌纱帽落地。

但实际上，考证没那么简单。明郁江在少训所的时候拼了命也只有一个乙级，曹敬根本没过，连丙级都不是，成了一个废弃品。那几天明郁江简直是个火药桶，见谁吼谁，四处找人打架，差点儿进局子。虽然她甲级没考上，但在普通人眼里依然是高贵的有证阶级，加上她脾气绝对不算温柔善良，所以就在寝室里被排挤了。

"别管她了。"曹敬提出寡淡无味的意见，"做好自己就行。"

"我还有一年才能研究生毕业。这一年我要怎么跟这种人住在同一屋檐下？"明郁江对着卤肉怒目而视，"我去找辅导员，想换寝室，结果被劝要和室友搞好关系，好好沟通……敬君，你当年不是心机四天王之首吗？给我想点儿招儿啊！"

"不要随便给我起什么外号好不好！什么心机四天王！"曹敬哑然失笑，他想了一会儿，"你搬出来住算了。反正学校不管你搬不搬出来，眼不见为净。"

"去你的，我哪来的钱租房子，研究生那点儿津贴刚好够我吃糠咽菜，出去住的话我只能住天桥底下了好不好！"明郁江顿了一下，叹了口气，"要么我跟你同居好了。"

"你认真的吗？"

"呀……说出口总觉得有点尴尬。而且离学校太远了，通勤好累。"明郁江憋住气沉思了一会儿，还是泄气了，"要么我再去考一次证算啦。"

"跟辅导员再沟通一下吧。好好说，不行就死缠烂打好了。"

"嗯，其实我跟大老板说了这个事。"明郁江的眼神有点儿游移，"我跟他提起过你的事情，他说如果你愿意参加我们的考察项目，就去给我换个寝室。你……有没有……"

"你是为了这个来的吗？"曹敬眯起眼睛看着她，试图看清她无辜表情下面的真容，脊椎后的束缚器传来了一丝微弱的刺激电流。

"参与实验的受试者，有补贴。"明郁江说了一个数字，抿起嘴，"我们要不五五分账吧？我给你讲，待遇真的不错哦。"

明郁江的导师是著名历史学家、沧江大学的历史系教授朱烽，也是经常上电视节目的文化人。这位老先生据说是前明皇家血脉，师承于金蔷薇革命时期的大学问家骆文美，醉心于近现代史中的进化者起源研究，出过好几本相关著述，是"东方千人文化工程"的国家级人选，据说享受国家特殊津贴。

明郁江想毕业后留校工作，这次本来要申请研究生助教的，结果被室友从中作梗给搅和了。

"真想有套自己的房子啊……"明郁江躺在曹敬的床上，鹊巢鸠占后还混不自知地长叹。

曹敬把床垫铺在地上，当然，他睡在地上。

"你晚上不会夜袭吧？"明郁江抱住曹敬的被子，假装害怕地问，"独居青年男性，变态起来可不是我一个弱女子能抵挡的哦。"

"呵呵。"

从十岁起，曹敬就多次领教过明郁江的斗殴水平，激活了能力的明郁江一个能打二十个还有余力。当时曹敬认定明郁江将来会变成那种跟人打架的太妹，没想到现在竟然成了知识分子。话说回来，当初人人都觉得曹阳会去当兵，结果他去了警校。曹丹倒是去当兵了，国防生毕业后去了军队，听雪卿姐说被分配到了首都军区。

说到雪卿姐，她是四个兄弟姐妹里最厉害的了。少训所出来后上了特别名单，进了保密单位。一年就回来两次，过年一次，中秋节一次，听说进这种单位的都是去当战略级后备的。福利院里的亲友当中，曹阳还在沧江市，有的时候会过来跟曹敬喝酒，但他当警察事情多，一个月都抽不出几天时间来，最后曹敬在本地最熟的竟然是明郁江。

"你现在还看得见吗？"调戏却没得到反应，明郁江百无聊赖地蜷缩到被子里，开始往外面扔衣服。

曹敬指了指自己脖子上的束缚器，摇了摇头。他躺在垫子上，本来想琢磨一下雷小越这个工作对象，梳理一下教育思路，结果总集中不了注意力，心中有杂念。

"你身上什么东西那么香？"

"少女体香喽。"

"以前没有这个香味的。"曹敬在黑暗中睁开眼睛，"换洗发水了？"

"你鼻子好灵啊。我的洗发水被室友蹭光了，就换了个牌子。"明郁江似乎翻了个身，"我在你枕头上多蹭蹭，让你以后睡觉的时候也能闻到我的气味。这样你做梦就会梦到我喽。"

"不要跟动物一样，拜托你不要在我床上随意便溺。"曹敬对明郁江这种若即若离的策略很不在行。两人的关系忽冷忽热，前些年还曾经大吵过一架，后来关系才慢慢修复。曹敬现在完全摸不清她的想法，有时觉得她言行不一，有时又觉得她在隐隐地抗拒自己。

"你说的那个实验，具体是做什么？"曹敬在黑暗中找话说，希望谈着谈着就能睡着了。

"是这样的。朱大老板现在跟一群人在搞一个跨科目的大项目，对进化者群体的历史进行一个梳理，分析现存的和以往的进化者资料，以厘清进化者的根源。想要知道进化的基因到底和什么有关，不同能力又是根据什么原理诞生的。朱大老板这边有一个很奇特的想法，他认为进化者的'突变'不是先天的，可能存在某种后天的诱因。"

"什么诱因？这种生命科学项目跟他一个搞历史研究的有什么关系？"

"我也不知道。"明郁江有些遗憾地摇了摇头——或者说曹敬认为她在黑暗中摇了摇头，"我们是在文化路上朱大老板自己开设的私人俱乐部里搞一些数据统计的研究。你别说，俱乐部里有好多大牛，朱烽的人脉真的广。不光是搞研究的，连写小说的人都有。"

"写小说？"

"真的，还很有名，写《海豹奇人》的那位，姓吕。"

"吕君房？"曹敬吃了一惊，这个名字可比朱烽有名，是名气很大的作家，屡获奖项。《海豹奇人》是他的成名作，讲述因纽特人在另一个时间线中建立海豹帝国，利用驯化的武装海豹打赢第二次世界大战的故事。

曹敬很喜欢吕君房，书架上放着五本吕君房的小说。

"睡吧，明天你有空？"

"嗯，周六。"

"那我就带你去吧。"

当晚，曹敬做了个梦。

梦中某种虚无缥缈的魂灵缠绕在自己的身周，他能听见耳边的沙沙轻语，但却始终无法听清内容。

曹敬本能地认为那是"她"，然而他却始终无法分辨她的正面容貌，只能感受到柔软的丝绸般的腕足缠绕在自己身上，渐渐渗入自己的皮肤，与自己结为一体。他记得自己曾经做过这样的梦，在福利院里，他梦见这个魂灵在他耳边呢喃，告诉他来自不同心灵的秘密。

他发现自己正满身汗水地站在漆黑的房间里，绷紧身体，牙关紧咬，心中充满恐惧。他手里握着一个沉甸甸的东西，那东西他在福利院里触碰过。他知道它的分量，沉甸甸的，手掌里有阴冷不详的气味，从握柄的纹理上传来。

他在黑暗中瞄准床铺，有两个人在床上呼呼大睡，只要对着他们的脑袋扣下扳机，他想，一切就都解脱了。但他又想到午夜的枪声会惊醒周围的邻居……他想要逃走，想要离开这个房间，长出翅膀离开这个城市。

他在黑暗中无声无息地瞄准，放下，瞄准，再放下。汗水把内衣打湿了，膝盖又痛又硬，然后他像猫一样把它放回找到它的地方。是的，杀人并不需要武器，杀人只需要下决心。他们这时候其实已经死了。

曹敬在黑暗中笑了。闭上眼睛，他呼出一口气，奇妙的安心感蔓延到全身四肢，最后渐渐地沉入了睡眠。

醒来的时候，他发现自己满身都是汗，像做完了一组有氧运动，还听见卫生间里哗啦啦的冲澡声。

脖子又酸又涨，那个束缚器黏糊糊地贴在皮肤表面，他习惯性地用指甲抠了一下，高强度塑料的材质让这个项圈难以被摧毁。他知道，这个东西内部的发射器正在一刻不停地发出定位信号，而当其内部芯片损毁，就会有调查人员在二十四小时内携带备用品赶来。如果发生了一些"特殊情况"，配备专业人员的行动小组将在四十八小时内赶到。

他知道这一套程序，因为现在他也是这套程序中的一员。

天还没全亮，雾蒙蒙的，曹敬决定出门晨跑。等他回来的时候，明郁江正在扣自己的皮带扣子。

"你现在还健身啊？"女生拾起他床边的伸缩警棍，意有所指地抛接了一下，指了指外面院子里的一个木头桩子，"还会打架吗？"

"偶尔练练，防身而已。"曹敬简单地回答，昨晚的梦让他不安，他决定和明郁江讨论一下。"……你还记得当年唐泽的事吗？我做了一个不好的梦，想要告诉你。"

明郁江对他突然提起此事很惊讶，她顿了一会儿，道："……记得。我那时候还在生你的气，结果有一天你突然很严肃地跟我说，需要我帮忙，老实说让我挺高兴的。"

他那时候就知道明郁江很高兴，曹敬有这种感觉，当他说自己在这件事上更信任她而不是姐姐的时候，明郁江整个人的态度都变了。共同的秘密将他们连接起来，当时他只把自己的能力告诉过明郁江和姐姐，他进入过姐姐和郁江的梦，但他只和明郁江深入探讨过能力的可能性……他觉得明郁江会把他的想法，他的荒谬的梦……认真看待。在这一点上，哪怕是姐姐也做不到。

明郁江坐到床上，厨房里的水烧开了，曹敬去倒水的时候听见她说："一开始我也觉得你在胡扯八道，但你态度那么严肃，我也不能说'你是做了个噩梦吧？'"

"昨晚我又做噩梦了。"曹敬说，"和当年那个梦……很像。"

开水倾进茶杯，有几滴溅到了手上。

梦，这是曹敬最初给自身能力下的定义，但当他某晚在梦境中看见"自己"举枪杀人后，他的观念便受到了严峻的考验，那是他觉醒能力一个多月后的事。

"你早上怎么摇摇晃晃的？"他在第一节课下了之后就去隔壁班找明郁江，他人指指点点的目光让明郁江对他的大胆十分不满。但当曹敬阴沉着脸说话的时候，她听得很仔细。

"你说自己梦见了强烈的敌意？"

"非常强烈的憎恨。"

那是一个满溢愤怒、复仇、怒火的梦境。曹敬记得自己在梦中举起枪瞄准并一次次扣下扳机的快意。这不是真实的记忆,全是幻想。如果仅仅是在梦中追求暴力发泄也就罢了,但曹敬还看见了其余的碎片,比如用石头砸开锁扣,还有在箱子里取出手枪的瞬间。

他在梦境中寻找枪声,松脆的质地,是属于夜摩语的梦境。他发现夜摩语质地的梦里,对枪声的感觉不一样,像是蒙了一层薄膜,轻飘飘的,之后耳朵里有血流出来。接着他嗅见了硝烟,挖掘到了更多的信息,枪杀他人的快意与自满。

他看见子弹飞向目标,穿透单薄的身躯,血液漫开。

他看见了中弹者的面容——那是他绝对不能容忍的。

"有谁知道福利院里藏了一把手枪?又是谁把具体藏匿的地方告诉了别人?"

明郁江双手抱胸,不停用手指敲打自己的手臂,沉默不语。

这个消息是从什么时候传出来的呢?到底是从几岁的时候,他们听说在福利院深处藏有宝物,一把真正的手枪,后来曹敬在消息灵通的三哥曹丹那儿证实了这个消息。某日他带着曹敬前往老姜的房间,趁他出去的时候偷偷开门——他玩了一个小把戏,用一张胶带纸贴在锁口上,让门锁没能闭拢。

"帮我望风。"曹丹让曹敬蹲在门口,把耳朵贴在门上,听到老姜那双皮鞋声的时候就立刻喊他。

那时候的曹敬很听话,他一边听外面的脚步声,一边看着曹丹爬到床下。过了一会儿,曹丹拖出一个木盒子,盒子上有个小挂锁,他用一根细铁丝在锁孔里掏了一会儿,锁就掉了下来。

房间里很安静,所以当曹丹咽口水的时候,曹敬也听见了。他看见三哥从箱子里取出一个布包着的东西，解开之后，他看见黑沉沉的一块铁。这是他第一次见到枪的实物，之前只在照片里见过。曹敬忍不住爬过去，和三哥一起欣赏这把杀人武器。两人将它互相传递，用汗湿的手指抚摸冰凉的外壳和箱子里整齐排列的黄澄澄的子弹。

皮鞋声传来的时候，两人以平生最快的速度将盒子盖好，抱着盒子滚进床下。但皮鞋的声音没有在门口停留，又渐渐消失了。

曹丹在黑暗中严厉地看着曹敬，让他永远不要把这件事说出去。

清晨街道上，骑着男式自行车的明郁江看上去有种脱俗的出尘感，不过当曹敬在杂货店里买了块橡皮后，这种清纯立刻消失殆尽。

自从上大学时一次钢笔漏墨水，把整篇论文毁了之后，曹敬就改用铅笔记录各种事项。买完橡皮回来后，他看见明郁江不满地靠在车把上，发出啧啧的声音。

"那个售货员看你的眼神好黏啊。"

"你吃醋啊？"

"当然啦，我这个人就是嫉妒心特别强，不喜欢男人在我面前跟其他女人……勾勾搭搭。"

曹敬和明郁江平和地互相调侃一番，临走的时候曹敬回过头看了一眼，他经常来这家小卖部买东西，所以对这个售货员有印象。她似乎是老板的亲戚，相貌清秀，戴着眼镜，一副有点儿阴郁的样子，听说是在读夜大，对人总是爱理不理的。至于明郁江说的什么眼神好黏，他就没什么感觉，只觉得这位不知名的女售货员对他态度比较温和。

可能是因为他是唯一买完东西会说"谢谢"的人。

"这姑娘我觉得背后也有故事。"曹敬等两人骑远了后说。

"你真的对她有意思啊。"

"不是。"曹敬想了一下,"她站姿和一般人不一样。一般售货员很少有她这样的气质,腰背很直。"

"感觉有点儿凶巴巴的。"明郁江挑挑眉毛。

朱烽的私人俱乐部全名是"白鲸俱乐部",在亲自走进这个地方之前,曹敬一直以为"俱乐部"只是明郁江的一种比喻,没想到真的是一个类似私人会所的地方。有书、有酒,有几个中老年知识分子模样的人,虽然打扮都很朴素,但总有种不怒自威的气势。

朱烽是个小个子的老人,精神矍铄,还有几个人身份都挺怪的。一个是本省著名的中医叫戴小春,他有一家号称古汉方传承的中医药企业;还有一个省考古研究院的副院长李实秋,最夸张的还有一个是基因测序方面的专家。里面的人五花八门,曹敬甚至听到朱烽跟别人开玩笑说,这家俱乐部快要转正,变成国家科学院名下的一个研究机构了。

曹敬最好奇的是那位小说家吕君房,问明郁江的时候却只得到一个眼神示意。他顺着明郁江所指的方向看过去,在大厅里最靠窗的圆桌边站着一个头发夹白的男人正在看书,好像怕自己抽烟熏到别人一样,那人把窗子开了一条缝,就在窗边捏着烟看书。圆桌上摆着一个酒瓶,他也不嫌麻烦,就那样一动不动地站着,酒杯搁在窗台上。

朱烽对曹敬很友善,先给曹敬吃了一片安神的药物,然后在一个安静的房间里问了几个简单的日常问题,由明郁江做笔录。

不知问到第几个问题,曹敬睡着了。

"你叫什么名字?"

明郁江按开圆珠笔,开始记录。

过了好一会儿,睡倒在躺椅上的曹敬从牙缝里蹦出来几个字:

"……曹敬。"

"你父母的名字是什么?"

"……不知道。"

"几岁的时候觉醒?"

"十……十一岁左右。"

"第一次性经验是几岁?"

"这都要问?"明郁江瞪大眼睛,悄声问。

"十五。"

明郁江做了个"What"的口型。

记录日期:金蔷薇历九十九年十一月七日

记录人:明郁江

对象:曹敬(以下简称"曹")

询问者:朱烽(以下简称"朱")

朱:你做梦的时候,曾经见过什么特别的东西吗?

曹没有回答,似乎想说什么。

朱:你曾经在自己的心灵中见到过……外来物吗?

曹(皱眉,露出不快的表情):我不知道什么外来物。

朱:它可能是一种超出你能力的外界意识,可能以各种形式显现在你的意识内部。再仔细想一下,它可能不是经常出现,只有在你情感达到峰值的时候,最难以自控的时候,它才会悄然无声地出现在你眼前。

曹(长时间的停顿):我……或许我曾经见过。

朱:什么时候?

曹(不安地扭动):在我……难受的时候。

朱:为什么难受?

曹(开始流泪):因为我……讨厌自己。讨厌使用能力的自己,变坏的自己……我想杀了自己,把自己的脑子抠出来,想把自己的耳膜捅破……我想安静……

朱:为什么你讨厌使用能力的自己,你滥用了自己的能力吗?还是能力对你造成了太大的困扰?

曹(抽泣):我……我控制不住自己。我真的尽力了,我真的尽力了,但就好像是在跟自己打架一样,我忍不住……(曹敬的声音和说话方式像是回到了他幼年的时期。他的语法和语气都有所改变,而这种说话方式正是很久以前的曹敬才会使用的。——明郁江注)

朱:每一个觉醒的进化者都会经历你的阶段,所以不必自责……

曹:你不懂。我在伤害他们的时候感到……

朱:感到什么?

曹(长长喘了一口气,平静了下来):活着。自我。满足。

朱:你记得那个出现在你意识中的外来物吗?

曹(语气平静):我现在能记得了。

朱:你还记得它以怎样的形态出现在你意识中吗?

曹(梦呓般地缓慢说话):是……一个穿着白色裙子,看不见脸的女孩。在我最痛苦、最难受、最想自杀的时候,我能看见她……出现在我眼前。不是做梦、幻觉、幻象。光天化日的时候,就在我眼角,看过去的时候又没了。但总觉得她好像在那儿……我一直觉得我精神出问题了。

曹(与之前研究过程中发现的群体幻觉相契合,建议将曹敬划为第一类研究项目——明郁江注):但我知道,她不是我想象出来的……她真的存在。我想象不出她,我知道她不正常。

朱:这个女孩,曾经和你交流过吗?任何形式?任何信息?

曹(长时间的沉默):不,没有。

朱:除了她的外形,她真的一点信息都没有传达给你吗?哪怕是最简单的肢体动作?

曹(悲伤的表情):没有。

询问结束。

五

曹敬醒来的时候,他下意识看了看墙上的时钟,自己好像睡了半个小时左右。

"朱烽教授呢?"他支起自己的身体,向正在整理文件的明郁江发问。

"出去休息了,他说让你睡一会儿也好。"郁江头也不抬地盯着笔尖说,"没事,挺正常的。你睡着的时候我们给你抽了点儿血,检查了一下心率和脑波之类的。初步检查已经完成了,你作为实验品已经合格,以后周末可以多来这边逛逛。"

"我……"曹敬舔了舔自己的牙齿,觉得嘴里好像有些涩味,"你们到底是在研究什么?我觉得头有点儿乱……"

"既然你已经是我们这个研究项目的一员,那么我觉得可以给你多讲一些东西。"明郁江转着笔靠在椅背上,沉思了一会儿道,"你还记得我们小时候,福利院附近流传着白衣女鬼的传说吗?"

"记得啊。"

"你后来告诉我,那个连环杀人凶手的故事是你自己编出来的。"

"是的。"因为昨天还跟小孩子说起过这事,所以曹敬的记忆还很清晰。

"但是白衣女鬼这个传说,并不完全是编的,以我们的调查。"明郁江手里的钢笔啪的一声落在桌面上,"可能你有点儿奇怪,我们这样一个正经科研项目为什么会去追溯一个都市传说。事实上是几年前,朱导跟几个朋友聊天的时候,谈起了这些都市传说,然后突然发现了一个很有意思的现象。"

曹敬做出洗耳恭听的姿态。

"白衣女孩的幽灵,曾经多次在进化者的历史中出现过。"明郁江认真地凝视着曹敬的脸,"野史和传说中都有记载,某种白衣的女性幽灵出没在随机的时间和地点,其共同特征是被进化者看到、外貌特征相似……有人认为,这仅仅是一种统计学上的可能性,还有人觉得这是一种在进化者中出现的集体幻觉。但是有一点解释不清。"

"你说。"

明郁江用怪异的眼神盯着曹敬看了好一会儿才说道:"最奇怪而无法被人常理解的是,目击过白衣幽灵的人,通常都会在这之后遇到人生的巨大转折。你还记得我们以前读历史书的时候曾经读到过的,在兵变的前夜,北一郎曾经梦见的东西吗?"

曹敬想了一会儿,回忆起了那件野史逸闻。

在改变夜摩历史的兵变事件中,北一郎率领的军人团体曾经一度动摇,然而他在发动总攻的前一晚,辗转反侧,半梦半醒之间,窥见了一位白衣女神。北一郎认为这是白莲菩萨显灵,以此坚定了信心。在事成之后,他把这件事写进了自己的日记里。在一月内阁成立后的第三天,北一郎和自己的亲信曾经前往法隆寺祭拜,在日后也成为这个小细节的佐证。

北一郎的日记在几十年后被其亲属出版,高中时期的明郁江曾经购入过,那个时候她和曹敬正是同桌,两人喜欢在上课的时候偷偷读闲书,因此曹敬也大略读过。

"人生的转折……"

曹敬现在想起来了,自己觉醒时曾经见到的白衣女孩的幽魂。他不觉得那是某种菩萨的化身,但这女孩的影像似乎确实有着超乎常识的力量。

人生的转折。曹敬心想,确实有几分道理。

"那个白衣女鬼的传闻,也是阿敬你搞出来的吗?"明郁江竖起一根手指,"另一个恶作剧?"

"不是我。"

明郁江看上去并没有在这个问题上深究,而是叹了口气,"老朱认为,这个白衣女孩的幻象,证明了在进化者的觉醒过程中,可能存在一些认知上的变异。你听说过语言带来的认知差异么?举个例子,同样是蓝色,但是铁翅国人分辨不同的蓝色比我们要更为敏锐,因为在铁翅语中,不同深浅的蓝色,有着独立的名词。"

"而国文中只有'蓝'这一个语素,除非你给它加一些定语?"曹敬试着跟上她的思路。

"是的。"明郁江轻笑道,"在语言学里还有一个流传很广的传说。在太平洋的某个小岛上,生存着一些土著人。在和他们接触的过程中,语言学家意外地发现,他们无法在色谱中分辨出绿色。这是因为,他们的语言中不存在'绿色'这个概念。"

"他们的世界中,没有绿色。"明郁江优雅地将身子前倾,"因为他们根本没有意识到,世界上存在'绿色',这是一个很不可思议而又有趣的传说。它代表我们的认知会被语言所影响,语言的差异性影响了我们的知觉过程。"

"真的吗?"

明郁江摇摇头,失笑道:"我也不是学语言的,这只是从朱老师那里听来的故事而已。关键在于,朱老师认为,进化者的特异能力,或许和人类的认知功能有关。或许觉醒的人们,是因为他们突然觉醒了'绿色',从此,他们的世界中就有了绿色。而正常的人类却对绿色……视而不见。"

"而证据就是……白衣幽魂的存在。"曹敬触摸到了对方的思路。

"是的。虽然这个证据或许太过虚无缥缈,但是相当数量的样本都在说明一件事,只有觉醒的进化者能够看见那个白衣女孩的身影——虽然只有一小部分人有这个运气——但这无疑是一种认知能力存在微妙变异的佐证。至于她的存在到底意味着什么,我们目前还没有头绪。"

"不会是菩萨显灵吗?"曹敬开了个小玩笑。

"我们是党员。"

明郁江的话让两人同时笑了出来。

少年时的曹敬大约未想到过,日后会为了金钱而劳形苦心。然而当接过装在信封里的补贴金后,成年的曹敬却感受到巨大的轻松感。

作为公务员的曹敬,收入被许多外人羡慕,然而内情却又不一样了。曹敬想过很多次,如果他能够硬起心肠,跟科长老马一样市侩,仅仅把这个职业当作一份上班打卡,准点下班的工作来看,他的生活会轻松很多。

自己可以不用住在狭小的仓库里,存钱的效率也会提升很多……虽然住在那种荒僻的地方可以说是曹敬的个人精神需求,但如果有更多的收入,他就能够找到更好的独居公寓。

然而——世界上最怕的就是这个"然而"——很不幸,曹敬是那种非常敬业,并且专注于儿童境遇的公务员。这份工作给他带来了意想之外的沉重经济负担。

大学毕业后,他每个月都会回福利院,给老姜他们带些东西。虽然老姜总说福利院里东西都还够,但是曹敬对自己成长的地方总有一种莫名的责任感。他知道孩子们过的是怎样的日子,自己曾经忍受过那种生活,如果当时自己有一点儿小小的福利,哪怕只是一件新玩具,或者一双新鞋子,就已经是非常非常幸福快乐的事情了。

曹敬找到工作后,这个想法就一直困扰着他。哪怕薪水微薄,但是节俭度日的他还是能够每个月带一些糖果、玩具和书籍回去,或者经常回去帮忙干些活儿。

曹阳有一次跟他一起回福利院,出来后跟他聊了很久。

"你不能一个人救所有人,"曹阳说,"你应该有你自己的人生,别把你自己耽搁了,你真的不欠别人什么。"

"我知道,"曹敬当时这么说,"但能救一个救一个,能救一时救一时吧,不然心里总是难受。去小孩家里家访,有的时候会碰到穷得揭不开锅的,或者家里有罹患精神疾病的。我也没办法,去帮他们跑两趟,联系低保,给他们拎一袋米,这样晚上才睡得着觉。"

曹阳说:"等老大回来后,让她给你换个工作。"

"那你愿意不当警察吗?"曹敬反问。

"都披着这身皮了。"曹阳说,"那就干下去呗,反正烂命一条。"

一次补贴有整整五百块钱。曹敬站在卫生间里拆开信封数了数,仔细放进外套内侧,长长呼了口气。

明郁江说每周都可以来一次，一个月就是两千块钱，比他现在每个月的工资都多出好多。如果可以的话，曹敬觉得这个数据收集持续的时间越长越好。

回去路上，曹敬拐了个弯，往雷小越的家里去了一趟。

被派出所关了一天后，雷小越当天晚上就被送回了家里。曹敬敲门的时候，出来的是他母亲，之前家访的时候见过一面，见面不外乎是寒暄几句，客套客套。

最开始，曹敬家访的时候每次都会很难受。这和他大学里学的专业有关，曹敬发现健康正常的家庭环境真的很少。就像那句老话，幸福的家庭总是相似的，而不幸的家庭各有各的不幸。家访让他在几个月里接触到了上百个不一样的家庭，其中起码有三分之二，都有很严重的问题。

课本上学习到的知识，那些关于儿童心理建设，那些修复精神和关怀的流程……在现实里完全没有用武之地。曹敬能够看见问题，但是他没有办法解决。

课堂上的案例与方案都非常理想化，然而现实里没有那么多资源，许多时候这些家庭被物质条件上的穷困与匮乏所压迫，在快节奏的现代生活中喘不过气来。

曹敬接触过的所有人都带着一种焦虑感，孩子们有升学的压力，成人有贷款和房租的压力，老人则因为医疗的高额花费而恐惧。所有人都像是轮子里的仓鼠一样，竭尽全力地往前狂奔，为的只是不被时代的大潮甩下去。

还是新手的曹敬有一次和科长吃饭的时候，提起过这事。当时两人都喝了几杯酒，老马端着酒杯开导他。

"一开始都会这样的，"老马说，"我刚干这行的时候也是这样的，整晚整晚都睡不着觉，心里难受。"

"那后来呢？"曹敬问。

"后来看多了，就习惯了。习惯了，看得实在太多了，就没感觉了。等过个几年，你也会习惯的。"

与那时候相比，曹敬现在确实成长了一些。至少他现在已经懂得了一个道理，悲伤、难受对于这些事情并没有什么助益。想要改变这些事情，只有通过自身的努力。于是曹敬用理性压制自己的同情心，尽力不让自己的情绪影响工作效率。

曹敬见了雷小越，问候了几句。他之前因为失控击伤了几名同学，所以在去少训所接受特殊培训之前，暂时处于停学的状态。

"曹老师，今天要把故事讲完吗？"

"我就来看一眼，看你还平安无事就好了。"曹敬站在他家门口观察，一个典型的工人阶级家庭。雷小越的母亲问了他很多少训所的问题，他再三向她说明，少训所的培训是完全免费的。

"不过还是有一个人生道理可以教给你。"曹敬没打算进门，他说，"对这个社会，以及对你自己来说，最有帮助的不是去做什么大英雄，而是做好自己这颗螺丝钉。"

"为什么？"雷小越不太理解这句话。

"因为我曾经试过。"曹敬向他眨眨眼睛，"但我后来发现，这个世界不需要一个力挽狂澜的英雄，把所有压力都堆在自己肩上只会让你被这些力量压垮。"

当天晚上十一点，曹敬已经睡下的时候，仓库门被人砸响了。

开门的时候，外面停着一辆摩托车，一个满身酒气的大汉提着一个塑料袋站在他面前。

曹敬叹了口气,把甩棍插回腰间让开路,自己的兄长跌跌撞撞地走了进来。成为警察第三年,曹阳的体格看上去比以往更为壮硕了。

曹阳一直是曹氏四姐弟里个子最魁梧的一个,从小的时候,这身体格和力气就让他习惯以暴力来解决问题。二十年之后,他成了一个合法使用暴力的警察。

外人总会觉得他有些凶神恶煞,特别是一脸横肉,曹阳瞪着人看的时候很可怕。然而曹敬从来不怕他,因为曹阳自从懂事后就没打过他,反而经常替他撑腰。曹阳的逻辑很简单,他的世界也很简单,曹敬是他的弟弟,那自己就要罩着他。

有时候,曹阳会和曹敬一起出去喝酒,通常是因为心情不痛快。

"今天遇到什么事了?"

"坐下说。"

半夜里,曹敬懒得开灯,就把一盏台灯打开。两人在书桌上摆上酒杯,大瓶的烧酒,曹阳拎了一个饭盒进来,打开后里面全是炒过的花生米。两双筷子一搁,他们就这么盘腿坐在椅子上。

两个男人在台灯下互相瞪着看了一会儿,突然同时笑了。

"妈的,感觉跟小时候去厨房偷酒喝一样。"曹阳笑道,"不过这样也挺好。这个台灯可以,很有氛围。"

"其实我喜欢全黑着。"曹敬端起酒杯,两人碰了一个。

"啊……"曹阳一饮而尽,然后吃了几颗花生,眼睛瞅着窗外面黑沉沉的天。

过了半晌,他才缓缓说道:"今天河里捞出来一个死人。"

"嗯。"

"自杀的。跟着身份证查到了住址,然后去他家走了一趟。"曹阳慢慢地吐出字句,"太恶心了。"

"怎么个恶心法?"

曹阳又自斟自饮了一杯。

"人死了,是他女儿。被锁在家里,活活饿死的。已经臭了。"

曹阳伸出手去,把台灯拧灭。他看着灯泡最后的一点余光,在视网膜上留下小小的暗淡光斑。在黑暗中,只有外面偶尔响起的车声。

"我有的时候觉得,我不该当警察的,我以为我心肠已经够硬的了。隔壁邻居说,这男的喜欢出去赌博,一连好多天不回家,就把这小孩一个人锁在家里,自己烧饭吃。结果家里可能没米了,他一连二十几天没回来,小孩儿就死在家里了。我……"

黑暗中的曹阳似乎端起酒瓶,给自己又倒了一杯。曹敬听见花生米滚动的声音。

"干了这么几年,死人也见得不少了。小孩儿死了我也不是没见过,只是这一家两口人就这么没了。那个小孩儿死前还在写日记,我翻了翻,唉……我真的有点儿受不了了,真的有点儿难受。怎么就这么没了呢……"

曹敬无言以对,也给自己倒了一杯酒。他试着想象那个场景,曹阳所经历的那个场景。他站在腐臭的房间里,戴着手套拿起地上的小草稿本,随意翻开,看见的是死去的孩子数着自己死前的日子,写下逐渐等待死去的感受。

那个孩子会不会曾经试图自救?她家里有没有固定电话?她有没有试图向窗外高喊求救?有没有试图撬开防盗网,从窗户爬出去?

"写了些什么?"曹敬听见自己问。

"等爸爸回来。"曹阳说,"饿了就睡,睡醒了还是饿,那么就继续睡,睡醒了爸爸就回来了。"

"哦……"

"她写她喝了好多自来水,肚子里装满了水后,走路能听见咣咣的声音。水在肠胃里晃来晃去,咕咚咕咚的。躺在床上的时候,感觉鼓囊囊的……"

曹敬感觉黑暗的斗室里似乎出现了一个比黑暗更深邃的东西,就像是一个黑色的洞。他想,夜晚的黑暗,只是光的缺席,而从人心里透出来的黑暗,却像是有质有形的事物。他触摸过这些黑暗,很多次,最后他转过身逃跑了。

"我有的时候想……"曹敬在酒精的作用下开始说话,他记得明郁江有一次和他说,酒精并非是让你胡思乱想的东西,它去除了你大脑中自律的限制,让你说出你真正在想的那些事。"我有的时候想,我能不能……如果我的能力还在,我能不能救到更多人……作为一种赎罪。"

"别他妈瞎想。"曹阳说,"人有的时候还是得认命。"

"我有的时候真不想认命……"曹敬在黑暗中瞪大眼睛,"我如果能坚持下去,可能今天就不一样了。"

酒精开始进入血液,他默默想象自己的血液正在将乙醇带入自己的大脑,自己的神经系统开始麻痹,他开始幻想自己的能力再度回归,让自己能够——呼……曹敬长出一口气。

"O Bella Ciao……"

记忆里浮现当年老姜教他唱的歌,《啊,朋友再见》,老姜说意大利语里的 Bella 是"美人儿"的意思。啊,美人儿,再见……他睡着了。

"人很容易被群体所诱导。"曹敬对雷小越说,"我有的时候在想,当年福利院里,如果从一开始,就不是把我们分成三个班,那我们之间或许就不会有那些争端……直到枪击事件发生后,我才认真思考这个问题。"

两天前,雷小越家里签了字,半个月之内,少训所的人就会把雷小越带走。曹敬的初期工作可以说已经完成,但是他有一个家访多次的习惯,作为经常出外勤的人,这种家访的跑腿活儿他做了很多。这并非是因为给外勤服务打卡,主要还是曹敬自己喜欢这么干。老马说,这是因为他对这些孩子存在一种替代心理,他想让这些孩子作为自己人生的替代。

这是雷小越的父母签字后,曹敬第一次来雷小越家里家访。曹敬喜欢和自己负责的孩子们交朋友,这在办公室里很少见。虽然都是教职人员,但许多同事并没有深入辅导的耐心和能力。这会儿,他正和雷小越在公寓小区里散步,小区里很多小孩都是雷小越那个初中的,有的时候路上遇见还会打招呼。

少年看上去有些心不在焉的,也不知道有没有在听曹敬说话。

"心理实验显示,仅仅是把人群分成两部分,他们之间就会产生争端。对自身所在群体的归属感,以及对对立群体的天然抵触情绪,会让实验对象把一些很小的争端和摩擦放大,变成实质性的敌意。"曹敬掰着手指,"人和人之间存在那么多的差异,就像是大洋彼岸的新罗马合众国,他们历史上曾经发生的那些关于'种族'的过往。人因为皮肤的颜色而被分成不同的群体,黑皮肤、红皮肤、白皮肤……"

"那我们这里呢?"雷小越问。

"文化。虽然我们都是黄皮肤的亚西洲人,但哪怕是在我们国家内部,人民也因为文化不同而产生隔阂。包括住在高原地带的人,住在南疆的人，住在喜马拉雅山另一侧的人，住在夜摩列岛上的人，住在太平洋群岛上的人……我们使用的语言、庆祝的节日、信奉的宗教不一样，虽然文化已经融合了几十年，但依然会有彼此对立的情况出现。"

曹敬停顿了一下，然后继续说道："哪怕在同一个文化的人群中，人们也会因为居住地、口音……甚至贫富差距和性别而产生对立。当然了，纵观全世界，在这些之上还有一个巨大的沟壑。将人类分割成两部分。我想你已经知道这个答案是什么了，那就是觉醒的进化者以及普通人。"

雷小越嗤笑一声，他屈起手指，瞄准一棵灌木，然后一弹手指。

一小片树叶被撕了下来。

雷小越的能力现在已经初步可以判定为与空气相关。曹敬以朋友的身份和他做了一些实验，记录下了比较简单的数据，然后把信息添加到了他的档案里。作为和少年进化者进行第一线接触的"前台"（业内行话），曹敬需要做一些数据的调查、分析和汇总，然后先转给少训所的管理部门，作为对方研究方案的一手资料。

根据曹敬的判断，雷小越的能力可以用"制造真空"来粗略地形容。在集中精神的时候，他能够排空某个领域内的空气，形成一个真空领域。至于这个真空领域的作用范围和持续时间，都和雷小越本人的状态有关。从目前来看，他对这种能力的运用还非常不稳定，偶尔会出现失控的情况。

雷小越之所以被发现能力进化，就是因为他在学校里伤人。在控制不住情绪的状态下，雷小越对两名学生使用了自己尚不熟练的能力，导致两人耳膜破损，鼻腔、眼球也有轻微伤势。曹敬去医院里调查过还躺在床上的两个受伤者，取得了一些资料。

从能力评估上来说，曹敬认为雷小越具备甲级进化者的潜能，但很有可能只能评到乙级。他的能力颇具破坏性，对人类的脆弱器官伤害很大，在少训所里可能要经过非常严格的考核才能够取得资格证书。然而这分能力在生产能力方面，能够看见的可能性并不多。

"在发现自己是进化者后，你的第一感觉是怎样的？"曹敬笑着问。

"啊……蛮激动的。比较高兴吧，但也比较发慌。怕自己可能会……搞砸。"

"我那时候也差不多。"曹敬抬头看了看天，"不过那时候我们都比较傻大胆，一个个都心比天高。我当时真的是意气风发，觉得自己已经是同龄人里最优秀的一批了。我姐姐以及我的那位同学，都是少男少女中最出众的几个，我自然也把自己放在了跟她们同等的水平上，并且……"

曹敬停住脚步，沉吟片刻。"那时候我们都觉得觉醒进化能力是一件很棒、很光荣的事。那时候几个名气特别大的通缉犯还没有……喔，东北出了一个砍刀魔头，算是比较有名气的，是个能够自如操控肌肉的连环杀人狂。还有公安部的王神探逮捕的剥皮人。"

"那时候进化者的名声还不错吧？"雷小越问，"没有左翼进化革命，没有新世纪之门。"

"是不错。"曹敬苦笑，"那时候我还比较单纯吧，认为能力能够彻底改变我们的命运……我们当年是一群社会边缘的被遗弃的人，我们的要求不高，仅仅是过上正常人的生活。但这可能也只是一种遐想。"

两人站在花坛旁边，看着小广场上有几个孩子在跳大绳玩。

"我想，不管是哪个时代，我们觉醒后的第一反应，都是激动吧。有那么短短的一会儿，我们都会觉得自己会成为了不起的人，成为英雄人物之类的。我阻止了福利院里的枪击事件后就是这样想的，我用自己的能力保护了自己的亲人。我知道自己做了正确的事，阻止了孩子们的战争。

"得到能力是一回事，但真正成为'英雄'就是另一回事了。"曹敬拍拍雷小越的肩膀，鼓励道。

到教育局大楼的时候，门口传达室说他有个燕京来的包裹，被办公室的小马代收了。

曹敬三步并两步跑上楼。办公室里开着暖气，冬天也不会冷，对于寒冷潮湿的沧江市来说是很优越的办公福利。曹敬进门的时候，看见马莉穿着一件明显太大的黑色海军大衣，正和同事们谈笑，看见他走进来，她赶紧脱下来，笑嘻嘻地递给他。

马莉是典型的北方摩登女孩，一头短发，容貌不算特别出众，但总是很有活力，全身上下都洋溢着正能量。每天下午她都会在院子里跑步，拿个小哑铃举一举，在办公室里人缘很好。虽然之前出过教学事故，导致她的外勤工作被分配给了曹敬，但曹敬并不讨厌她。对于曹敬这样一个有点儿悲观的人来说，日常交际圈里有一个开心果是很好的事情。

"小曹老兄，快穿上给我们看看。没想到你在京城也有关系，之前真是小看你啦。"马莉有点儿不好意思地指了指桌上已经被拆开的包裹，"我也是有点好奇，想看看里面到底是什么东西。里面的信我可没动，就是看这身衣服很帅，穿上试了试。"

"早跟你们说了，曹敬这小子背后靠山硬得很，别老欺负他。"老马跟一尊佛般端着个茶壶踱过来，"没点儿关系的人，能直接进教育局？连个党员都不是，毕业直接分配到这里来，讲点儿道理嘛。

别看他整天闷不吭声的，日后前途远大啊。"

老马很喜欢阴不阴阳不阳地说话，很多时候曹敬完全分不清他到底是在说正话还是反话。这种时候他只能装作一副没听见的样子，在马莉的鼓动下把自己的旧外套脱掉，换上了那件从燕京寄来的海军外套。

很合身。

"哇！真的帅！"马莉夸张地用手捧着脸，笑得眼睛都眯成了两条缝。

"谢谢。"

曹敬现在不想继续办公室交际，他想快点儿拆开信看一看。众人闹了一阵，他才回了自己的座位上。他先把包里的文件摊开，做出一个写报告的姿态，然后才把包裹里的那个信封拿在手上，掂了掂。

曹敬收。

他认出这是曹丹的狗爬字体，用美工刀拆开后，发现里面的信纸分成两份。

曹敬定了定神，先读曹丹的那份信：

老四。长久不见，你在沧江过得很惬意吧。二哥过得还好吗？想必经常和你喝酒了，我也想和你们一起，只是天南海北，并不容易，只能看过年时候上面批不批假了。我给你寄了一件衣服，从海军部队里弄到的正品货，只是把肩章拆掉了。你说过海军大衣好看，三哥就给你寄一件，解解馋。

京城这里事多、事烦，有的时候想念沧江。但这里也是个做事业的好地方，我们四个人志业不同，我和老大去外面闯荡，你和老二在家里守着，也是个好事情。

有事跟二哥说，再不行打电话给我。实在不行去找大姐，不要一个人硬撑。大姐也给你写了信，托我一同寄来。

曹丹的信很短，字虽然丑，龙飞凤舞的，但很清楚。曹敬转向下一页信纸，字体纤细平和，规规整整。

弟敬如晤：
很想念你。
老三说要给你寄件衣服，我回沧江的时候要穿给我看。天寒地冻，注意保暖，年轻时也要保护好自己的身体。
我这边一切都好，你和二弟不必挂心。
有事打电话，七十二小时内必回复。

简短的信笺，比曹丹更短……但信纸的最后，有一个小小的痕迹，不注意的话就像是一块污渍，或者烧焦的小点。但曹敬知道，这是曹雪卿的记号，是她的能力留下的印记，那是一个小小的太阳在一瞬间爆发之后留下的印痕。

曹敬把信纸放在自己的脸上，过了十几秒后才长长地呼出一口气。

他想念自己的家人。

曹敬经常给那些小孩讲自己的过去，一个精心包装的励志自传。在重重外套包裹下的曹敬，只有与自己的家人相处时才能感到片刻的安心。

他提起笔，开始写回信。有很多话想说，但回信和来信一样简短。

一切平安，勿念。

下班回家的路上，曹敬想去杂货店买信封和邮票，然而那家杂货店却关门了。他还记得上一次明郁江调侃他的话，那个站在这里，一脸阴沉的售货员女孩。

或许是快要过年了，回老家去了吧。曹敬算了算日子，却又觉得太早了一些。

要推车离开的时候，曹敬的脑子突然钝痛了一下，然后他才意识到一件事。

他闻到了某种不吉的气味。

曹敬定下神认真想了想，把自行车停好，然后站在杂货铺的卷帘门前，仔细看了看。气味的来源就在不锈钢卷帘门下面，汩汩的污血正在缓缓渗出，就像是恐怖电影中的场景，黑色的黏稠鲜血从门帘下面缓缓蔓延出来，已经聚集了一小摊。

六

两辆警车停在小杂货铺门口,明黄色的胶带将凶案现场封锁,曹敬看见有人聚在外面一边看一边议论。

曹阳面色阴沉地走出来,把沾血的证物袋丢进警车后备厢。曹敬坐在一边,作为第一目击者,他待会儿还要去警察局录一下口供。警局的人知道他是曹阳的弟弟,倒没怎么刁难,只是给了他一块毛巾,让他在路边先坐一会儿。

"里面死了几个?"曹敬从毛巾里抬起脸问。

"两个。"曹阳捞起自己的保温杯,喝了一口里面的茶水,"凶手看上去想让他们多受点儿折磨。"

"有个年轻的女的,大概……二十岁吧。"曹敬在自己脖子处比画了一下,"大概这么高,长得还算清秀,发现了她的踪迹吗?"

"没看见。"曹阳站在原地点了根烟,吸了一口,过了好一会儿才吐出一口气,"但我怀疑,她可能是凶手。"

曹敬没说话,僵直地坐在马路牙子上。

"房间里找到一些有意思的玩意儿，长生功的宣传材料，还有些录像带以及一些……工具。"曹阳站在原地没动，"你进去看看就知道了。"

"我也能进现场么？"曹敬问。

"戴上手套脚套，别乱碰乱踩。"曹阳沉重地摇头，"但我劝你别进去，进去了你晚上又要睡不着。"

"我进去看看。"曹敬猛地站起身来，用毛巾擦了擦自己的脸。曹阳盯着他看了一会儿，递给他一双手套。

有股霉味，这是曹敬进屋后的第一感觉，哪怕是血的腥气也没能遮掉那些腐旧发霉的气味。店铺后面就是住人的狭窄房子，光线很暗，防盗窗里的玻璃蓝汪汪的，好像蒙了一层灰。墙上挂了一幅宗教主题的画，镀金版画，圣子降临题材，柜子上整整齐齐地码了两沓白壳录像带。通往后院的门敞开着，一个大锅般的卫星锅躺在院子里。

墙角缩着两个人，脸色发黑，几乎看不出人形。地上的血到处都是，已经有现场工作人员用相机拍下了血迹的形状。

"是怎么死的？"

"中毒死的。"有人回答，"土豆袋子下面发现一瓶用过的农药，看这皮肤的颜色，先控制住人，然后再灌药进去？"

"先中了毒，失去了反抗能力，然后慢慢整死的。"有个老警察叉着腰反驳年轻的警察，"虽然从嘴唇、眼睛这些部位来看，有农药中毒的迹象，但是你看这些血流的痕迹，骨头被敲碎的时候，人还是活着的。"

曹敬只觉得自己像是被黑色的污血包围了，脖子上的血管开始跳，耳朵开始鸣叫起来，警察之间说的话像是变得遥远……非常遥远。他感觉自己的眼眶里好像有一些热热的东西正在凝聚,血已经凝固了,自己眼睛里流出来的是什么呢?

他意识到自己正在失去平衡,他努力伸出手扶住墙,被曹阳从背后一把抓住。

"别动!"

曹阳从背后递了个塑料桶过来。"要吐的话吐到里面。"

"不……不用了。"曹敬咬着牙嘶叫,"我想喝口水。"

他手扶着的地方,边上有几个指印。曹敬盯着被标记好的指印看了一会儿,面向墙壁,背对尸体。外面的担架抬了进来,穿着白色外套的法医带人进来开始搬动尸体。曹敬闭上眼睛。

"有的时候,我会做梦。"曹敬平静地对着墙说,"我梦见吴晓峰从门外走来,一边鼓掌一边跟我说,我通过了考验。从今天开始,我就有资格作为进化者,光明正大地活着,我有资格去用我的能力帮助他人,为国家效力,为人民服务。"

"你现在还会做梦?"

"偶尔,几乎不。但也……有的时候会。"曹敬吸了一口气,再缓缓吐出来。

"哥。"曹敬转过身,"我现在总会抑制不住地想到这个念头,如果我还有能力,那么这些人就不会死。我如果还能做当年的我,就不会让这件事发生。"

"你不要老把这些事看得太重。没了你,地球一样转,太阳一样升起。"曹阳一巴掌拍在他后脑勺上,"过几年,这种事经历多了,你就习惯了。老三虽然是个傻蛋,但有句话没说错,人生在世,及时行乐。别想太多,想太多容易折寿。"

说完这句话,曹阳自己突然苦笑一声。

"我今天晚上肯定要加班,你现在这个精神状态,我有点儿不放心,要么做完笔录你在派出所里蹲一宿。"曹阳说完自己又摇摇头,"把明郁江学校的电话给我,我帮你打。"

"别开玩笑了。"曹敬失笑,"打给她干什么?"

"老大不在,能照顾你的就她一个了。"曹阳伸出手,"别逼我回去查内部资料。"

明郁江半个多个小时后就赶到了,大约是一路全力骑车过来,脸色红通通的,大冷天的头上还冒着热气。她从派出所里把曹敬牵了出来。

"就上次那个一脸阴沉沉的女生啊,真看不出来。"二人推着车往仓库走,"你给我讲讲现场什么样呗。"

"满地都是血,没什么可说的。"曹敬不是很想谈这个,但他又记起一件事,"对了。她家里……有长生功和新世纪之门的一些资料。"

"长生功的那种小册子不是到处发嘛,连我们研究生宿舍都有来敲门的。"明郁江扬起眉毛,"长生功的大上师,号称自己是新世纪之门的先知之一,所以不算违法教派。现在宗教这片也比较乱,国内各地政策不一样,宗教管理一直是个老大难的问题。不提南边,海上那边的边疆群岛地带,据说还有原始宗教部落存在呢。"

"不是那种宣传小册子,有录像卡带和受功卫星锅,比较高级的那种。"曹敬说到这里也皱起眉毛,"……这两个都是资深成员才有的东西。我上次去家访,看到类似的东西就聊了一下,录像卡带一套四百九十九,受功卫星锅一千四百九十九,加起来有两千块。住的地方那么破,却买这种玩意儿……"

明郁江嗤之以鼻道:"这种骗的就是穷人了,廉价的精神慰藉,越穷越容易上当。长生功只不过比其他什么乱七八糟的气功流派做得更大更气派而已,号称强身健体,延年益寿,开发人体潜能,冲关觉醒超能力……真的这么好用,我这种千磨百炼的持证进化者不如找块豆腐撞死算了。"

说话间已经到了仓库,曹敬开锁的工夫,明郁江把两人的车锁在了一起。

"你今晚……"曹敬口吃了一下,"你今晚……"

"睡这里喽。可怜我刚搬完寝室,新床还没睡几天呢……"明郁江叹了口气,"不过怕你半夜发疯,或者一个人默默流泪,我就来照看一下你啦。"

曹敬想说的不是这个,他犹豫了一下,摇摇头,跟明郁江一起走了进去。

吃晚饭的时候,两人又谈了一会儿关于杂货铺凶杀案的情况。曹敬认真回忆了一下,加上后来在派出所和片警们闲聊时总结的消息,零零碎碎汇总起来,大概得出了几个消息。

那两个死者是那个阴沉女生的娘家亲戚,大约是舅舅和舅妈。那个女生叫杜云娟,外地人,十几岁的时候父母出车祸死了,然后就来投奔她舅舅。白天和周末就在他们家的杂货店打工,晚上去读夜校。

"听说那家人对她不是很好,而且那两个老的又沉迷练功,铺子大多数时候都是她在看。"曹敬叹了口气,"寄人篱下,境遇难过也是很常见的事。但逼到要杀人,可能其中还有更多的隐情吧。"

天冷,两人便用锅子自制了火锅吃,虽然只有白菜、豆腐、土豆,但有曹敬自己做的辣酱在,还是吃得很爽快。

"说不定有人就是天生脑后有反骨呢。"明郁江吸溜着粉条咕噜咕噜地说，"你别说，那姑娘不会是觉醒了吧。你不是学进化者专业的么，有分析过这种情况吧。"

曹敬的胃口突然不是很好，他放下筷子，沉吟道："心理素质不够强大的人，有的时候会做出过激举动。从统计学上来说，这是事实。但……"

明郁江注意到了他的脸色变化，讷讷地道："我没别的意思，只是……随口一提。"

"没事。"曹敬摇头道，"你说的其实没错。杜云娟的确有可能是新生的觉醒者，但我在凶案现场没有发现特异能力的显著表现——农药和重物击打，看上去是普通的凶杀案。等法医报告出来后，才能搞清楚到底是怎么个情况。不过话说回来，觉醒者只是千分之一的小概率事件，具备致命杀伤能力的更是非常少数的存在，我不认为这起案件中有觉醒者的存在。"

"具备致命杀伤能力……"明郁江隔着火锅的雾气微笑道，"我倒觉得不怎么'少数'，我们当年那个福利院里就是复数嘛。"

"你的能力算是间接杀伤能力，不算数吧。"

"把脸凑过来。"明郁江向他勾勾手指，"我让你看看什么叫致命杀伤能力。"

就在曹敬向她俯身的时候，明郁江突然把双手搭在他的肩上，然后站起身，轻轻吻了他一下。曹敬觉得大脑一瞬间空白了，在这一瞬，他觉得自己的心脏停跳了一下。

女性的馨香……明郁江身上的香味突然猛烈地向他涌来，虽然有让人扫兴的辣酱味，但女性的荷尔蒙突然间激活了曹敬的生理机能，让他的心脏好像受到了什么刺激一样。他一直试图无视的那种致命的性吸引力，突然砸入他的表层意识，让他几乎不能呼吸。

"唔……"明郁江的手撑在他心口，指甲嵌进他的衬衣，发出了像是无法喘息的闷哼。曹敬才意识到自己正在吸啜她的舌头，心脏跳得像是要炸开了一样。

"咳……"迅速分开后，明郁江深深呼吸了几口气，然后才说道，"你这人真是得寸进尺……感觉到了吗，心头是不是小鹿乱撞？致命杀伤力，对吧？我刚刚让你的心跳停止了一瞬间，然后又调……调整了一下你的血液流速，现在感觉怎么样，开心吗？"

曹敬笑了起来，他现在感觉到了，之前的悸动，的确是明郁江玩弄的小把戏。她控制有限液体的能力，需要接触或接近液体，所以之前她最常用的手段就是加速体内血液循环，以此强化自己的体能和爆发力。但如果和他人的体液接触，她就能够控制对方体内的液体……例如血液。

而她手按在曹敬心口的时候，可以明显地感觉到她对曹敬心口处的血液的控制力增强了。胸腔中的血液被灵活地操弄着，曹敬现在才感觉到自己的生命刚才受到了巨大的威胁，肾上腺素开始分泌。

"真的感觉好多了。"

曹敬想起来了，她以前就曾经这么玩过。他现在可以体会到那种增强的感觉，明郁江的血液加速能力不会让心脏有压迫感，只是让人感觉突然间充满了力量。

人的精神受到身体状态的影响，曹敬感觉重新具备了面对世界的勇气。

"郁江。"

他轻声呼唤对方的名字。

明郁江盯着他的眼睛，过了一会儿才明白他的意思。

"不，我……我没带。今天算了吧。"

"我这边有。"曹敬说。

午夜十二点,曹敬从床上爬起来,绕过东倒西歪的高跟靴子,穿上外套,从墙角抽出伸缩警棍插在腰间。

他没开灯,以免惊醒睡得很沉的明郁江,孤身一人打着手电筒,向仓库的深处走去。

地上的血迹只有一点点,但他知道这些血的尽头是什么。在之前开门的时候,他注意到锁被动过,而且有两个很浅的血指印。冬天天气很冷,钢锁上的指印结了霜,让他能一眼看清它的形状。

"杜云娟,杜小姐。"他用手电筒照住那个蜷缩在一堆工字钢后的身影,轻声唤道。斗篷下的人还没醒来,盘着的双腿前面还堆着几个包装袋和饮料瓶。过了一会儿,手电筒刺眼的光线才让对方惊醒,一张憔悴苍白的面容从阴影中出现。

杀人凶手就在此处。

"……你别过来。"

杜云娟——已经见过多次,但曹敬今天才第一次知道她的名字——手里握着一把短刀,充满警惕地瞪着曹敬。她的腿上好像受了伤,曹敬闻到血的味道,她身边散落着绷带,空气中还弥漫着一股烤土豆的气味。

"不准报警。"杜云娟警告道,"不然我就……我……"

"你想怎么样?"曹敬往前走了一步,"杜小姐?"

"我会杀了你。"杜云娟缓缓垂下自己瘦长的手臂,她看上去十分虚弱,但曹敬却从她的话中感受到一种凶险的气息,这让他做出了判断:"你觉醒了?"

"不,不是进化。"杜云娟的嘴角略微咧了咧,"是邪魔……他们这么说。"

曹敬愣了一下。

他接触过一些精神病人，在觉醒的进化者中，许多人会有精神问题，特别是年纪较小的人。曹敬能从她身上嗅到深重的黑色忧郁之气，能够品尝他人身上的气息，这或许是之前自身能力残留下的一点儿痕迹，让他能够"感觉"到对方的气质。杜云娟身上苦涩、酸咸的独特气场，不仅仅是在凶杀案发生之后才具备的，在之前曹敬每次去杂货铺买东西的时候，他都有一种不吉利的感觉，像是近距离接触一些阴沉黏稠的事物。

"他们说我是阻拦人得救的邪魔。"杜云娟的笑容变成了明确的自嘲，"曹先生，你别想靠近我，'邪魔'可不会对你手下留情。现在转过身去，就当不知道我在这里……天一亮我就离开，我只想避开警察的搜查，去另一个城市，重新开始自己的生活罢了。"

"你真的杀了你舅舅一家？"曹敬皱眉问道，"为什么……"

"因为他们该死。"杜云娟泠然道。

曹敬沉默了一会儿，问道："那为什么要折磨他们？"

"这是他们应得的报应。"杜云娟的笑从脸上消失了，"曹先生，你还记得我当初搬到这里来是什么时候吗？是一年前的时候，我的父母在车祸中死了。那天我站在这里，看见你背着一个旅行包走过去，你脸上的表情和我当时一模一样。"

曹敬想起来了，他搬到这里的那天，脑子里都在想别的事，从这条小巷走过的时候，瞥见杂货店门口有一个穿着蓝色裙子的高个儿姑娘。仅仅一瞥，在那之后他就没有再想起这个场景。

"你住在这个仓库里，我没过几天就知道了这件事，舅舅提起你的时候说你是个怪人，脖子上的环那么明显，让别人都害怕和你打交道。但我却觉得你很亲切，而且你每次来买东西的时候都彬彬有礼，让我觉得你是个好人……如果世界上的人都像你这么善良就好了。"

曹敬盯着杜云娟，他突然意识到她不光在冬天，哪怕在夏天也穿着长袖，这让他有了一个不好的猜测。前因后果，他在那个家里看到的东西，这些信息串联在一起，揭示出一个事实：

"你舅舅一家是练长生功的。那你……"

"你也知道长生功这件事啊。"杜云娟失声大笑起来，"没办法，他们因为我不信而折磨我，说我是邪魔附身，来引诱他们偏离正道。一边逼我走上'正道'，一边又把我身上所有的钱都拿走，去买那些蛊惑傻子的玩意儿。我没东西吃，没办法睡觉，又要在他们的驱使下给他们干活，他们稍不顺心就用棍子抽我。曹先生，你每次来的时候，我都想向你求救呀！但我如果跟你多说几句话，被人看到了又要传出闲言碎语，他们会变本加厉地整我，我实在是没有办法了呀。"

曹敬默然无言，他抬起手，摸了摸自己脖子上的项圈。

"我为什么要杀人，我为什么要折磨他们两个，原因就是我要报复。父母留给我的钱被他们拿走了，我没钱上大学，他们也不让我走，禁止我和任何人说话，我的人生已经被这两个畜生毁了……在我死之前，我一定要先带走他们，让他们活着的时候尝尝在地狱里翻滚的滋味。曹先生，你知道这是什么感觉吗？你在里面和你的女友卿卿我我的时候，我在外面听着。我发现哪怕是你，也比我幸运，过得比我快活……这太不公平了，太不公平了……"

杜云娟带着哭腔的声音越来越轻，曹敬知道她的理性已经被苦难磨去了。随着倾诉，她的情绪越来越不稳定，随时都可能爆发。

"我知道。"曹敬说,"这种感觉就像是眼前一切都消失了,只剩下一条路。"

杜云娟的呓语逐渐止住了,她看向曹敬。

"我曾经感受过那种感觉。"曹敬说,"被折磨得无法思考,陷入了恐惧和绝望的黑洞。不知不觉间,你的思维已经被杀人或自杀的念头劫持了,眼睛好像失去了焦距。不知何时,眼前只剩下这一个选项,一条路,除了杀人或自杀之外别无他法……只有用这种方式,你才能凿开现实的冰面,把头探出去,大喘一口气。"

曹敬的描述非常感性。

"有点儿像是喝醉了酒的感觉,你的理性和逻辑融化了。如果用理智分析的话,其实可以找到别的出路,找到别的拯救自己的办法……但你已经无法思考了,只能顺应自己的本能,拿起手边的武器。甚至不知道什么时候,你发现自己已经在做,只是一个失神的瞬间一切就发生了。"

如果不是必要,曹敬绝对不想回忆这种感觉。他感觉到自己胃里有种强烈的呕吐感,脖子上的项圈传来了细微的刺痛,他知道自己已经进入了危险状态。但自己不能在这里失去控制,他往前走了一步,责任感让他牢牢地控制住自己的身体。

我必须在这里挽回她。

"必须撑过去。没有撑过去,你就从理性的悬崖边上彻底失足了。"曹敬又上前走了一步,"成了……悲剧。"

在这个距离,曹敬在手电筒的灯光下能够看见杜云娟身上的许多细节。

她手里握着的那把尖刀,把她自己的手也割破了,手上的伤口只用纱布简单地包裹了一下。在杜云娟脖子的地方,可以看到烧烫的丑陋疤痕。曹敬依稀记得当时只有一面之缘的那个忧伤平静的蓝裙子女生，而眼前这个负了伤、如困兽般的杀人者——他根本无法把两个身影联系在一起。

"你怎么知道这种感觉的？"

曹敬的眼眶湿润了，他有些犹豫，她会因为自己流下的眼泪而动摇吗？然后他才意识到，现在自己手里握着手电筒，她看不见自己的脸。他关掉了手电筒，让两人一起陷入黑暗。

眼泪流了下来。

"我……"曹敬深呼吸了一下，"我曾经是个进化者，而且不是普通的进化者。"

"啊……"

"我的能力……是心灵感应。我能感受到他人的想法，他人的感受，体验和阅读他们的感情。我本应把这个能力用在理解和帮助他人身上，但我错了，我受到了惩罚，再也无法回到那个时候……"

曹敬曾经许多次地说出精心打造的谎言，或者说，诱导性的谎言。曾经的曹敬，那个内向安静的少年，曾经以为自己觉醒后的能力只是窥探他人的梦境。然而他当时不知道，这仅仅是自身真正能力的附带作用，而当他真正理解自身所具备的能力后，并没有意识到这种力量将为他带来的副作用。

面具如同冰层般破碎，曹敬在黑暗中感受到久违的自由，终于说出来了。哪怕只有这一个听众，他此刻也把自己身上背负的秘密分享给了她。

"我知道杀人和自杀是什么感觉，我曾经体验过。我曾被愤怒驱使，犯下了大错。"曹敬喟叹道，"我如果能拯救你就好了。但我现在只是一个废人，如果在这之前的一年里，我能听见你的声音……

哪怕一次，就好了。"

曹敬将手指放在项圈上，他曾经在一个人那里学过一个办法，能够回避项圈的惩戒机制。难度很高，而且他很久没有尝试过了。

"如果我曾经能被你拯救，就好了。"杜云娟在黑暗中厉声说，像是在逃避与曹敬的和解。"但我没有，或许我真的是被邪魔附身了吧。命中注定，我拥有的东西，全都会离我而去，最后只剩我孤身一人……曹先生，我曾长久地看着你，还去矿厂的保卫科偷到了仓库的备用钥匙，我想我什么时候撑不下去了，就来找你求救……我是相信你会伸出手救我的，但我迟迟不敢踏出这一步。胆怯，害怕自己只是从一个绝境进入一个新的绝境……一切都是因为我的懦弱，我咎由自取。"

"我想分担你的痛苦。"曹敬在黑暗中继续上前，"我想感受你的感受，如果这能够让你感觉好一些……放下刀吧，你的生命还有希望，你还没失去所有的东西。"

"如果你把我告发，我就会因为杀人罪被枪毙。"杜云娟往后退了一步，"我宁愿隐姓埋名，逃到谁也不认识我的地方去……我想活下去，而现在的我学会了一个道理，那就是永远不能把希望放在别人身上，我只能依靠我自己。"

曹敬知道，自己接下来说的话会违背自己作为一个教育工作者的职业道德，甚至违背作为一个"人"的道德底线。

但他记得第一次操控他人意志时的那种权力的罪恶感，在那个家伙笨拙地举起手枪的时候，曹敬越过了意志的界限。在明郁江尖叫着冲过去的时候，他决然而冷酷地降下了审判。明明有办法让那个蠢货放下武器投降，但是曹敬说"不"，他在唐泽脑中怒吼道：

"我要你死！"

不是偷窥他人的思想，而是直接闯进了那个偷窃手枪，妄图射杀曹雪卿的蠢蛋的脑子里。他看见这个常被欺负的小胖子羡慕得到夸赞的曹敬，也想与敌人的首领同归于尽。他愤怒、鄙夷地对唐泽的脑子大喊，强行灌输一个想法：你为什么不去死呢？你这个懦夫、蠢蛋，没用的拖后腿的废物。只要把枪对准自己的脑袋，扣下扳机就行了。

曹敬没想到，这个傻瓜真的这样做了。曹敬就停驻在他的脑子里，愕然发现自己的诅咒立刻实现。

他的头颅仿佛被同时贯穿。

"你不会被枪毙。"曹敬说，"我有一个办法，能够让你合法地重新回到社会上生活。"

"你是说……"她的眼睛里似乎有一道光。

"你听过心理教化吗？"曹敬说出了让他自己都开始颤抖的话，他浑身都在战栗。

"你是说……精神能力者主持的洗脑程序。"杜云娟在黑暗中疑问，"我会忘记我曾经经历过的一切罪恶，转换为一个崭新的人？这种骗小孩的话，你觉得我会信？"

"有一部分情况特殊的犯罪者，可以经过心理教化进行赦免。"曹敬的嗓子发干，"审查条件非常严苛，并且必须具备有足够说服力的理由。但是，如果你愿意自首的话，我可以通过我的关系，确保让你进行一次心理教化。"

曹敬把手放在自己的脖子上，他触碰着柔韧的颈环，后脑的刺痛感逐渐升温。许久不用了，他害怕自己的能力已经生锈，如同一辆开不动的老爷车，踢一脚就会散架。束缚器能够探测头部能量辐射的峰谷，并且通过非常粗暴的措施来驯化受缚者——精确的脉冲刺激。任何进化者只要使用自己的能力，就会立刻品尝到直入大脑皮层的痛楚。

在束缚器干扰的情况下，进化者的思维将陷入僵直，无法有效地运用意志和思想操控自身的能力。而长期佩戴后，受缚者将建立一种本能的自我保护机制。在受到脉冲刺激前，大脑就会阻止自己使用能力，这使得长期佩戴者难以运用自身的力量。

"感受那种痛觉。"

他回想起当时对方说的话。

"感受那种痛觉，然后记住它。"

"哪怕这是真的，但我还会是我吗？世界上还会存在杜云娟这个人吗？"黑暗中，对方的声音似乎哽咽了，"我想活下去……但活在这个世界上，真的好难啊……"

"你会有新的名字，新的过去。世界上将不再存在杜云娟这个人，你的身份会被注销，取而代之的是新的身份和回忆……"曹敬努力说服她，"我知道，这是个很难做出的决定。但社会意义上的死亡和真正的死亡是不同的，你……作为一个人的'你'……将会得到与之前不同的人生。"

杜云娟抽泣着，似乎在黑暗中掂量着这个建议。曹敬对自己的劝解并不抱信心，心理教化的存在实在太像童话了，普通人或许会当作茶余饭后的谈资，但真正相信它存在的仅是极少数人。

"你很认真。"杜云娟终于又开口了，"我一开始是不信的，但你说得这么认真，我开始有点儿信了。你真的见过被洗脑的人吗？"

"……没有。但我认识介入过这种事的人。"

曹敬的脑中骤然一阵剧痛，久违的脉冲电流让他眼冒金星，几乎无法组织自己的语言和思绪。热痛的冲击像是把烙铁插入脑髓，翻转搅动，将理性绞碎。这会被记录在案，他知道，这次脉冲会在束缚器的内部数据储存中留下记录，但他了解它的原理……除非受到毁坏，警报不会发出。

他定了定神，发现额上已经流下了热汗。

就像是潜入自己的梦，让"现实中的我"去承受痛觉，然后"在梦中的我"继续操纵身体。把头脑分割成两份，竭力把神经中来回震荡的痛觉与尽可能多的资源分割开来，用这些隔离出来的资源重建自己的思维。

除了具备精神能力的进化者之外，没有人能这样精细地玩弄自己的大脑。这是一种危险的玩火行为，当年他就学到了这一点。这种头脑超载将会极大地损害精神健康。除了消耗巨大的意志力，超负荷运转的神经网络也会实实在在地伤害脑细胞，甚至有变成废人的危险。

"我当年的老师是个大人物，他亲口跟我说过，他曾经在十几年前，在东北某地执行过一次心理教化。我有关系能够保住你……"

"你到底为什么要这么做？"

曹敬滔滔不绝到一半的时候被杜云娟打断了，他一时间难以接话。

"我问，你到底是为什么要帮助我这样一个和你萍水相逢的人？我身上现在难道还有什么你看得上的东西吗？"杜云娟毫不停顿地继续诘问，"我身上只有一点点从家里带出来的钱，孤身一人也没什么能够给你作为回报。如果你想要女人，你床上的女人比我更漂亮……你到底是为了什么，在这里冒着被我杀了的风险和我聊天，劝我投案自首？"

"我……"

"我只会在你的仓库里待一夜，天明的时候就启程。火车站已经被封锁了，我靠着脚往城外走，沿着国道或者田野，往外面走，我只想隐姓埋名地活下去……你又是为了什么而帮我呢？还是说，你现在只是在拖延时间，想等警察来？"黑暗中，杜云娟的眸子反射出仓库窗外的一点路灯，"如果是那样，我现在就杀了你，然后迅速逃走。夜里正好上路，我可以等明天白天再休息。"

"是为了我自己。"曹敬说，"我已经无法忍受了，我一定要拯救别人。不然我活着实在是太难受了。"

说出这句话的瞬间，曹敬脑中似乎有什么东西被打碎了。一层坚韧的厚膜……短短一瞬间，他失去了对痛觉的感知，如同登山家翻越了一个山口，眼前豁然开朗。他知道这只能维持短短的一小会儿，但是……一种新的感觉淹没了他的知觉。

他回来了。

曹敬回来了。

曾经的曹敬一瞬间回来了。

他不再是那个教育局的阴沉小职员，四处跑腿的穷小子，为了柴米油盐发愁的独居青年……这些琐碎的外壳被骤然膨胀的内在顷刻间抖落，每一次呼吸，回归的感觉都在蔓延。

他重新触碰到了另一个世界，感性、精神的世界，漂浮在物质世界之外的精神宇宙。在那里，一切物质都黯淡下去，只剩下代表生命力的火光，他能够感受到不同的火焰所带来的轻微的烧灼感，那是情感能量的辐射。

眨眼。

他看见数不清的繁星，暗淡的星光，每一颗都代表一个智能个体。曹敬漂浮在群星的银河中，绝大多数的星光都遥远而冰冷，而在他面前的一小团火焰，正与他自身力量的触须胶结在一起，双方的注意力都全然地放在对方身上。曹敬迅速体会到了杜云娟此刻心中的痛楚、惊惶以及反复踌躇的杀意与胆怯。

曹敬抬起头，打开手电筒，照亮了杜云娟。

仓库外，警笛的尖啸声刺破了夜空。

手电筒的光线照耀下，杜云娟面色苍白地站在那里，两人同时竖耳倾听，而曹敬深入了她的思维……杜云娟的心智外壳是粗糙而满布裂痕的。婴儿的心智是柔软而不定形的云雾，随着年龄增长，人们的心智逐渐诞生了骨架与外壳，变得越来越坚固。

而杜云娟的外壳已经破碎不堪，这代表的是她没有任何相信的东西，也没有任何能够依赖的信念。毫无求索的欲望，只剩下最后的求生本能在支撑她前行。在外壳下，他触碰到了勃然而起的杀机利齿。

眨眼。

曹敬的视线回到物质宇宙，女人正在从外套内侧掏出一个黑沉沉的东西，曹敬意识到了那是什么。

一把枪。

"你报警了！"她的声音在齿缝中嘶嘶作响。

"我没……"曹敬说到一半的时候已经意识到不对。他松开手，猛地向前一个翻滚，杜云娟已经举起手枪向他瞄准，手电筒落地，光锥四处乱晃，让杜云娟无法找到他的位置。

她怎么会有枪？曹敬第一反应就是丢下手电筒，在黑暗中杜云娟没有办法看见自己，也没有办法向自己射击。

"敬！"

门口传来明郁江的声音，仓库里的日光灯猛然打开，昏黄的灯光将钢铁、机械和曹敬照亮。他立刻转向杜云娟，然而持枪的凶手已经消失不见了。

人在哪儿？曹敬用了一个闪念思考。

眨眼。

他钻进对方头脑，感知到了对方的位置，她正在堆积成山的物资之间穿行，试图避开明郁江和曹敬的视线，从仓库的正门逃走。

"郁江，快出去！"曹敬高声呼喊，而十几米外的明郁江只穿着衬衫和长裤，赤手空拳，看上去好像刚从温暖的床上起来。

你说什么？她远远地做了个手势，歪头问他。

眨眼。

杜云娟的精神开始膨胀，最后，作为动物本能的求生欲望撑破了脆弱的外壳，黑色的狰狞的杀意从中凸显出来。愤怒、惊慌与生的渴望压过了悲痛与自怜，将她转变为追逐一线生机的野兽。

左边，有人。曹敬向明郁江指了指杜云娟的方位，然后比了个割喉的手势，示意危险。

有枪！他无声地做了个开枪的动作，然后做了个口型。

明郁江点了点头，然后从门口退开了。

眨眼。

明郁江传来沉稳的信号，亮蓝色的火焰，清澈而勇敢地等待着。她毫无惧怕，兴致勃勃地等待挑战，好斗的基因被重新点燃，纯净的青春气息，天不怕地不怕的昂然意气。

太危险了！

曹敬顾不得自身安危，他握住伸缩警棍，向着杜云娟退走的方向轻声踮步走去。

曹敬眨了眨眼睛。

她突然加速，冲出了仓库，然后曹敬听见一声枪响。

"郁江！"

他冲到仓库门口的时候，看见明郁江正从背后勒住杜云娟的脖子和胳膊，后者正拼命挣扎，只是双方的力量差距太大了，她完全无法摆脱关节技的压制。冒着烟的手枪落在二人脚边，被明郁江用脚上的拖鞋远远踢开。

缠斗了十几秒，杜云娟因为窒息昏迷了。

七

"你们两个胆儿也太肥了。"曹阳把茶杯磕在桌子上,曹敬和明郁江老老实实地坐在派出所办公室里。"不要命啦?知道她有枪还去跟人斗殴?"

明郁江披着大衣坐在暖气片边上取暖,曹敬用手指按摩着自己的太阳穴,一副若有所思的模样。两人看起来都没听曹阳说话。

"枪是哪儿来的?"曹敬过了一会儿突然问道,"这把枪到底是从哪儿出现的?"

有了枪,案情的严重性上升到了新的高度。在之前的侦查中,警方没有发现除伪劣气功班受害者外的疑点。

"等她醒过来就开始审。"曹阳抿了一口茶,扭头看着窗外的漆黑夜色,"又他妈要加班了。"

"审不出来东西的。"曹敬摇摇头,"她什么都不知道,应该是练功的那帮人搞过来的。"

在杜云娟昏迷后,曹敬第一时间进入了她放开防御的心智。失去意识的杜云娟神志中只剩下思维和记忆的碎片，曹敬花了很大功夫才在碎片的迷宫中寻找到有价值的线索。

他不可避免地看见，并很大程度上感同身受了杜云娟所遭受的那些长期折磨。在父母双亡、监护关系被转移到亲戚家里的这几年时间里，杜云娟从衣食无忧的天真姑娘变成了一个惊弓之鸟般的狂躁症患者，长期的虐待和营养不良让她脆弱的心灵被摧残，浸泡在怨恨与悲楚的黑液里，让她变得敏感、多疑、极具攻击性。

关于那把枪，她只知道是几天前，舅舅和舅妈鬼鬼祟祟从外面带回来的。根据她的回忆，他们那个时间应该是出去参加同修集会。这玩意儿用黑色塑料袋包了好几层，再用胶带纸绑好，藏在电视柜下面。杜云娟收拾东西的时候忍不住摸了摸，沉甸甸的，再感觉一下形状，顿时让她吓了一跳。

这把枪刺激杜云娟杀了人，她看着舅舅一家人在这个旋涡里越陷越深，随着他们的言行越来越疯狂，她下定决心要从这里逃出去。但在她逃走之前，她想让他们付出血的代价。杜云娟先是想用下毒的办法除了这两人，结果量没控制好，两个人居然没被毒死，还挣扎着想出门求救。她只好硬下心肠亲手杀了他们，还肆意发泄了一通。

杀人后的杜云娟知道自己接下来只有逃亡一途，便翻出手枪，再把仅剩的一点儿钱带上，最后用包裹背了一些吃的，就这样上路了。她没有社会经验，不知道出门到底应该往哪里去，迷茫之下却也知道不能待着不动，便想到去附近工厂里曹敬看管的仓库先藏一宿，看看警方什么时候进行搜查。

曹敬现在还处于使用能力的后遗症中，解除对痛觉的"屏蔽"后，他差点儿当场昏死过去。那种痛苦就像是有人拿电钻往太阳穴里扎一样，哪怕已经过去了一个多小时，他的脑仁儿深处还是在一阵一阵地疼。为了转移注意力,他只能努力想些别的事。

"二哥,电话借我用一下。"曹敬别开脸,盯着明郁江无所事事的面容,"我想找个人。"

"打给谁?"曹阳指了指桌上的一部电话。

"大姐。"

明郁江和曹阳同时看向他。这是曹雪卿离开后这几年里,曹敬第一次主动要给曹雪卿打电话。在之前的日子里,曹敬哪怕遇到再苦再难的情况,都自己一个人扛下来。

"你想干什么?"曹阳皱眉问。

曹敬揉了揉自己的鼻子,简洁地说道:"聊聊。"

电话打通了,对面传来一个略带睡意的女人的声音:"找哪位?"

"请转给曹雪卿。"

对面沉默了几秒钟,再说话的时候,语气中已经充满了警惕:"报你的身份。"

"曹敬。"

"稍等。"

过了整整半分钟,接着曹敬在电话边上又等了两分钟。

"小敬,是你吗?"

声音响起的时候,曹敬感到一种异样的温暖,就像是姐姐这一瞬间已经来到他的身边,在背后温柔地环抱住他。距离和时间让他对曹雪卿的思念发酵了,他想象中的曹雪卿已经成了一个散发着光与热的图腾,一束照亮他前路的光,而真正的曹雪卿的形象反而变得稀薄了。这个声音让真正的曹雪卿重新回到了他的世界里,那个温柔沉稳,不慌不忙,总是能解决任何问题的姐姐。

"是我。"曹敬咬了咬牙,几年后第一次打电话就是要她帮忙,这让曹敬感觉很尴尬,"你最近好吗?我很想你。"

"说吧。你遇到什么问题了?"话筒对面传来姐姐的轻笑声。

"你怎么知道……"

"几年都不给我打电话,突然在凌晨两点钟打电话来说想我了……你说我怎么知道呢?"

曹敬脸上发红,他用脚底蹍了蹍地板,然后叹了口气:"不好意思,我这边需要你帮个忙,可能很麻烦。但我只能想到你了。"

"我听着。"

"我想让一个人接受心理教化程序。她杀了人,现在被逮捕了。我觉得应该算是防卫过当,但因为手段残忍,情节恶劣,所以我对她接下来的命运不抱乐观态度。"

曹敬停了下来,等待对面的回应。

"好。"几乎没有犹豫。

"名字是杜云娟,沧江市的外城区,可能牵涉枪支走私和民间气功修会,身份证号是……"曹敬拿过办公室桌上的文件,报出了十六位的号码。

"嗯,记下了。我看看……三天内会有内务部的人来沧江市,到时候会联络当地公安。只要你的朋友在三天里能活着,就没有问题。"

曹雪卿的语气很平和,好像这只是一件不值一提的小事,曹敬暗暗松了一口气。

"小敬。"

"嗯?"

"她是谁?"

"一个认识的朋友,生活很不幸。"曹敬突然有种不祥的预感。

"小敬。你不可能救下每一个你遇到的不幸的人。"

"是。我知道，我明白。"

"小敬，我知道你很敏感，很善良，这是你最宝贵的品质，但我更希望你保护好自己。对我，对你的亲人来说，你才是最重要的。如果你能学着硬起心肠，跟老三一样没心没肺一点儿……说不定是更好的选择。"

"嗯。我会努力。"

"明郁江在不在边上，你让她接电话。"

明郁江一直看着曹敬脸上的表情变化，当他下意识看向她的时候就立刻跳了起来，伸手去夺话筒。

"让她接电话。"

"她不在这里。下次她在的时候我给你打电话……"

"给我！"明郁江啪地把话筒抢了过去，她从曹敬背后攀上来，一只手搂住他的脖子，一只手把话筒放到耳边，慵懒道："喂……老曹，找我啥事儿啊？"

曹敬长长地叹了口气，明郁江亲昵地把脑袋架在他肩膀上，说话的时候气息吐在他耳朵里，让他听不见姐姐到底说了些什么。窗外的夜色依然平静，距离太阳升起还有四个小时，而现在他被朋友与亲人围绕，火焰……

眨眼。

他仿佛看见身边围绕的温煦火焰，从彻骨的、人世间的寒风中一路走来。

这会儿他不那么冷了。

三天后，沧江市的天气略有回暖，曹敬和明郁江作为"11·29

恶性杀人案"的当事人被传唤至市公安总局，二人在这里见到了内务部的特使。

吴晓峰，一个头上已经有了一丝白发的中年胖子，笑吟吟地看着曹敬，让他浑身发毛。曹敬万万没想到，内务部的特使之一是吴晓峰，这个当年在少训所让他畏惧的导师。

"哟，长帅了不少嘛。"吴胖子咧开嘴，露出两排大黄牙，重重地拍了拍曹敬的肩膀，"怎么样，这几年过得还行吧？啧，看你这一脸死人表情我就知道，问了也是白问。"

内务部的特使并非只有吴晓峰一人，还有两个与他同行的男子。吴晓峰看上去鄙俗粗野，这两人外形也颇为独特，走到哪里都吸人眼球，明确无疑地表现出高级进化者的特征。

其中一人身材高大魁梧，一头微卷的金发，皮肤白皙，从头到尾沉默不语。曹敬猜测他并非亚西裔，之所以用"猜测"这个词，是因为此人脸上缠满了绷带，让人看不清真容。当他坐在房间里的时候，除了另外两名特使，所有人都有些惴惴不安，因为他给人的"感觉"不像是人类。哪怕是腰间佩枪的警察，面对这个绷带人的时候，也会有不由自主的窒息感。

另外一人则与他完全相反，是一个身着花哨衬衣，流里流气的长发瘦削男人。当吴晓峰和曹敬谈话的时候，此人一脸不耐烦地坐在角落里，明明是室内还戴着一副墨镜，自顾自地翻着报纸。

"来，介绍一下，这位是安德烈，而这位是苏易城。"吴晓峰没有透露更多信息，"这个是曹雪卿的弟弟，曹敬。"

那两名特使一动不动，好像完全没听见吴晓峰在说什么。

明郁江一直和曹敬一起僵坐在审讯室的桌子一侧，两人都能够感觉到巨大权力带来的压迫感。吴晓峰，来自国家内务部的特使，简单地说,他的影响力足以决定二人接下来的命运。哪怕知道他不具恶意,但这种无形的压迫感还是令二人不安。

"我有几个问题,想问一下你们两位。"吴晓峰笑眯眯地坐回自己的座位上,"别紧张,都是自己人,就是走个过场,有一些疑问我想搞搞清楚。"

"请问。"曹敬觉得自己好像又回到了当年的少训所,不过这一次他比以前有底气了些,只要姐姐还在,吴晓峰就不会轻易动他……这是他出于理性的判断。然而敏锐的感性,以及对吴晓峰的畏惧,让他无法安定下来。"但有这个必要吗?你能够直接读我们的记忆,对吧?没必要费那么多功夫。"

吴晓峰哈哈大笑,摆手道:"看来这么多年过去,曹敬同学你还是对我有很大看法,不过这也很正常。倒不如说,这些年里,不戴有色眼镜看我的人是极少数。讽刺的是,曹敬你也品尝过那种滋味,你也跟我一样玩弄过他人的大脑,为什么你也和凡夫俗子一样把我当成讨人嫌的东西?难道是你的思维退化了?"

没等曹敬回答,吴晓峰意兴阑珊地叹了口气:"算了,大人有大量,不和你一般见识……第一个问题,明郁江小姐,犯罪嫌疑人杜云娟被你们擒获当晚,你是几点钟醒来的?"

"……不知道。我当时没注意时间。"明郁江把眼睛从吴晓峰身上转开,"我醒来的时候发现身边没人,起夜……然后我就去找他,发现他在仓库里和人谈话,然后我就偷偷在那边听。听到一半的时候我发现这个女人有问题,就跑回保安值班室打了报警电话,然后回来打算帮他一把。"

"哪里的保安值班室?"吴晓峰翻了翻面前的档案。

"仓库的保安值班室,外间有一部电话。"明郁江不停地捻着自己的手指，似乎想做出镇定的模样。

"第二个问题。曹敬，你是什么时候知道杜云娟藏在你仓库里的？"

曹敬抿了抿嘴唇，说："下班回到仓库的时候。门锁上有血指纹。"

"那你当时为什么没有报警，让警察来处理这件事？"吴晓峰抬起眼皮，盯着曹敬的脸。

"因为我害怕警察会和她起冲突，造成流血事件。"

"那又请问，是什么逻辑驱使你不声不响地安顿下来，做饭、写文件、洗澡、上床，甚至用了两个避孕套之后，半夜十二点才爬起床，只带着一根警棍去找一名凶残的持械杀人凶手呢？"吴晓峰咧开嘴，双臂交叉在胸前，皮笑肉不笑地问，"嗯？看完笔录后，这个问题实在让我非常好奇，好奇到我真的想撬开你的脑子看看，你的脑壳里面到底装的是脑浆还是豆腐花。"

扑哧一声，坐在角落里的长发墨镜男笑了一下，翻了一页报纸。

"苏大少，你对此案又有什么看法呢？"吴晓峰转过身去看向墨镜男，"可不可以请您来发表一下见解？"

吴晓峰口气像是调侃，而那位墨镜男却真的老实不客气地说道："少年怀春呗。换了我，也一个人去单刀赴会了。靠个人魅力来折服杀人凶手，这他妈不是明摆着的事情吗？刚搞定一个女人，睾酮素分泌旺盛，正是男性最有自信的阶段，这世上还有什么事做不成？"

苏易城……曹敬没有听过这个名字。但是他在老姜和姐姐那里听说过，有一个相当显赫的家系，也姓苏，那可是货真价实的"贵族"。从开国时期就屡立奇功的进化者家系，一门里出了好几个强力进化者。其稳定的高觉醒率已经证明其遗传的优越性，家族成员全部具备甲级以上的系统认证。

虽然声线优雅磁性，但这人说的话粗俗直接，甚至完全无视了在场的明郁江。居高临下、尖酸刻薄的嘲讽，让曹敬对此人观感很差。

"真的假的，原谅我这个从小到大都没人喜欢的胖子没办法理解你们这种……呵，一表人才的成功人士思路。"吴晓峰转向曹敬，"那，曹敬，你当时如此怜香惜玉，是想做什么呢？不惜动用曹雪卿的关系，让我来走一趟心理教化任务，你到底为了什么？你跟那姑娘有一腿，还是你和她之间有些不可告人的秘密？"

曹敬一言不发。

"我觉得这是很正常的事。"明郁江突然说话了，让在场的人都吃了一惊。"我觉得杜云娟是个很可怜的人，作为一个人，于情于理，想要帮助她是理所应当的事。一个受尽欺凌的弱女子，终于鼓起勇气反抗，哪怕是将那两个人杀了，也是可以理解的。如果她要上法庭，我也会为争取让她轻判而奔走努力。曹敬想靠自己的能力来帮她，有什么错吗？一点儿错也没有！"

吴晓峰做作地鼓掌，大声道："说得好，说得非常好！你看，曹敬，你一个男子汉，还没有这个女孩子有担当。总是瞻前顾后优柔寡断的，我当年怎么说的？你就是被你姐姐宠坏了！你连放个屁都要三思后行，看着真让人不爽快！"

曹敬深呼吸。

"当晚，明郁江小姐，你是抓住杜云娟的人。"吴晓峰转头面对勇敢挺起胸膛的明郁江，和颜悦色地问。"我读过你的档案，很可惜，真的蛮可惜的，就差一点点就有甲级证书了，在乙级里算是很厉害的，不错。本来警察局是要给你的学校写感谢信的，但在这之前要先征求一下你的意见,这种感谢信会对你的校园生活带来干扰吗?我听说你要评先进,这个感谢信应该可以帮点忙。"

"呃……应该不会。"明郁江快速瞥了曹敬一眼,确认他还面色不变地坐在椅子上。

"在这之前,曹敬和杜云娟单独说了一段时间的话。我想知道你和她都说了些什么。"

"我劝她自首。"曹敬简洁地回答,"哪怕受审也能得到宽大处理。"

"你用了心灵感应吗?"吴晓峰问。

房间里突然安静了下来。

"您说什么?"曹敬扭了扭头。

吴晓峰一动不动地盯着他,脸上暧昧的笑容像是一张凝固的面具。曹敬可以感觉到吴胖子审视的目光将自己从上到下扫描了好几遍,他感到越来越不安。自己曾经感受过外界入侵的精神力,这种极罕见的发生在精神能力者之间的对抗他切身经历过,而上一次他与吴晓峰正面对抗的结果……

还好,此刻头脑没有被侵蚀的感觉,但也可能是吴晓峰的精神感应能力远远凌驾于自己之上。

"当天晚上,在那个街区,曾经有人使用过精神感应的能力。"吴晓峰轻声道,他的话让曹敬心中一沉,"我们的卫星监察系统捕捉到了那个微弱的信号,维持时间很短。结合前后的情报来看,曹敬,你的嫌疑很大。"

要查这件事很简单,曹敬的心越来越往下沉,只要他们将自己束缚器里的数据存储设备取走,进行记录分析,就能看见那天晚上自己越过束缚器时留下的痕迹。一定会有记录,虽然自己能够否认,但内务部的人不需要证据,只需要怀疑就够了。哪怕有曹雪卿的关系,自己依然会吃苦头,或许和杜云娟一样,被人格再造……

吴晓峰突然嗤笑一声,指着他笑道:"蠢货。我当年教你的逻辑推理能力是不是都被狗吃了?看看你这个死人一样的脸色……哪来的卫星能监控什么精神信号?轻轻一句话就把你诈出来了,如果我想搞你,你现在已经死十次了。"

"真是个蠢货,险些坏了大事。"吴晓峰冷酷地说,"但你很幸运,我这次来沧江市不是为了抓你这只蠢老鼠,所以把你扑通乱跳的小心脏塞回腔子里去。如果不是我,你险些就暴露了你自己——那些把枪走私到沧江市的人……正在找你呢。"

"老吴?"墨镜男把报纸放下了,墨镜后的眉毛皱成了一团。

曹敬皱眉问道:"你说……他们在找我,是什么意思?"

吴晓峰向墨镜男摇手示意道:"没事,他的话没关系。毕竟是曹雪卿的弟弟,瞒着也不太好。"

室内的气氛逐渐变得黏滞,明郁江迟疑地站起身道:"我先回避一下……"

"你也留下吧,解释起来会方便很多。"吴晓峰从口袋里抽出一包烟,给自己点了一支,"我读过你的档案,近身搏击能力还可以。接下来的情况会比较危险,而我们没有带多余的安保人员,所以,曹敬你得靠自己以及这位小姐,来保障你的人身安全。"

"这事怎么会和我扯上关系?"

"是这样的。"吴晓峰长长地吸了一口烟,轻松地弹弹烟灰,然后才开始说,"你知道,我是很少见的精神能力方面的进化者。而且,不客气地说,在全亚西洲也是有名有姓的此中高手了。所以我会接手很多比较棘手的活儿,你还记得我在少训所给你布置的那些题目吗？那些跟我做的相比，只是小孩儿把戏而已。"

曹敬产生了轻微的反胃感，与道德无关，单纯的生理本能反应。

吴晓峰曾经逼迫他去挖掘自身的潜力，而且不顾他个人感受，用软暴力折磨他，强迫曹敬去成为他想要他成为的那种人。从最后的结果来看，吴晓峰失败了，曹敬就像是一块被外力扭曲的陶瓷，终于无法承受如此的负荷，崩解成了碎片。有的时候曹敬会想，如果当年负责他能力训练的并非吴晓峰，而是任何一个稍有良知的教师，他的结局未必会是今天这样。

"当然，其中一项就是从人的脑子里挖东西出来，把他们知道的一切都血淋淋地剐出来。当然，这很不人道。这间房间里的摄像和录音都已经关闭，而走出这扇门后我不会承认我说的每一个字。但这是，那个词是怎么说的，必要的恶。而对一些危害国家安全的恐怖分子进行必要之恶，让我们得知了一些重要的消息，比如这次事件就是某个恐怖组织的一处纰漏。"

"长生功？"曹敬皱眉反问道。

"是的，沧江市的长生功教团可以说是某个恐怖组织——我们用内部代号S组织来称呼它吧——S组织的一个外围，或者说S组织和长生功的大上师以及一些中层头目有勾结。而当S组织想要做一些违法活动的时候，本地的长生功教团就是他们的触手，他们借助当地的长生功教团来偷运武器等违禁物品，甚至将记录在案的通缉犯运送到当地。借助这种本地组织，S组织才能够在国内监管如此严格的情况下还能一次次成功地执行任务。"

"也就是说，差点儿打死我们的那柄手枪，也是新世……呃，S组织偷运进沧江市的其中一件武器？"

吴晓峰点点头，"是的，而他们近期内会有一个行动，这柄手枪被半路里杀出的杜云娟给劫了，然后落到了警方手里，可以说对我们是很不利的——原先我们知道他们要有行动，而他们不知道我们已经知道了。这件事导致他们现在可能已经被惊动，要么潜伏得更深，要么提前进行任务。"

"什么行动？"曹敬皱眉问道。

"寻找S组织想要的一个重要人物。"吴晓峰把烟灰磕进桌上的烟灰缸里，"S组织是一个带有宗教性质的组织，相信存在'降临的地上真神'这种东西。因为背后有人在支持，所以发展非常迅速，而且，最危险的一点，S组织是一个崇敬进化者的组织。"

"这些非法组织利用种族对立制造矛盾，以此牟利。"曹敬大学里学到过这个。

"没错，非常典型。"吴晓峰小眼一翻，"S组织里存在不少进化者，对于一个非法组织来说，他们的潜在实力非常强，而且源头不在国内，我们也很难处理。他们相信进化者是某种使者，而进化者在这个世纪开始登上舞台，正是'圣子'降临的前兆，意思就是我们这些进化者都是侍奉圣子的天使，提前下凡来给圣子的降临铺路的。而这次他们要找的重要人物，具体信息还未得知，但从以往的观察来看，进化者通常是他们的目标。"

"那和我又有什么关系，我只是一个被卷入这个事件的次品呀。"曹敬失笑。

"问题不在你是不是次品，而在于你的身份。"吴晓峰往椅背上一靠，"我给你出个简单的小题目，看看你还记不记得当年教你的东西。这个问题是，为什么长生功教团会把枪寄托在杜云娟家里？"

曹敬一开始有些摸不着头脑。"为什么？不是因为她家是忠实信徒……等一下，你的意思是……"

结合曹敬的"身份",答案已经浮出水面。

"我是市教育局青少年进化管理办公室的一线职员,我接触了整个城区的新觉醒青少年,并且脑子里记着全城十八岁以下的进化者的资料,包括姓名、能力、性格、家庭地址……只要抓到我,那就算是有了一个活的资料库。"曹敬皱眉,"也就是说,杜云娟的家之所以会被用来藏枪,是因为……他们就在我住的仓库旁边?我并不仅仅是一个被卷入事件的人,她才是被卷入的人,而我是真正的目标?"

吴晓峰摊了摊手,做出一个"你猜对了"的手势。

"我昨天赶到沧江市,在这里审讯了几个长生功教团的下级干部。在"11·29"杀人案发生后,本地公安部门批捕了一大批教团成员,连夜审讯后找到了几个干部的线索,而这几个干部都是口风很紧的死硬分子。"吴晓峰搓了搓手,"我们毕竟要讲一点儿人道,不能暴力刑讯,所以就轮到我这样具备特殊才能的人上场了。挖了几个脑子后,发现比我原先预想得要复杂一些。"

吴晓峰昨天审讯的几个人并非长生功教团的上层干部,所知不多,但是根据这些支离破碎的线索可以得出两个结论:

一、对方目标明确,而且已经收集了大量关于沧江市教育部门的内部资料,不然不能准确定位到离群索居的曹敬。

二、通过对曹敬下手,可以推断出这一次行动的真正目标是青少年进化者。

"为什么是曹敬?"在一边旁听的明郁江举手提问。

"很简单。"吴晓峰挠挠脖子,"青少年进化管理办公室一共几十号人,这么多人里只有他是单身一人住在市郊非常荒僻的地方,非常荒僻的地方。你让我来选,他也是第一顺位目标。而且如果对方真的调查得那么仔细,就知道曹敬同学平时工作认真,业务能力极强,是一本沧江市青少年进化者的活字典,完美。"

曹敬摇头叹道:"谢谢夸奖。"

"这个办公室里有内鬼。"在后面看报纸的墨镜男插了句嘴,"不然哪有这么容易搞到这小子的资料。"

"也可能是跟踪。"

"他们这一次行动受挫,下一次会继续冲曹敬来吗?"明郁江不屈不挠地继续举手提问。

"难讲。我倾向于不会,但是不排除有这种可能。"吴晓峰点了点头,"这次公安部门抓了几十人,但本地教团的核心干部都跑了,只有几个走得慢的被逮住了。没能一网打尽,必有后患。长生功在本地的教团只是一个外围组织,现在只损害了一些皮毛的力量。但他们也知道现在打草惊蛇了,在他们眼里,曹敬还不知道自己才是目标,只是被卷进这个事情而已。也就是说,如果曹敬接下来被公安部门保护起来,那应该是没问题,对方也不会来动他。"

明郁江不傻,相反,曹敬一直知道她很聪明。听到这里,明郁江已经反应了过来。吴晓峰对事态的判断,结合之前他对明郁江说的话,已经证明了他想干什么。

"你想把我们当成诱饵?"

曹敬冷笑道:"意料之中。"

明郁江面色阴晴不定,过了一会儿问道:"如果是想来绑架曹敬,那他们会有什么程度的武力?我……"

"别慌,孩子。"吴晓峰露出一抹微笑,"首先不会有大型犯罪团伙,人数只会在二十人以下。其次火器应该是极其有限的,我相信既然他们还需要用长生功教团来偷运武器,那能够到手的违禁武器应该不多。不过只有一点需要注意。"

"什么？"

"会有进化者。"吴晓峰讪笑道，"别慌，我们会监视你们一段时间，有危险的时候我们会赶到的。"

八

"你回去。"

"我不回。"明郁江把一把花生丢进嘴里,嚼得嘎吱嘎吱响。

曹敬一向冷静,但他现在浑身怒气勃发,无头苍蝇一样在房间里乱转。明郁江盘腿坐在他那张棕绷床上,一边吃花生一边看着他原地踱步。

"吴晓峰这人就是个畜生,永远不安好心,而且绝对不会说实话!"曹敬一拳砸在墙上,脸上的筋都绷起来了,"我太年轻,斗不过他,每一次遇到他都会倒大霉……这一次我一个人就行了,他舍不得让我死的,但你在这里真的会遇到危险……你回学校吧,那里不会有事。"

"怕什么,大不了一起死呗。"明郁江继续剥花生,"反正毕业后找不到工作也是混吃等死,不如现在大家快快乐乐地一同上西天,我也不用去当什么民俗学者,传承什么民族文化。啊,一片白茫茫大地真干净。"

"不是开玩笑,郁江。"曹敬抽过一张椅子,反身坐在窗前,"你现在跟这件事没什么关系,而且你……哪怕留在这里,能够起到的作用也不大。我不想连累你。"

"曹敬,问你个事儿。"明郁江纤指一弹,将一粒花生米打进曹敬嘴里,"先别回答,慢慢想一下再回答。我问你,那个姓吴的跟你说的事儿,是真的还是假的?你真的用出你的能力了?你真的重新心灵感应了?"

曹敬嚼了嚼花生,他注意到明郁江此时的表情很认真,两只眸子直愣愣地看着他的脸,看不清喜怒。

"我倒希望我这会儿能感应一下你。"

眨眼。

当然,曹敬这会儿什么也读不到,那个项圈还牢牢地扣在他的脖子上。

"再想想。好好回答这个问题。"

"你为什么要问这个?如果我回答'是'或'否',你又会做出怎样的反应?"曹敬反问,"我回答什么你会回大学?或者说,你想听到什么回答?"

"看来是没有。"明郁江捏着一颗花生看了一会儿,"如果你还会感应的话,就不会说这种话。是啊,如果你还会感应的话,那无论我说什么,想什么,你都能把我哄得服服帖帖的,而不是迂回着打探我的心思。"

"你生气了?"曹敬皱眉问。

"还行。"明郁江捧着花生碗,长长地叹了一口气,"只是觉得很害怕而已。"

两人沉默了一会儿。

"我一直不能理解。"曹敬用手托着下巴,"嗯……也不能说完全不理解,只是,我有的时候会很不理解。我当年努力地想要让你感到开心、快乐,为什么适得其反?我曾经能够感应你的许多精神活动,但我并非全知全能,我发现我越迎合你,你反而越来越退缩……"

明郁江摇头道:"那种被人完全掌握的感觉,很不好。和你在一起确实开心快乐,甚至很幸福。但是,很多时候我都觉得你的反应完全不是你应该有的反应,和我相处的你……不是曹敬,而是一个做出完美应对的……超级加强版曹敬,让我感觉很害怕。

"我想说的任何话,甚至我还没有说出口,也不打算说出口的话,你全都知道。你说的每一句话,每一个动作,每一个眼神都让我觉得你把我心中的——哪怕一个连我自己都没发觉的闪念都看透了。只是刚刚觉得有点冷,你就递过一杯茶,我刚想到一句诗,你就接上了下半句,甚至……"

明郁江长出一口气。"直到你戴上这个环后,我才感觉舒心一些。但现在突然发现,你好像又能感应了。我想,如果和你相处的每时每刻我都要想,'这会儿他在读我的心吗',那这样相处也太难受了。我们的关系是不对等的,你能看见我的心,我却看不见你的,单方面的信息优势,这感觉太难受了。"

曹敬这会儿不由自主地回想起青涩的学生时期,有那么一段时间,曹敬因为自己的能力而志得意满,那时候生活看起来很美好。

"现在我并不能心灵感应。曾经有一瞬间,我觉得我似乎超越了控制,不过那只是短短几秒钟的事情,而且后遗症很严重。"曹敬坦白道。

明郁江撇嘴笑了:"我感觉你在说真话。可能我对你也有心灵感应吧，扯平了！"

"不谈这些。"曹敬揉了揉自己的眉毛，"我们来想想接下来怎么保护好自己吧。"

在和吴晓峰的谈话结束后，曹敬给曹阳透露了一部分信息，曹阳说一有事立刻打电话，十五分钟内赶到。虽然整件事的始末属于机密，不能完全透露给二哥，但曹敬还是得到了兄长的保证。

吴晓峰在谈话结束前，特意要求曹敬不要做出任何有违日常作息的改变，他需要曹敬做一个合格的、不露出破绽的诱饵。曹敬怀疑他背后还有更深的图谋，然而曹敬现在只是一个普通的小职员，无法得到更多更有价值的信息，只能与当事人之一——明郁江一起思考对策。

"以前我们在书上读过进化者之间的战斗案例，那个时候我们还一起设计过各种使用自身能力的策略。你现在还记得吗？"

"当然记得。"

从小喜欢读书的一个优点是知识量大，两人的研究专业都与进化能力相关，而进化者之间的战斗自然也是学习过的课题。这种对进化者之间能力生克的游戏或许要往更早推，从小的时候，孩子们就因为争论哪个进化者更厉害而吵得不可开交，曹敬和明郁江也不能免俗。

由于二人特殊的进化者身份，在进行一些战术推演的时候也经常以自身为模板。最热衷于此的时候双方都试着开发了一些运用能力的小技巧，不过强度有限。

明郁江的"液体亲和"能力被用来增强自身体能，这是她最早学会也用得最多的途径。每个人对进化能力的运用与增强的途径都不一样，用明郁江的话来说，操作液体是一种身体的本能。注意力越集中，能够完成的操作越精密，想要完成目标的意愿越强烈，其具备的力量也越强大。

在增强状态下的明郁江，新陈代谢比常人要快数十倍，除了数倍于常人的体能、耐力之外，也让她肌体的爆发力得到提升，甚至专注力和思维速度也会有小幅度的提升。

而在格斗方面，明郁江练习的是福利院里的小孩都跟老姜学过的擒拿和一些关节技术。

在接触对方的身体后，明郁江可以短暂地减缓对方的血液流动，让敌人浑身无力，或者因为脑部缺血而晕厥。曹敬问她能不能把对方的血液直接抽出来，她只是耸耸肩，说没有伤口的话很难。而理论上更有杀伤力的做法是在高度集中的精神状态下，破坏对方的内脏，或者直接绞碎对方的大脑。

不过这些技巧都是"理论上"而已。明郁江还没能在活人身上实验过，哪怕真的和人对敌，她也不敢用这么凶残的招式。在外部液体操控方面，明郁江就很尴尬了。她能够小范围地富集空气中的水分，但效率很低。当液体离开她五米之外，她就只能轻微地感应到。当全神贯注地集中精神的时候，明郁江能够感应方圆二十米的液体分布，这可以作为一种人体探测运用。

大部分的时候，明郁江只能把一杯水化作一道水龙，化身杂耍艺人般地让它漫天飞舞。这招确实很炫，而且用来调戏室友百试不爽。不过和人打架的时候，她的选择通常是抄起身边任何有棱有角的玩意儿，用力照对面脑袋上招呼。

曹敬的心灵感应能力并不适合与人搏斗。在他觉醒的最初时光，他的感应能力也不过是遨游他人梦境，和人对话的时候有一点儿优势，能够感觉周围人的情绪，直到十四岁后这一点儿才有所改观。

男生对暴力的本能追求终究还是让他学会了几招。

白鲸俱乐部。周日。

"身体有什么感觉?"朱烽取下曹敬头上的耳机。

曹敬闭上眼想了一会儿,摇头道:"没什么感觉。"

朱烽今天给曹敬准备了很多奇怪的东西,例如一些音乐录音。说是音乐,其实不成调子,像是各种杂音混合在一起形成的怪腔怪调的噪声。曹敬耐着性子听了一会儿,这会儿感觉不太愉快。

"身体什么感觉都没有?心情有没有变化?"朱烽让明郁江在一边拿笔做记录。

"……迷惑不解?"曹敬疑惑地说。

"嗯,很正常,接下来我会给你看一些图片,你有色弱或者色盲吗?"

"没有。"

这是很像色盲检查图的一沓卡片,大部分是由色块纷繁地组成不能辨识的图案,还有一些景物、动物的照片。其中一张是一本书,书页翻开,很老的国文印刷体,写的是沧江市近代历史中的一页,曹敬读了一会儿,说的是当年金蔷薇革命时期的一些内战逸闻。

朱烽一张张耐心地给他看,让他在每一张图片上都停留足够的时间,看完之后问了和之前一样的问题。

"也没啥感觉。这本书叫什么名字?"曹敬翻出之前的那张照片,指着问。

"《江郊实录》,吕老兄提供的。"

"吕君房?"曹敬惊问道,"郁江说吕君房吕老师也是这家俱乐部的成员,能有幸认识一下吗?"

"这个……"朱烽听上去有些迟疑，不过房间门突然被敲响。外面的人不请自来地将门打开后，朱烽笑道："说曹操，曹操就到。你不是想认识吕兄吗？这就送上门来了。"

门口站着两个人，戴小春老医生是第一次来的时候就见到的。另一个就是吕君房了。正面看的时候看不出他的岁数，头发有些斑白，但从面貌上看却像是三十岁左右，眼神里带着笑意，有点嬉皮气质。两人争论一个历史事件的年份，各持己见，便找朱烽来评理。朱烽刚好记得，判了吕君房胜。赢了赌赛，吕君房看上去心情很好。

"我的读者？见笑见笑，献丑献丑。"看不出年纪的吕君房挠挠自己的白头发，"今天没带书，不然可以签个名。"

"吕兄是个写小说的文人，但在做研究这方面我还真得仰赖他。"朱烽站起身来伸了个懒腰，"吕兄家里藏书特别多，而且记忆力惊人，是我们圈子里著名的两脚书橱，为我们的研究做了很多贡献，提供了不少思路。"

"别叫我文人。"吕君房摆手道，"写小说，在旧社会里就是说书的、讲相声的、卖字的，不算上流人物，倒不如说是不入流的下三烂。是旧社会被推翻，我们这些写小说的才一跃翻身，变成了体面人。我写点儿小说，混口饭吃而已。说我是文人，有辱斯文。"

曹敬不但读过他写的小说，还读过文学杂志上对吕君房的点评。这人为人很低调，从不接受采访，甚至不让拍照，也很少和主流文学界接触，知道他本尊长什么模样的人很少。现在见到真人，这位吕先生说话神采飞扬，倒很是天真烂漫。

"《海豹奇人》到底想说什么？"作为读者，曹敬忍不住提出这个问题。

一本描写因纽特人利用驯化的武装海豹来征服世界的小说，作者不厌其烦地描写其中的大量现实细节，构建出一个与这个世界完全不同的平行世界。然而这本小说的主要情节却令人摸不着头脑，讲述的是在那个世界里，因一个构写出与读者身处的现实世界有着相同历史的神秘的幻想小说家所写的小说《杀手》而引发的一系列混乱事件。

吕君房露出受伤的表情。

"文本……脱离了作者之后，就只是一个独立的文本而已。读者读出什么是他的自由，作者无权干涉。一部小说也不是阅读理解，它不是为了标准答案而存在的。既然你对此有疑问，那就代表这本书与你没有缘分吧。"

小说家沉吟片刻，又摇头道："但你别把我当成一个作者来对话，我们现在就是两个普通人。探讨个问题，我最近在想，如果我们的历史中再也没有进化者的存在，那我们的历史会是什么样？或许发展到现在会和今天的世界完全不同吧？"

房间里的人都笑了，朱烽笑道："我也算是做历史人文研究的，如果没有进化者，那整个世界近代史都要重写了。金蔷薇国能不能建立都是个疑问，金蔷薇主义或许还是会被提出，但没有战略级进化者存在，国家和国家之间就没有战略威慑这个前提，没有制衡条件的国际社会恐怕会战乱不休，那就要天下大乱了。"

"假如那个世界里的诸国发明了一种大规模杀伤性武器，这种武器是如此可怕，乃至于足以毁灭大部分人类社会……以此作为战略威慑呢？"

吕君房似乎很热衷于这个话题，看他兴致高昂，其余人也不好意思扫他的兴，众人便坐下来休息聊天。

"《海豹奇人》的世界观里，存在一个设定。"吕君房端起杯子对曹敬说，"说出来也没事，小说里只有暗示而已。可以说是只有我才知道，或者说确认的事情。那位写出《杀手》的作者就是一个进化者，也是那个世界中最后一个进化者。"

"他的能力是什么？能够看见其余世界吗？"曹敬好奇地问。

"不。"吕君房说，"他的能力是改变世界。是他改变了过去，从而在历史中消除了进化者的存在，以此缔造了海豹帝国。"

曹敬有些失笑，世界上不存在如此强大的进化者，这只能是小说家的浪漫幻想罢了。虽然能力的觉醒目前也没有一个相对可信的理论，但科学界普遍认为这些都是人体本身潜在功能的开发，任何能力都需要以进化者自身为基础。所以，绝大多数进化者的能力水平都属于能够被人体科学解释的层次，或许战略级除外。

"《海豹奇人》还会出第二部吗？如果有第二部，题材会是你所说的，不存在进化者的世界吗？"作为书迷的曹敬忍不住问。

吕君房摸出烟盒，笑道："存不存在进化者，其实对世界没什么太大影响。没有了进化者，世界上的人们又会找到别的途径来把人分成不同的群体。贫富、种族、语言、性别……历史的本质是不会变的。所以《海豹奇人》写一本就够了，我现在看着老朱在做研究，参与进来也是因为对答案好奇。"

"什么答案？"

"第一个有史可载的进化者，学界公认大约是上世纪末出现在安纳托利亚半岛的一个名为'麦登'的村落，这是历史书上记载的最早的进化者，同出一门的三兄弟，被当时的十字教称为'三先知'。在那个时间点之后，世界各地都出现了进化者。我们的历史好像出现了一个转折点，在那个点之前，世界上不存在进化者。在那个点之后，进化者出现了。这是一个很有意思的现象，你不觉得吗？"

吕君房俯下身子，低声道："我想搞清楚，在那个点，到底发生了什么，或者说出现了什么？难道这个世界上真的有什么冥冥在上的天意，将进化的种子撒向人间？还是说这背后是一个古老的阴谋？为什么人类这个种群的进化会在短时间内跨越数千年的演变，分化出如此多的异种？我不明白，但我真的想搞清楚这件事。"

曹敬、明郁江和朱烽把接下来的实验项目做完后，已经是晚饭的时间了。今天实验项目比较多，朱烽便邀请两人留下来在俱乐部吃晚饭。

白鲸俱乐部有些藏酒，也能够点餐，不过其实都是在隔壁的餐馆"和膳房"订的。朱烽和餐厅老板有点交情，加上路程很近，所以都是服务员直接送餐上门。

吃晚饭的时候，吕君房老实不客气地跟朱烽他们坐在了一桌。这人的话匣子一开好像就停不下来，在餐桌上谈天说地，但这人口才很好，加上知识广博，所以他说话并不惹人厌，反而有种愉快感。

正好明郁江最近在考虑自己的能力如何才能增强实战功能，便旁敲侧击地把谈话引到了这个话题上。一谈到这个话题，吕君房用筷子一敲酒杯，大呼问对人了。一问才知道，吕君房原来还是白鲸俱乐部里的非著名能力顾问之一（自称），他本人没有进化能力，但对各种能力的资料收集和研究可是很出名的。

"人类学里有句俗话说得好，'技术意味着好战'。这句话是什么意思呢？古代民族，越好战且善战的民族，科技水平发展越快。当然，这是一个很狭隘的说法，北方草原上的游牧民族善不善战？科技水平发不发达？但这句话其实是要这么理解的，就是说，战争引发了需求，而需求推动了进步。"

吕君房开始滔滔不绝的时候，连朱烽都笑而不语，曹敬觉得可能这就是所谓"半瓶子醋晃荡"。

"四十年前,我们国家曾经在南海地区搞过技术推广,大移民那段时期,以现在的话来说就是推动产业革命。结果在太平洋一些小岛上发现当地有些原住民的生活水平还在石器时代,都二十世纪了才刚脱离茹毛饮血的状态,而且只有语法结构很简单的语言,连成体系的文字都没有。后来我们送农业专家、送种子,但没什么用。因为当地人懒得种地,树上的果子已经够吃了,谁还有那么多心思种地?"

曹敬听说过这些,以前他看书的时候读到过。这几年南海的几个大群岛在搞产业升级,船厂、远海渔场、近海水产养殖、海洋发电站、海洋矿物产业、近海油田开发……虽然几个群岛陆地面积不大,但是当地海洋资源丰富。

经过几十年发展,现在南海诸岛已经全部通电,家家有电视,义务教育也推广开来,岛上的原住民都会说国文了。在几十年里发生了跨越数千年的文明进化,从人类学和社会学上来看也是赫然奇观。当地地价原先一文不值,但因为很多国内资本去那边投资产业,现在反而涨起来了。当地政府因为卖地赚得盆满钵满,居民吃福利也能过得舒舒服服,生活质量反而比内地一些三线城市高得多,社会上最近还兴起了一股去南海养老的南海热。

"所以说,为什么南海民族科技水平落后了几千年?因为没有需求。躺着就能过日子,谁还想站起来?轮子?不需要。岛就那么大,走几步路就到了。火?这个倒是有,为了把食物烧熟。人人都会游泳,都会捕鱼,这都是废话不提。金属冶炼?基本不存在。小岛上哪来的金属矿?石头已经足够做捕鱼长矛了。

"反观中原民族,那可就杀得激烈了。打仗啊,这里技不如人可不是一句甘拜下风就能了结的,那是要死人,要改朝换代,尸山血海的啊。不狠、不强、不勤劳,乱世的时候那就只有做两脚羊的份儿。我们国家之所以在古代这么长时间里能位列中央王朝,既有地理气候的原因,也是因为一直在打仗。"

"那这些和进化能力又有什么关系呢?是说进化能力也是这种优胜劣汰的产物之一吗?"曹敬皱眉问。

和膳房的卤鸭掌是一绝,吕君房说话间,桌上的一盒卤鸭掌已经被分食干净,作家低头一看,气得连啃了两根羊排。

朱烽接过话头,笑道:"是这样的,吕老师说的话也有一定道理。根据十年前做的人口调查显示,不同地区的进化者觉醒比例也不一样,世界上几个主要的民族,觉醒比例都在千分之一左右。少数民族则相对低一点,西南那边还好,从长江一带往南,觉醒比例呈现出逐渐降低的趋势。从统计学上来说,吕老师的话也是有依据的。

"……而自身进化能力的进一步觉醒,也就是所谓二度开发,挖掘出之前没有的潜能,或者说体会到新的应用领域这种很罕见的情况,也很明显和自身所受到的磨炼呈一个正相关。生活在城市里的上班族,很少会出现二度开发的。但进入军队领域的进化者,在有意识地训练、探索和压迫自身的极限情况下,二度开发的比例就大幅度上升了。"

吕君房用餐巾擦了擦嘴,心满意足地打了个嗝,笑道:"不过二度开发这种事情都是可遇而不可求的,有些人以为逼一逼自己就能逼出来,结果死了都没能开发出个屁来。这种案例看多了,有的时候会有一种宿命论的看法,好像这种进化的力量不是靠你自己努力得来的,是你的身体、你的基因知道你面临危险而判断应该给你力量一样。"

"这太浪漫主义了。"朱烽笑着摇头,"你们听听就算了,但绝对不能真的这样想。老是想着'等到危急时候我就会变得更厉害',真的遇到危急情况了,死都不知道怎么死的。"

又上了一盆莼菜汤,明郁江敲敲汤盆,里面的清汤立刻搅动起来。曹敬给她盛了一碗,倒不是客气,而是怕她开始在饭桌上耍杂技。

吕君房说自己喜欢喝这个汤,又喝了一碗。

"不过,能力二度开发和本身功能性的开发又是两码事。一个是挖掘自身能力的上限,另一个则是在目前的极限里想更多花样出来,这个可就是我擅长的部分了。"吕君房盯着汤盆,看向明郁江,"你这个能力和当年的龙王很像,多嘴问一句,你是不是哪个家族出来的?"

"咳咳。"朱烽有点尴尬地提醒,"这俩孩子都是福利院出身。"

"抱歉抱歉,无意的。"吕君房立刻道歉,"龙王嘛,沧江本地人都知道,可以说是对水有着无所不能的掌握能力。通过水这种介质作为力量的载体,龙王当年能让沧江改道,这种纯粹的力量是很多战略级都无法达到的。这个我们不能比,但要论运用的精妙,这个就能好好地探讨探讨了。比如,小姑娘,你能改变水的温度吗?"

"……没试过。"明郁江茫然地摇摇头,"我的能力是流体亲和,可能有这个功能,但我不知道怎么做到。"

吕君房看上去比她还着急,叹道:"就很简单,加速水分子的活动速度啊!水分子都是在做随机的布朗运动,你只要加快它们的活动速度,温度就提高了呀!如果能够提高温度,那不就很厉害了?或者降低温度也行啊!"

明郁江还是摇头,她也知道水的温度这种基本常识,但是她

"不会"。不是"做不到",而是"不会"。她或许能够改变水的温度,她的能力也确实有可能具备这样的功能,但她不知道"怎样发力"。她知道操控液体的流动是什么感觉,但操控内部活动的频率,她就一无所知了。

"那你能够改变液体的密度么?"吕君房锲而不舍地挖掘另外的方向,"让水变成水蒸气,让水变成冰,这些都是很厉害的啊。"

"水变成冰,不就是降低温度么,老吕你就不要说车轱辘话了。"朱烽也加入了对话,"郁江同学是流体亲和,又不是气体亲和,也不是固体亲和。她只能感觉和触碰到物体流动的那种动态并且加以改变,三相变化并不在其中。"

吕君房陷入了沉思,和朱烽不时讨论几句,曹敬一直光吃不说话,但心里其实也想着事情。他记得以前在少训所,吴晓峰好像跟他讲过类似的事情。但那时候他状态太差了,很久以后才想起来这件事情。

吴晓峰当时说,只要能挨过去,他曹敬就能比以前更强、更厉害。现在想想,虽然吴晓峰手段下作,但他确实挖掘出了曹敬所具备的潜能。而再往前看,曹敬的心灵感应能力,其实也是一种很罕见的二次开发。

从穿行于睡梦,到感应他人的情感,到读取他人的记忆……这种能力的拓展其实就是一种二次开发,而且当时是青春期,能力还没有定型,成长速度相当快。再到后面跟吴晓峰学的快速暗示术,结合一些心理学知识,让曹敬的能力具备了极大的可能性。

吃完晚饭,曹敬和明郁江一起骑车回家。

到家门口时,曹敬下意识地看了看门锁,之前杜云娟留下的指印还在，只不过磨损了一些，剩下一个浅色的印记。他从挎包里掏出一支白色粉笔，在墙皮脱落的砖墙上画了一个眼睛的图案。这只眼睛没有瞳孔，取而代之的是一个五角星，乍一看像是顽童的涂鸦。

画下这个图案的时候，他回想起之前俱乐部里吕君房说的话，吕君房说现在的进化者只是人类演变的一个中转阶段。作为一个种族的人类，随着科学技术的进步，未来会有更多种类的超人类出现。用辅助插件强化的人类、出生前就进行过基因调整的人类、服用功能性药物成为常态的人类……吕君房喋喋不休宣讲的那些点子，有些听上去可行，有些听上去只是疯子的呓语。他那种炽热的表达欲望让曹敬有些敬畏，或许搞创作的人都是这样的吧。

"我们现在是在同居吗？"明郁江没注意他的动作，弯腰把两人的车用一个U形锁锁在一起，顺手拽了拽链子。

"事实上同居吧。"曹敬看了看表，晚七点，然后对着墙上的图案眨了眨眼睛。

明郁江的脸红红的，或许是晚餐时喝了两杯，她去洗了把脸，然后自顾自地坐在曹敬的床上，打开收音机，懒洋洋地靠在被子上。

"曹敬，你现在看上去和平时不太一样哦。有点儿像……"

"有点儿像什么？"曹敬把海军大衣挂在衣架上，转过头看见明郁江正杏眼迷离地看着他。"喝多了就休息吧。今晚有我在，不会出事的。"

"有点儿像你以前，更具侵略性的时期……"明郁江把手按在自己的脖子上，好像在摸自己的动脉。曹敬感觉到室内温度有些上升，明郁江似乎变成了一个人体热源，脸颊已经变得通红。

过了一会儿，她一个翻身坐起来，脸上的酒色已经完全消退，又变回了那个言行总是游刃有余的明郁江。

曹敬抓起一面镜子,镜中的自己和往日没什么不同,一样的短发,一样的平静,看不出什么异样。然而明郁江精准地捕捉到了他的改变,从与杜云娟狭路相逢的那一夜开始,突破了桎梏的曹敬像是从冬眠中复苏了。是的,他现在看镜子里的自己,眼神中好像多了一点东西,压力与紧迫感令他的身体与心理开始发生变化。

生命的需求给予你力量。

曹敬不由自主地想起了吕君房说的话。他的身体似乎被危险的气氛所刺激,被封冻的精力挣脱了厚重的冰层,从裂缝中流淌出来。最重要的是,曹敬的心态发生了改变。

"我姐以前说,身处危险中的时候,坐以待毙是最笨的选择。"曹敬对着镜子里的自己眨眨眼睛,"不管别人在筹划些什么,必须掌握事态的主动权。"

"你想怎么做?"明郁江挑起一边眉毛,兴趣盎然地用眼神示意,"用你那根伸缩警棍?"

"我自有我的办法。"

但问题在于,跨出这一步——即主动开始重启自己的进化能力——所要面对的阻力和将会引起的事态。曹敬搓了搓脸,抽了把椅子坐在明郁江面前,准备开诚布公地谈一谈。

"如果我有节制地使用自身的能力,你能够理解我这么做的动机和理由吗?只为了解决问题,而不是滥用这种能力来获取非我所应得的事物,无论是物质上的还是精神上的。"

明郁江审慎地看着他,像是想用心灵感应来看透他到底在想些什么。然后她蹦出一个词来:"高级暗示。"

"什么?"

"为什么不用高级暗示,直接让我欢欣鼓舞地接受你的任何意见,你知道,哪怕让我对你心悦诚服,五体投地,言听计从……你也完全可以做到,我们都知道这一点。如果你真的决心重新变成危险的能力者,为什么我还没有跳到你怀里开始吻你的耳朵?"

"高级暗示不是这么方便的东西,我跟你解释过很多次了,高级暗示需要长年累月的持续操作才能够达成一些非常惊人的控制效果。我的精神感应……唉。"曹敬痛苦地按住自己的额头,"……一方面是技术原因,现在的我做不到。另一方面,我也不想用这种方式来改变你的意志。如果你不想看到我重新成为以前的曹敬,那我就不做呗。现在的我也挺好的,大不了打电话叫姐姐来救命,再说有吴胖子那边悄悄地盯着,生命危险大约也不会有……大约吧。"

"去吧,可怜的孩子。"明郁江扑哧一声笑了,"去做你想做的吧,我相信你。但我想知道,你到底想干什么?"

我在门口画了一个自创的符号,而这是一个标记。

曹敬小时候编的那个杀人狂故事现在已经变成了这地方远近闻名的都市传说,而这个故事的起源则是他想要给人的梦境植入一个引导的道标。少训所里接受训练的时候他和吴晓峰分享过这个事,并希望用自己的这个发明得到吴晓峰的赞赏,吴胖子嘿嘿一笑,然后一个栗子敲在他脑壳上。

这种技巧在成熟的精神感应者中被称为"标记",用来定位目标的精神。在寒冷虚无的意识世界中,不同的智能所散发出的光与热也截然不同,在远距离的情况下,群星般纷繁复杂的心智群落难以分辨。在人口茂密的都市中寻找特定对象,无异于大海捞针。

而在一个人的精神中植入标记有许多种方式,曹敬的方式既没有效率又容易出问题。吴晓峰告诉他,更有效率的办法是植入一个符号,能够让人留下深刻印象的符号。

老练的精神感应者能够在多个心智中寻找精确的目标，吴晓峰当时给曹敬的测试之一就是在广袤的都市中寻找一个特定个体。只要能够植入一个暗记，曹敬就能够在广域内锁定一个心灵。

而标记的手法则是运用之妙，存乎一心，曹敬之前做的就是一种得到认可的反追踪手段。

"我们现在最大的弱点就是我们在明处，而无论是吴晓峰还是长生功教团的人，都在暗处。我们之间存在严重的信息不对称，这个游戏并不公平。但如果把这种信息不对称逆转过来思考，就能够找到其中可以利用的部分，例如我在门口画的暗号。"

明郁江想去看看，被曹敬阻止了："你去看了，我这里就多了一些杂音，所以你最好不知道我到底画了什么。这样一个荒僻的仓库，门口马路破破烂烂的，会注意到门口新涂鸦的过路人恐怕寥寥无几，除了……"

"监视我们的人。"明郁江笑了笑。

"受过训练的人通常对这类暗号非常敏感，特别是当这个仓库只有一个进出口的时候。只要他们对这个符号产生了疑惑，这个标记就植入成功。我就能够将监视我的人缩减到一个非常小的范围，从这个范围里进行调查，就能够逆转我们之间的信息不对称，让我能够窥探全局。"

这是标记的一种被动式应用。

"那你打算什么时候开始搜索监视者？"

"今晚午夜。"曹敬看了看表，"如果他们敬职敬业的话，五个小时足够让他们好好观察记忆。"

"你脖子上这个圈，真的能绕过去么？"明郁江皱眉问。

曹敬微笑道："能有第一次，就能有第二次。其次，这次我是以最原始的方式使用我的感应能力，以梦为媒介消耗非常低微，这也让维持第二自我的工作轻松很多。"

并没有我现在说得这么容易。曹敬暗忖。

每一次绕过束缚器带来的都是巨大的痛苦，如同被滚落的山岩碾过全身，头颅像被烧红的火钳刺穿。只有最顽强的进化者才能够从这种剧痛中存活下来，而他付出的代价是扭曲自己的精神，将自己心智的一部分——处理痛觉的那一部分神经系统暂时从自己的意识中割离，把这种痛苦寄存在一个保险柜里。

这种对自己头脑进行精神手术的事，如果在大学里说出来，会被教授们当成是痴人说梦。但吴晓峰告诉他，精神感应者的力量很大一部分来源于意志，具备强烈意志的精神感应者能够超越自身的极限，以燃烧自身人格的方式获取足以在一瞬间扭曲他人精神的巨大能力。

极度激烈的恨意，对杀戮的渴望，对某种目标的坚定追求，牺牲自我的觉悟。曹敬想起吴晓峰曾一张张地放给他看的那些幻灯片、病历报告、互相残杀的屠杀现场……七窍流血、被白布覆盖的苍白死者，坐在轮椅上鼻子里插着饲管的植物人……

"力量是有代价的。"吴晓峰双手合十，交叠在大腹便便的肚子上，露出猫戏老鼠般的微笑。"现在，再来试试，用你的全力，撬开我的脑子，看我到底在想些什么。"

这一幕仍然偶尔会折磨曹敬，让他感到生理上的呕吐感。

"很简单的。"曹敬拍拍明郁江的头，被对方一巴掌扇了回来。"别怕，有我在。一切都在掌握中。"

九

梅和勇乘坐的火车于下午两点抵达沧江北站。

路上他一直在翻一本《江南地图册》,仔细地读其中的每一行信息,从历史文化到当地特产,每一句话都被他仔细吞进自己的脑髓。这是梅和勇三十多年来养成的习惯,小时候能读的书不多,他对任何写着字的纸都带有天然的兴趣,这也在后来成为他最大的优点。

下车的时候他贪婪地吸了一大口气,把皮封的地图册夹在腋下。火车站冰冷的空气中弥漫着一股烤玉米和肉肠的香味,行李箱嘎吱嘎吱地碾过地上散落的竹签,出站的时候他在人群中看见了举着"梅老师"牌子的两名男子,便大步走了过去。

距离两人还有十米左右的时候,梅和勇站定脚步。在赶着出站的人潮中,身材高大的梅和勇就像是一尊突然静止的石柱,显得极为突兀。

有人在这里等着他。

两名男子早已被人监视,梅和勇敏锐地意识到这一点,现在留给他的反应时间只剩下几秒钟。人流中有异动,他不用眼睛就能够感觉到,身周有四五人正在向他聚拢过来。而在包围圈之外的,根据他的判断,起码还有十余人。

梅和勇深吸了一口气,将空气中的热量吸入肺内。

下午两点三十分,沧江北站的 B 号出口已经被警方用黄线封锁,出口暂停使用。

吴晓峰蹲在地上,那里画着几个白色的人体痕迹线,其余两名内务部的特使也在现场。名为安德烈的绷带人一动不动地站在原地,墨镜男苏易城则像是头嗅到了血腥气味的猎犬,以奇怪的姿势匍匐在地,毫不怕脏地伸出舌头,在空无一物的空气中搅动,看上去十分怪诞恶心。

"有些失策。"吴晓峰睁开眼睛,"易城兄怎么看这个现场情况?"

"有一股强烈的……沙子的味道,混杂着烤香肠和玉米,人身上的臭汗,发酸的奶味,酸性呕吐物。恶心。"苏易城把墨镜挂在领口,在周围的公安干警都神情严肃的当下,他依然有种油腔滑调的味道,让其余人看着十分不快。"我又不是我妈,没那么大本事。我是作战型,对这种信息收集很不在行。"

苏易城大幅度地扭过脖子,没有墨镜遮挡的一双锐目一动不动地盯着吴晓峰。"既然吴兄在,那情报与侦查应该是万无一失。我这种人,只要在抓捕战的时候出一次手,差不多就能完事儿了吧。"

吴晓峰摇摇头,从身边的帆布旅行包里取出一只宝丽来相机。他将手放在相机镜头前方,闭目凝思,然后咔嚓一声,一张照片从相机中缓缓吐出。

胖子捏着照片甩了一会儿,让照片显影完毕。他盯着照片,意义不明地哼了一声，然后把照片飞掷给苏易城。

照片拍下的并非现实中的景物，而是线条模糊杂乱的素描，勾勒出事发时的人物外形。苏易城见识过吴晓峰的本事，这位在小圈子里颇有名气的资深感应者并非万人瞩目的战略级，但在他父母那里得到的评价却比一些战略级进化者更高。

从这手用意志力影响相机底片感光的技术中便可窥见其实力。

"在场的当事人数以百计，短期印象还未消退，所以信息收集很容易。"吴晓峰把相机放回帆布包，揉了揉自己的眉心，"如果他们派出的是这个人……首先要考虑的是，是不是这次只有他一个人，还是有其他高级干部的存在。"

素描中的杀人者身着西装，身材高大，然而却看得出极为瘦削，几乎可以用皮包骨来形容。黑色的线条盘绕在他身边，就像是黑洞一样，向他的身体中涌去。

"这些黑线是什么意思，肉眼可视的黑色波纹？还是漫画式的渲染线？"苏易城咧嘴笑问道。

"人的感觉。"吴晓峰没有用惯常的那种假笑，"这是综合了多个在场人的印象，对他留下的速写。人的感官并非只有视觉，他们的潜意识能够体会到视觉、听觉、触觉之外的更多信息，而将人群的直观印象综合起来，就能够看到一个人的'场'，或者说'真相'。"

"那待会儿怎么跟武警的人说？有个随身携带黑洞的恐怖分子把你们的抓捕小组灭口了？"苏易城扬起眉毛。

"你怕什么？"吴晓峰反问，"你这么油腔滑调，态度问题又这么严重，你有什么害怕的么？"

"我只怕麻烦。"苏易城露出利齿讪笑道。他大步走出隔离线，吴晓峰本想提醒他注意安全，想想又作罢了。

头很痛，导致曹敬早上在床上躺了整整半个钟头才慢吞吞地爬起身。明郁江起得早，在仓库门口晨练，把曹敬的警棍甩得有模有样。

门口的标记还在，最近天气虽然寒冷，但没下雨，粉笔的印记还很清晰明了。曹敬刷牙的时候整理了一下思绪，凝神将昨晚感应到的情况汇总成可供分析的资料。

"昨晚搜索到什么了？半夜里一直翻过来翻过去的。"明郁江头上冒着热气走进来，毫不避讳地当着他的面脱下紧身背心，开始用毛巾擦拭自己的身体。曹敬别开自己的脸，不去看她纤细健康的胴体。

等他把漱口水吐掉，说道："找到了那个气功修会的监视人，只有一个，能分析出来大概位置，精确定位本人需要去现场实地走一趟。"

"我陪你去呗。"

"你不用做课题？"

"跟着你走就是课题好不好？"明郁江用手指在他赤裸的脊背上滑来滑去，沿着以前留下的疤痕一路蜿蜒爬行，让他觉得痒痒的。突然间他觉得有个湿软温热的东西在自己背上粘了一下，过了两秒钟才反应过来，摇头道："把口水擦掉。"

曹敬在镜中看了看自己，得益于坚持不懈的日常锻炼，身材看着还不错，很结实，只可惜问题出在皮肤上。

曹敬平时穿着衣服看不到，他皮肤上有一道道纵横交错的烫伤疤痕，就像是曾经被烧红的锁链捆住，留下了像是火蛇缠绕般的丑陋疤痕。大片大片的痕迹，从手臂到脖颈，从小腹到脊背，浅一些的地方只是白色的瘢痕，深一些的地方则可以明显地看到皮肤发皱，不再光滑。这也是曹敬不喜欢穿短袖的一个原因。

他并不以自己身上的疤痕为耻，只是不喜欢别人问自己这些疤痕的成因。

"……不觉得这些疤丑吗？"他用镜子观察明郁江。

"不丑啊。"明郁江将长发束了起来，"挺有性格的。不过我每次看到都想笑。"

"有啥可笑的？"

"一想到老曹给你留记号时候的样子我就……哈哈哈哈……"女生幸灾乐祸地大笑，"反正我现在打不过她，但我至少能拿这事来笑话她……啧，背后笑笑还行，当面说这事，我现在也不敢。让她恼羞成怒了给我一下，死了都没地方说理去。"

"我姐这种滥好人，怎么会欺负你！"曹敬板起脸。

"曹敬朋友，'曹雪卿小姐是个滥好人'是我今年来听过的最好笑的笑话。"明郁江露出神秘的微笑，"有些问题你们男人是很难理解其中奥妙的，而女人看女人通常比男人的眼光更准。这么说吧，我现在回想，小时候做得最正确的决定之一就是和你交朋友。因为你的关系，老曹才没对我下狠手，我才会和她成为朋友，不然我可能就要度过悲惨、阴暗、充满泪水与屈辱的少年时代了。"

曹敬认真回想了一下姐姐的音容，失笑道："怎么可能！"

"也就只有你这种身在其中的傻瓜才没发觉吧。"

明郁江越过曹敬的肩膀，在镜子前揉了揉自己的脸，曹敬注意到那是曾被曹雪卿以光与热的炎鞭抽过的地方。

追寻气功修会监视者这件事，比曹敬事先想得更麻烦。根据自己在梦中搜索到的信标，曹敬发现长生功教团倚仗的并非是训练有素的监视者,而是他们的优势——群众基础。

几个小时后,曹敬和明郁江站在社区活动室门口,毛玻璃里面可以看见十几个人正在稀里哗啦地搓着麻将,不时能听见上了年纪的老人特有的高昂嗓门。一个戴着蓝色毛线帽的老头儿坐在门口的小凳上,抬起浑浊的眼睛看着格格不入的两人,用树枝敲了敲黑板,上面写着:两角每小时,禁止外带茶水。

今天早上出门调查之前,曹敬花了二十多分钟整理东西,明郁江就知道他已经心中有数。但要从街头巷尾的人群中找到目标人物,他要用什么技术来调查?这让她很感兴趣。结果答案简单得出乎意料,而且和超能力无关。

"大爷,我们是街道办的。"曹敬从包里抽出一册表格,明郁江转过头看了一眼,是他平时登记未成年进化者的资料册。随手翻了两页,曹敬装模作样地问:"您知道附近有一家人,儿女都死了的吗?"

"咋?"

不知道是不是因为听到街道办这三个字,看门老头儿立刻警惕了起来,他看看门帘,充满疑惧地盯着曹敬:"我们这棋牌室是正规社区活动室,可不是公开聚赌啊。"

"那不归我们管。"曹敬不耐烦地摆摆手,"前几年通过了《老年人权益保障法》,街道办想统计一下孤寡老人的家庭情况。听说这里有个老太太,家里一个儿子和一个女儿都死了,她爱人还瘫痪在床,按我们的规定呢,每个月是有多余福利津贴可发的。但她的档案出了点儿问题,所以我就来走访一下,看谁认识。"

"哦……这个福利每个月多少钱啊?几岁有得领?家里得死人才有?"一听是来发钱的,看门老头儿立刻精神了。

"这些我也不知道，您就说说您认不认识吧。我就是来登记一下，啊，等有了消息街道社区就会下通知的。有你的一份，就不会少了你。没你的，你也别多想，上头有数着呢。"曹敬将小公务员的角色扮演得惟妙惟肖，明郁江之前还不知道他有这方面的才能。

老头提起身边的茶壶喝了一口，叹道："家里老头儿瘫痪在床，一对儿女都死了，那不就是练气功的那个于老太太嘛。惨得很，这边儿的都知道。她老头子以前是矿厂的，当兵复员回来后在厂里当了科长，结果干活儿的时候腰出事了，后来就一直躺在床上。"

"她女儿，听说是入室抢劫的时候没的？"

曹敬的眼皮子底下好像有一道暗沉沉的光，不动声色地窥探着外界。

"是啊。她女儿读大学的时候，自己一个人在外面住，有一天早上闯空门的进来，不知道她在家，撞上了，人就被害死了。到现在案子都没破，凶手还没找到。她的弟弟，上大学的时候要去读警校，说是要给姐姐报仇，抓到凶手。最后被于老太太和她家老头儿劝住了，去读了个律师。"老头儿长长叹了口气。

"结果呢，读大学的时候，那个儿子出了车祸，也没了。于老太太一下就垮了，这两年练了长生功才稍微好了一点儿。"

曹敬默然无声，过了一会儿才问道："于老太太名字叫什么？住在哪儿？"

老头儿说她的名字是于秀丽，住在街口的一栋平房里。

"你怎么知道她男人躺在床上，儿女都死了？"等曹敬套完话，前往于老太太房子的时候，明郁江悄声发问。

"梦里看见的。"曹敬看着很疲惫，用手指捏住自己的眉心，不停地轻轻搓揉着，"别继续问了，回想起来也挺难受的。"

昨晚他做梦，追溯自己在门口放的标记，结果看见了一个轻得像是气泡一样的梦。他听见梦的主人一直在念着要去看儿子和女儿，就在细雨纷纷的南山公墓上。他看见平行排列的一对墓碑，名字很模糊，但照片很清晰，两张笑得很灿烂的大头照拼贴在一起。

然后梦的主人又开始念叨得快点儿回家，不然老头子又要急了，老头子一个人在家里不能下床，连撒尿都只能用尿盆……梦的主人把自己每天要做的事列了一个清单，让她最担忧的不是老头子可能要尿在床上，而是老师吩咐的事情自己没有做好。

去监视那个小青年的家……报告一切看上去怪异的事情。她总是害怕自己因为过来看儿女而错过了重要的事情，不然修会的老师又要骂她。但她做这一切都是心甘情愿，因为修会的老师说好好练功，积累福报，下辈子还是能和儿女相会在一起。因缘交接在一起，老师说，愿与念都是会达成的。

只要诚心诚意地祈愿，上天终归会听见的。

曹敬晃晃脑袋，把自己头脑中来自另一个人的情绪甩掉。挥之不去的余烬和残渣，这就是精神感应最大的弊端。

"我一直在想，吴晓峰这种人是不是最适合精神感应能力？"曹敬突然没头没尾地问。

马上就要到达于老太太的家，曹敬却一副心不在焉的模样。明郁江皱眉问道："你在说什么？"

"如果……如果说只有像吴晓峰那样玩世不恭，自私又粗暴，以他人的痛苦作为自身快乐根源的人，才能够抵御精神感应的副作用，那我是否真的不适合这种能力？"

有那么一会儿，明郁江觉得曹敬的声音好像动摇了。"难受就别用了。"她说。

"没事。"

曹敬的痛苦无人能够分担,明郁江最害怕的就是这一点。许多年来她一直明里暗里地反对他使用精神感应,就是因为害怕总有一天,曹敬的精神将无法负载巨大的痛苦与压力,彻底崩溃。

这种能力过于不吉。

"痛苦实际上是一种幻觉,这个世界上还存在无痛人这种特例——天生神经系统存在残缺。我们身体上的疼痛是神经系统给我们发的信号,告诉你'我受伤了',疼痛本身不会造成损害。而精神上的痛苦则是你的心智发给你的信号,告诉你'我正在承受压力、挫折'……理性可以让你无视这些信号。"

曹敬停在一处墙根,开始打量周围的地形。明郁江发现于老太太栖身的老房子和曹敬的仓库隔了两条街,而老房子的二楼,有个小阳台正对着老厂区的仓库。阳台上放着一架与周围有些格格不入的望远镜,还用绣花的防尘罩罩住了。

"因为精神上的痛苦,在你解决问题的时候并不能给你帮助。它仅仅是一种信号,提示你的精神正在承受压力。想象我们高中物理课上用一次性筷子搭建的桥梁,我们把砝码一块一块地放上去,随着压力的增大……最后咔嚓一声断裂。"曹敬正在做深呼吸,他的话不像是说给明郁江听的,反而像是说给自己。

"要继续维持自己的理性,要么是和吴晓峰一样,拿走那些砝码。他把他人的痛苦娴熟地隔绝在自己的心灵之外,以纯粹的旁观者的角度去观看他人的头脑。那种毫无共情能力的心灵,是典型的反社会人格。我每一次看到他都会感到恐惧,他就是一个披着人皮的怪兽,不能以人性去度量。要么就是,让自己更坚强。"

曹敬伸出手触摸脖子上的束缚器,然后眨了眨眼。

"房子里有人在。"明郁江提醒道,"……有三个人的气息。其中两个人身上的'液体密度'比较低。根据我的经验,应该是两个老人,还有一个像是青年人……嗯?"

"怎么了?"曹敬微微侧头。

"有点儿不对……"明郁江顿住了一会儿,脸色从红润变得苍白。她突然一把抓住曹敬的袖子,手指紧紧掐进肉里,低声叫道:"里面正在杀人!"

"什……"

"流动异常……体液流速正在降低,密度正以不正常的方式下降。"明郁江抿住双唇,身体因恐惧而微微颤抖,"我不知道……我不知道这是怎么一回事……我没见过这种体液流动的方式,但我知道里面的两个人正在死去……正在杀人的是进化者……"

曹敬在这一瞬间脑子里转过了好几个念头,第一反应是冲进去救人,但一股力量拽住了他的脚,理性判断现在冲进去会有巨大的危险。对方是能力不明的进化者,贸然冲进去,自己丧命是一回事,明郁江也在自己身边,所以不能亲蹈险地。去报警吗?等待吴晓峰的人赶到吗?

"两个生命体征消失了。"明郁江低声道,她的身体抖得更厉害了。

曹敬握住警棍,手心里都是汗。

"稳住。有我在这里。"曹敬维持着自己声音的平稳安定,一只手将明郁江搂进怀里,从理性上来说二人应该立刻离开这里。但……二人头顶发出了一声涩滞的声音,有人拉开了阳台门,站到了老房子的二楼阳台上。曹敬听见男性皮鞋的声音,脚步声沉闷、从容,好像什么事都没发生一样。

他深呼吸，遏制住自己抬头去看的冲动，吻了吻明郁江颤抖的额头。一边亲昵地搂着她往小巷外走去，一边闭上眼。

　　无视直接刺激神经带来的巨大痛苦，把自己的情感抽离身躯，从名为"曹敬"的感官动物中脱离，用超越五感的精神感应去观察。超乎以往任何一次的强韧意志力从身心中浮现，身体像是知道正处于危机之中，为曹敬提供了源源不绝的力量。

　　看……看见了。

　　曹敬屏住呼吸，他看见了一个黑洞，如此怪异，如此突兀地浮现在黯淡的群星中。他从未见过如此不同寻常的心智投影，在精神的宇宙中，大多数人都是闪耀着的星星，每一个人的色泽、热量或许都有不同，然而黑洞形态的投影他还是第一次目睹。

　　平稳呼吸着的黑洞，像不透出一丝光线的大质量天体，正在吸聚无穷无尽的能量。两颗接近虚无的渺小星体接连熄灭，只剩下透明的框架与影子。而这个巨大的黑洞……不像是人类，反而像是机械造物，冰冷坚硬，触碰上去有一种被强大吸力撕裂的错觉。

　　"小心。"他在寒冷的冬日空气中搂住明郁江的细腰，能感觉到她的颤抖逐渐平缓了下来，流体亲和能力的进化者正在深呼吸，身体逐渐发烫，做好了战斗的准备。

　　"别动。"曹敬凑近她纤巧的耳朵，贴着她通红的耳垂呢喃道："很厉害的进化者，我们不是对手。"

　　曹敬的直觉比常人要灵敏，这是曾经通过实验证明的。吴晓峰曾经说，直觉比头脑更快一步。如果说主动使用的精神感应能力是一种通过训练逐渐掌握的技能，那么直觉就是这分能力为身体带来的本能。在感应到对方的瞬间，曹敬心头涌现的危机感比起之前生命中的任何一次都更为强烈。

身体的本能正在向他尖啸，让他迅速离开这里，越快越好，从身后的巨大灾难中逃离。这是几百万年前从草原上狩猎时传承下来的本能，就像猿猴先祖目睹食物链顶端的猎食者捕猎时做出的反应一样。

恐惧感。

"我要再看一看。"曹敬站住脚步。

"诶？"

猛一咬牙，曹敬将自己的意识撞进了那团黑洞。

剧烈的冲击。

杀戮。寂静。脚步声。

在夜晚路灯下梭巡的猎物……围绕灯光旋转扑闪的飞蛾群……被豢养的二足野兽……宁静，喜悦。宁静，喜悦。宁静，喜悦……他站在一栋小楼的门口，有人为他打开了大门，鼓励地拍拍他的肩膀，放出了这头野兽。他跨步走进大门，沉入宁静的杀戮黑暗。

曹敬身体一软，倒在明郁江身上。

他短暂地昏迷了两秒钟后又重新醒了过来，一度断线的神经重建链接。明郁江不动声色地把他搀扶住，两人停留在小巷的转角，曹敬感觉到背后若有若无的视线。

"抱住我。"

他不知道这句话是对自己说的还是对明郁江说的，但他能感觉到一双温暖的手臂将自己环抱起来。两人倚靠在一起，像是一对亲昵的恋人拥抱着。他把脸埋进明郁江漆黑茂密的长发中，慢慢转过身，从发丝间看向那栋小房子的二楼阳台。

看见了……可怖的杀人者的身影。高大、魁梧，短短的平头，一只手扶在白色的望远镜上，他正专注地看着仓库的方向。

仅需要一瞥就够了，二人竭力维持平静，慢慢离开。直到走出小巷整整几十米后，曹敬才发现自己一直在屏气。

"我看见他们的人了，派人过来。"
"你现在在哪里？"
"目标很有可能往仓库去，是进化者，能力不明，但很强大。"
"我们已经有人去了。"

曹敬在另一头挂掉了电话。

战略指挥室，吴晓峰拿着手里的手机，沉思了一会儿。他手中的是一只诺基亚7110，在当时可是身份和地位的象征。这个型号的手机能够提供网络服务，而吴晓峰手中的7110是特制的型号，在通信安全上有更为牢固的保障。

"……跨国宗教集团'新世纪之门'。这个组织和我们也有很长的渊源了，在座的各位第一次听到他们的名字可能是在金蔷薇历八十五年的'蒙塔拿号事件'。"

台下有十几个人在等着他放下电话继续之前的话题。幻灯片换了一张分辨率不高的彩色照片，上面是一艘在海上起火冒烟的巨大军舰。

金蔷薇历八十五年，新罗马共和国的蒙塔拿号战列舰发生兵变，隶属于新罗马第七舰队的蒙塔拿号战列舰因为某个特殊使命，在马绍尔群岛停泊了两个月。八月十五日，舰上军士长吉姆·富勒和宪兵长官皮埃尔·莱西中校秘密挟持了舰长，假造了来自国防部的命令，将蒙塔拿号开离了马绍尔群岛，驶向我国番禺港。

蒙塔拿号的叛逃事发后，新罗马国防部大为震怒，但切断一切通讯的蒙塔拿号短时间内无法在广袤的大洋中被精准定位，然而蒙塔拿号上的兵变事件意外泄露，令舰上的士兵陷入了血腥的混战。混战中有人破坏了蒸汽轮机，导致战列舰失去了主要动力。

接到信息后，金蔷薇海军大举出动，根据对方最后联络的地点展开了大规模搜捕，同时和大洋对岸的新罗马海军对峙，战争一触即发。然而当数日后在关岛以北找到蒙塔拿号的时候，舰上人员已经死伤殆尽。种种迹象显示，有第三方抢先登上了蒙塔拿号，不仅将船上人员屠杀殆尽，还带走了蒙塔拿号携带的秘密。

根据现场调查，蒙塔拿号事件中，抢先登船并制造屠杀事件的第三方中存在非常强劲的进化者。船上的新罗马海军中不乏优秀的进化者军官，但或许是在之前的混战中被杀死，又或者是在进化者之间的战斗中不敌，居然没让对方留下一具尸体。

战斗在很短的时间里就宣告结束，而第三方甚至有余力将战场打扫干净。舰上海军尸体全部被抛入大海，而战列舰内部曾经改装的秘密舱室也被洗劫一空，情报搜集专精的进化者无法从中得到任何有价值的信息。

"虽然至今没有得到有力的证据，但是情报部门研究判定，'新世纪之门'组织的嫌疑是最大的。他们有圣子教的财政资源作为后盾，以极端手段培养，招募各种危险的、与世不容的进化者作为他们的工具。而梅和勇——这个制造了数起血案的危险通缉犯，就是他们的爪牙之一。"

幻灯片转了一转，显示出十几张经过放大、剪裁后的照片。

"'11·13'北海道特大杀人案，死者二十五人。'9·4'金陵特大杀人案，死者十四人……还有一些零散的人员失踪，也有可能该由这个连环杀人犯负责。根据他每次选择的目标，我们判定他杀人都是为了某种政治上的目的。"

吴晓峰继续转动幻灯片，将几个人的照片投在苍白的荧幕上。

"这些人有的是人类进化研究方面有着赫赫声名的学者，有的是国内特殊部门的主管——身份保密，但通过某种渠道被泄露了，所有这些人都在上面的大型恶性杀人案件中被杀死。"

"屠灭满门，一人不留。这是我所遇见过的最恶劣的超能力杀人者，遇到这种穷凶极恶的对手，抓捕小组的折戟并不意外。"

室内的气氛沉默得好像要从紧闭的房门中流淌出去。

"梅和勇具备改装易容的能力，据推测应该是源自其自身超能力。他本身具备巨大的情报价值，除了他是'新世界之门'的重要头目外，有可靠消息显示，梅和勇的能力或许来自蒙塔拿号当年装载的秘密。"

吴晓峰面无表情地停顿了一下，拿起茶杯喝了口水，看着台下所有人骤然变动的表情。

"蒙塔拿号上装载的东西至今众说纷纭，但是根据我方情报人员对马绍尔群岛后续的潜入搜查，相信是与秘密的人体试验有关。新罗马在人体科学方面的研究是高级机密，人工制造的进化者——听上去是天方夜谭，但并非没有可能。或许当年蒙塔拿号上的秘密是有关增强进化者能力的秘密……但这些在没有证实之前都只是空想罢了。不过有一点值得注意。"吴晓峰停顿了一下，让台下诸人的注意力集中。"梅和勇此人，查不到过往，出生证明、驾照、身份证、户口什么都没有……连名字也未必是他的真名。有的仅仅是五年前我们从外围组织成员嘴里挖出的信息，可以说是彻底的三无人员。"

"有更多的情报，我们才能制定抓捕计划。"有人在台下举手发言，"抓捕高危险级别的进化者不能有一丝懈怠，专家组已经在研究现场，如果内务部能够提供更多情报，我们……"

"已经有人去追他了。"吴晓峰喝了口茶。

"能成功吗？"

"我希望他能成功。"吴晓峰露出牙齿。

曹敬挂断电话，电话亭外的明郁江抱着手等着，他回了一个"搞定了"的眼神。劫后余生，两人都心有余悸。

两人作为进化者，分别从不同的方面体验了一下那个行凶者的手段。明郁江不理解对方杀人的方式，只是本能地惧怕有未知能力的杀手。曹敬则是结结实实地正面和对方的非人类意识碰撞了一下，一瞬间体察到了对方的恐怖。

只是见了一面就让两人惊吓不轻，并非是因为二人胆小，而是难以言喻的"食物链上的格差"。作为超越普通人阶级之上的进化者，这种原始的、生物性上的强度差距带来了巨大的生理和心理上的双重压迫感。

这种恐惧与之前存在于吴晓峰身上，由权力所带来的压迫感类似。但比权力的压迫感更为真切的，是真正决定生与死的压力。

对方真的有能够置他们于死地的能力，如同顶在太阳穴上的枪口，子弹上膛，一根手指已搭在扳机上。

"在内务部的援军到场之前，我们去哪里先避一避？"明郁江提议，"那个人如果是来找你的，那肯定会找到你住的仓库去。内务部的人到时候就在仓库那里逮住他，我们就避开仓库，找个地方度过这几天，等吴晓峰通知你安全了，我们就没事了吧？"

"你说得没错。"曹敬点了点头。

但接触过杀人者心灵后的曹敬总觉得心中不安，他能够感觉到对方的"异常"，这名杀手的心智和常人是完全不同的形态，他毫无

"人"的感觉。用常理去推断他,曹敬总觉得会出事。

"曹敬!"

有个怪腔怪调的声音喊了他一声,曹敬转头看见一个熟人,坐在一辆小卡车的驾驶座上。原来是当年成长班的班长,人送"黑兔子"外号的王金德。王金德技校毕业后考了个厨师证,最后回福利院工作。曹敬往福利院里送东西的时候老能看见他,也经常会坐下来一起吃个饭,喝点酒之类的,关系不错。

"今天咋来这儿了,还跟着郁江。是要结婚,来给我们发请帖的吗?"王金德说话也不客套,直接开两人玩笑。

"我哪高攀得起。"明郁江别开脑袋,又转回来道,"福利院里今年有多少人,你们那边还忙吗?"

"八十五个小孩,明年人可能会少一点儿。平时厨房里就我、老肥、两个小工,一共四个人,忙死了。"王金德点了根烟,他的兔唇现在不太显眼,但叼着烟就特别可笑。"你们逢年过节的就多回来看看呗,我们都要想死你们了。可惜曹老大不能回来,老头儿最喜欢的就是曹老大,我们中间最出息的一个,给他光宗耀祖了。"

明郁江扬起一边眉毛,笑道:"曹老大又不是他亲闺女,怎么能算光宗耀祖?"

"不是亲闺女,胜似亲闺女呀。我们都是他的儿子女儿,你看老头儿对你们都这么好,亲生的都没这么好。"王金德笑得咳嗽起来,"难得回来一趟,去院子里看看呗。顺便帮我把东西都卸下来。"

曹敬点了点头,抹去了心头的一丝阴霾。

这个点儿的老姜一般能在福利院的职工休息室里找到,等曹敬跟明郁江到了休息室的时候,电视里正放着广告。

与小时候那个看着总有股精悍气息的大汉不同，现在的老姜戴着一副眼镜，看上去像个斯文人。这会儿他正若有所思地看着电视上的广告，曹敬没出声，扫了一眼电视机。他住的仓库可没这么奢侈的家电，还好曹敬也不喜欢看电视，对他来说有书读就行了。

不过老姜不这么觉得，每次曹敬回福利院，都要接受一番政治教育。"阅读报纸和看电视新闻是培养政治素养的基本。"老姜总是这么教训他，"两耳不闻窗外事的书生难当大用，作为一个新时代的男子汉，就要关注国家大事、天下大事，时刻保持对社会变化的敏感性。"

在老姜的要求下，曹敬买了一个收音机，每天晚上偶尔听听新闻。不过他更喜欢睡前听音乐电台，重温自己的CD收藏，而且对喜欢宁静氛围的曹敬来说，广播电台很多时候实在是有点儿吵，打搅他看书的兴致。

电视里正在放的广告就连曹敬这种边缘人都听过很多遍：一个面目黝黑、牙齿洁白的中年男人对观众露出微笑，他漫步在一片美丽的云霞下。太阳跃出远方的海平线，将天空染成瑰丽的蜂蜜色。

"从小山村到亚西洲最美的海岸，我在人生的旅途上用了三十五年。你，也可以。"

人影在沙滩上逐渐远去，镜头拉远，显示出辉煌灿烂的海水和错落有致的建筑群，远处的海滨浴场依稀可见，游艇从水上飞驰而过。

随着主人公的淡出，画面上浮现出一个金色的logo——盛亨地产，这家公司的海报曹敬经常在路边广告牌上看见。他听说南海那边房价高企，现在有的楼盘已经涨到了每平米七千元的恐怖高价，实在是让他心惊胆战。曹敬的人生规划里有买房一项，但从目前看来，房价还是一个难以负担的玩意儿。

不过好在沧江市房价还算平稳，不过比不上南海地产业繁荣发达，经济领先。如今，南海靠地产生意已经出了不少有钱人，还成了全国著名的经济样板，连带南海地区的战略级进化者、声名卓著的拍纳侬东将军也活跃于公众视野。

"你在看拍纳侬东将军？"曹敬把一盒烟放在老姜腿上，后者抽出一根衔在嘴里，让曹敬弯下腰点燃，不置可否地咳嗽了两声。

"老头子不是说他以前认识很多战略级吗？那大概跟拍纳侬东也认识吧。"明郁江把自己塞进一张沙发里，惬意地伸了个懒腰，"老姜啊，这两年有没有去相亲？再焕发一下自己的青春嘛。"

"滚你妈的蛋。"老姜弹弹烟灰，吐出一句，"我才五十岁出头，还很年轻！不过，我以前确实见过拍纳侬东，我只是觉得他给这个盛亨房产集团打广告这件事有点儿奇怪而已。"

"盛亨地产可能和拍纳侬东本人有关？法人代表是谁？"曹敬一边给老姜按摩肩膀一边问。

"盛亨……"老姜欲言又止，"我大概能猜到是哪里的。拍纳侬东本人出身很低，走到今天也是一步步靠自身实力打拼上来，不过站队这个事情风险很大。我以前认识他的时候，他的性格很好，毕竟是军队出身，带着行伍之气。在国家重点扶植的几个战略级进化者里面，算是人品相当不错的。"

"你们又在聊国家大事啦。"明郁江在沙发上换了个姿势，跟猫咪一样蜷缩起来，"老姜你知道一家姓苏的吗？"

"国家大事，匹夫有责。郁江你既然是学历史的，那么这些东西也需要了解，现在我们身边发生的事，以后可能都是要进史书的……姓苏的？"老姜顿了一下，"我知道的，就只有一家姓苏的了——共和国最早的战略级之一。现在应该已经是第二代了，是罕见的稳定遗传家系。"

进化者为什么能够成为进化者,本世纪中叶曾经诞生了不少学说,其中最被认可的一种理论就是基因遗传上的变异。但是这种理论套到现实中却有很大缺陷。有很多能力强大的进化者,其后代却没有表现出能力特征,而一些新生的进化者,父母看上去又是平平无奇的普通人。

六七十年代的时候,秉承优生优育的思想,组织上给不少重要的进化者牵了红线。目的是让进化者搭配进化者,这样生下的后代中,诞生优秀进化者的概率也会更大,不过结果不尽如人意。

在那个年代,只有极少数进化者配对,真的诞生了同样拥有能力的后代,被称为"稳定遗传家系"。老姜说,这家姓苏的就是稳定遗传家系,组织上恨不得让他们生得越多越好,不但不受计划生育法的限制,生得越多还越受奖励。但那对进化者夫妻很讨厌被当作生育工具的感觉,组织上也不好强迫。

"听说国外好像在研究人工胚胎技术。"曹敬给自己倒了杯水,"如果有这种技术,那以后岂不是想有多少进化者就能有多少?"

"你想得倒美。"老姜嗤之以鼻,"进化者是这么好出的?你大学是不是白念了?有潜质又不代表真的能够成为进化者,无论怎样优秀的先天条件,没有刻苦的锻炼以及坚强的心志,怎么能成大器?你看你,如果当年再多用心一些,怎么会需要成天挂个狗链子?"

明郁江偷偷瞄了瞄曹敬的脸色,没看出什么异样,曹敬只是在那边苦笑。

一般人提起这件事,曹敬哪怕面上不发作,心里都会有些不舒服。但老姜每次训他的时候他却不感觉难受,反而有些暖洋洋的。因为他知道,老姜相信他真的能成为优秀的进化者,只是觉得他还不够努力。而且老姜一直都把他当作儿子看，无论他是不是进化者，成功或失败，老姜对他的态度都从未改变。

他一直相信曹敬能成为一个优秀的人，一个了不起的人。曹敬觉得老姜对他们所有人都是这样期待的。

梅和勇站在十字路口，看着街对面巷子里厂房仓库的大门。

要找到目标人物是最难的，整个计划的重点就是找到那个关键人物，那个名叫曹敬的教育局办公室职员。之前消息已经泄露出去，如果本地公安反应足够快的话，恐怕那个小文员已经反应过来。

从最坏的角度估计，那栋住宅已经不能再用，但梅和勇准备把那所住宅当作一个鱼饵。

信息不足，梅和勇沉吟着。之前组织根据内线传来的情报锁定了这个名为曹敬的人，他是最好的目标，但若目标已经警觉……那就只能看动作快不快了。

他在便利店里买了一盒糖果，顺便问了问前几天发生在附近的一起凶杀案。柜台后面满脸雀斑的女性售货员耸耸肩膀，表示自己什么也不知道。梅和勇盯着她宽松的龙纹T恤看了两眼，被一个白眼瞪了回去。梅和勇大步向仓库走去，等他走远后，售货员打了个电话。

两条街之外，一个戴着墨镜的花衬衣男子骑上摩托车，向仓库的方向驶来。

梅和勇站在曹敬平时居住的仓库房间门口。他环视着房间里的布置，目光从一个简陋的书柜上扫过，在书目上停留了片刻。

房间太简陋了，对于一个政府雇员来说。一面镜子，一张床，只是刷了一层白灰的墙，光秃秃的水泥地面，书柜、热水瓶、热得快、收音机，几乎没有大件的电器。厨房里只有煤气炉、一口锅和一个瓦罐，角落里放着一坛腌好的辣酱，碗筷只有三副。整个房间里最值钱的大概就是一柜子书和书柜上的 Walkman 了。

他仔细闻了闻，有女人的气味。

在这里等到他下班吗？梅和勇可以感觉到周围的生命力，在这段时间里，周围的生命浪潮是接近为零的。这地方确实人烟稀少，恐怕公安的动作还没有那么快查到这里。

这时，一个强音出现了。

梅和勇舔了舔嘴唇，他听见了生命力的波动，一个毫无掩饰的强音闯进了平缓的波谷，他在计划中模拟过的情景出现了。但无须惊慌失措，所有的突发情况他都已经安排好了应对之策，首先要确定的是对方是否有敌意，再然后是周围有没有埋伏。

敌意？显而易见。愈发昂扬的波动，激越地逼近了。埋伏？只有这一个波动值得注意。他们没有出动多个进化者对自己进行围剿。

梅和勇环视四周，进化者在交战的时候，最重要的是情报信息。对方的能力类型、范围、致命性、常用手段……这些都是决定胜负的关键。而如何运用自己能力的优势，避开自己的短处，就是在这迷雾重重的战斗中需要时刻注意的要点。

距离强音出现到进入"射程"还有两三分钟的时间，他取出小灵通，拨打了内线的号码。

"有人找到我了，你知道可能会是哪个进化者吗？"对方接起电话后，梅和勇问。

"不……不知道……"

另一端的声音传来如同窒息般的恐惧感，梅和勇搓了搓牙，拉开一线窗帘往外看去，这里可以隔着防盗栏看见外面两条街上的情景。

"你去教育局,把资料拿到手,如果说对方已经有防备了。"

"可这会暴露我的呀!"

"这是命令。"梅和勇轻柔地说,满意地听到了对方发出的悲痛呜咽,"该到你发挥作用的时候了。"

他隔窗看见一个骑摩托车的人停在仓库门口,穿着花衬衫的摩托骑手将黑色的头盔摘下,露出一张玩世不恭的脸。

"你见过一个穿着花衬衫、尖脸,身高大约一米八的人吗?"

"内务部的特使之一就穿着花衬衫,看上去架子很大……但是真名就不知道了。"

梅和勇挂断电话,将自己的身影掩入黑暗。他的能力需要在近距离才能发挥效用,离的距离越近,效能越大。加上自己的易容变装技能,作为窥伺猎物的猎手可以说是天衣无缝。但当自己变成猎物的时候,这些能力却有些捉襟见肘,需要精密的计算才能够发挥作用。

第一步是观察对方是否具备感知能力。梅和勇把自己的呼吸和体内能量流动都压制到最低的情况,随着他维系身体运转的几个重要器官功率下降,他的体温也逐渐降低,整个人像是进入了冬眠状态。如果用热能感应仪器观察,可以看到梅和勇的轮廓逐渐变得模糊,并与周围环境融合在一起。

唯一还在运作的是他的感官,他听见那名内务部的进化者走进了仓库院子,在门口停留了一会儿。似乎在犹豫要不要进来,毕竟贸然踏入对方的阵地是战术上的大忌。

过了几秒钟,梅和勇突然觉得自己的脚下有点儿痒,这种痒迅速发展为剧痛。他低头一看,自己站的水泥地上似乎多了一些东西。锐利的灰色尖针从地面生长出来,不仅是地面,周围的墙壁、天花板……一切都好像在变形,尖锐的针形物从四面八方疯狂生长,向他逼近。如同置身于可怖的尖针地狱,鲜血从他被刺穿的双足中不断喷溅出来,将地面染成了红黑色。

这莫非是幻觉?

在决定生死的数秒内,梅和勇心中闪过数个念头:他知道有一些罕见的进化者能够诱导他人产生幻觉,并荒谬地信以为真,但他身上被刺穿的剧烈痛楚却又不像是假的。如果并非幻术,这种能力又是什么?能够改变大范围的地形?

没等他想明白,数秒钟后,从四面八方物体上绽开的致命尖刺再度绽放。如同分形图案般,每一枚尖针都变成了仙人掌,进行了二度变形,无数密密麻麻的小刺从尖针上绽放开来。

站在屋外的苏易城只听见一声如同野兽般的嚎叫,就再没有声息了。

"最好抓活的。"秘书在耳机里说。

"我知道。"苏易城不以为意地回复道,"如果连这一下都撑不住,那也只能算他倒霉了。"

他踏进小屋,每当他走出一步的时候,布满房间的尖针就自动回缩,确保不伤及驱控者自身。这种能力在巷战的时候极为有用,苏易城之前屡试不爽。血肉被撕裂只是常事,甚至尸体都无法辨认的惨状也时有发生。

房间里的惨状都在苏易城的意料之内,家具都变得千疮百孔,而被穿刺在针上的人也是如此。苏易城打量着那个被钉在墙上的人,血污从他身上缓缓渗下,慢慢扩散成一个小小的湖泊。在这千针地狱中,没有肉体凡胎能够保住自身的完整性。对方已经停止了呼吸。

"……不过如此而已吗?"苏易城摇摇头,对秘书道:"任务完成。"

但就在他说出话的一瞬间，苏易城感觉到有什么不对。一股虚弱感从他腰部泛起，差点儿让他坐倒，这种不正常的虚弱感令他心中突现警兆。就在他面前，那个被穿在尖针上的人动了一下。

伴随着一声闷响，一只鲜血染红的手从布满尖刺的针上硬生生被拽了下来，似乎没有丝毫疼痛，直接掐住了苏易城的脖子。在这么近的距离，他看见对方睁开的眼睛，里面倒映出血红的颜色。

明明肌腱已经被撕扯断裂的手掌却有着难以让人抵抗的巨大蛮力，就在苏易城眼皮子底下，他看见敌人的肌肉正在翻滚重组。巨大的热量从眼前破破烂烂的人体中散发出来，失血发白的肌肉转瞬间干枯破败，被新的肌肉组织取代，手掌上的贯通伤几乎在一个呼吸间被新的组织填补完毕，皮肤转瞬间重新将肌肉覆盖。

"唔……"

好强的自我再生能力！苏易城握住对方的手腕，想要用自己的能力将它切断，却发现气力正在迅速消失。他明白了，为什么这个敌人被描述为"黑洞"，自己的身体仿佛破了个洞一样，能量正在流淌出去，沿着两人皮肤相接触的地方被对方吞噬吸收。

他在吸收自己的生命能量……自己无法……无法控制实体形变了！

"安静点儿……"梅和勇把自己的脖子从尖刺上撕扯下来，用破败不堪的喉咙低声呢喃。他牢牢掐住对方的脖子，另一只手挣脱出来，将苏易城脖子上的麦克风掐断。看着这个正在逐渐失去生命的强大进化者，梅和勇感受到一种巨大的快慰感。

门嘎吱一声开了，他转过头去，却看见刚才那个脸上长着雀斑，穿着黑色T恤的便利店女孩走进来，手里拿着一柄手枪。

是秘书！

梅和勇还没来得及有第二个念头，一发子弹就打穿了他的手腕。

据说内务部有一批经过特殊训练的情报人员，被行内人称为秘书，专门配给地位重要的进化者。这些秘书负责这些进化者的安保工作，是他们的工作助理和保镖，从另一方面来说也是他们的监督者。秘书们的来历不明，或许是从军队中挑选出的政审合格的优秀分子，梅和勇听说过他们，但这还是第一次和他们打交道——第一次遇见就让他付出了血的代价。

梅和勇的腕骨被精准的开花弹打断，秘书发射的子弹经过特制，不但贯通力惊人，翻滚的铅块迅速变形，把他刚刚重生完毕的手掌几乎一枪扯下来。

"范围型衰竭！离开！"

梅和勇的手腕被打断，苏易城迅速从中脱身，狼狈地在地上翻滚出来。穿着T恤的雀斑女生单手拎住他的脖领，拖死猪一样把他拽开，同时右手连连射击，将梅和勇打得浑身乱颤。

"打头和心脏！"

秘书没回话，但头上已经全是汗。在梅和勇的"范围型衰竭"里，哪怕是久经训练的军人，也几乎握不住枪。百倍速度流失的体能和意志力，让她的射击准度几秒内就下降到了难以命中的程度。

苏易城从秘书腰间抽出一支针剂，往自己小臂上用力一扎，特供平衡酶针剂迅速冲进血管，来自战略级进化者腺体的生物酶激活了他的恢复能力，让他衰竭的力量恢复了一些。

他略一凝神，仓库的墙壁轰然爆开，露出内部的混凝土和钢筋。钢铁和砖石卷曲变形，在令人牙酸的吱呀声中将梅和勇束缚在内，囚牢在强大的意志作用下不断压缩，能听到里面传来骨头断裂的闷响。

"妈的，你还不死！"苏易城大声咆哮，那种被吸收的感觉不但没有消失,反而继续加强了!和敌人贴面搏斗只过了十几秒,苏易城眼前已经开始发黑,他不断看见金星闪来闪去。对面简直就是个打不死的橡皮球,如果不在短时间内彻底泯灭他的生机,那自己和秘书只有死路一条!

秘书一言不发,丢下已经握不住的手枪,奋尽全力把苏易城拖出了仓库。一走出门外,秘书也支持不住,扑通一声滚倒在地,一只手还死死拽着苏易城的胳膊。

苏易城撑起身子,又给自己和秘书各打了一针平衡酶,两人跌跌撞撞地互相支撑着爬起来,接着内务部特使转过身,对着仓库再一次发动了技能。老旧的库房发出一阵轰鸣,屋顶轰然倒塌了一大片,将之前梅和勇所在的地方彻底掩埋。十几吨重的预制混凝土板压在上面,哪怕他重生能力再强,也爬不出来。

使用完最后一次能力后,苏易城彻底失去了意识,咚的一声栽倒在地。秘书躺在地上回了一会儿气,满头大汗地咬牙爬起来,把苏易城缓缓扛到肩上,丢到外面的摩托车上,然后骑着摩托缓缓离开。

过了几分钟,倒塌了一半的仓库残骸下,一堆碎石动了动。然后,一只脏得看不清的手从混凝土碎块中钻了出来。这只手上鲜血淋漓,还能看见裸露在外的白骨。

碎块深处传来一声呜咽,似乎有人在里面咕哝了几句什么。过了一会儿,另一只手也缓缓伸了出来,之前被打断的骨头已经长了一半,骨节以扭曲的方式重新连接在一起,看上去不像是人类的手,反而像是动物的爪子。

仓库倒塌的响动引起了周围居民的好奇,许多人聚集过来,好奇地凑到了仓库大门口,往里面探头探脑。突然有人尖叫了一声:"看那里,有人被埋在下面了呀!"

"还能活吗？是那个管仓库的年轻小伙子哦，真是可惜了，好好的人……"

"手动了！手动了一下！"

"赶紧去救人呀，人命要紧！"

于是人群吵吵嚷嚷地拥进了仓库院子。有的是来救人的，也有人想趁机溜进仓库看看这里面有没有油水可捞。人们在院子里走来走去，没人注意到一股微薄的吸力正在人群中蔓延，他们感觉今天好像容易疲倦，或许是因为心情过于激动，或许是因为吸入了一些尘埃。

过了一会儿，他们发现自己已经走不动路了，于是有人想坐下来休息一会儿。

人是王金德发现的，当时他坐在墙根抽烟——老姜不让他在福利院的孩子们面前抽烟，所以他每次抽烟就蹲在大门口。

然后那辆摩托车就歪歪扭扭地停在他面前，与其说停，不如说是轰的一声撞在了一个垃圾桶上。两个人从车上滚下来，把王金德吓了一跳，他连忙站起来去福利院里面叫人出来。

曹敬和明郁江出来的时候一眼就认出了苏易城，另一个女生倒没见过。两人一人抬一个，把内务部的两名特派员拖进了休息室，之后把围在外面看热闹的小孩儿全部赶回屋去，锁上了门……

"什么伤势？"老姜听曹敬说了对方的身份，正皱着眉头打量躺在沙发上的两个人。明郁江伸手按在他们手腕上，过了一会儿，两人的脸色稍微好了一些。

"不明原因的衰弱。"

明郁江的液体亲和能力用于加速痊愈倒是很在行，老姜在那个女生腰间翻了一会儿，掏出一个小包，把里面的小型针剂抽出来两根。曹敬看了看写有"平衡酶"的标签，以前只在书上见过这个。

"是我知道的那个平衡酶吗？"

"还会有哪个平衡酶？"老姜熟练地把套管拔掉，给两人从静脉注射进去，"决定了第二次世界大战走向的平衡酶，战略级进化者影响世界格局的最有力证明，毒巢圣人弗洛伦斯的平衡酶。"

他从那个T恤女生的靴子里抽出一把造型简洁的短匕，挑起眉毛看了一会儿，放在茶几上。

"……你是姜德？"说话的工夫，针剂已经起效了，黑T恤的女生睁开眼睛，努力辨认周围人的长相，"六处的姜德？"

"已经不是了。"老姜点了根烟，"你是'秘书'？"

对方吃力地点了点头。

曹敬很想问，"六处"是什么，"秘书"又是什么，但现在不适合问话。

"请帮忙通知上级，对方具备范围型衰竭能力，并且能够迅速自我修复。申请调用神经毒剂，生物病毒类武器……"没说几句话，雀斑秘书就开始喘气，"敌人已经被倒塌房屋压倒，远距离……远距离使其失能。然后，把苏易城送回安全地点，这就是我全部要说的。麻烦看在……同僚的分儿上。"

"这个不难，我会做的。"姜德一口应承，"你们现在休息就好。"

"她怎么知道要到我们这个福利院里来？没有人去接应的吗？就这一个进化者，一个协助人员？"明郁江忍不住问。

"一个合格的秘书在每次行动之前都要做很多功课，他们很多时候在扮演小队指挥官的角色，因为他们是真正了解每一个目标以及所有任务细节的人。他们知道我们的位置，也是很正常的一件事。"

老姜叹了口气,"但这次她的任务完成得并不怎么出色,或许和她监督的这位内务部特使过于特立独行有关吧。"

"你以前也是秘书吗?"曹敬忍不住问了这个问题。

"我转业后第三年,才有了秘书这个东西。可以说这些秘书,就是我的后辈。就我所知,我当年做的保卫工作,和今天这些秘书还是不一样的。"老姜呵呵一笑。

曹敬一直不作声,在边上看着这两人,有一点令他很奇怪,就是这个秘书身上总有一种不太协调的感觉。说出来也不是什么大不了的事,他就是发现这个秘书的身体似乎并没有特别健壮。按照通常逻辑推断,负责高级进化者安保工作的保镖人群,本身无论是体能、格斗、射击、应变能力……都应该远胜普通士兵。

然而这个秘书的身体似乎就是一个普普通通的青年女生,有肌肉但并不明显,看起来还有点儿清瘦。身体能力离"训练有素"还差很远,怎么看怎么不像国家暴力机构的成员。

如果梅和勇此时能够听到他的想法,也会点头同意。梅和勇是受过训练的专业杀手,有着丰富的反侦查经验,和全国各地的公安都较量过。与生俱来的天赋让梅和勇对人有着非常精准的判断能力,这也是他能够在火车站分辨出抓捕小组的原因。

然而正是这种能力,让他恰恰走了眼,在这个秘书身上栽了跟头。他在小卖部和这个雀斑秘书只隔了不到一米的距离,还和她说过话,却完全没有发觉她是伪装者。这一点失误,让梅和勇丧失了先机,踏入专为自己布置的陷阱,险些丧生于此。

半个多小时后,十几辆救护车赶到了,倒塌的仓库里,躺了满满一地的人,像是野草堆积的平原。

"还有呼吸！"

"全部都处于昏迷状态，现在送去医院！"

混乱中没人清点人数，这些全体昏迷的伤者没办法统计，也就更没人注意到被送上担架的人中，有一个并未昏迷，他的裤袋还在不停振动。这个躺在担架上的"昏迷者"不声不响地伸出手，把裤袋里的小灵通关机，然后又垂下了手。

救护车开走了。

十

"没找到人。他从废墟下面爬出来了。"

吴晓峰肥硕的身体坐在椅子里,双手交叠在小腹上,他对面是脸色苍白的苏易城,而那位秘书正在调节吊瓶的高度。苏易城好像没听见吴晓峰说的话,只是盯着注射液一滴一滴落下来。

"你可能会觉得我要把你嘲讽一番,但我不会这样做。你已经付出了代价,而且换取了足够有价值的情报。"吴晓峰点了根烟,那名秘书似乎在思考要不要把烟夺走,"你做得不错,唯一犯的错误是,一个人单独行动。"

"我的能力不如他,在那个距离。"苏易城终于出声说话了,"如果我更谨慎一点的话,他是没有机会的。"

"你我都知道,'如果'这个词是很可笑的。"吴晓峰用大拇指和食指捏着烟卷,随意地弹了弹烟灰,"如果不是秘书在,你已经死了一次,你家老头儿也要伤心了。"

"我死了没什么大不了。我姐姐、我哥哥还在,那就不会动摇家族的未来。我只是个边角料而已。"苏易城自嘲地一笑,"活着的时候总是惹麻烦,或许我死了,对他们来说才是最优的选择。"

"正是因为你一直这样想,才无法与你的几位兄弟姐妹比肩。你自己轻贱自己,又怎么让别人看得起你?"吴晓峰哂笑道,"或许有点儿交浅言深,但我也算是你的半个长辈,有六个字送给你,自尊、自爱、自强。"

苏易城看上去不为所动。

"就连他,这个废人,在这方面也比你强。"吴晓峰往边上撇了撇头,示意了一下。

曹敬皱眉,指了指自己道:"你说我?这到底是夸我还是贬我?"

接到消息后,吴晓峰和公安部门的人赶到了仓库,挖开倒塌的仓库后却没找到人。吴晓峰立刻要求拘留所有当时被送往医院的伤者,但他还是慢了一步,医院那边清点人数,发现已经少了一个人。梅和勇再度从众人视线中消失了。

在福利院听取报告的时候,曹敬也被吴晓峰要求留下。行动失败,作为鱼饵的曹敬也没用了,梅和勇再蠢也应该知道曹敬是一个危险的目标。曹敬不知道吴晓峰为什么让他留下来,单纯是因为姐姐的关系吗?他不觉得吴晓峰会是那种"给曹雪卿一个面子"的人。

"你有什么想法?"吴晓峰把烟衔住,向曹敬伸了伸手,"我想听听你的看法,当年教的东西还记得吗?"

曹敬沉思片刻,他不知道吴晓峰这话是什么意思。

"目前形势对我们来说是有利的。"曹敬首先下了判断,"因为这个叫梅和勇的杀手,最大的优势已经丧失殆尽。我们在明处,他在暗处,这种信息上的优势是他行动最大的倚仗。但从杜云娟案开始,一个纯粹的巧合事件,让他的信息优势逐渐丧失。到现在,苏先生和他打了一场,让我们知道了他最大的底牌——他个人能力的性质。我想,找到他并抓住他只是一个时间问题了。"

吴晓峰点点头,算是认可他的看法:"是的。我以前就强调过很多遍,只要进行有计划的针对,绝大多数进化者都能被轻易拿下。这杀人成性的狗崽子已经完全暴露了,找到他只是一个时间问题,而只要能找到他,我们就能对他进行抓捕。"

远距离射杀。

探明对方能力后,众人心中全部浮现出了这个方案。梅和勇的能力只有在近距离才能够发挥出最大作用,其衰竭能力随范围增大而下降。超过三百米后,他的衰竭场已经微乎其微。

针对他强韧的自我再生能力,一针大剂量的催眠剂就能够解决问题。如果下定决心当场击毙,还有数种严格管控的生物毒剂可以生效。当年联合王国出了个弗洛伦斯之后,各国都研究了相应的强效生物毒剂。

"还好不是战略级。"曹敬苦笑道。

"那我们就不用打了,先写好遗书吧。"吴晓峰冷笑道,"战略级就是战略级。哪怕真正偏向战斗的战略级少之又少,他们也不是你我所能企及的。"

曹敬以前和明郁江讨论过这件事情,也就是战略级到底为什么被称为战略级。是因为强大的威力,还是不可替代的功能性?联合王国毒巢圣人弗洛伦斯,身体内部器官与常人不同,能力觉醒后不自觉地分泌出致死毒质,在导致同学大量死亡后不得不二十四小时生活在隔离房间内。

直到被她的导师阿米契斯训练成功之前,弗洛伦斯一直是痛苦而压抑的,尤其是儿童时期。在她制造了数十人死亡的惨案后,社会舆论一直逼迫政府将其处死。这个故事写在阿米契斯的教育学著作《深入关系》中，是曹敬大学时的必修书目。

弗洛伦斯之所以从杀人凶手转变为"圣人"，是因为其在深入理解自身能力后做出的绝妙运用。二次世界大战爆发后，弗洛伦斯以自身为培养皿，培育出数种能够激活人体能量、修复组织损伤的新式蛋白酶，量产后大范围地运用在前线战场，几乎以一己之力扭转了战争的走向。

战后，弗洛伦斯将自己生产的数种有益蛋白酶无偿提供给国际红十字会，并将样本赠予各国。她以让更多人获得这种福利为宗旨，为医学事业的发展而奔波余生，一辈子活人无数，自己终生未嫁。在死后被联合圣公会奉为"神圣弗洛伦斯"，也被称为"毒巢圣人弗洛伦斯"。

弗洛伦斯作为早期历史上最著名的战略级进化者，其个人在作战方面的效能非常低，在金蔷薇国的评判标准中，或许连一级证都拿不到。但她作为特种生物制剂制造者的功能却独一无二，无人能够替代。作为联合王国国宝，她的崇高地位可说是名副其实。

金蔷薇国行事风格一向低调，严格奉行秘密主义。仅有少数战略级被推到台前来，更深层次的一些人士，比如苏易城背后的那些人，就不是一般民众所知晓的了。

那只小灵通被接通了。

"……你还没死？"

"让你失望了。"梅和勇蹲在厕所隔间里，盯着门上的脏乱涂鸦。医院是一个好地方，他喜欢这里，到处弥漫着濒死和衰弱的气息。哪怕有人突然衰竭死亡，在这个生死轮回之所也是司空见惯的事，非常方便自己行动。对方的语气的确很失望,梅和勇知道自己的线人恨不得亲手杀了自己,但这种想法只是给自己增添了一点儿生活乐趣。

"我要的资料,到手了吗?"

"我交给你的话,事后我一定完了……"

"嫁祸给别人吧。"梅和勇理性地提出一个解决策略,"找一个所有人都看不顺眼的人,然后把泄密这件事栽赃到他头上,这还用我教吗?是不是你拉屎都要别人帮你提裤子?"

"呃……呜呜……"

哭了。梅和勇冷漠地想,真是没用的东西。

"我知道了……我会给你带来的……"他无法抗拒这个命令。

约定情报交接地点的过程中,梅和勇握住自己那只变形的手腕,猛地一较劲,咔嚓一声将骨头掰断了。之前长歪的手腕关节软软地垂落下去,像是一只橡皮手套。在这个过程中,他一声都没哼。

他缓缓把手腕放在正确的位置,只要保持一会儿这个姿势,骨头就能够回到正确的地方。

不得不跳过那个教育局的小子,直接前往计划的下一步,而代价就是用掉了一枚身处沧江市核心高层的内线。这个代价不可谓不大,然而这次任务的重要性能够抵得过这点儿损失……这是他的上司说的。

从个人角度上来说,梅和勇不关心什么圣子降世,也不关心什么进化者的弥赛亚,他只是一把利刃、一颗子弹、一剂毒药,一头拴着项圈的驯服猛兽。他只关心完成任务,并在这个过程中多吸取一些生命。毕竟,如果旧世界即将终结,那吃得饱一点儿总不会错。

"你人没事就好,没事就好。先把自己保护起来,然后再去关心别的。行走江湖,安全第一,连命都没了,怎么去勾搭万千美女,怎么去赚大钱?"

曹丹在电话里的声音依然有点儿轻佻,笑意从曹敬脸上浮现,老三每次说话都能给人带来轻松的感觉。

老姜让他给几个兄弟姐妹都报个平安,曹敬第一个通知的就是曹丹。三哥虽然说话没个正经,但他的分析和判断能力非常优秀,曹敬觉得自己的智略本事几乎都是从他那里学的。

在刚成为教育局小文员的时候,曹敬对工作中的事一窍不通。以前曾经是灵巧敏锐的能力者,戴上束缚器后骤然失去了重要感官,待人接物变得笨手笨脚。那个时候的曹敬只好向亲朋好友们取经学习,而曹丹给予了他无私的帮助,把他的心得倾囊相授。

通过这个契机,曹敬也开始敬畏自己的三哥,他也是那时候才发现曹丹的心机很深沉。哪怕从小一起长大,甚至在他心灵感应的青少年高峰期自己也没有想过去探测一下曹丹的心思。因为曹丹就像是空气一样无形地在他身边出没,曹敬从来没有遇到一个契机,能让他去深层次地触碰曹丹的心智。

直到他失去了直接阅读他人心灵的能力,他才接触到曹丹真实的一面,想起来也是很有意思。

那个时候,曹敬意识到,这些都在曹丹的计算之中。从他得知自己具备了心灵感应能力之后,曹丹就没有和他正面冲突过,从未站在曹敬的对面,小心翼翼地回避曹敬可能使用心灵感应的场合。对一个比曹敬只大了一两岁的孩子来说,这个城府和心机太惊人了。

而在那漫长的数年间,蛰伏在角落里的曹丹是怎么审视他的呢?

"你问接下来该怎么做?让专业人士去做专业人士的活儿吧。"

自称已经是军官的曹丹在电话里随口道,"你只是个教育工作者,就不要操心那些打打杀杀的事了。你的廉租房塌了就找政府去要赔偿。什么?你说那房子不是你的?但那里面的家具都是你的呀,你的书呀,你的锅碗瓢盆呀,你和女朋友们在那里度过的美好时光呀。这些都没了,难道还不够你去要补偿?"

"哪来的美好时光,我接下来想暂时住在老二宿舍里,等找到下个窝再搬出去。"

"我靠,那宿舍能住人?我跟你说正经的,你去跟明郁江租个房子住一块儿啊,顺便把夹生饭煮成熟饭,彻底确立关系才好。你现在不下手,小心别人下手,我跟你说现在社会风气开放,再矜持的女人也挡不住各种社会青年。我们这里有些老兵,家里就……"

"行行行,我好不容易帮她搬到研究生宿舍,怎么可能再住一起,你脑子有点儿问题。"曹敬又和三哥闲扯几句才挂掉电话。

虽然曹丹每次聊天都满嘴跑火车,但他确实提到了两件比较重要的事。

第一,曹敬确实不应该继续跟进梅和勇的事情。一个是有邪恶反动势力在背后撑腰的连环杀手,一个是戴着束缚器连能力都不能用的狗屁小文员,从任何角度上来说他现在都不应该继续掺和这事儿了。有专业人士在这边张罗,虽然其中一个专业人员得好几天坐在轮椅上,但梅和勇已经露出了马脚。用吴胖子的话来说,已经是瓮中捉鳖了。第二,自己得找个地方暂时寄身。生活还得继续,还得干活,还得吃饭睡觉,哪怕一个超能力杀手闯入自己家门也一样。

对于梅和勇一案,新的线索在公安部门对医院门诊部走廊闭路监控的分析中出现。他们花了些时间,找到了失踪病号最后的影像。趁着那天体能衰竭的人数太多,梅和勇悄无声息地在躺满人的医院走廊中自己从床上爬了下来，然后消失在了走廊的拐角。

苏易城作为近距离交手者也一起对录像进行了观看和检验，然而他的反应却令众人大吃一惊。

"不是这个人。"苏易城指着那个从病床上偷偷溜下来的影像说，"没有他高，身材不一样，脸更不一样，完全不是一个人。但……"

"连录像带都有假，伪造的吗？"

"……或者从另一个角度看，录像没问题，问题出在人身上。"一直有人让苏易城再仔细看看，质疑他是不是记忆出了问题，这让苏易城很恼。"虽然外貌不一样，但这个神态和动作很像。从我跟他交手的过程来看，这个人能够扭曲自身身体，并且具备很高级的自我痊愈能力。而具备这两者能力的人，很有可能也能控制全身上下的皮肤、肌肉和骨骼扭曲错位，以达到快速整容的效果。"

"太匪夷所思了吧？"有人质疑。

"有的。"吴晓峰说，"我见过类似的人。"

吴晓峰说话的时候，周围全都安静下来。当他不露出那种恶心的笑容时，上位者的权力气息就从他的姿势中流露出来。

"他下一步要做什么？"有人问。

吴晓峰摇了摇头，没说话。梅和勇具备快速易容变形的能力，这个新消息让专案组士气微挫。这意味着之前收集到的信息已经不能使用，贴到大街小巷的通缉告示也宣告报废。

"把青少年进化管理办公室的科长找来，我们得把他们的档案翻一遍。既然梅和勇的目标需要通过曹敬才能接触，那就是说有很大的概率，这个'目标'就在进化管理办公室的档案里。"

一个多小时后，进化管理办公室的科长还没联系上，吴晓峰开始有些不耐烦了。有个秘书说哪里都找不到科长马严，众人才悚然一惊。专门负责协调联络的副科长说马严平时这个点应该在办公室,一问之下,办公室里的小马姑娘说,马严科长下午突然带着一封档案,行色匆匆出门去了,没人知道去了哪儿。

吴晓峰狠狠骂了句脏话,让副科长带着他去办公室。内务部大人物到来,办公室众人纷纷退避。吴晓峰在曹敬的工位上看了看,摆弄了一下桌上的摆件,又无视众人异样的目光,在马严的皮椅上坐了几分钟,拨弄了一下盒子里的核桃文玩,略微翻了翻桌上的文件。

"有人偷了文件出去,但不是马严。"他简短地宣布,"他是被人骗出去的,先找到他人再说。应该不远,就在这栋楼里。"

众人沉默,能够骗到马严,必然是和他工作业务上很熟悉的人,也就是体系内部的人。做排除法应该不难。

吴晓峰在人群中扫视了一圈,冷笑道:"自己出来吧。别逼我请你出来。"

沉默。

过了一会儿,副科长突然扑通一声倒在地上,像是虾米一样蜷缩成一团,不停抽搐。

有人把他按住,吴晓峰蹲下身子,抬起副科长的头仔细端详了一会儿。只见他口角流涎,两眼翻白,这个"内鬼"的头脑已经变成了一片混沌。之前他的某个念头——走出来自首的念头——触发了深藏于头脑内部的机关,就在他要实现这个想法的时候,事先布置的高级暗示自动将副科长长的思考和记忆混淆,变成了难以读取的沸腾汤锅。

吴晓峰费尽全力,在凌乱的思想中找到了一些非常隐蔽的痕迹,曾经有和自己一样的人来过这里,并将他的认知做了一些修改。有人曾经逾越了精神感应者的底线，在普通人的大脑中植入了暗示和机关，潜移默化中改变了副科长的思想，让他无法反抗特定的命令和特定的人。从痕迹的"断层"上来看，这个暗示已经被植入一年以上了。

如果不是吴晓峰这个水平的精神感应者做检查，没有人能察觉其中的问题。

一年前……从那时候开始，他们就已经在这里布下棋子了？那这里还有多少人曾经被植入同类暗示？

吴晓峰面无表情，能植入这种暗示的精神能力者，在整个亚西洲也是极罕见的。在金蔷薇国境内，吴晓峰能想到几个名字，但这些人都不可能来到沧江市，并做出这种深谋远虑的举动。

那么，就是某个新人，和曹敬一样的新人。

不知为什么，明明不可能是曹敬，但吴晓峰的脑海中却总是出现曹敬这个名字。

"查查少了哪些档案。然后给你们办公室的曹敬打个电话，让他马上来一趟。"

二十分钟后，有人在地下车库的保洁室里找到了被打晕了绑起来的马严。

十一

又一次正面面对吴晓峰,这一次曹敬从容了很多。

两人坐在曹敬平时工作的办公室里,之前遇险的马科长惊魂未定地回家休息去了,其他办公室里的同事则聚在隔壁窃窃私语。现在是非常时期,上面多次强调了纪律问题,不该多问的事情不要多问,有些事情也不要私底下瞎嚼舌头。但没人管着,众人也忍不住多八卦几句。

"有一些文件被取走了,你能看出端倪吗?"吴晓峰指了指马严的办公室。

"我是以外勤为主,文件和档案管理你去找马莉来比较好。"曹敬皱眉,"她管档案这边比较多,因为……"

"我又怎么知道她是不是也被植入过暗示?"吴晓峰把两个核桃在手里转来转去,"不过既然你这么说,我就让她来帮你做事。"

曹敬哂笑道:"你又怎么知道我没有被种下过暗示?"

吴晓峰抬头用正眼看了看他,摇头道:"你算是我带过的半个徒弟,你如果被人动过手脚,我看得出来。这也是为什么我信任你,而非其他什么阿猫阿狗。"

或许觉得自己的话有些过分,吴晓峰咳嗽一声,罕见地用比较温和的语气道:"我了解你,所以很多时候,我会选择与你合作。本质上来说,我们是同类。你或许觉得我不近人情,但总有一天你会明白,我其实对你抱有很高期望。

"精神感应者在这个世界上极为稀少,我希望有一天你能够达到和我一样的高度,甚至超越我。这也是为什么,我对你违禁使用能力睁一只眼闭一只眼的关系。但我要提醒你一句——"吴晓峰停顿片刻,好像在考虑到底用什么措辞。"我之所以没有按照标准程序把你控制起来,是因为这件事只有目前我可以装作看不见,但如果你露了痕迹……也就是说在交代事件始末的报告里没有办法回避……"

"如果我行事败露。"曹敬眨了眨眼睛。

"会有人来把你带走。"吴晓峰露出捕食者的笑容,"而落到他们手里,可就没这么好过了。你也是我们系统内的人,你知道到时候会有什么措施来改造你。如果这个项圈起不到作用,还有更严厉、更强硬的东西在后面等着。稳定是第一位的,而一个不稳定分子,必须排除。"

"因为我们不会容许危害社会和人民的不稳定因素存在。"曹敬接下话头,道:"心灵感应,是最不稳定的因素之一。"

"你有这个政治觉悟就好。"吴晓峰揉了揉眉心。

平日里办公室的开心果马莉,在内务部高官面前有点儿惴惴不安。吴晓峰让她和曹敬一起去整理之前马严带走的档案,查找可疑项目。听到只是整理档案,马莉顿时舒了一口气。

在解救下马严的时候，专案组简短地讯问了一下。马严说副科长让他带去的是全市两年来的青少年觉醒进化者档案。这些档案在档案库里是有备份的，马莉带着曹敬把文档取了出来，两人一人一半，开始各自查阅。

金蔷薇历九十八年一月份到金蔷薇历九十九年十二月份，沧江市一共发生且记录在案的青少年觉醒案例有一百多起，对方锁定的目标可能是这上百人中的任何一个。两人先把所有家庭联络方式抄了一份出来，然后交给办公室同僚，让他们一家一家地打电话，告诉他们最近注意安全，不要随意出门。

然后则是筛选，由吴晓峰亲自把关。接触的进化者多了，众人很明显能分辨出一些孩子是有潜力的，另一些则止步于此，不会有太多发展。另一边，办公室副科长去联络少训所，所有去少训所接受过训练和考试的青少年，最后的审核结果也要送到这里来阅读检索一遍。

"到底发生了什么事啊？有没有内幕故事讲一讲？为什么都这么神秘兮兮的？"查阅档案的时候，马莉偷偷摸摸地问曹敬。而曹敬只能苦笑一下，用保密条例来回答。抓捕梅和勇的行动，到目前为止都是机密，只有参与案件的相关人员才知道详情。

当内部出现情报泄露后，吴晓峰更加注重情报保护工作，将知情人的范围缩小到不能更小——这也是为什么只让曹敬接触到事实的真相，而与他一起工作的马莉则什么都不能知道。

专心开始档案分析后，曹敬注意到，少训所的审核和评议结果可以用"两头宽中间严"来形容。最难通过审核的是不上不下的那一批，而进化表征太微弱，以及表现最好的人大多能够通过审核。

能力最微弱的那一类青少年进化者，通常审议结果是"无明显危害性,有一定生产建设性",然后一个丙级或乙级的章一盖,走人。

而强度偏高的那些少年,审议上的内容就很多了,三人以上的审议报告会密密麻麻写有很多内容,从能力特性、强度到性格分析,无所不包。顶尖儿的那一批少年,能够得到甲级或者"特级"(这批档案里只有两个)的评价。而能够得到这么高评价的少年进化者,强大的能力、优秀的控制力、相对温和或正直的性格……三者缺一不可。

由于显而易见的原因,曹敬和马莉决定把那两份"特级"放在首要位置进行调查。一个"特级"是能够感应和操控某些稀有金属,而且在控制微观粒子的精度上极为惊人,审核者认为他在矿产开发、材料的尖端加工等项目上大有可为。另一个"特级"则具备超强记忆力和逻辑推理、分析能力,审核者认为其在智力上的天赋让他未来的成就不可限量。

抛开第一个金属感应者不提,曹敬认为第二个叫于乐水的少年很有可能是梅和勇的目标。但接下来一查,他俩都已经不住在沧江市。于乐水去年七月份用最快速度通过了少训所的训练和审查,已经全家搬去燕京市,接受全国顶尖的燕京学府的培训。至于第一个叫王佳佳的孩子,也因为类似的原因去了东北某市发展。

曹敬相信梅和勇不可能连这种简单的情报都会搞错,那么接下来的五个甲级进化者中或许会有线索。他把五份甲级档案交给马莉,自己去翻另一批。曹敬手里还有几十份没有达标的档案,从某种角度上来说,他本人当年的档案也是这样,因为种种原因被盖上一个"不通过"的蓝色印章。某些奇妙的心理作祟,让曹敬认真地把这些不通过档案也翻了一遍。

梅和勇寻找的"下凡圣子"很可能是没有通过审核的人。曹敬不知道这些古怪的邪教徒对于圣子的要求是什么，但很明显，通不过官方审核并不在指标中。以他们的手段，取下束缚器是很容易的事情。说到底，束缚器用来束缚那些循规蹈矩的人。对于决定破坏规则的人来说，束缚器只是一个强化塑料做成的围脖罢了。

曹敬突然腾起一个念头，他想看看自己的档案，想看看那上面写了什么。从他进入这个部门以来，不止一次动过这个念头，但作为公务员的职业自律……不能公器私用是老姜从小到大给他灌输的道德，而且这种事在业内也是比较忌讳的。从沧江市少训所调七年前的档案过来，如果能够绕开吴晓峰，并不是不可能做到。

但……吴晓峰之前的威胁是否意有所指？

曹敬觉得自己并非特别有原则的人，但大事当前，他不得不压下这分蠢动的心思，把注意力集中在手中的档案上。但他还是忍不住想到一件事，他最近屡次跨越禁区，重拾自己的能力，是否让自己的心态也逐渐变回了从前俯瞰众生的进化者心态？

自认为与众不同，自认为握有力量，自认为是有资格凌驾于规则之上的强者——这正是最典型的"不稳定因素"的心态啊。

曹敬露出了自嘲的笑容，他突然觉得，自己七年前没能通过审核是理所当然的事。

一直到晚上，曹敬和马莉才看完全部的档案，结果一无所获，没有任何特别的个体。两人腰酸背痛，同时长叹一口气。

同事们的电话也都打完了，还剩十几个家里没装电话的，只有门牌号。吴晓峰作为空降大领导，毫无怜惜之心地鞭策他们去一家家地走访，最迟也得在两天内完成。在怨声载道中，曹敬也在马莉手里拿到了几个地址，不过曹敬已经习惯了跑腿。

看到这些名字和地址的时候，曹敬觉得有些熟悉，都是他曾经负责过的项目。

"不用谢。"马莉笑眯眯地给他眨眨眼,"顺便把回访表也做了。"

倒也省事。

雷小越一家居住的春晖小区坐落在老城区,和市中心所在的新城区有一段不短的距离。曹敬在家访之前做好了路线规划,来到春晖小区一带的时候是晚上七点半左右。今天并非休息日,有的学生家长下班早,有的下班晚。曹敬先从下班早的或无业在家的几家开始访起,后面才轮到雷小越一家,他父母都是工人,平日按时下班。

在登上那栋老住宅楼之前,曹敬还在琢磨其他几个他以前带的小孩。这些孩子都是他以往工作业绩的一部分,没有什么出类拔萃的天赋,但曹敬觉得他对这些孩子的引导很有意义。

有一个外号叫"癞蛤蟆"的孩子,能力是控制体表色素分布,之前无法掌握自己的能力,导致情绪波动的时候体表会有大块色斑闪烁,看上去很怪异。他经常因为这个原因而被班上的同学取笑,有很严重的自卑心理。曹敬花了很长时间引导他去接受和控制自己的天赋,让他磕磕绊绊地通过了少训所的考核,曹敬很为他感到高兴。

还有一个孩子能够调节自身腺体分泌,几次三番因为失控而被送进医院。这种能力很容易伤害自己,而又没有有效的方法能够遏制,甚至连束缚器都无法起效。觉醒后相当于得了慢性绝症,一个不小心就会因为分泌失调而把自己害死。曹敬通过很长时间的情绪疏导和能力管理教育,才让那个孩子维持稳定。

诸如此类,例子还有很多,能力带来的不仅仅是力量,更多的是烦恼。无论曹敬怎么想这些孩子,都不觉得他们会是"弥赛亚"或是什么神仙下凡的"救世之人",都是在尘世间浮浮沉沉的普通人罢了。

走到雷小越家门口的时候，曹敬的脚步停住了。大门没关，是敞开着的。

安静得异常，有一股令人不适的气味。

就在这一刻，曹敬已经猜到了里面发生了什么事，有那么一会儿，他的思考停滞了。他不是没想过这种事会发生，如果那个杀手在寻找一个孩子，而这个孩子就在那堆档案里的话……理论上来说，自己或者其他同事会在家访过程中，有极小的概率撞上那个杀手，或者说寻找孩子的人。但这么多人……杀手的行动未必会这么迅速……他的第一反应是离开现场，找到最近的电话拨打吴晓峰要求所有人记住的电话号码。

"如果遇到那个凶手，或者遇到凶案现场，不要动任何东西，迅速离开，然后联系我们。"这是吴晓峰布置任务时下的命令。

把那个杀手交给专业人员处理。

但有一种开始翻涌的东西，让曹敬的脚步没有往外挪动。他走进了这所老旧的住宅，绕过翻倒的家具和已经接近凝固的鲜血。曹敬认得雷小越的父母，真真切切的只是样貌普通的工人阶级，丢到人群里就找不到的平凡中年夫妇。雷小越后来和他散步时谈过很长时间，所以曹敬知道他的父亲喜欢喝热黄酒，因为他的成绩不好而总是皱着眉头。母亲偶尔喜欢在菜场占小便宜，每天饭后都会削苹果给他吃……曹敬有时候会以他自己都难以觉察的专注，去聆听这些孩子关于家庭的讲述。他会想象在明亮的灯光下，吃完晚饭后一家人坐在沙发上看电视剧的情景。七点半到九点半，半小时一集，四集连播。这会儿电视还开着，上演着世纪初黑帮的斗争，英俊的中年主角撑着伞漫步在雨中的小巷……灯光比他想象中的情景要暗淡一点儿。

这些情景都是他不曾体会过的，曹敬置身于光怪陆离的杀人现场，感觉身体忽冷忽热，好像得了疟疾。

连他自己都没有发觉，接连遇险让曹敬头脑中循规蹈矩的理性部分逐渐削弱。恐惧、愤怒、悲伤、烦闷、无力……阴郁的情感淤积在他的思维底部，让他习惯的理性难以为继。警钟在曹敬脑中响起，吴晓峰曾经对他说的话再度浮现。

极端情感催化下的精神感应……

危险、受伤、脑部血管、植物人、猝死。这些搭配档案照片的名词一个个划过，但黑色情感的涌流逐渐淹没了它们。

一个锋利的思想，出现在曹敬的意识中，陌生而又熟悉。

这个思想叫作"杀意"。

曹敬猛然意识到，自己正在思考杀人的途径，并且正准备去实现它。凝固的空气中有一种黑色的氛围将自己缠绕，一直以来缠绕在自己身边的，梦中的水……巨大的压力让精神变形，理性的桥梁正在因为砝码的不断加大而弯曲，曹敬已经能够听到裂纹绽开的声音。

踏出这一步，就无法回头了。

无法回头，就无法回头吧。

曹敬长长吁出一口气，让自己的意识坠落谷底。

七年不见，久违了。

指挥室，吴晓峰在缭绕的烟雾中似有所觉地抬起头。他听见了遥远的心灵回响，锁链被挣断，一头猛兽出闸了。他手边有一份文件，上面有一个人七年前的照片，以及他当时写下的评语。

吴晓峰的手指按在"运用于恰当时机"这行字上面，露出了一个残忍而期待的笑容。

七年不见了，小子。

眨眼。

闭上眼睛，直到彻底看不见光，然后再睁开。

曹敬现在看见的是死人的魂灵，接近熄灭的星辰，只剩下黯淡的火的倒影。

人类活着的时候会留下思想的痕迹，而思想是什么？曹敬认为那是头脑中的电波和磁场。这些电波和磁场依托的物质基础是神经细胞组成的团块，那团皱缩的湿漉漉的大脑。在这其中，相互链接、相互传递电化学信号的神经网络形成了思考和记忆。而这些人脑的活动，以半定型的神经交织结构作为档案，其形成的电磁场就是人类的记忆。

当人死后，短时间内大脑的活性还未完全衰退，其电磁场也会在空间中留下相当强烈的复杂影像。而具备感知这种微妙磁场能力的人，便可以读取其中留存的信息。如果周边有记忆磁场的良好载体，人死后辐射出的强烈磁场甚至能够被长久保留下来，形成不知所云的破碎信息残片。

曹敬在高中时期就发现了这种能力的运用方式，这种恐怖的运用实在太过骇人，连他都没有尝试过几次。敏感的时候，曹敬就好像民俗传说中的阴阳眼，能够观测到模糊的亡者残片。

只是，如果没有良好的残片载体，仅仅以空气为依托，对信息的"读取"就只有一次机会。曹敬过于强大的精神感应能力，"读取"的本身就是对信息残片的破坏。

在幽暗的视界中，曹敬伸出手，握住魂灵的手掌，肃穆地将自己的意识探入其中。

死者的碎片中最强烈的记忆，通常是临死时的记忆。曹敬专注地"读取"，以死者的视角观察。

傍晚，正要吃饭的时候，雷小越在里屋看漫画。雷小越的母亲在厨房，雷小越的父亲听到敲门声……前去开门，看见一个不认识的陌生人（梅和勇！）。还未反应过来，一只手已经搭在了他的肩上，然后他的气力迅速消失，瘫倒在地上。

这个时候，雷小越的父亲雷勇的想法是：对方用了迷药？为什么我突然没力气了？

在短暂的迷惑后，雷勇意识到来者不善，立刻高喊出声。这个时候厨房里雷小越的母亲没有听见，而雷小越走了出来。当看见雷小越的时候，梅和勇立刻放开雷勇，向他大步走去。

雷小越发现自己的父亲倒在地上，短暂的迟疑后开始攻击梅和勇。然而精神震荡之下并未有效制造出真空效果，仅仅是让梅和勇皱了皱眉头。这个时候，雷母提着厨刀走出厨房，还没搞清楚发生了什么事。然而梅和勇立刻转向，一只手掐住雷母的脖子，另一只手以擒拿手法握住其手腕，卸下厨刀。

动作干脆利落。

曹敬下意识地想闭上眼睛，但他知道如果这时闭上了眼睛，不会有第二次看的机会。

鲜血流淌，曹敬承受着巨大的情感冲刷，属于逝者过去的情感一浪一浪涌来，将他的自我包裹在其中。曹敬竭力控制住自己，看着雷小越与梅和勇搏斗，他的真空这一次成功了，梅和勇闷哼一声，耳朵鼻子里流出血来。但他毫不迟疑地卡住少年的脖子，紧紧握住，直到他丧失意识为止。

这个时候，雷勇和妻子的意识已经很模糊了，他们身上的刀伤都是致命伤，梅和勇下手的时候毫不留情。当尘埃落定后，梅和勇俯下身来，定定地观察濒死的二人，直到曹敬的视野彻底变黑为止。

在最后一瞥中，曹敬看见梅和勇把雷小越扛在肩上，大步走到门外。时间是六点三十四分，大约一个小时前。

眨眼。

曹敬从遍布全身的疼痛和恶心中挣脱出来，他摸了摸自己的脖子，没有被刺穿，这些都是之前经历的幻觉。他与两位死者短暂地互通记忆，除了超负荷使用能力带来的剧痛外，另一个副作用则是亲身体验死亡后带来的剧烈不适感。

他的身体在极度激烈地反抗死亡，哪怕只是一个幻觉。

曹敬全身上下都被汗水打湿了，他只能用思考来逃避脑中的痛苦。刚才目睹的那一切，有什么可以利用的线索吗？曹敬以顽强的意志力克服了自己对那段回忆的本能厌恶，竭力回顾之前看到的一切。

在面对雷小越的时候，梅和勇没有用他的汲取能力。曹敬突然想到这一点。

曹阳撩起黄色的警戒带，走进曹敬之前独居的老仓库。

在废墟中来回绕了几圈，曹阳弯下腰，在两块石头之间捡起了一个灰扑扑的、近乎圆形的小玩意儿。他把上面的灰擦掉，是一只银色的随身听。

这台索尼的 Walkman 是曹敬考上大学的时候，曹雪卿送给他的礼物。曹敬很宝贝这玩意儿，心情不好的时候才拿出来听。这里面放的 CD 还是当年曹雪卿送他的那一张《超载》，曹阳没听说过。

曹阳叹了口气，他在力所能及的范围内，希望能帮助曹敬。但现在曹敬面对的危险，已经不是他能够插手的事。无论是眼前倒塌的仓库，还是之前在这里昏迷的几十个人，都不是曹阳所能理解的事态。这种无力感，令习惯了用蛮力解决问题的曹阳很不舒服。

回头看的时候，曹阳悚然一惊，手已经摸到了腰间的警棍上。再仔细一看，才呼出一口气。

深沉的暮色中，曹敬像是鬼影一样站在仓库的门口，让曹阳几乎吓了一跳。

"在我那边对付几晚，条件可能差一点儿。"曹阳给他打了个招呼，"但两个人也安全一点。"

"还行吧。"曹敬悄无声息地走上前来，手伸向曹阳的衣袋，这个动作让曹阳愣了一下，然后抽出衣袋里的随身听，递给他。

"好像没被砸坏。"曹阳觉得今天的曹敬有点怪异，只能没话找话。

曹敬把连在随身听上的耳机盘在自己脖子上，点头道："不幸中的万幸。"

"二哥，你还记得姐给我买这玩意儿时的事情吗？她问我想要什么，我当时不知道想要什么，就说我想要点时髦的玩意儿，让我看上去不像是土包子。过了几天，姐就拿了一台这个给我，说这是夜摩岛上的好机器，这里见不着……郁江说这个是 D-777，索尼公司的名牌随身听……我当时想，姐是哪儿搞来的这个？"

当时曹雪卿已经早早通过了少训所的培训，并且被特招进了国家某机关，曹敬现在知道是和内务部的人有关。当时，曹雪卿的工资和津贴并不高，而且这台随身听主要销售地区还是在夜摩岛，大陆只在燕京有销售代理，曹雪卿又是通过什么渠道才搞到的呢？

"老大自然有自己的办法。"曹阳点了根烟，深深吸了一口，"她哪怕有难处，也不会和我们说的。她这个臭脾气就是这样。"

这张《超载》也是曹雪卿和随身听一起交到曹敬手里的。曹雪卿恐怕自己也没听过，说是从音像店里随手拿的，大陆最新的摇滚音乐，也是当时非常时髦的新东西。

"老大想让我尽快适应自己的新身份，从失败的阴影中走出来，好好做一个普通大学生。她的用心良苦，我后来才渐渐明白。"曹敬轻轻摸着随身听，看着香烟的烟雾在暮色中袅袅升起，"每次我难受的时候，就会想起这件事。姐希望我做一个平安快乐的普通人，我不想辜负她的期望，不想自己作死把自己整死了，要坚韧地活下去。"

"是福不是祸，是祸躲不过。"曹阳把烟头弹进石堆里，"飞来横祸，谁说得清呢。点儿背，也就这么活呗。"

"但我总不能一辈子被姐照顾。"曹敬把脸仰起来，"人总是得长大的吧。以前她是姐，把所有事都自己扛起来；现在我也是成年人了，有些事情需要自己去处理。"

曹阳缓缓转头，看了他一会儿，皱眉道："你有什么打算？"

"这两天有点儿事情要办，今晚我不去你那儿了，你就先回吧。"曹敬向二哥点点头，扬扬手里的随身听，"还得多谢你找到这个，我之前还在挂念它是不是已经没了。"

"行吧。那你自己注意安全。"曹阳骑着警用摩托走了。

曹敬缓缓抚摸着随身听表面的细腻磨纹，闭上眼睛。

他在阅读梅和勇留下的信息。之前梅和勇在这里与内务部特使苏易城短暂地交火，双方都受了重伤。曹敬特意在这个不易受打扰的时间段回来，阅读当时两人留下的痕迹。

他能够模糊地感受到当时两人情绪的余波，梅和勇也是会感受到痛的。苏易城的能力令杀手骨肉破碎，血肉横飞，巨大的痛觉让梅和勇在这里留下了深刻的情绪痕迹。曹敬在废墟中梭巡，谨慎地触碰这些负面情感留下的波纹。

梅和勇想必非常能够忍耐痛苦。曹敬停下脚步，品味了一下情感的余烬。

很可怕。

梅和勇的情绪机制与常人完全不同，曹敬可以做出这样的判断，梅和勇在体验痛苦的时候，毫不迟疑地将这些巨量的痛苦一口吞下，就好像他已经习惯了骨肉分离的痛楚。他的神经系统或许与常人不同，正常人类在忍受如此巨大的痛苦时，神经系统会短暂断线，昏迷、休克都会发生。曹敬怀疑梅和勇是否能够真正完全地体会到痛苦——从某种角度上来说，和他目前的情况很像。

曹敬目前是通过控制自己的精神而暂时"屏蔽"痛觉。而梅和勇留下的痕迹却不像是"屏蔽"，更像是以非人的精神强度忍耐住痛觉。痛楚——这一人体神经的警报系统——在他身上似乎丧失了作用，令他能够在极大的痛楚中继续维持自己的能力，并以此反击。

又一个特征：梅和勇对痛楚的忍耐能力超出常人。

这种怪异特性的来源或许是因为多次身躯修复而造成的神经系统变异，或是因为受伤次数太多，所以已经对痛觉感应迟钝？

通过之前苏易城简略讲述的战斗经过，曹敬确信自己对梅和勇的实力已经有了初步的了解。这个杀手能够从周边生命体内汲取体能，简直是移动的大型灾祸。最可怕的是他难以言喻的再生能力，梅和勇似乎能够运用那些被他吸收的力量，以此修复或改变自己的身躯。

这就导致如果不能在短时间内杀死梅和勇，或让他彻底失去意识，他就会通过汲取力量而削弱敌人，修复自己。时间拖得越长，梅和勇的优势就越明显。曹敬一下子就想到，最佳方案应该是远距离的狙击，以暴力机关的武备，击败梅和勇可谓轻而易举。

然而梅和勇的另一项技能，也就是从控制生命能量衍生出的外形变幻，让狙击战术增添了许多困难。梅和勇谨慎地选择自己的出行路线，混迹于广大人群中，只有在选定目标后才会在自己挑选的时间和地点主动出击，让自己的优势得以完全发挥。这让抓捕工作陷入了巨大的困境。

如果我是梅和勇，曹敬换位思考了一会儿，现在的主要目标已经达成，接下来的任务就是以最快速度离开沧江市。

机场、火车站、长途汽车站，现在都已经被严密监控。吴晓峰之前下令，所有带着小孩的人都要经过严格审查，布控之严密可以用"天罗地网"来形容。所以，曹敬认为逃离渠道应该是通过高速公路，那边的检查人员人力有限，而且可能被梅和勇强行闯关。

他会不会再度使用长生功教团的人力资源？

有很大可能。虽然长生功教团已经被公安部门取缔，但依然有部分高级干部逍遥法外，其掌握的社会资源依然很多。而如果悲观一点看待的话，梅和勇背后的组织还有一些能量，曾经布下暗线，那就更加难以追索了。

如果梅和勇故意反其道而行之呢？

曹敬皱眉，如果他故意不离开沧江市，而是等风波平息，监控力度下降后再离开，安全性或许更高，毕竟他有这样的易容能力——不，不会。梅和勇已经见过了特使，他知道内务部已经有人在这里。虽然短时间里没人能找到他，但如果有真正的情报收集者来到这里,哪怕能够改换容貌,也会被挖出来……曹敬看了看手表,距离梅和勇抓住雷小越已经过了两个小时,时间就是生命,不能再拖延下去了。

如果吴晓峰在这里,一定会笑着问他:"你又有什么办法,来阻止这一切呢?"

面对梅和勇,曹敬只有一个小小的机会:他从死人的眼睛里看见过梅和勇最后的样貌。而这个样貌,梅和勇不会有意识地去改变。因为所有人都知道,死人是不会说话的。

在骑出这条老旧街道的时候,曹敬路过音像店,在门口听到了熟悉的歌声。他停下车看了一眼,原来超载乐队出了新专辑。

"如果我现在死去,明天世界是否会在意……"

他摸了摸口袋,掏出钱买了一张,插进Walkman。在孤身一人前往黑暗的时候,他留了一点时间来想念明郁江,想念曹雪卿。

曹敬闭上一侧眼睛,进入了另一个视界。

我想知道这个人的踪迹,他对夜空中所有的心灵祈求。万千城市心灵的光辉照耀下来,他穿行于记忆与幻梦的海水,追寻那个黑洞般的身影。

吉光片羽,凤毛麟角。从无以计数的余光和一面之缘中,曹敬找到了线索。

夜幕中,梅和勇停下车。

"请出示身份证件和驾驶证。"

夜晚执勤的武警,在常服大衣外还披着橙色的反光背心,他们聚在路灯下,让梅和勇想到夏天夜晚围绕灯光扑闪的飞蛾。

他从衣袋里抽出证件,武警接过,手电筒晃了几下,然后又照向车头的车牌。

"是你本人的车？"

"朋友的。"梅和勇简单地答复,"临时用一下。"

"这么晚出门有啥事儿？"武警把证件交还给他。

"去一趟医院。"梅和勇笑道。副驾驶座上有个睡着的孩子,额头上包着块毛巾,"小孩生病了,海鲜过敏。"

他注意到,就在他回答的时候,有两个警察绕到后面,观察了一会儿车后座,然后又拍拍后备厢。

"麻烦你下车把后备厢打开。"

梅和勇打开车门,绕到后面把后备厢打开,有警察给副驾驶座上的少年拍了个照。后备厢里有一桶油、卷起来的一捆毛毯、一个足球、一只打气筒,还有两根PVC管。

核对过后,警察点了点头,放行了。

梅和勇踩下油门,后颈已经有些出汗了。他打开方向盘边上的工具箱,从里面抽出一板巧克力,用牙撕开包装纸,连着锡箔一起咬下去,嚼了一会儿后把锡箔吐出来。

雷小越对他携带的镇静剂过敏,这是一个他未曾意料的突发事件。虽然少年的生命力表现依然旺盛,但梅和勇没法冒这个险,只能在危机四伏中带他前往医院。他回想了一下之前背下的名单,本地长生功教团在省中医院里有组织完善的传教团体,如果遇到麻烦的话,或许可以再借助一下他们的力量。

另一方面,梅和勇自身也处于衰弱状态。在之前和苏易城的短暂战斗中,梅和勇看似获胜,却已经大量流失了能量。那个进化者的能力强到让他心悸,如果不是他步入自己的陷阱,梅和勇判断自己不会有获胜的机会。

甚至就在他已经握住苏易城脖子的时候,他依然感到巨大的威胁。苏易城一度想要伸出手,触摸他的手腕。那个时候,梅和勇心中的警讯高鸣,甚至一度判断自己必须立刻逃跑。在战后复盘中,他确信只要苏易城伸手触碰到自己的手腕,自己会在十秒钟内被彻底摧毁,还好对手的能力需要高度集中,而且自己抢到了先手,不然胜负已经逆转了。

在仓库的战斗中大量失血,梅和勇已经调动了自身的造血功能。高强度的新陈代谢让他需要通过进食补充部分热量,之前在医院里的时候,梅和勇已经给自己输过了血。只是时间有限,他只将自己的血量推回到了安全线就去继续执行任务了。

吸收他人的生命力,并非看上去那么有用。梅和勇的精力和活力数倍于常人,身体的愈合速度也有若神迹。但他依然会饥饿、衰弱,这能力并不是无中生有地制造血肉,重伤依然会造成很大阻碍,只不过他比常人更坚韧、更顽强。

与苏易城的战斗,梅和勇知道自己的胜出并非侥幸。他的意志力远胜于对手,正是那种可怖的意志力,让他超越了撕裂身躯的巨大痛苦。换成是另外一个人,恐怕早就在剧痛中死亡,但梅和勇曾经千百次体验过与此类似的痛苦,肢体撕裂、化学灼烧、枪弹贯穿,乃至于精神上的入侵——他已经越过了痛苦与恐惧的境界,漠然地使用自身的理性驱使身躯。

诚然,他的同伴,也是这次任务的指挥官曾经说,他依然存在破绽。他说梅和勇对生命的贪婪是一种性格上的缺陷。

梅和勇对此无动于衷。

在他驶离检查站的时候,没想到一点:十分钟后,有人因为这次检查而找到了他的踪迹。

天色已经漆黑,电动车的头灯在大街上划出一道光带。这城市依然万家灯火,曹敬依然孤身一人。

不过也好,习惯了。

上一次如此自信而坚决地展开自己的能力,已经不记得是什么时候了。曹敬仰起头,让冷风吹过自己的面庞。整个世界黯淡下来,只剩下一簇簇信息流。巨大的心智之海向自己涌过来,而他在其中汲取信息的碎片。他反复地回忆梅和勇最后使用的脸,是否有人曾经见过他?

是的,有人见过他。

梅和勇的面目平凡无奇,一丢进人海里就找不到。但与他擦肩而过的人,用眼角瞥到他的人,在丢垃圾的时候看见他抱着雷小越走出单元门的人,买菜回家看见他打开车门的人,这些人对他只有一个朦胧模糊,甚至他们自己都已经忘记的印象。曹敬此刻却用精微的感知力将他们汇聚起来,从碎片的涓滴细流中凝固成一串有迹可循的印象。

危险的杀手倚仗自己的易容能力,经常行走在人潮中,正是因为人多,才让他有一种安全感。曹敬能够从他一路上的路线选择中体会到他的心态,藏起一棵树木最好的地方就是茂密的森林,梅和勇不但不像一般的犯罪分子一样避开人群,反而特意选择人多的路线行动。哪怕有人想要袭击他,也要顾虑到他身周的无辜群众。

击败一个人的第一步,就是了解他。

曹敬不快地想到,这是吴晓峰反复对他强调的事。他必须深入梅和勇的思维,触摸他的逻辑结构,看他所看,听他所听,想他所想……直到知晓他的下一步、下下一步。而那时候,梅和勇就会变成曹敬掌中的猎物。

检查站武警的思维碎片骤然出现，曹敬嘎吱一声按下刹车，电动车停在路边。

这是他第一次明确地知道了梅和勇下一步的目的地。

曹敬持之以恒地继续用感应力追踪梅和勇的行程，这一次他追踪的已经不仅仅是梅和勇这个目标，也包括了他开的黑色轿车。他并没有说谎，真的在一路驶向医院。

曹敬并不理解梅和勇为什么要在医院停留，是因为要通过这个渠道逃离沧江市，还是因为雷小越身上真的出了问题？他只知道，这很有可能是他最后抓住梅和勇的机会。

几分钟前他已经打过电话，告诉吴晓峰关于雷小越一家的消息。吴晓峰没有说什么，只让他不要破坏现场。

现在应该通知吴晓峰吗？

曹敬拧下油门，打算到了医院再找公共电话亭。

问题在于，梅和勇如果真的在医院停留一段时间，那么他选择的地点可以说占据了巨大优势……梅和勇那种令人憎恶的衰竭场将会笼罩成百上千的人……而且是医院中的病人。如果他察觉到有敌人的存在，简直是最坏的情况，因为鱼死网破之下，他一定会选择以医院里的病人为人质。

换作是之前，曹敬会选择打电话通知吴晓峰，让这些专业人士去做他们的工作，自己远远地避开，不去干扰他们抓捕凶手。但今晚的曹敬有着一腔被死死压抑住的愤怒，以及突破枷锁的巨大自信。

没错，吴晓峰他们是专业人士。但我，也是专业人士。我曾经也是被当作"专业人士"训练、培养的人。

击败一个人，摧毁一个人，控制一个人，杀死一个人。

我曾经能做到这些,并且做得比任何人都好。

因为我是当年沧江市少训所中最优秀、最出色的心灵感应者。

明郁江买夜宵的时候,留学生宿舍的管理员喊住她,说有她的东西,是几分钟前一个骑着电动车的年轻人留在这里的。

女孩听到描述的时候就愣住了,接过东西一看,嘴里叼着的竹签咔嚓一声断成两截。

一个灰蓝色的Walkman,还有一张新的,刚拆封的CD。

"那个送东西来的人呢?"

管理员说他留下东西,交代一定要把东西交到她手上后就走了。

明郁江站在原地发了一会儿呆,然后三步并作两步冲上楼,把挎包往肩上一甩,就往门外猛扑出去,也不顾室友在背后问她出了什么事。过了半分钟,又猛地冲回来,抓起室友的小灵通就跑,一边还高喊:"借用一下,明天就还你!"

三分钟后,明郁江一边猛蹬自行车一边给吴晓峰打电话,劈头盖脸问道:"你知道曹敬现在在哪儿吗?"

对面传来的声音不怀好意似的,带着一股调侃的意味:"你想做什么?"

"你到底知不知道!曹敬现在肯定有麻烦了,我要去帮他!你个阴阳怪气的死肥猪要说就说,不说拉他妈的倒!"明郁江破口大骂,骂完才想起来对方的身份,但话已经说出口,就只能强硬到底,"我不管你跟曹敬以前有什么过节,我要去帮他,你帮不帮!"

"哼……呵呵。省中医院。"手机对面的人阴沉沉地笑了两声,没有动怒,"你知道省中医院怎么走吧。曹敬就在那儿,有本事的话,就帮他看看吧。"

"操！"明郁江毫不淑女地大骂一声，关了电话，接着启动自己的身体强化，猛蹬一通。全身的血液奔流如熔岩，但她的目的地不是医院，而是老福利院。

从大学骑到福利院，最快需要多久？明郁江上一次测试的时候用了三十分钟。她这一次骑得比任何一次都猛，无视了夜晚道路上稀稀拉拉的车辆和行人，连红绿灯也不看，以超卓的反应力在道路上冲刺，不停地加速。那辆凤凰自行车不堪重负地呻吟着，子弹般贴地飞行。

骑到福利院门口的时候，明郁江直接跳下车，任由失去动力的"凤凰"一头撞向墙壁，然后省去了敲门的步骤，直接用围墙外的大垃圾桶垫脚，两步跳上墙，奋身跃了进去。

老头子还没睡，房间里灯还亮着。明郁江把门敲得震天响。等他开门后明郁江满头大汗，抬起头第一句话就是：

"老头儿，枪！把你的枪给我！"

十二

曹敬最讨厌的地方就是医院。过去二十几年里，曹敬上医院的次数屈指可数。对他来说，医院是一个比任何地方都更让他不快的所在。

他向明郁江解释过，医院的"气"太不吉了。

医院是生死轮回之所，在这里死去的人，在这里垂死辗转的人，在这里担惊受怕的人……这些散溢的"场"如有形质地压迫着敏感之人的心智，曹敬的感应力在这里反而成了一种负担，令他无法正常呼吸。他就像是一块海绵，周围一切负面情绪都会向他的心灵哀号，挤压他的意志。

曹敬踏入省中医院的大门。

梅和勇捧着一份炒饭，坐在儿科走廊里默默吃着。

之前他已经和长生功在医院里的传教团队接触过了，带头的叫牛高，今年三十多岁，可以说是"职业神棍"。他在耍嘴皮子上颇有长才,加上他是医院某副院长的儿子,对医院环境和人物熟悉,便被委派专门驻守在省中医院的传教据点。

牛高此人只有高中文化水平,但又嫌家里人给他安排在医院里的工作又脏又累。遇到气功教团的成员后反而很快成为业务骨干,主要就是靠手段灵活。医院里人流量大,三教九流无所不有,老人多、穷人多,特别是身患重症、缠绵病榻的人,是传播气功文化和宗教文化的最好土壤。

牛高和他手下的义工教友,整日和在医院打杂的还有搬运担架的护工们混在一起。由于他在医院里人脉广,加上他父亲的关系,很多医生都认识他,也卖一些面子。当梅和勇带着雷小越来到医院的时候,接到通知早就等待多时的牛高,已经带着一些教友准备好了手续。雷小越的过敏症状并非疑难杂症,牛高拍胸脯说找一个晚上值班的医生就能搞定。

有这样一个地头蛇帮手,梅和勇放下心来。只是他总有种隐隐的不安感,这种不安感或许是因为警方追捕所带来的压力,或许是因为长年游走在危险边缘养成的敏锐直觉。

医院里,低沉的生命波纹四处散溢出来。

梅和勇讨厌这个地方,对他来说,他人的生命力就像是噪音,如果有可能,梅和勇希望将这些杂音一个个熄灭,让自己安享平静。而医院里,将灭未灭的生命力,令他有些烦躁不安。

几分钟后,一个穿着海军大衣的青年站在了梅和勇之前走过的地方,这个青年面色有些苍白,但眼神闪闪发亮。他缓缓转动头颅,在走廊里静待了一会儿,然后走到了楼梯间门口,有个人站在楼梯口抽烟。

牛高听见了背后来的脚步,他没多想,以为只是哪个过路人,结果那个脚步声在他背后停住了，过了几秒钟都没动。等他觉得不对劲的时候，一只手从背后抓住了他的脖子，把他按在了楼梯扶手上。

"你他妈的……谁啊？干吗！"

牛高一开始以为对方在开玩笑，但当对方一拳打在他的侧腹，一个冷冰冰的东西按在他脖子上的时候，他闭嘴了。

一只手，冰冷干燥，好像它的主人刚从外面的冬夜寒风中走进来，沿着牛高的颈子往上移动，用三根手指触碰他的后脑，两根手指牢牢夹住他的脖子。可能是幻觉——很有可能是幻觉——牛高觉得好像有什么东西沿着手指潜入了自己的脑子。他几乎被冻僵了，无法思考，对方从容地翻拣他僵硬的思绪，连他不愿意吐露的秘密也翻了出来。

"啊……啊啊……"牛高想吐，自己的后脑好像要裂开了。他产生了幻觉，自己的脑壳被打开，淡红色薄膜包裹着的大脑像是一朵花一样绽开，露出内部的肉块。

"感觉很难受吗？不好意思了，还得劳您多受累一会儿。"来人轻声细语地说。

过了一会儿，牛高扑通一声滑倒在地。楼梯间里的灯光不停明灭，曹敬转着手里的金属甩棍，沉吟片刻。他把牛高挪到楼梯间的角落里，从他口袋里提出一串钥匙，取下其中的几枚，再把钥匙串丢到他脖子里。

很久没有这么暴力地使用自己的心灵感应了。不仅仅是"读"，而是"掠夺"。巨大的不快感席卷曹敬的全身，读取牛高的心灵就像是穿行于脂肪和酒精的密林，一头扎进黏腻、浑浊、辛辣而臭味熏天的世界。以牛高的眼睛去看，以牛高的头脑去想，混迹于他那市侩、浅薄、充满欲望的精神世界，简直是一种酷刑。

曹敬压抑住自己的负面情感，竖起耳朵聆听更多的声音。

如同身处万米深的海洋，在深黑色的旋涡里，曹敬看见游荡纠缠的死者在身边徜徉。巨大的水压从四面八方压迫过来，将他压缩成一个紧密的小团，像是一球铅丸，在深海中穿行，撕裂模糊魂灵中残存的记忆和哀痛。苦楚和悲伤，绝望与忍耐，高浓度的负面情感撕扯着曹敬的意念，然而内心中流动的愤怒与冷酷维持住了铅弹的强度，让它钻入一个个活人的头脑。

现在，曹敬读取的不仅仅是一个符号，或者一张脸，他读取的是整个"医院"。

短短十几秒内，他从死者与活人的思维与记忆中汲取了天量的碎片、本能、习惯和潜意识。这些纷繁复杂的信息流只有一个主题，就是这家医院。从医生到护士，从病人到家属，从护工到清洁工人……他们中没有人能完全了解这家医院的每一个角落，每一扇门和每一把钥匙，然而曹敬却将他们每天上班下班，每日工作的行动与习惯汇总起来，形成了巨细靡遗的信息图。

在这一刻，曹敬对这栋建筑物的理解已经无人可比，变成一头对这个人造的巨大迷宫了若指掌的米诺陶。

如果吴晓峰在现场，也会为我击节赞叹的。曹敬不无苦涩地想。这种高级技巧他只听吴晓峰泛泛提过，他说这需要长期的训练，天赋和练习缺一不可。

头脑涨痛和巨大的精神压力自然是必不可少的代价，他将这些折磨一股脑儿地打包丢进另一部分头脑，不去理它，他已经发现了更重要的猎物。

曹敬找到了梅和勇的心灵。

就在那里，黑沉沉的，散发着深黑色的波长。巨大的、搏动着的铁的心脏，昂然地跳动着，辐射出巨大的赤裸裸的原始欲望。难言的、扭曲怪异的、绝非常人的心灵。

怪物……

曹敬冷静地盘绕在它周围，啜吸怪物散发出的贪婪欲望的波长。它正在进食，大快朵颐，沉浸在蹂躏丰美肉食的快乐中。周围的星光一个个黯淡下去，曹敬似乎远远地听见报警器的声音，那些是有人心跳停止时，监测仪器发出的自动警报。他听见护士在走廊里奔跑的声音，在嘈杂的脚步声中，有一个沉重的脚步，这个脚步走得很慢、很慢。

他听见过这个脚步声。

在他曾经构筑的梦魇中，那个在夜晚走进公寓楼，一间房间一间房间打开，用屠刀砍杀睡梦中羔羊的杀人魔的脚步声。他曾经被姐姐抱在怀里，在噩梦中听见的这个脚步声。慢悠悠地、不急不躁地、得心应手地收割生命，他最深梦魇中的脚步声。

呼……

重症加强护理病房区域。

梅和勇站在走廊边上，为推着担架车的医护人员让开路。他喜欢观察这些人徒劳地拯救将要熄灭的生命，他觉得这些举动非常可笑。一只黑猫从他面前走过，弯曲的尾巴微微翘起，和他一样冷眼旁观。橙黄色的瞳孔将梅和勇映在其中，这一点让杀手略微不快，他想伸手去掐猫脖子，但猫迅速跑远了。

医院走廊里为什么会有猫？

他犯了一个错误，将注意力放在这只黑猫身上的时候，他没听见背后走来的脚步声。当利刃出鞘的时候，梅和勇才转过身，但来人已经到了他的身后。

他看见一柄又细又薄的利刃,从一根简陋的警棍中抽出来。

下一瞬间,这枚短刃已经刺入了他的心脏。

那个穿着海军大衣的青年抱住他的肩膀,右手狠狠推动了两下,在他的心脏上划出一个交叉的十字,然后拔出了短刃。

梅和勇深吸一口气,下一瞬间,短刃又刺进了他的脖子,血顿时喷了出来,将宣传洗手要诀的贴画染成了红色。

有人在尖叫,尖叫声此起彼伏,逃跑的脚步声雨点般传来。

尖叫、恐慌,曹敬沐浴在激烈的外部情感冲击下,奋力将插在梅和勇脖子里的短刃往后推。坚韧的肌肉被扭曲的刃口咬开,曹敬的右手虎口流下血来,他握得太紧了,以致自己的手也被刀刃割伤了。

这一刻,他和梅和勇面对面,只有二十厘米的距离。两人脸上的表情极度相似:没有愤怒、恐惧这些激烈的情感表露,只有冷静地咬紧牙关互相审视。

梅和勇体内的鲜血好像没有穷尽般被动脉挤压出来。一声闷响,曹敬手中猛地一轻,他和老姜在车间里打出来的短刃从中间崩断,只剩下十厘米左右。两人跟跄着跌倒在地,身受重创的梅和勇想要抓住曹敬,却被他一膝盖顶开,曹敬连滚带爬地离开了梅和勇,缓缓爬了起来。

他的手现在才开始颤抖。

"我抓住你了。"曹敬活动了一下右手手指,他一边说话,一边体会着对方的衰竭场范围。曹敬目前没有感受到特别强烈的衰弱感,所以他判定梅和勇没有使用那种能够吸收他人生命力的恐怖能力。

梅和勇没说话,他一只手按住胸口,另一只手按住脖子上的刀伤。只是这两个伤口太大了,又深又阔,曹敬没留手,血咕嘟咕嘟地从他的手指缝里不停冒出来,场面看上去骇人至极。在血污中,他只是专注地观察着曹敬。

他是……我想起来了,那个市教育局的小子。但他是怎么找到我的?

梅和勇的目光移向断裂的手工短刃,然后又看向曹敬脖子上的束缚器。

不是特警,不是内务部,单人行动。束缚器——伪装?存在能力?我记得他的档案里——想起来了。心灵感应,考核不合格,主要审核人是吴晓峰。

一连串碎片在梅和勇的头脑中迅速拼合在一起,与生俱来的优秀天赋,让他能够迅速将多方面的讯息拼接、推理,得出准确的判断。

他不是带着人来的,或者说,内务部的人还没来得及到达现场。而他成功追踪到我的原因,恐怕只有其心灵感应力才能解释。但他依然戴着束缚器,也即是说——

曹敬森然笑道:"是时候让你去死了。"

寒光一闪,曹敬堪堪避过,脸上多了一条血印。他转头一瞥,半枚短刃插在墙上,还在微微颤动。

"很不错。但你的衰竭和吸能呢?"曹敬一只手握着警棍的外壳,另一只手把断刃转了个花,"用它啊。还是说你现在无法使用?"

梅和勇一言不发,用手紧紧捏住脖子上的伤口。刀拔出来,血液加速流失,对普通人来说是进一步推向死亡的过程。

在纷乱奔逃的人群中,一个手上挂着吊瓶的小孩坐在曹敬身后的轮椅上,脑袋垂在一边。雷小越还没有从镇静剂的效果和过敏反应中恢复过来,脸蛋通红。

"是因为害怕误伤他吗?你要带走的人,被你们选中的人。"曹敬用断刃指了指雷小越,"看来我没有猜错。你一直在顾忌他,那么让我想一想,如果我把刀架在他脖子上,用他的性命来威胁你,你会束手就擒吗?"

梅和勇身上的血缓缓止住了。之前鲜血一股一股地喷涌出来,染红了他的半身,但现在血的流速减缓了,像是他体内的血已经流干。曹敬没有就此大意,梅和勇的眼神中没有愤怒,没有对死亡的畏惧,有的反而是好奇,就像是第一次认识曹敬这个人。

"你……犯了一个错误。"

梅和勇第一次对他说话了,声音很低沉,带着奇怪的腔调,像外国人在说国文。

"你应该继续攻击我的。"梅和勇撑着地板,手在他自己的血泊里打滑,但他还是慢慢站了起来,"这个世界上,有些人想死都死不了,而我刚好就是这些人中的一个。"

"你害怕我吗?"梅和勇直立起来的时候,身高比曹敬高了大半个头,哪怕他现在看上去濒临死亡,那种莫名的威慑力和压迫感却毫无消减。黑洞般的吸引力,仿佛黑暗本身。"如果你刚才继续破坏我的动脉,我现在已经死了。彻底死了。"

"或者说被你吸干?"曹敬用断刃指了指他身上的伤口,"我在大学读的专业课里,就有进化能力分析。而我,作为一个教育局的外勤,见过不少控制不住自己天赋的小孩。如果我没猜错,你的生命衰竭,只有在接触对方身体的时候才能发挥最大功效,没说错吧?"

梅和勇不置可否地晃晃脑袋,微微弯腰,摆出一个格斗姿势,低声问:"那你又是什么能力?"

"你猜猜看。"

他的血液流失了大约两千毫升。曹敬的眼神扫过地上缓缓流动的血浆,他后退了一步,以免梅和勇的血液沾到他的靴子。那么,医学常识就让我问一问医生们。

眨眼。

人体的血液量根据体重的不同,大约在四至六公升。只要失血超过15%,人体就会逐渐虚弱,感觉浑身发冷、无力、头晕目眩、耳鸣……失血超过40%,就会有生命危险。

谢谢你们,好医生,逃命去吧。

曹敬眨眼。

失去了超过三分之一的血液,梅和勇依然行若无事,但再强大的再生能力也不可能凭空造物。他需要消耗自己的能量、体力、脂肪、糖分,乃至于水分。空气中的热量微微提升,梅和勇像是一个小火炉,体温上升,加速的新陈代谢让他脸色通红,嘴唇干枯。

"你单枪匹马地追踪我到了这里。"梅和勇低声道,"根据我的推断,你具备信息收集方面的能力。你在我背后偷袭,这是你最好的一击杀死我的机会。如果你用一颗子弹打进我的太阳穴,我就死了。但你用的却是一把刀。那么,恐怕你并不具备正面作战的能力,也不具备真正杀手的火力。这样直面我,你胆子真大。"

曹敬不置可否,笑道:"你知道我是谁,知道我的能力。何必再说废话拖延时间?再生好了吗?恢复行动能力了吗?已经站得住脚了吧。"

梅和勇皱起眉毛。他不理解,这个青年到底是在装腔作势还是真的有所倚仗。哪怕他不使用衰竭的能力,单凭身体能力和格斗技能,也足以徒手压制成年男性。他在倚仗什么?他那丁点儿的感应能力吗?时间拖得越长,对梅和勇来说越有利。相信对方也想得到这一点。

迟迟不动手，到底是为了什么？

"有一个问题，希望你能够解答。"曹敬露出平稳的笑容，"到底是出于什么理由，让你们选择了这个小孩？你们找的到底是什么？救世主？弥赛亚？马上是新世纪了，怎么还会有人相信这个？"

原来如此。梅和勇的疑惑得到了解答，随后他心中涌起被轻视的怒火。

"你想在我脑子里挖出更多的情报。"杀手指了指自己的头，"但很可惜，你想要的东西已经被删除了。难道你以为一个杀手、一个工具、一把刀，会知道整个组织的消息吗？找不到东西的感觉很奇怪吧？这个世界上有些重要人物的头脑是被牢牢保护的，那些精神领域的大师花了几十年时间研究出了稳固的人工壁障——但依然会被更优秀的精神读取者突破。所以最保险的方法只有一种。"

"彻底删除。"曹敬喟叹道。

他现在理解了，梅和勇的心智形态为什么如此怪异，那种巨大的黑洞，没有任何光与热。因为他内部虚无一片，没有任何有意义的情感存在。大量信息和知识围绕着虚无的核心旋转，最内层的重要区域被扭曲、删除了，只剩下残破的影子和废墟。

梅和勇真是一件了不起的工具，功能性的进化者杀手，甚至连这个名字也不是真的。

"你读不出任何你想要的信息，因为我对此一无所知。我所知道的只有完成手中的任务而已。"梅和勇踏前一步，曹敬的所有举动现在他都理解。没有了疑惑，那么只剩下简单的逻辑判断，让我走上前、杀了他，然后带着任务目标离开这里。

你能读到我现在的想法，完全无所谓，死人是不会读心的。

就在他准备动手的一瞬间，梅和勇意识到有哪里不对劲——地上的血滴不对。曹敬手上有血,他知道这一点。之前用刀刺杀他的时候,曹敬的手也被割破了,然后一直滴下血来。但曹敬明明站在原地,梅和勇却看见地上血滴的痕迹一直蔓延到远处,就好像——但一直和他说话的这个曹敬——

心灵感应。该死。

暗示被理性清除,之前和他对峙的青年和轮椅上的雷小越仅仅是心灵的幻觉,他们一直在用心灵感应交流。

曹敬把医用绷带的封条拆开,有条不紊地绑在自己的伤口上。外面走廊上不断传来尖叫声,他听见有人在问发生了什么事,病人家属们哭哭啼啼地推着轮椅和病床,把面色苍白的患者带下楼去。电梯里挤满了人,不停有人在叫骂。

比之前更强的负面情感席卷过来,理智之线正在解体。

"做平衡。"吴晓峰的话又在他的脑中响起,"无法抵抗的时候,寻找一种能与痛苦相提并论的情绪去和它对抗。意志力来源于你的理性吗?不,意志力更多来自你的感性。人是一种天生软弱的动物,会在折磨下哀号痛哭,涕泪横流,我们也不例外。但我们是受过训练的动物,我们可以调用我们的情感和精神,更有效率地与负面情绪做斗争……在这种平衡的游戏中维持自己的理性。"

曹敬不太确定,这些话从是记忆中翻出来的,还是吴晓峰真的在此刻对他说话。

"情感、精神、思考、回忆,甚至痛苦,都会变成你的武器。"

曹敬长长吁出一口气。

两分钟后,曹敬走出藏身的外科病房,大步向楼梯间方向跑去。他听见清脆急促的脚步声从下而上传来,就在来人冲到他面前的时候,曹敬一把将她推到墙上,低声咆哮道:"你来这里做什么!"

满头大汗的明郁江用眼神示意他往下看,她的纤手中正握着一把手枪。曹敬一瞬间失语,他几乎已经忘了这把手枪。

"用不着这个。"曹敬粗暴地把她手里的枪夺过来,但明郁江又反手抢了回去。

"你会开枪么?你拿得稳么?"

明郁江努力瞪着曹敬,他的眼珠子黑黝黝的,看不到底,全身上下散发出一股消毒水味。有一会儿,那么几秒钟的时间,明郁江有点儿害怕,感觉他和平日的曹敬不太一样。但他的眼神又松弛下来,一把搂住她,把脸埋进她的发丝里。

"你是怎么知道我在这里的?"

"你的CD机……我看见了。"明郁江从他的怀抱中艰难地挥动了一下自己的提包,然后狠狠啃了一口他的脸,"你这个闷声不响的傻瓜……你想一个人来送死的话,干吗把这东西给我?我打电话给那个胖子,然后他说你在医院……"

明郁江感觉曹敬的肢体绷紧了,她抬起头看他脸色,却看见铁青的一张脸。

吴晓峰知道我和杀手都在医院?

曹敬明白了,他一切都明白了。和七年前一模一样,这就是吴晓峰给他布置的课题,最后的结业考试。有一个胖子,手里转着铅笔,坐在椅子上,跷着二郎腿,饶有兴趣地观察他在迷宫中焦急地打转。吴晓峰不在乎梅和勇能不能带着目标逃走,也不在乎自己和明郁江的性命……

这杂种,他甚至不在乎他自己会不会被报复。

吴晓峰是如此热爱玩弄他人,以至于他可以付出巨大的代价,仅仅是为了看曹敬被情感驱使着去奋斗拼搏。而曹敬自己——这么多年来像是患上斯德哥尔摩综合征一样，在被他折磨的同时，却又在内心深处等待……他的认同，这太他妈的讽刺可笑了。

在曹敬心神摇乱的时候，却又想起老姜的目光，如父亲般威严的目光。"不许哭！"他总是这么说，"男子汉哪怕咬碎了牙也要往肚子里咽。"还有姐姐温和的目光，那种隐含赞许与包容的目光总能让他振奋精神。

"雷小越目前还在儿科病房里，而梅和勇现在正试图确保他的安全。这是他的首要任务……"曹敬隐约听见自己正在说话，哪怕情绪上受到了冲击，自己的理性依然在麻木中进行思考和判断，"他的再生能力可以用液氮这类冷资源强行压制，在皮肤科有部分液氮容器，我们可以去取一些来……"

曹敬突然闭嘴，因为明郁江把手按在他的心口，一种澎湃的动力以心脏为起源，迅速涌遍全身。

曹敬颤抖僵硬的身体安定了下来。"把这件事办完吧。"他简短地总结道。

三百米，这是公安部门经过测量得出的范围数据。梅和勇知道这个数字，但这并不是他的极限。唯一的问题是——雷小越。

以他本人的意思来说，这个小孩杀了也就杀了，可惜发布任务的人不这么觉得。

每一次，发布任务的人都会用烙铁把信息烙印在他的脑子里，单纯是比喻。因为那种痛苦与烙铁很相似，留下的是赤红色的准则、纹路，无法绕过。梅和勇的每一个念头都被这个信息管辖着，好像他的上司——那个傲慢自大的人就站在他脑子里，对他的每一个念头评头论足，鞭策他去完成任务。

只有梅和勇试图完成任务的时候，脑中的烙印才不再鸣响。

有的时候梅和勇会思考，如果自己的脑浆也能够再生，是否可以通过神经网络的破坏与重建来摆脱镣铐。但另一条刻在意识中的准则就是尽力保护自己的生命和头脑，让他无法验证这个想法。读过的生物学知识让梅和勇认为，自己的高速代谢再生无法复原精密的神经系统，不过试一试也没有坏处，毕竟自己现在能失去的东西不多。

少数能保留的东西，就是他读过的书，知识对于一个特工来说是很有用的。虽然控制者磨灭了梅和勇的过去，但对他读过的所有书以及获得的知识网开一面，让这些信息可以在他的头脑中罗列整齐。但这个方法略有瑕疵，梅和勇能回想起自己以前每一次读书的残片，最开始的时候是在一个人的膝盖上，白色的布封面，是一本医书。自己的培养人或许是个医生？

梅和勇通过不停阅读的方式努力在头脑中留下一连串坐标，而操纵玩偶的匠人和他有着心照不宣的默契。梅和勇清理完目标后，会找一些文字来读。他模糊记得夜晚灯光下的飞蛾，他活活掐死某个女人，享受快感的同时拼命寻找周围的文本。电线杆上的广告，他一边吸收甜美的生命一边记忆北九州市最甜美的蛋糕是什么。

于是他记得：胶皮手套上沾满鲜血——突发性威尼克脑炎；祈祷后的沉默——新罗马的"公共信仰"政治团体；尖叫、哭泣与求饶——死者的自传，硅谷科技传教士与即将到来的能力产品时代……

一系列谋杀定义了梅和勇的过去，于是他成了一柄血锈遍身的刀。

而这一次，他会记得什么呢？

自己会记得《江南地图册》和其中沧江市的章节，以证明自己来过这座富庶安详的城市，他意识到自己正在读墙上的洗手要诀和"不要在公众场合谈论病人的病情"……

雷小越躺在病床上，还挂着吊瓶。

"挂完再休息两天，就没事了。"医生畏缩地说。

"谢谢。"梅和勇握住他的手，对方的手干燥冰凉，注重卫生和整洁，是个好医生。他们看惯了生死，才更努力维护自己的身体，令人敬佩。这让梅和勇几乎有了怜悯之心。

那个有着心灵感应功能的挡路人，我知道你能看透我的脑壳，但我要做的事很简单。

梅和勇抱起雷小越干巴巴的身躯，把他放到轮椅上，就像之前曹敬制造的幻象。然后他推着轮椅一路走向电梯，准备到楼顶。

他做了简单的逻辑推断：

一、如果不理会这个人，带着雷小越离开医院，我现在是否能够离开沧江市？

答：对方作为信息收集方向的进化者，已经获取到了自己的信息。若放他离开，自己必然会被官方暴力组织截获，因此必须在离开之前解决这个莽撞愚蠢的家伙。他头脑发热，竟单枪匹马来阻截自己，可谓是最佳的机会。

二、在对方占据信息优势的前提下，如何发挥自己的能力优势？

答：化劣势为优势，我的一切策略都将是堂堂正正的阳谋。雷小越将被我安置在顶楼，而我在安置他后逐渐展开自己的能力。整栋大楼都将成为我的猎食场，无远弗届，成百上千，所有的人都将被公平公正的衰竭旋涡席卷，无人能够从中生还。你能看见我在想什么的话，小子，来试试阻止我吧。

三、我的致命弱点是什么？

答：别想套出答案，小子。连我也不知道这个答案是什么。

四、我在内心深处期待什么？

答：你说呢？最原始的斗争心？进化者与进化者之间的对决？以压倒性的优势将你吞灭，以此证明我是强者，在你之上的能力者。告诉你吧，孩子，我们每一个人——这个世界上所有的猎食者，都在彼此狩猎，或心怀狩猎的冲动，就像此刻的你我一样。

曹敬带领着明郁江穿行在科室和走廊间，目标非常清晰，他已经有了思路明确的计划。

"他会坐电梯上楼，去天台楼顶。"

二人站在电梯门口，一人抓住电梯门的一边，互相借力，将厚重的金属滑门强行拉开。借着走廊上的灯光，他们能看见钢丝绳和电缆悬挂在钢架中间，低头时可以看见缓缓上升的电梯。

"电机房在楼顶，我们没有时间去关闭总电源。"曹敬用电工的视角在黑暗的电梯井中观察缆线的颜色和标号，然后伸出手拽过其中一根，一只脚踩在底端。"把它打断。"

明郁江缩起脑袋，握住手枪，凝神瞄准两秒，然后扣动扳机。

巨大的枪声在电梯井里回荡，曹敬听见弹壳一路下坠的叮叮当当声。

"这是主电源线路，备用电源的随行电缆在这里。"他抓住另一根电缆。

在二人脚下，装载着杀手与少年的电梯厢已经中止移动，上不着天下不着地，悬挂在两个楼层之间。

明郁江又开一枪，这一次打偏了，让她不得不补开一枪。被子弹打破的电缆中间，绞缠成簇的软铜丝变形撕裂，只剩下藕断丝连的绝缘外壳。

电源中断，电梯并不会像恐怖电影里那样一坠到底。承受重量的钢缆还完好无损，还有安全钳能够保持电梯的平稳。

"现在呢？我们从上面把液氮一股脑儿倒下去？"明郁江甩了甩被枪的后坐力震得发麻的手。两人的身后堆着两个蓝色小桶，小桶的底下还装着滑轮。

"那样就一劳永逸了。不过很可惜，并不能这样。我的那个小孩和他在一起。"曹敬蹲在电梯井门口，皱眉凝视着一动不动的电梯。

"那你想要……"明郁江戴起手套，把液氮桶推到电梯井旁边。

停止不动的电梯内部，梅和勇正试图摸索着推开电梯的顶盖。长年锻炼的敏锐直觉让他本能地感觉到危险。电梯突然停电绝非偶然，他能猜到是曹敬用什么方式切断了电源，而当他推开顶部出入口的时候，一颗散发着热气的弹壳叮当一声滚落进来，落在了地上。

所以，之前的枪声并非幻听。

梅和勇俯身捡起弹壳，在黑暗中用触觉分辨了一下型号。制式手枪弹壳，但从变形的程度上来说，有人在弹头上刻下了痕迹，让它变成了开花弹。

有枪……为什么之前偷袭的时候不用呢？无论是什么解释，都令梅和勇感到不快。

一滴水落在他脖子里，针刺一般的痛感。梅和勇反应非常快，立刻合上了电梯顶盖。但更多的"水滴"从缝隙里渗了进来，很慢但却精准地侵蚀着梅和勇的肌肤。他觉得自己好像是一块磁铁，将这些冰冷的"水滴"吸引过来。

冷冻……液氮吗？确实是致命的武器，但这还不够杀死我……

梅和勇将雷小越抱进自己怀里，用高大的身体保护他，严酷的寒冷正在不断侵蚀……这不是一个单纯的计算比热容的问题，而是温度骤降破坏人体细胞的问题。细胞液转瞬间急冻成冰，而冰的体积比细胞液大，尖锐的冰刺将细胞膜撑破，互相碾压……大面积的坏死发生在每一处被液氮触碰的肌肤。

梅和勇轻轻一抹，脖子上就落下一片僵硬蜷曲的皮肉。最骇人的是伤口居然没有血流出，反而能看见晶莹的血晶和白霜覆盖在伤口表面。

这个曹敬，真的不把人质的性命当一回事吗？

梅和勇把手指插入电梯门的缝隙，强行拉开。嘎吱嘎吱的响声中，外面的光透了出来。想要坐电梯的人惊恐地聚在电梯门口，这些都是被枪声和警报惊动的患者和医护人员，接着他们看到一个昏睡的小孩被托了出来。

然后，一个满身是血和白霜的人从里面爬了出来。

"这是什么呀！"有人惨叫道。

无色的液体细流像是一条蛇，缠绕在梅和勇双腿上。这条透明澄澈、嘶嘶作响的液氮蛇沿着他的膝盖一路向上，缠绕在杀手的躯干表面。他的外套发白、冻结，裸露在外的皮肤瞬间变成紫黑色，看上去就像是被神明施下了某种诅咒。热量……超高强度新陈代谢散发出的热量和寒冷互相倾轧，以杀手本人的身体为战场，沸腾的液氮白雾甚至蔓延至数米之外。

梅和勇阔步闯入人群，一只手捞过一个男子，在对方的尖叫声中大口饱饮生命力，然后将残渣往身边一丢。这次是毫无保留的吸吮，猎物几乎在一瞬间丧失了血色，木头般倒在地上。杀手呼出一口焦灼的热气，脸色不正常地红润起来。

哐的一声巨响，有人从顶部开口跳到了电梯里。梅和勇转过头去，看见黑色外套包裹着瘦骨嶙峋的曹敬，他正目光炯炯地从电梯里爬出来，手中还握着一柄手枪。这一瞬间，梅和勇感觉到的是同等级猛兽的压迫感。

野兽与野兽之间的徘徊和角斗。

曹敬看了一眼倒在地上的尸体，抿起嘴唇，举起手枪，以标准射击姿势瞄准。

梅和勇在意图跨前一步突袭曹敬的瞬间，意识到大量液氮流体正包裹着对手。

透明澄澈的液氮伏行于曹敬脚下，从他靴子中间流过，灵活的致命溪流毒蛇般盘绕在心灵感应者身边，大量的液氮蓄势待发。若他进入对方的攻击圈，会在数秒钟内被完全封冻。这是一个量变引发质变的问题。

在他迟疑的一瞬，曹敬开枪了。

好像被击中的一瞬间，梅和勇才听见枪声，巨大猛烈的冲击力令他翻身倒地。

"不是致命伤。"曹敬调整了一下姿势，后坐力令他双手发麻，这是他第一次真枪实弹地射击。杀手的神经反射速度在他之上，必须抓住对方露出破绽的一瞬开枪，曹敬才有把握击中他。

之前梅和勇看似狼狈，却训练有素地保持着身体的平衡，随时能够转入闪避或进攻状态。曹敬一直在观察他的精神状态，就在杀手意识到液氮的存在，有所迟疑的那一瞬，他的身体才处于僵硬状态，自己只有这一个转瞬即逝的空当。

倒在地上的梅和勇想要爬起身，曹敬瞄准他的头又开了一枪。

眨眼。

黑洞——逐渐停止转动。

眨眼。

曹敬吐出一口气，活动了一下手腕，浑身有一种脱力感。地上黄铜弹壳滚来滚去，让他想起了令人不快的往事。他逼迫自己不去想那些，把弹壳捡起来，塞进自己的口袋里。在他身后，明郁江提着一只小桶扑通一声落到电梯里，姿态如猫般优美。小半桶液氮嘶嘶地在桶里沸腾着，等待着主人的召唤。

"死了？"

"失去活动意识了。"曹敬摇了摇头，"死亡的前兆，大脑机能被破坏，再强的再生能力也不可能将脑部神经网络再生，这是医学上的生物全息细胞也无法做到的。"

"什么是全息细胞……算了，等回去再说。"明郁江把地上的雷小越抱起来，感叹道，"就是这个小孩吗？"

"是，就是他。"

"唉……"明郁江叹了口气，"你说他家里人都出事了，那以后他要怎么办呢？和我们一样变成孤儿了呀。"

这就是命吧。曹敬没把这句话说出口，他用手背试了试昏迷少年的额头，还有点儿发热。

如果我早点儿去到他家，会不会……能不能阻止这场灾难的发生呢？不，没有准备就和杀手狭路相逢的话，我也会死在那里吧。

"我们能做的事是有限的。"曹敬疲惫地说，与其说是安慰明郁江，不如说是说服自己，"吴晓峰的人或许马上就要到了，医院里又死了人，处理善后又是大麻烦……"

在这一瞬间，曹敬庆幸自己还握着手枪。奇异的情感波动卷来，他意识到明郁江眼神有异，然后便在女孩的瞳孔中看见了怪异的倒影，手指一紧，他在半秒钟内转身扣动扳机。

就在他身后，满身血污的梅和勇重新站了起来。

横飞的子弹打中了他，但只是令他连连踉跄，直到曹敬把一匣子弹打完，梅和勇依然站立着。

几近停转的黑洞重新开始活动。曹敬深深皱眉，他之前确实感觉到杀手的思维停止了——莫非只是暂时失去意识？梅和勇的头皮被子弹掀开了一半，露出可怖的白骨，在汨汨流动的血浆与破碎的皮肉中，曹敬惊异地看见弹头镶嵌在头骨表面。不可置信，他从未听说过有人的骨头能强硬到子弹都无法击穿。

明郁江只比他反应慢了半拍，高跟靴一脚踢翻了液氮桶，令潮水般的超低温液体向杀手涌去。

一声野兽般的咆哮在走廊中响起，杀气满盈，梅和勇没有选择硬拼，反身撞开身边的病房门，纵身闪入其中。半秒钟后，玻璃窗被打碎，他跳窗了。

"逃走了吗？"

"不，他没有逃走。"曹敬合上一只眼睛，"他暂时放弃了雷小越……有麻烦了。"

两根手指卡在窗户边缘，承载了杀手全身的体重。半秒钟后，他移向下一排窗户，蜘蛛般在医院大楼的外壁上爬行。

夜色为他提供了良好的掩护，梅和勇的动作精密、有力、柔软，但任何人都能看出他每一次纵跃中蕴含的暴戾与野性。破碎的过往和记忆，没有完整的人格，操纵者只给他留下了近似野兽的天性。受伤的野兽是最危险的，险些被子弹掀开脑壳的杀手，正杀意凛然地寻找出击的时机。

杀手跃入病房，三张病床、两个陪护，小小的房间里有五个生命聚集在这里。梅和勇阔步前行，反留下五堆逐渐熄灭的余烬，他摘下几袋葡萄糖溶液，撕开一饮而尽，不断高涨的生命力令他亢奋。

曹敬和他的同伴没有办法阻止自己。梅和勇在昏黄的灯光下露出狰狞的笑容，现在雷小越成了对方的包袱，恐怕他们现在正在苦恼要怎么办吧。

曹敬伸手搭住明郁江的肩膀，示意她停下脚步。两人正在向皮肤科室移动，以取得液氮补充。此刻的医院走廊显得十分寂静，应有的医务人员的说话声、病人的咳嗽声、移动病床的声音……都消失了。只有医院的保安茫然寻觅的脚步声从很远的地方传来。

曹敬手指收紧，示意她准备好迎接杀手的到来。明郁江微微弯腰，机敏地扫视四周，随时做好闪躲的准备。

嘎吱一声，并非明郁江猜测的突袭，梅和勇就在十几米外，不急不缓地推开门，直面二人。郁江觉得曹敬的脖子上好像有一根筋耸动了一下，脸上青气一闪而逝。

杀手抓着一个不知从哪里掳来的瘦弱小孩在走廊里正面对峙两人。他将小孩的身体平举起来，像是举着一个盾牌。

明郁江把雷小越轻轻放下，握着枪的手在发抖。她没有把握在这个距离击中梅和勇而不伤到他手中的人质，而且梅和勇之前表现出的强大再生能力令她怀疑子弹到底有没有用。

曹敬微微扭了扭头，似乎在阅读梅和勇的脑子里到底在想些什么。

杀手不惮把自己的全部战术都摆在台面上，梅和勇将要放手屠杀，观察两人在重压下的反应……以此让他们失态，露出破绽。他把这些恶念肆无忌惮地展示在他们面前，以坦然自若的恶行压迫这对青年男女。

曹敬身上有一种软弱性，杀手从他的一系列行为中闻出了这一点，他为了保护他人甘愿以身犯险，而且他故意用一系列看似冷酷的手段来掩饰这一点。梅和勇看穿了这一点，于是他把难题抛给了曹敬。

你会做什么样的选择？自我牺牲？放弃那个孩子？困兽一搏？你的冷静现在还能发挥作用吗？

你不是真正的野兽，我们都知道这一点。放手选择人性吧，至少你还有机会救下一个孩子。我们交换人质，把枪给我，然后我就离开这里。你知道的，我不会伤害我的猎物。

"把你们手里的小孩给我。"杀手道。

梅和勇把手中人质的脖子逐渐掐紧，将那个小孩的脸转向二人，让他们能够看见小孩的脸色逐渐变得青紫。

"把他给我。"杀手继续加压。

杀手等待着曹敬做出反应。同时他在揣测明郁江的能力到底是什么，他知道曹敬的精神感应，但是这个看上去一脸紧张的女孩子却让他不敢轻举妄动。

液氮？她能做到什么地步？枪握在她手里。她的液氮呢？那只桶不在了，她现在只能使用手枪了吗？

曹敬？

幻觉。梅和勇陡然惊觉，他想起之前曹敬曾经短暂地对他造成过精神暗示，让他产生了视觉上的幻觉。他站在那里一动不动，实在太可疑了。

杀手屏息凝神，感受空气的流动。

在这里！果然是幻觉！曹敬从侧面摸过来了！

梅和勇眨眼，摆脱幻象，他看见身着海军大衣的青年从侧面一掌击向他的脖子。

"抓住你了！"

露出破绽了！小兔崽子，我要把你扒皮拆骨，嚼碎了吞下去——在这种至近的距离被我抓住，和我产生身体接触，你会死！只要三秒钟，你就会变成一具没有任何生命存在的干尸，血液干涸、凝固。我要让你的心脏变成鼓囊囊的橡胶，眼球干瘪下去，像是塑胶的玩具、被蜘蛛吸干的昆虫，你的内脏会变成风干的猪饲料，我要你——死！

巨大的恶意和快感席卷全身，梅和勇松开手中的小孩，抓住曹敬的手腕，两人在这一瞬间肌肤相触。

"抓住你了。"

声音不对。曹敬的声音不对。

梅和勇在这一刻做了一个错误的判断，他扭头看了一眼明郁江站的地方。在那里，他看见曹敬握着手枪，正瞄准他的头部。

明郁江的手掌贴在他的脖子上，另一只手灵蛇一样绕过他的手臂，轻柔地按在杀手的心脏部位。梅和勇只觉得有万钧铁锤般的冲击直击心脏，然后他听见身体内部传来了某种声音……两秒钟后，他意识到自己的心脏被撕开了。

血液……

我的心脏……我的心脏……

手脚几乎瞬间失去了力气，他看见明郁江伸手按住他的头，一只手放在额头上，另一只手放在后脑，紧接着柔软的触感传来。

"怎么会……"梅和勇发出不甘的嘶吼。

"再见。"女孩吐出两个字。

仅在试想中可行的人体破坏技术——将有限的液体操作能力运用在脆弱的人体器官内部。哪怕是明郁江目前只掌握了低强度的能力，也足以摧毁一个人的生命。

在曹敬看来，明郁江的突击好像前后用了十几秒钟。但从女孩侧面突袭到她一掌破坏梅和勇的心脏，再到最后头部的致命一击彻底破坏了杀手的大脑——这一系列动作其实仅用了三秒钟。明郁江动作利落轻快，在生死一线之间，本来就卓越的运动天赋更为凸显。

杀手在地上抽搐了两下，鼻孔中流出鲜血，不动了。

"我……成功了？"女孩转头看曹敬的表情，在得到确认后扑通一声坐倒在地，双手开始发抖。

"心脏和大脑同时被破坏，哪怕是他这样的怪物也不可能再爬起来了。"曹敬长长叹了一口气，摸了摸雷小越的脑袋。命途多舛的少年还处在深度睡眠中，他不确定杀手用的催眠药物有没有什么副作用，不过之前的过敏症状倒是已经消退了。

明郁江按住自己发抖的右手，长长地做了几个深呼吸："我……杀人了。"

"不是你的错。是我的错，你被我牵连进来而已。"曹敬揉了揉她的头发，梅和勇的尸身躺在二人脚边，不仅仅是鼻子，杀手的耳朵里也开始流出血水。曹敬觉得明郁江好像把他的整个脑子都绞碎了。

曹敬蹲下身子，仔细观察了一会儿梅和勇，这是他第一次如此近距离地审视杀手的面容。

很难说他到底有几岁了，从最明显的皮肤光滑程度上来说，曹敬觉得杀手或许三十岁不到。但法令纹和抬头纹，又令他觉得死者是五六十岁的模样。

变容。而且还是直接操作面部肌肉走向的变容，会巨大地改变一个人的面相，曹敬最后不得不放弃推测对方年龄的想法。

真正吸引曹敬的，是梅和勇临死时的眼神和表情。与其说是愤怒，倒不如说是惊讶居多。

你现在有什么感受？曹敬忍不住问自己。空虚？沮丧？愤怒得到缓解后的短暂安详？

都不是。他和想象中的梅和勇继续对峙，注视着已经失去光泽的双眼，曹敬能听见他胸腔里那个破碎的心脏还在顽强地跳动，尽忠职守地泵着血液，试图将自己修补回来。但那种冥冥中的能量，那惊人强盛的生命力，如同筛子里的水一样迅速倾泻出去。

没有用的，曹敬想，心脏并不是最大的问题，最大的问题是你的大脑。大脑皮层被破坏后，你会丧失记忆能力、逻辑能力、感情能力，甚至对肢体的控制能力。哪怕你顽强地修复了自己的肢体，你也会变成一个无知无识的植物人。他们会在榨干你不多的残余价值后将你丢进死刑室，用毒剂给你一个痛快——让我来说的话，还是死了最痛快。

他的头骨。曹敬忍着不快看向之前被自己打破的地方，他用手指拨开湿软破碎的头皮，看见惨白的骨头和里面嵌着的弹头。

很奇怪。

曹敬不太确定是不是自己头脑中的压力让自己对颜色的分辨出了问题。但梅和勇的头骨，色泽和正常骨骼不太一样，好像掺杂了某些金属，抑或是覆盖了一层薄膜。

不过曹敬知道格斗家的骨骼形态和常人不同，手脚、肋骨……会比常人更为粗壮。因为在不断的锻炼中刺激骨骼再生，会让人体形态后天发生改变。而梅和勇这类再生能力百倍于常人的怪物，其身体结构与常人不同也是很正常的事。

曹敬这时候注意到一件无关紧要的小事，他从杀手的眼球反光里看到一张奇怪的脸，这张脸他很陌生。

他看见了自己的笑容。

我在笑吗？

曹敬伸手摸了摸脸，自己确实在笑，但自己明明感到非常悲惨：破釜沉舟地解开了自己的封禁，目睹了多人死亡，怀着沉痛的决心使用了超出自己能力范围的精神技艺，并以此彻底摧毁了危险的进化者杀手。我此刻应该去安慰自己的女友，去安置被解救的孩子，去报警等待吴晓峰的人到来，等待有关部门的人把自己关押起来……最不应该做的，就是蹲在这里，看着死去的杀手窃笑。

为什么在笑呢？

仿佛是梅和勇在问，这个践行弱肉强食和丛林主义的精神病杀手正不怀好意地哂笑着说：你我都知道，你为何在发笑。别转过身，别让你单纯可爱的女友看见你脸上的笑容。不然她就知道了，知道你本质上与我相同——

曹敬把手指轻轻按在死人的嘴唇上，示意他住嘴。幻听是精神分裂的早期症状，曹敬认为自己应该寻找专业人士的帮助，不要再使用自己的心灵感应了，已经太过头了。

但有一件事必须承认。

曹敬俯下身，极低地俯下身，凑到死人汩汩流血的耳边，轻声道："是的……我是因为战胜了你而发笑。"

不是因为践行正义，也不是因为终于得到了安全，而是因为一个进化者战胜了另一个进化者，将你摧毁、踩躏、撕咬、破坏殆尽。名为曹敬的进化者站在强者的尸体上，终于确认了自己的强大。猎食者通过捕食同类，来确定自己站在食物链的更高处。曹敬的笑是发自内心的，强者俯视弱者的笑。

"起来吧，找个地方休息一下。"

蹲在地上的明郁江被曹敬拉起来，他面色疲惫，用手指抠了抠项圈，和她拥抱了一下。两人的身体互相慰藉，在险象环生的危机后，通过彼此来确认自己还活在这个世界上。

"我到现在才开始害怕……"两人抱着温存了一会儿，明郁江苦笑着脱出身来。

"我在这里看着尸体。你带着小孩到楼下去，待会儿吴晓峰来的时候，你把小孩交给他。"曹敬觉得雷小越好像快要醒过来了，而他现在没有心力去面对醒来后的少年，他不想亲口对他说那些残酷的事，至少不是现在。他想独处一会儿。

明郁江把雷小越扛麻袋一样背到了背上，下楼去等内务部的人赶到。曹敬找了把椅子坐下来，手里还握着那把手枪。他怕待会儿保安之类的会来破坏现场，而且如果梅和勇还有接应的人手，那些医院里的地头蛇，或者别的同伙还想来这里捣乱，他凭这把手枪也足以……

他想要休息，曹敬坐在椅子上睡着了。

大概也就眯了几十秒吧，曹敬再睁开眼睛的时候，发现了一件事情：

梅和勇的尸体不见了。

曹敬眨了眨眼睛，在恐慌还没来得及涌起的时候，他发现第二件事：

握在手里的手枪不见了。

这时候，恐惧感才姗姗来迟。

"睡醒了吗？"

一只手抓住了他的手腕，曹敬瞬间如坠冰窟。他转过头去，死去的杀手如恶鬼般的面容正在对他僵硬地微笑。

不可能！

是梦，是噩梦，一定是我精神感应消耗太多，现在我只是在做噩梦……只要醒过来……醒过来就行了。

曹敬浑身发抖，想要掐自己的腿，但浑身上下的力气已经迅速消散。这是他第一次体验到梅和勇的衰竭能力，好像自己浑身上下的骨头都被抽走了，使不上劲儿。

"别费这个事了。"

杀手一把把他拽起来，恍若无事地把他拖行在走廊的瓷砖地板上。曹敬极力挣扎，却无力反抗。死人的力气大得出奇，甚至还有闲暇哼歌。

"目击众神死亡的草原上野花一片……远在远方的风比远方更远……"

曹敬咬着牙再度使用精神感应，却像是撞上了一堵墙。这时候他突然明白了，明白为什么死人会爬起来重新行走。

"你不是梅和勇……你是那个操纵他的人！"

"还不错，反应很快。我没想到会有第二个罕见的精神感应者出现，让我们最好的杀手也死在这里。"

"梅和勇"把曹敬拖进电梯里，然后按下了顶楼的按钮。

到底是怎么做到的？曹敬拼命思考，这个把梅和勇当作提线木偶一样玩弄的操纵者居然能够操控已经死去的杀手……是的，梅和勇的身体还没有死，还在苟延残喘。虽然他的大脑遭受了严重破坏，其人格和思想已经完全消失，但这个人能够进入与植物人等同的梅和勇的头脑，接管他的身体，最可怕的是甚至接管了他的能力……

"别想了，我也是在做好事。你知道吗，你不该把梅和勇的尸体放着不管的。你应该用一把刀把他的头砍下来，心脏挖出来，用钻机从他的太阳穴里钻进去，直到他脑壳里的所有东西全部喷出来。他是一个黑洞一样的炸弹，失去了思考能力，他会变成只懂得猎食的野兽。遵循本能，吸吸吸，直到他身边所有的生物全部死绝为止。若不是我接管，你、你的女友，以及这家医院里的所有人都会死。这就是他最开始被设计的能力，哪怕死也会带着身边所有的证据一同去死。"

碎片逐渐拼接起来。曹敬意识到一件事："你的目标是吴晓峰……"

"不。"

电梯门打开，傀儡拖着曹敬走出电梯，向楼梯间的方向走去。

"对我来说，我的目标是你。"

"梅和勇，这是他现在的名字，不过在这之前我通常叫他水蛭。不是我给他起的名字，在我认识他很早之前，就已经有很多人这样称呼他了。水蛭是一种很可爱的动物，以前西方医生用水蛭给人做放血疗法，缓解压力，排出毒素。很有意思，是吧？我们使用梅和勇也是一样的，把他放在需要的地方，然后他就会把那些有害的部分去除。或许不该让他来做这个的，但其余外勤都在做别的……"

曹敬头晕目眩，神志迷离。一方面被行尸杀手吸走了太多力气；另一方面是因为他的头脑还沉浸在副作用中。

之前他憋着一股劲，超极限地运用自己的感应能力——甚至是在束缚器的压力下。在他确认杀手死亡后，他放松了，大脑不再维持峰值能力。而在松弛了短短几分钟后,想要重新紧绷起来,这太难了。

"哦,还在挣扎吗?明明知道自己已经完蛋了,真可爱。"

杀手将他一路拖行,在楼梯间里一路攀升,曹敬浑身上下的骨头被冰冷的台阶硌得生疼。老台阶上甚至还有两道棱用来防滑,这更加增添了他的痛楚。精神上的疲惫和肉体上的痛苦令曹敬几乎要昏迷过去,身体在央求他放弃反抗,哀号着让他昏迷过去,从持续不断的剧痛中逃开,但仅存的理性让曹敬强撑着不断挣扎。

"在战争年代,成百上千的人会被十几个人压制。很不可思议,是吧?都是职业士兵,却一个个引颈待戮,就像是被吓呆了的兔子。明明齐心协力的话就能够冲出去,但很奇妙,我读那些大屠杀的故事,他们就这样毫无反抗地一个个走上前去,倒在自己挖的坑里。明明知道自己要死了,却毫无反抗的意思——你知道这是为什么吗?"

丧失自我的杀手侃侃而谈,用曹敬的手枪瞄准天台的门,歪歪扭扭地开了两枪,然后用手穿过破洞拧开了把手。

"因为他们丧失了士气,失去了求生欲望。他们的组织结构被破坏了,于是从军队变成了一个个失去了反抗能力的个体,再也无法与有组织的战士对抗。于是他们决定放弃了,哪怕知道自己马上要死了,也不想再反抗。不是心甘情愿吻别窝囊的这一世,祈祷下一世会降生在更有运道的人家。最后……砰!砰!砰!"

杀手抓住曹敬的衣领,用巨大的手劲把他丢到天台的水泥地上,后者打了几个滚,呼哧呼哧地试图站起身来。

"我欣赏你顽强的战斗意志。不过你也知道,对于我们来说,意志力,嗯……一个小把戏。可敬,但也仅仅是可敬。"

砰!

不是枪声。曹敬以为他开枪了，自己中枪……几秒钟后他才意识到，这个响声是在他脑子里响起的，而被打中的也是他的意识。曹敬丧失了几秒钟的思维能力，对方直接在精神的层面上给了他一拳。

"很不错。在这样油尽灯枯的情况下，还能撑着没散架。行吧，做做思维体操，重整旗鼓，我给你一个被我再一次打趴下的机会。来吧，开动你的脑筋，思考你现在还能怎么办。"

无论杀手背后现在是谁在控制，曹敬心想，他都是一个熟练的心灵感应者。这个多嘴多舌唠唠叨叨的贱人说得一点儿都没错，思考是精神感应者最好的热身和体操，重建逻辑思维是恢复气力的第一步……但在身心俱疲的此刻，他只能尝试着组织自己的思绪。

"你的目的，是把我做成和梅和勇一样的傀儡。"曹敬勉强用一只手臂撑起自己的头，满身虚汗地试图坐起来。"像之前那个被控制的内线一样，梅和勇死了……但你的任务依然要完成，所以你选择了身份特殊的我。只要你能够通过精神暗示控制我，我就能够不受任何人怀疑地把雷小越带出沧江市……"

他分了好几次才断断续续地把话说完，然后才意识到自己不必用嘴说的。那个操控者一直在用传心和他交流，用嘴说话只不过是徒费力气。

"不错，我们有了一个好的开始。"

又是一拳。

"你的身份非常适合。不仅仅是雷小越的教育负责人，更关键的是，吴晓峰信任你。你还有个令人羡慕的姐姐——官方的战略级。这简直是命运送给我们的礼物，不好好利用，就辜负了水蛭付出的代价，不是吗？继续，请。"

疼痛散去了一点儿。

"……你在附近吧。"

没有回答。

"不会超过一千五百米。"曹敬强撑起自己乏力的身体,脖子连支撑头颅都如此困难,他依旧艰难地辨别了一下方向,然后把头转向某处,"你在那里,用望远镜看着这里,对吧?向你打个招呼?"

没有回答。

"想知道为什么我知道吗?"

"不错。我小觑你了,吴晓峰的徒弟。"

或许是错觉,曹敬看见远方某处的楼顶上有一闪而逝的反光。他想看清那人的身形,然而距离实在太远,甚至连到底有没有人都分辨不清。

"梅先生在医院里大闹一通,其间我一直努力跟上他的大脑。虽然我很不成器,但我也是受过训练的心灵感应者。你寄生上来后,我和你的'感觉'碰触过了,所以我确定了一件事,那就是在之前的骚乱中,梅先生的头脑是'干净'的。"

我正在扭转局势。曹敬突然明确地意识到这一点。

"他死后短短两分钟内,你接上了他正在死去的身体。以他支离破碎的大脑为终端,并以他为中转对我进行精神攻击。我相信你们是两人一组行动,梅先生不知道你在监视他,而你负责观察并遥控他的一举一动,以防这头会自爆的猛犬挣脱项圈,造成巨大的破坏,令内务部这种强力部门注意到你们。"

"很合理。"

不再说废话了。

"以我对心灵感应的认识,能够做到这个程度的精密控制,还能够以他为跳板进行精神攻击——我判断你大约在两公里以内。"

"这个数字令我很好奇,你是怎么得出的?"

"如果换我来做一样的事,虽然这是一个我现在还没有接触过的技巧,但我对自己评估的极限大约是两公里。"

"你就这么相信你的'自我评估'?"

"因为我是最好的心灵感应者。"曹敬平静地说,"从天赋上说,世界上最好的心灵感应者也不会比我强太多。在我确定自己的能力类型后,我找遍了有文献记载的心灵感应者的资料和记录,一个个和自己对比……我知道我是最好的那一类。哪怕当年在少训所,我的记录也无人能及。"

"你真是大言不惭。"

生气了。

"你情绪波动了。自控力是感应者的基础。废话太多,证明你控制不了自己的表达欲望,你的态度过于轻慢,抑或是长期压抑导致的病态表达欲望。提醒你一个入门常识,不健全的心灵,力量也是不健全的。"

还不够吗?

曹敬舔舔牙齿,不自觉地笑了:"你知道,我还戴着束缚器。如果公平竞技,我能够完全降服你。心灵的权力是世上最大的权力,我能够改写你的意志,修改你的记忆,把玩你的人格和整个人生——如同你对别人做的那样。"

或许说得太多了。

"这就是食物链,朋友。"曹敬的脖子被杀手的大手掐住,但他依然艰难地说,"这就是弱肉强食,心灵的强权,不是吗?你只有趁这个机会才能够摧毁我,无耻卑鄙的弱者。"

"不是时候,牙尖嘴利的朋友,不是现在。现在我要做的是撬开你的脑门,把我的种子播下,然后抹去我们相会的这一段小插曲,这样水蛭就能够去死。谁强谁弱,至少这一刻,我们是确定的。"

"是吗?"

猛地一拳……不,连续好几拳。坚硬的冲击令曹敬翻倒在地,几度丧失意识。他的意志力正在崩溃,对方凶狠不留情的每一击都打散了他的精神结构。

先是崩溃了一角,然后头脑中的冰层解冻,黑色沸腾的浆液从大地深处喷发。

惨叫声中,杀手栽倒在地,曹敬用最后一点儿宝贵的力气发出笑声。

那个蠢货,竟然真的击溃了我的意志,破坏了我的双重自我,释放了我的痛苦……

暴怒地敲打曹敬外壳的操控者如愿以偿,却被泄露出来的洪水般的痛苦席卷。两人连接在一起,现在……是曹敬抓紧他不放,一同沉入痛苦的深海。

直到失去意识,曹敬都在放声狂笑。

在他昏迷过去后大约三分钟,杀手颤颤巍巍地重新爬了起来,跪在他身边,把手放在他的头上。

在不设防的曹敬即将被侵入的时候,砰的一声在他耳边响起。不是精神冲击,而是真正的子弹。

杀手的胸口出现了一个血洞,过了大约二十秒,高大的杀手整个"垮"了,皮口袋一样倒下。就像是他体内的所有骨骼、肌肉都融化了,随着内脏一起从排泄孔里流淌出来。

穿着防化服的人冲上来,把曹敬从梅和勇最后的遗骸边上拖开,有人用袋子把他装了起来。但更多的人围在梅和勇身边，有人开动了某种电动设备，把杀手身体的一部分小心翼翼地取了下来，装进了冷藏箱。

五百米外的某个楼顶，一名秘书收起了狙击器材，弹头是塑料的浊黄色子弹被小心翼翼地一颗颗放在海绵中间。

同一时刻，五辆黑色轿车组成的车队从沧江机场出发，向市区驶来。

曹敬在接受紧急治疗的同时，病房门外已经有特别反应小组静候了。他们的工作是压制失控的进化者，而心灵感应者是最棘手的种类之一。与此同时，内务部的特使也抵达了病房，气氛一时间颇为紧张。一个个信息在政府部门间转来转去，最后一个从黑色轿车上打出的电话奠定了基调。

临时工作小组的工作在几个平行部门间展开，新的计划被提出，武装警察部门的办公室和审讯室被征用，几位本地著名进化者研究知识分子被秘密请来咨询。在曹敬还躺在病床上的时候，有人取下了他的束缚器，然后换了一枚新的。

明郁江暂时被要求回到大学宿舍，并在得到通知之前不得离开大学校园，直到调查结束才能解除禁足。雷小越处于有关部门的保护之下，目前还未醒转。

至于曹敬——

他梦见了一片大雪。好大的雪。

"咔。"曹敬想伸手揉揉眼睛，却发现自己的手被拽住了，又听见一声"咔"。

然后他意识到自己正躺在一张病床上。

他睁开眼睛，白色的房间——是病房。他下意识想要思考这是医院的哪个病房，但头脑一片空白，之前吸取的医院知识已经烟消云散，只留下浮光掠影的印象。

有点滴挂在床头，曹敬发现自己鼻子里插着氧气管，吸着纯氧。然后他看见自己的右手被手铐铐在床边栏杆上，插着点滴的左手倒是能动。

大脑从混沌中慢慢清醒过来，思考片刻后，曹敬决定再睡一觉，醒来再做打算，于是他睡着了。

再度醒来。

曹敬不太确定现在到底是几点钟。这个病房没有窗，看不见外面，只有白森森的墙壁，上面贴着陈旧发黄的牡丹墙纸。

虽然觉得继续躺下去也不错，但曹敬肚子太饿了。他爬起身，右手手腕上已经勒出了深深的印痕。枕头边上有一个电铃按钮，按下去后大约半分钟，他听见门口有人说话，接着门被打开了，几个穿着常服的军人鱼贯而入。

"曹敬，是吗？"

为首的那人站在床头，平淡地俯视着他的脸，好像曹敬是某种精密而令他好奇的机械仪器，气氛略微有些紧绷。

曹敬叹了口气，道："可以开始宣读了。"

为首的军人从口袋里掏出一只录音机，放在曹敬面前，一字一句地说："据调查，不合格进化人士曹敬，在承诺不再主动使用进化能力后，多次违禁使用能力，破坏个人束缚装置，并造成严重后果。现要求你配合调查，你有主动交代事实、配合司法机关调查的义务。你已经清楚理解我说的话了吗？"

曹敬沉默片刻，道："我清楚了。"

军人按下按钮，停止录音，然后握住他的手，小心地把注射器抽出来并贴好止血胶布。另一侧的人用钥匙解开他的手铐，然后床尾的人打开一个塑料袋，里面是叠得整整齐齐的内衣裤和外套。曹敬一边活动自己的手腕，一边开始换衣服。

"我睡了多久？"曹敬一边系鞋带一边问。

答案是整整三十五个小时。

那个用胳膊夹着他衣服的军人三十来岁，让曹敬注意他的原因是这人是个残疾人。他的左手齐腕断裂了，取而代之的是一个简单的铁钩子，像是童话里的人物。

穿好衣服后，曹敬被带出病房，在大楼里拐来拐去，上了两层楼，最后被丢进一个审讯室里。来来往往的人大多身着制服，他逐渐意识到这里并不是医院，而是武警总部。

"天亮了。"他看着窗外说。

现在是早晨，曹敬面前摆着纸和笔，他一边写书面报告，一边回忆刚才上楼时透过窗户看见的外面的景象。好像昨夜下雪了，院子里、停车场里，地上、树梢上都积了厚厚的一层雪，和他梦中一样，好多人在路上扫雪。他突然非常想念福利院，他想立刻回去和老姜、姐姐，还有哥哥们一起围在桌子边吃饭。热腾腾的汤，热腾腾的米饭，吃饱了躺在床上聊天、打瞌睡、看书。

曹敬合上笔盖，把两页半纸推给桌子对面的三位审查者。

这三个人他都不认识，但身上都透出一股掌控他生死的上位者气息。不过曹敬现在身心平静宁和，数次险死还生让他有一种奇异的超脱感。

坐在最中间的审查者每读完一页就移交给身边的同伴，等到三人都完整看完，短暂交头接耳一番后，中间的人才咳嗽一声，开始说话。

曹敬在这期间已经在内心里给他们三个人起了外号:"大脑袋""国字脸"和"苦瓜"。

大脑袋:"你是在什么时候发现你能够使用能力的?"

曹敬:"前几天。"

大脑袋:"如果你的束缚器出现了问题,为什么不及时向管理部门汇报以及更换束缚器?"

曹敬:"忘了。一开始没注意到。"

大脑袋:"技术部门检测表示,你以前的束缚器在功能上没有问题。"

曹敬:"这个问题不是那么好复现,我这批束缚器是九十一年那一批,有很多都出现了质量问题,有很多投诉记录能佐证。"

曹敬的回答纯属胡说八道,他知道对面的人也能看出这一点。或许自己应该演得更卖力,但他觉得没什么意义。

换人。国字脸上阵。

国字脸其实是个女人,只是脸部棱角非常明显。大脑袋问的问题很好应付,但国字脸问的问题很刁钻。

国字脸:"为什么在你通过传心技能短暂地获得凶手位置的时候,没有立刻打电话报告当地武警部门?为什么不在院外等候救援,而是意气用事地闯进医院?"

曹敬:"意气用事。您也说了。"

国字脸:"你有没有想过你莽撞行事会导致很多无辜群众伤亡?你有没有想过违反纪律会付出严重的代价?"

曹敬:"想过。"

国字脸:"那你为什么还要做出这种事?"

曹敬:"意气用事。"

三人短暂地交头接耳。

大脑袋:"曹敬,你不要这么得意。"

曹敬:"我并不感到得意。"

大脑袋:"国有国法,家有家规。你是市政府工作人员,从小在孤儿院长大,政治背景清白,你几个兄弟姐妹是军人、警察,都是好样的……为什么只有你这么胆大妄为?你难道真的自以为有人撑腰,就可以自把自为,违背工作纪律了?"

曹敬:"不是孤儿院,是福利院。"

大脑袋:"正面回答问题!"

曹敬:"我在做出选择时清楚后果,我愿意承担之后的一系列法律责任。"

三人交换眼色。

苦瓜:"也别这么严肃了。不管过程如何,最后结果是不差的。小曹也是为民除害,见义勇为,孤身和连环杀人犯搏斗,是一个值得嘉奖的事情。他几天没吃东西了,先给他吃饭吧。年轻人,身体是革命的本钱。"

三人收拾了一下笔记,鱼贯而出。不一会儿,有人端了一个不锈钢饭盒进来,放在曹敬面前。

青椒炒肉和白米饭。

曹敬一边估摸这大概是武警食堂的大锅炒,一边狼吞虎咽。米饭下面有一个卷成团的小纸条,曹敬注意了一下摄像监视器的位置,然后才用筷子小心拨开,上面写了一个"等"字。曹敬把纸条丢进嘴里吞下去，然后就着窗外的雪景下饭，风卷残云地把饭吃光了。

过了一会儿，有人把饭盒收走了。

吃完饭后，调查的人换了一批。一名女军官和吴晓峰一同走进房间，双双落座。曹敬盯着那名女军官脖子上的伤痕看了一眼——灼烧，还被利器刺穿过？

"早上好。"曹雪卿说。

"嗯。"曹敬点点头，"早上好。"

"现在房间里都是自己人，所以我就开门见山了。"吴晓峰指了指摄像头，"这东西现在关着……"

"已经失效了。"曹雪卿低头翻着文件，"光学功能不存在了。"

"可以吗？"曹敬扬了扬眉毛。

曹雪卿端起茶杯抿了一口："没人说战略级的能力不会溢出。"

房间里的气氛稍微松弛了一点。

"是这样的。我们现在对你怎么搞死那个梅和勇不感兴趣，你怎么绕过那个狗环也不关我的事。我们感兴趣的是最后你在报告里提到的那个远程传心者。"吴晓峰用了一个很专业的名词——传心者，心灵感应能力中一个罕见的分支。"我要你多陈述一些细节，让我们能够尽快定位到他。"

曹敬在醒来后也曾回想过那个最后现身的心灵感应者，根据他的推断，这个人起码也是对方组织中的高层人物。

心灵感应者是一个需求极大的种类，然而数量上却极为稀少，而且觉醒后也是被监管得最严格的一种进化者。原因显而易见。

如果对心灵感应者完全不加监管，哪怕曹敬自己都会觉得愚不可及。吴晓峰已经是体系内最资深的心灵感应者之一，已经通过行动多次证明过他对国家的忠诚，但他身边也永远少不了复数的监督者。

如果说普通的心灵感应者只是阅读与观察，那么"传心者"就是改写、扭曲、操控他人的心灵，是最让人忌惮的心灵能力者。

"所有的信息我都写在报告上了，没有遗漏的。"曹敬简洁地回答，"其余的，你想看的话就打开我脑袋，自己看吧。"

吴晓峰揉了揉眉头。

"不要有抵触情绪。我们现在不会用那种简单粗暴的方式——我们换个话题吧。这也是你现在会很感兴趣的一个话题……你有没有想过，成为合法的进化者？"

曹敬之前猜到了这件事，但真正听到耳里还是让他为之一震。他把手交叉起来，等待吴晓峰继续说。

察言观色了一会儿，似乎在考虑不用读心术怎么判断一个人的心理活动，然后吴晓峰才接着说："只要你完成一件事，那你的考试就通过了。当年没有拿到的特级认可，恭喜你，现在可以拿到了。"

"什么事？"

"和当年一样。"吴晓峰冷酷地说。

曹敬往坚硬的椅背上一靠，陷入沉思。

"你为什么不自己去做这件事？"曹敬半晌后出声道，"你比我经验更丰富，能够捕捉到的信息也更多，为什么你自己不——等等，你已经试过了，对吧？"

吴晓峰摸出一根烟来，但又意识到曹雪卿就坐在一边，只好尴尬地把烟在桌上碾碎。他一边玩弄四散的烟草，一边皱眉道："我试过了，有一些……技术上的问题。但你和那个人已经交流过了，你记得他的'感觉'，所以我认为你有可能做到。"

"在你昏睡的这段时间里，我们已经做了很多工作。在你醒来后的第一时间，我们就想要和你接触，不然你现在还在审讯部门的人手里。"曹雪卿柔声道。

曹敬还在斟酌,他反反复复地想,姐姐也在推动这件事吗?他理解曹雪卿此举的意图,但他还是感到由衷的愤怒与自怨自艾。为什么我偏偏是一个心灵感应者?为什么我偏偏要遇到这种事?为什么我的人生总是要做出这些艰难的选择?

曹雪卿一直注视着他,她看见曹敬的面色一会儿红一会儿青,但最后她低下头,一动不动地盯着桌上的报告复印件。

吴晓峰敏锐地感觉到室内的气氛有些怪异,他试着摸了摸桌子,却被啪地电了一下。静电,空气变得有些油腻,角落里异样的光线变化……他咳嗽一声,道:"先不急做出决定,你可以再休息一下,或者去院子里散散步,放松一下精神。这个决定不需要立刻做。"

"好。"

吴晓峰按了个铃,有人把曹敬带了出去。

门关上的一刹那,曹雪卿面前的报告啪的一声被点燃了。炽烈的火焰转瞬间将报告烧成灰烬,散落在金属桌上。曹雪卿不停地捏着自己的眉心,半晌才长长吐出一口气。

院子里很冷,但很香。这是品种改良后的白玉兰,曹敬盯着院子里的大树想。之前下过雪,花朵们和风沙混在一起,显得又脏又香。曹敬身边不远处有两个人跟着,不是秘书,但监视的功能是一样的。

曹敬避开车来车往的通道,在树下反反复复地踱步,一圈圈地绕着走,希望自己能够放松一些。最后他累了,坐在树下的石头台阶上,抱着头想事情。

花……

他想起高中的时候，那时候开始有人在街头巷尾卖那种白玉兰的小配饰，用别针把两朵小小的白玉兰穿在一起，很香、很便宜，但又很好玩。在着重改良作物的国家战略级工程"生物技术革命"之后，许多国家规定的观赏植物品种也得到了改良。白玉兰改良了"赏花玉兰"品种，在全国各地广为栽培，一年四季都有玉兰可赏。

那年曹敬十六七岁，刚好是"赏花玉兰"开始推广的时候。街头巷尾人人都戴白玉兰，虽然这个风潮第二年就过去了，但曹敬对这波玉兰风潮印象最深。

他还记得，被一起送去少训所的那天，他坐在车上等红绿灯的时候，有老太太敲车窗，然后塞进白玉兰坠饰来卖。

他买了一对，挂在明郁江的衣领口。

"小没良心。"姐姐拧了他一把。明郁江把其中一只摘下来，越过曹敬，挂在曹雪卿的胸口。

如果能一直那样下去就好了。

曹敬还记得，那些白玉兰又软又嫩，手一揉就碎了，所以得小心关照。白玉兰刚采下来的时候洁白如玉，过两天就开始发黄，然后就逐渐萎缩、腐烂。离开了根的花就是这样，无根之木终究不能长久。

在进入少训所的那一天，曹敬惊讶地发现，他遇见的是同样具有心灵感应能力的孩子们。

那天他见到了吴晓峰。那时候的吴晓峰是个穿着汗衫，气喘吁吁，走路都不方便的大胖子，笑声比今天要大很多。夏天的时候，总是说到一半掏出手帕来抹汗，每次下课后都要去厕所洗手帕，然后挂在电风扇上吹干。

"来，认识一下彼此吧。"

曹敬和其他几位心灵感应者面面相觑，最后，一个稍微有点龅牙的孩子向他伸出手："我叫相阳，我好像见过你。"

这确实不是曹敬第一次遇见相阳，这个有着稀少姓氏的男生和曹敬是同一所小学毕业。从小学开始，相阳就是"邻居家的孩子"。虽然家里很穷，但以刻苦学习闻名学校。小升初的时候摇号择校，他没摇上心仪的民办初中，最终和曹敬就读了同一所公办学校。两人没有交集，但曹敬一直认得相阳。万万没想到，相阳竟然同样觉醒了感应能力。

事后回想，曹敬依然觉得那时候聚在那里的心灵感应者们很不寻常。

一共六个具备特殊潜质的青少年，与其他同期的少训所成员们被分开培训。宿舍在最偏远的，位于山间的"十六号楼"。而教学和培训也都在十六号楼的不同楼层进行，楼前面有一块年久失修的篮球场，篮筐上长满了红色的铁锈。

和少训所其他地方不同，十六号楼边上就是树林，而且已经是靠近山腰的地方了。不远处还有以前留下的防空洞，据说夏天避暑很好。防空洞中间和另一侧是隔断的，这边普通百姓不让进，大防空洞的另外一边经常有市民来乘凉。山上还有一口著名的泉水，每天都有人来挑水回去吃。

相阳在其中是最活跃的一人，曹敬怀疑这是因为他觉醒的时间是六人中最短的。听他自己说，他觉醒感应能力才一个多月，时间还不足让他体会到人与人之间的尔虞我诈和钩心斗角。其余几位少年都比同年龄段的人要成熟许多，打量彼此的眼神中带着一些敌意，除了相阳与曹敬之外。

吴晓峰说所有人都认识一下的时候，只有相阳主动向曹敬伸出手。后来曹敬问他为什么其他人都不和自己打交道，相阳说是因为曹敬身上有一种难言的气场，让他人心生畏惧。

那段时间里，曹敬很多次看见工作人员在周围闲聊的时候对他指指点点，他知道他们在取笑什么。他反复观察自己在镜中的外形，确实有点儿像女生，有些阴柔。而面目——他自己的面目没什么辨识度，倒不如说心灵感应者很少关注皮相。但当他注意到的时候，曹敬发现确实有许多人因为单纯的外形对自己产生某种敬而远之的感情。

或许不仅仅是外形，也因为他那种目空一切的傲慢气度。

"第一课，束缚器。"吴晓峰给他们上的第一堂课出乎所有人的预料，"先戴上这个环，感受一下，然后我们再开始教授心灵和精神的技艺。"

吴晓峰的外貌实在是具有诱惑性，所以所有人都对他失去了警惕心，后来曹敬认为这是某种集体心灵暗示的效果。当六人都戴上束缚器后，吴晓峰让他们"体验"了一下，然后宣布这些束缚器将一直挂在所有人脖子上，直到通过考核为止。

从那时候开始，这副狗环就没离开过我了，曹敬苦涩地想。在那之前，曹敬和每一个孩子一样，认为自己将无所不能。

二十四岁的曹敬坐在白玉兰树下，听见背后有脚步声靠近。这个脚步声已经在他的神经网络中形成了不可磨灭的刺激回路，他立刻意识到来人是谁。曹敬站起身来，面向这位不速之客……

曹雪卿提着一个保温杯站在他面前，她披着大衣，冬天的寒冷对她来说如若无物——某种闪光在她身边闪动，然后整个院子都变得温暖起来。曹敬几乎能听见冰雪在一瞬间消融的声音，他下意识抬起头，白玉兰树上的花苞全部打开了，像是盛开的白玉果实。

之前在审讯室里隐忍的情绪在这一刻迸裂，他走上前去，紧紧抱住姐姐柔软的身躯。这太逾礼了——这个念头闪过短短一瞬，然后他不再去想这么多，只是努力闻她头发的香味。头发冰冷，带着香气，曹敬想剪一束她的头发，做成自己的护身符。

"辛苦你了。"曹雪卿说。

曹敬抱得更紧了。

好一会儿，两人分开。曹雪卿递过装着热茶的保温杯，曹敬喝了一口，皱眉道："好苦。"

"这是弁辰国的山参茶，以前打仗的时候，野山参的生长环境被破坏了，所以现在留下来的不多。"曹雪卿让他把山参片也吃下去，"打完仗，国家才想起来重新恢复山参种植。现在每年采掘都有限额，不过对国家重点人才……倒是不吝惜。"

曹雪卿自嘲地笑了一下，以手支颐，看着曹敬皱眉一口气喝完半杯。

"能够恢复精力，提振精神，很好的。"

山参片……嚼起来是苦的，但是最后却有一股淡淡的回甘。

"你们福利不错。"

"我这次回来带了不少特产稻米，还有椰子汁。"曹雪卿笑起来，"其实我最近大半年时间都在南海地区，住在棉兰岛上，可能皮肤晒黑了一点点。"

"直接送去福利院就好。"

"不是……福利院也会送的。"曹雪卿用两根手指放在自己嘴唇上，"我是说给你吃，送给你的。"

"可惜我住的地方现在已经是残垣断壁了。"曹敬苦笑，"到现在我都没想好之后要去哪里住。"

"这个问题很好解决。"曹雪卿截口道,"总不能让你流落街头吧。"

曹敬有一瞬间微微不快,他觉得曹雪卿对他的生活介入太多了,但曹敬让自己不去想它,笑道:"我自己就能搞定,不必担心。我之前以为你在燕京,没想到刚好相反,跑去最南端了。那边风景如何?"

"很好。"曹雪卿揉了揉脖子上的伤痕,"是个好地方。我住在三宝颜县政府的边上,交通信息都还算发达。那里的饭很好吃,当地鸡肉饭做得很好。"

"咖喱的吗?"

"咖喱很不错。做咖喱的时候要调椰浆进去,而棉兰岛的椰浆品质非常好,当地的咖喱水平也非常高。"曹雪卿接过他手里的保温杯,把剩下的小半杯山参茶喝完。"加上那里气候温和,四季如春,以后可以去度假。我们一起去,把老姜也带上。"

"老姜大概要乐坏了。不知道他在那边有没有战友,他就是喜欢联络那些战友……"

两人坐在椅子上,谈笑了好一段时间。仅仅是和姐姐坐在一起说话,曹敬就感到非常开心痛快。

"关于吴晓峰想要推动你去做那件事,就是去挖掘情报的那个任务。我不是心灵感应者,小敬你实话告诉我,做这种事是不是很难?"

曹雪卿突然转入正题,曹敬愕然,点头道:"确实很难。"

姐姐垂下眼睛沉吟几秒,抬头道:"能做到的话……就尽量去做。但如果你不想做的话,那也没有关系。"

看见她的眼神后，曹敬突然明白了她没有说出口，也不愿意说出口的弦外之音。他意识到之前看似无关的话题其实背后有更深层的理由。

"我知道的。"曹敬舔了舔牙齿，参片的苦味好像还没有散去，"不必担心，有我在。"

再一次审讯，这次换成了之前的三个人。

"你从几岁开始体认到自身具备心灵感应的天赋？"苦瓜脸问，"在你觉醒天赋，到进入少训所这段时间里，你的心态是否发生过大的改变？"

曹敬答道："我想这是很自然的事情。"

"什么是很自然的事情？"

"心灵感应是一种非常严肃的能力。"曹敬说，"它让我能够感觉到别人的情绪，阅读他人的浅显的想法——当然，我那时候还很难做到这件事。但我那时候已经具备了这种天赋，最大的影响就是我能够看穿别人的谎言。而谎言，在我们的生活中出现得实在是太过频繁了。"

这导致了一件事，就是我那时候无法与人正常交流，而且也令我厌恶……人类。

人的社会性是建筑在谎言之上的，如果我们无法撒谎，无法隐瞒自己的所思所想，社会崩溃的速度将比星星眨眼还快。而很可悲，曹敬不得不面对赤裸裸的人性，没有谎言和面具的掩饰，他能看见所有人最真实的面貌，听见他们最真实的声音。

在某些时刻，曹敬会为一些正直善良的感情所触动。然而更多时候，他不得不忍受他人的劣根性，在贪欲和厌憎中踱步前行。曹敬曾认为这就是人的真相：为基因本能所驱使的动物。

繁殖的本能、传递基因的本能演变成了爱；互利性和社会性则是合作狩猎历史的遗传；对故事的热爱则是口耳相传的生存技巧的传承；对艺术、绘画、美的追求则是绘制原始地图、寻找适宜居住点这些技巧的留存……所有的行动，不管高尚不高尚……都有其历史和生物性上的原型。

这些都是吴晓峰在少训所教给他的。

吴晓峰那时候通常都很亲切，在能力培训之外，他还教六个少年一些文化课和思想政治课，讲金蔷薇主义和它在现实中的运用，分析进化者和正常人作为两个不同阶级之间的关系。一共六个人，曹敬经常能感觉到吴晓峰对每一位学生的关注。

相阳的性格朴实而愉快，朝气蓬勃，曹敬心想他被老师喜欢是有原因的。而且有意思的是他还很喜欢文学，曹敬第一次深入接触吕君房的作品，就是相阳给他讲解的。

在这里，每个人对自己的过去都讳莫如深，不去打探对方的过去是一种基本礼貌。然而相阳和曹敬却因为现实里的关系而亲热起来，对方始终忍耐不住好奇心，想方设法地想要了解曹敬的过去。在束缚器的压制下，曹敬不得不和他进行最笨拙的交流——用语言对话。

"我过去是一个'惩戒者'。"曹敬运用了吴晓峰教授他们的新词汇，"我以前用自己的心灵感应去感受他人内心的想法，我惩罚那些我认为有罪的人，令我不快的人……直到我意识到，其实不该为他们心中所想的事而惩罚他们。当我学会宽容的时候，我已经侵犯了很多人。"

"啊?"

曹敬指了指自己的脑袋。"当一个人在脑中思考邪恶事物的时候,他并没有表露出来,也没有在事实上侵犯他人的权益,所以我们不应去谴责与惩罚这些人。但很不幸,我们'知道'他人的'心',当我们存在于人群中的时候,他们的邪念会侵犯我们的头脑,污染我们的思想……这不是我们所能控制的。

"在学会宽容之前,我残酷地对待所有人,就算是他们性格上的缺陷,我也厌恶他们,并把这种恶意转化为行动。课本上写的,'惩罚者'是觉醒后得到力量便践行自身'正义感'的那一类型。"

"怎样的惩戒?"

"我在福利院里长大,而那地方实在不能说很好。"曹敬不停旋转桌上的茶杯,用两根手指施加一个侧面的力,让搪瓷茶缸在原地转来转去。"出身穷困,所以我那时候很容易愤世嫉俗,哪怕有很好的长辈和兄弟姐妹在,依然不是个善茬儿。惩戒,自然是让人吃一些苦头。"

"解释一下。"

"我能看到很多东西。大人心中藏着的东西,哪怕是一闪而逝的、肮脏的、瞬息的、黏稠的……"曹敬睁大眼睛,注视着眼前的审讯者,像是要看透他们皮下的真容。"人是被本能和欲望驱动的动物,而如果你能够看见那些蠕动的本能和欲望……就会发现它们是肉红色的,好像一颗心脏一样,不停鼓动。"

审讯者们没有改变自己的表情,只是室内的气氛更严肃了一些。

"我那时候的世界观非常简单,而且只有两个来源:我的养父教给我的,男子汉的世界观;书上看来的,浪漫的世界观……直到我觉醒之后,我能够看透人心了,于是第三个,最为强大的、赤裸裸的世界观取代了前两者。三者对比之下,让我对世界上的很多道理都产生了疑惑,让我开始怀疑'人'的本质到底是什么?形而上的那些概念到底有没有意义?是否那些概念都只是地球上进化最高级的野兽的幻觉?"

有人交换了眼色,曹敬露齿笑道:"而我那时候决定去当一个握住自己命运的男子汉。我不愿意相信这个世界会这样肮脏,我要试着用我的力量,命运赐给我的天赋去改写人们的思想。"

"成功了吗?"

曹敬没有回答。

"你们悲痛的工作和崇高的志向,决不会就那样徒然消亡。"

曹敬睁开眼睛,看向吴晓峰。后者不置可否地点点头,在笔记上记下一笔,然后瞥向相阳。

少年坐在曹敬对面,努力睁大眼睛看着曹敬。他背后是一块黑板,黑板上写着:天空一无所有,为何给我安慰。

"加油。"曹敬说。

曹敬知道,自己背后的黑板上写的是"你们悲痛的工作……"这句诗。他能够感觉到相阳在徒劳地敲击他的思想,就像是试图敲开贝壳的水獭。这种一对一的对抗,曹敬目前连一次都没有输过。相对他人来说,相阳的力量很强韧,但对曹敬来说,依然不够。

"有一点提示吗?"相阳带着希望说,"我觉得我能读到一半,但还有一半我不知道……"

吴晓峰用笔记了一下,点头道:"你读到了什么?"

"如果你因失去了太阳而流泪……你也将错过群星……"相阳充

满期盼地抬起头,"我说得没错吗?"

吴晓峰看向曹敬,后者耸耸肩,于是考官在笔记本上又添了一笔。

相阳转头看了看背后的黑板,脸色立刻低沉下去。他意识到自己被骗了,但他完全没有意料到,他以为这个考试只是考核绕过对方防护的能力,却第一次撞上这种误导幻觉,他甚至不知道要怎样分辨幻觉——这些心理活动全是曹敬漫不经心地读取到的。

"误导这招很不错。"吴晓峰拍拍曹敬的肩膀,"怎么想到的?我记得我没有教过你这个。"

"对抗训练的时候想出来的。"曹敬看向相阳,自己的朋友脸蛋通红,充满敬意地看着他。他不觉得高兴,只觉得无趣。

同辈的少年们对曹敬来说完全不是敌手,他觉醒得早,运用能力的时间最长,天赋也高。六名少年中,最迟钝的一人在集中精神的时候,只能和曹敬平时的被动式感知相较。这位同伴在三个星期的训练和测试后,拿了一个乙级证书就回家了。

让曹敬感觉到具有挑战性的,只有作为教官的吴晓峰。事实上,他和吴晓峰的差距大到了让他不快的程度。

精神感应者本身是极罕见的进化者,在这个训练所里聚集了七个感应者。在相处的过程中,曹敬发现了一件事:精神感应者之间存在非常明显的"格差"。这个词是明郁江以前教给他的,是夜摩语里的词汇,用来描述人与人之间的阶级差异。

简而言之,精神能力者之间的"上下"特别明显。以曹敬本人的体感,在对抗练习中,他对于一半的同伴能够做到完全压制,另外三人对他来说也完全造不成威胁,他可以轻松绕过他们笨拙的防御,有人甚至完全无法组织防护,窥探他们的心灵,甚至掌握他们运用心灵力量的方式。

而吴晓峰,这位胖乎乎的导师能够对他进行等级上的压制,对他的头脑任意窥伺。习惯了单方面信息优势的曹敬在他身上完全讨不了好,令曹敬对吴晓峰敬恶兼有。

"曹敬!"在食堂吃饭的时候,相阳就坐在他对面,"你到底是怎么做到的?我明明看见那个景象了呀,黑板上的……吴晓峰的笔迹都看到了,怎么会是你制造的幻觉呢?"

曹敬抠了抠脖子上的束缚器,耸肩道:"我习惯了你的探测路径,所以骗过你很简单。"

"怎……怎么能感觉到对方的探测路径?"

曹敬停下勺子,考虑了一会儿,抬眼道:"你的每一个动作,都会留下痕迹。而我……能够感觉到那些痕迹。在你试图进入我大脑的时候,这种痕迹会变得非常明显。而这些痕迹和波动,会让我理解你的模式和逻辑。第一次、第二次,我会观察,第三次开始的时候,我就能够误导你的感官了。"

相阳的表情完全是茫然的。

"所谓吴晓峰的笔迹,实质上是你自己的认知在欺骗自己。我只是暗示了你一句诗,然后你的大脑让自己相信有那句话存在。你以为自己看见了那块黑板,上面还写着吴晓峰的字……"曹敬耸耸肩膀,"作为心灵感应者,你应该学会的第一节课是,大脑并不可信。"

"那……思维留下的痕迹……是什么感觉?"相阳愣愣地问。

"我能感觉到,你感觉不到。这是没有办法的事。"曹敬叉起一块土豆,"这个话题到此为止,深入下去我们都不会愉快。"

他吃了一会儿,感觉对面相阳半天没动勺子,抬起头一看,发现他在流眼泪。

"哭什么?"曹敬皱眉道,"如果哭能够解决问题的话就哭吧。但很可惜，流眼泪对解决问题一点助益也没有。如果哭能让人拥有一份海枯石烂的真挚爱情，我现在就去大哭一场。很可惜，眼泪不会带来奇迹。"

抽泣声没有减小。

"人和人之间，天生就有不同。这是很现实的事情，你很努力，我明白。"曹敬长长地叹了口气，"有的人天生靠父母就能一辈子衣食无忧，也有的倒霉蛋就没见过自己的父母长什么样。而在进化能力上也没什么不同。与其自怨自艾，不如整理心情接受这个事实，让自己过得舒坦点儿。"

"我要……更努力……"相阳低声抽泣道，"我一定会努力追上你。"

"加油。"曹敬端起盘子，"你慢用。"

曹敬对相阳的努力、他的出身和追求并不感兴趣，急匆匆地吃完饭是因为和明郁江约好了。一个礼拜之前，曹雪卿发现后山那条通往防空洞的路很清静。所以午饭后曹敬经常来这里散步，明郁江也会来这里和他相会。

山上竹子很多，他们见过来这里挖竹笋的山民。山道上的石阶也不知是什么年代建的，有的时候老石阶上还看得见碑文。曹敬一路漫步到后山，明郁江已经在那里站着了。

很憔悴。这是曹敬的视角。

明郁江在少训所里受训一个多月以来，看上去越来越憔悴了。以前她是个很外向的人，但最近明郁江的话越来越少，甚至有点儿拒人于千里之外。只有看到曹敬的时候，她才露出一丝笑容。

两人牵着手在竹林间漫步，曹敬知道她这段时间略受挫折，应该是训练没有起太大成效的缘故。他们这一批进化者大多已经觉醒数年，热衷于自我锻炼的人已经将自己的潜力挖掘出来，想要再度拓展自身的能力边界并非易事。

曹敬现在戴着束缚器，感觉不到女生的心情，没办法策略性地安抚她，只能笨拙地把她抱在怀里，亲吻她的额头和脸颊。这些不带欲望的缱绻是她以前很喜欢的，虽然曹敬现在很想与她更亲昵地缠绵一番，然而想起吴晓峰可能会窥私，他就有心理上的不适感。

"我好累啊。"明郁江软软地抱住他，半天不说话，直到曹敬身体一抖，她转头看见曹雪卿站在两人身后。

"小敬，你们那边还要锻炼多久？"曹雪卿的目光刻意绕过两人，"我们的日程可能要错开了，我下一步会有一些选择，可能要去国内其他的训练基地进行专项化的……培养。所以我要问一下你们的日程。"

"你以后会长时间在外地吗？"曹敬皱眉问道。

"说不好，我问过他们，他们说我有一定的自主选择权力，但强烈建议我去跟随一些更为资深的前辈进修。"曹雪卿斟酌两秒，找着合适的措辞，"日后的背景资源也会更好。但完成培训后，我想我还是要回到沧江来的。"

"那很好啊。"曹敬估算了一下自己的进度，"我这里还需要一个半月左右。"

明郁江摇了摇头，没说话。

曹雪卿走到两人身边，用手抓住曹敬的肩膀，低声道："小敬，你的考核我打听了一下，会比较难。你们的考核将会是'实践考核'，项目是进入真实目标的心灵，寻找重要情报。"

明郁江瞪大眼睛，在少训所里，他们从未听过这样的最终考核。心灵感应本身就是复杂而晦涩的力量，他们预料到会是综合性的能力测试，但真的去找一个感应对象过来……这难道不应该是吴晓峰自己负责吗？这也太不……人道了吧？

"听说吴晓峰找了一个杀人犯过来。"曹雪卿冷静地说，"是一个星期前本地警方抓到的外地流窜犯人，有多项案底在身，吸毒贩毒，身上有人命。但不知道到底有多少命案在身……目标是他上下线的名字。"

更为具体的官方信息，曹敬是半年后在报纸上看见的。那个外号叫"方方"的毒贩是在宾馆里被抓到的，当地警方在城外的水沟里发现了尸体，这才寻着线索找到他。死的是个凌晨四点钟爬起来准备进城卖菜的老农民，因为撞见了他们卸货交易的现场，结果被砍刀砍死，丢到水田边上的沟渠里。

顺着驳杂的轮胎印，警方找到了那辆已经重新喷涂改装后的轿车，然后再一路追索，靠大量的走访和调查找到了他藏身的酒店。他带着五公斤高纯度的神经活化剂，来自夜摩。事后海关说他们运输的方式是把活化剂的前置合成物打入"骡子"的血管，溶于血管的工业制剂会让"骡子"的眼珠子里有蓝色的血丝。这是一种极为先进的运毒方式。

等到了内陆，贩毒集团用专业的透析设备给"骡子"们换血，那些透着蓝色液体的血被集中在塑料桶里，用溶剂重新萃取出来，然后在国内进行加工分销。

这些精加工的活化剂不仅能让人飘飘欲仙，还能让人集中注意力。身体的限制被打开，变得力大无穷，无视疼痛，进入新的精神境界——空明、快活，视人命如草芥并扬扬自得。

是的，这原先是一种不成功的军用兴奋剂，原料来自某种非自然的植物萃取，然后制作方法流传到了世界各地的不法分子手中，是当代进化者产品的一个反面典型。

据称,制作这种植物萃取物的进化者目前居住在南共体的大哥伦比亚,大哥伦比亚警方对他恨之入骨,在成功把金蔷薇国这条线连根拔起十四个月后,那人在麦德林大城的一个咖啡工厂里被捕。

这些后续细节是整整七年后,曹敬才从吴晓峰嘴里得知的。

"来见见你的新朋友。"

曹敬的喉咙有些不适,他看着自己的目标被吴晓峰推进来。认出五官的瞬间,他的胃抽紧了。

"天方夜谭……"曹敬低语道,他想起来了小时候读的童话,一只金色的盘子,上面撒上止血的魔法粉尘,最后放上那个头颅,于是它就活了过来,重新开始说话了。

他和梅和勇死去的头颅对视。这颗头颅死去了吗?他现在突然不确定了。

"惊喜,不是吗?"吴晓峰欣赏着他苍白的表情,"把这当作是一份礼物吧。亲爱的徒弟,接受挑战,给我一个惊喜!"

曹敬走到人头边上,小心翼翼地绕着梅和勇的头转了两圈,仔细地观察它的形态。他注意到,这个人头下面有着一层淡淡的红色液体。头颅像是有温度的,近距离的时候能感到汗水蒸发时那种"活人"的气息。曹敬伸手轻轻触碰,皮肤柔软、细腻,和活人毫无二致。

"他到底是生是死?"

"很难说明。"吴晓峰颔首道,"梅和勇的体质异常,在我们检查他身体……残余部分的时候,发现他起码经历过三次大的手术。他全身上下的骨骼有五成被替换过,取而代之的是更为轻盈柔韧的高强度塑料,而上下肢、腰腹部等主要发力的肌肉群同样经过大面积的手术改造。"

"最后杀死他的是生物毒素?"

"是的,头颅是我们当时唯一能够保留的部分。这种毒素会摧毁人的免疫系统,攻击人体细胞并快速增殖,几分钟内将人体侵蚀得千疮百孔。死者的内部组织会化作血水,从皮囊里找到一个出口,奔涌出来……嘿嘿,是以前某个失控的进化者留下的遗产。"吴晓峰用指关节敲了敲梅和勇头颅的顶部,发出"空空"的声响。

"我能够感觉到体温……好像他的血液循环还没有停止一样。"曹敬蹙眉道。他不敢再触碰这个死人的头颅,怕一不当心就彻底摧毁那残存的一缕生机。接着他又绕了一个圈,沿着脖颈的断面观察,好像有一层封蜡一样的东西将它黏合在液体上。

"这头畜生坚韧到了超人类的地步,哪怕受到了致死的重创,他的身体依然在竭力保存生命力……等我们回到这里,把这颗脑袋从冷藏箱里取出来的时候,它下面已经长出了一厘米左右的血管和零散的肌肉纤维……当时我们都吓坏了。"吴晓峰又大笑起来。

"然后我们用高浓度的冬眠酶将它封存起来,这种酶不是来自那位联合王国的圣人,而是国家的自主专利产品。它能够让人体进入冬眠状态,通过调节细胞线粒体的某个开关,保存人体的生命力,让身体在最低限度下运行,如同古代仙侠传说中的龟息术一样。"

在这样的情况下,杀手的头颅在容器中会缓慢地死去,直到他彻底死亡之前,其脆弱的脑部电磁场都可供精神感应者们阅读。

"问题出在这里。"吴晓峰用一根手指挠挠自己肥胖的脸颊,看上去像是在揉一块发过头的面团。"他的精神结构和常人不太一样,如果我要进入破解,那我的'痕迹'就会破坏残余的丁点儿电磁场。

而在那之前，曾经入侵过他头脑的，只有你。"

"以及那个人。"曹敬指的是最后出现的传心者。

"是的。"吴晓峰点点头，"他的痕迹、他的模式，梅和勇头脑中留下的所有东西，我都需要。你能够得到的信息越多，你的分数就越高。明白吗，小子？"

曹敬坐在人头面前，和杀手失去生命迹象的双眼对视了一会儿，然后问了一个问题："你之前提起相阳，你还记得他？"

"当然记得了，那个最后'失能'的小子。对你来说，他是一个重要的推动，让你偏离了我给你设计的方向。"吴晓峰抽出一支烟，用火柴点燃。曹敬盯着胖子手中那个精致的火柴盒，他想起那个本地小小的火柴厂。他知道，相阳小学的周末经常被带去火柴厂，母亲坐在那里干活，他就坐在一边的板凳上读书。

"他后来去了哪里？"

"我不感兴趣，也没有关注。"吴晓峰无所谓地摆摆手，把火柴熄灭，"你突然问起这个人做什么？"

曹敬苦笑道："他其实有天赋，可惜了。"

"命运和机遇就是这么回事，既然他没有闯出来，那就证明他的才干、天赋还不配让他成为我这样有执照的心灵感应者。当然，你也一样。"吴晓峰露出一个坏笑，"真正的天才是不会被一两次挫折击败的。"

"他教会了我这个。"曹敬点了点自己的束缚器，然后看向吴晓峰，"他教会了我怎么越过它。相阳是个很有才干的人，只是他觉醒得太晚。"

吴晓峰没说话，曹敬猜测他正在读自己的大脑，以确认自己到底有没有说谎。

当年还没有被完全开发的相阳，是怎样学会这种技巧的呢？除了和自己有关之外，曹敬想不出第二种解释。

某晚，相阳突然从床上翻身爬起来，光着脚蹦到地上，在冰凉的水泥地上来回踱步。曹敬本身睡得就很浅，这下立刻被他惊醒，蓝色的月光从窗外照进来，相阳平凡的面容被光栅和阴影分割为几大块，一只眼睛正如同银子般闪闪发亮。他充满喜悦地对曹敬轻声说话，就像是怕吵醒了谁："我知道……怎么突破这个狗链子啦！"

"什么？"曹敬迷迷糊糊地问。

"用第二个大脑！"相阳兴奋得唇边流出口水，"这个世界上，只有我们这样的精神感应者能拥有第二个大脑。这个世界上，也只有我们这样的人能够绕过束缚器，只需要做出第二个自我就行了！"

曹敬坐在床上迷迷瞪瞪的，几秒钟后突然打了个冷战，惊道："拿自己的脑袋开玩笑，你难道想死？"

相阳瑟缩了一下，嘴唇嚅了嚅。又过了一会儿，相阳低头道："这个想法是我想出来的，我一定要做出来试试。哪怕付出再高的代价，我也要通过考试，拿到甲级证书！"

曹雪卿坐在隔壁房间里，通过摄像头和闭路电视盯着曹敬、吴晓峰与那颗人头，仔细揣摩三"人"之间的张力，当曹敬面色发青的时候，她把一根手指按在了桌上的茶杯上。

一开始毫无异样，但陶瓷表面逐渐起了一些气泡，釉层变得模糊、黏稠起来。在茶杯和桌面接触的地方，呛人的烟雾弥漫出来。室内的温度逐渐升高，站在门口的秘书用手帕擦了擦额头，拭去汗水。等到手指移开的时候，高温烧制的陶瓷茶杯已经彻底变形，而曹雪卿本人的手指却毫发无伤。

闭路电视里，吴晓峰退了出去，留曹敬一人和杀手的头颅静静对视。过了十几秒钟，有人敲门，然后吴晓峰走进来，和秘书寒暄过后，瞥见了桌上茶杯的残骸。

"曹小姐心情不好？"

"有何见教？"

"没什么。"吴晓峰笑嘻嘻地转开话题，搓手道，"我只是突然觉得命运很奇妙，我在七年前给曹敬的那个毒贩和七年后给曹敬的这个杀手，背后竟然还有一些若有若无的联系。"

曹雪卿转头直视他，表现出对这个话题的兴趣。

吴晓峰笑道："蒙塔拿号事件，您还记得吗？那次军舰叛逃事件。"

得到肯定答复后，吴晓峰继续说下去："'蒙塔拿号事件'发生后，我们的情报人员对马绍尔群岛进行了详细调查，这是一方面。另一方面，我们在新罗马政府内部的消息源也为我们提供了一些情报。我们得到了一些可能参与蒙塔拿号事件的名字。通过长期对金钱、人员和技术的追踪，我们确信当年马绍尔群岛的部分人员已经转至民间，换了一身皮。"

"哦？"

"'蒙塔拿号事件'直接导致新罗马的右派政府连任失败，国富党下台后，民社党上台，总统……"

"老斯坦利。"曹雪卿说出了那个名字，也就是七年前新罗马总统的名字。

吴晓峰点头道："是的，老斯坦利上台后，新罗马的政策偏向左倾，而对进化者也更加宽容。马绍尔群岛上的秘密现在不为人所知，但当年军舰上的一名失踪人员,后来又以别的身份,在大哥伦比亚出现,受雇于大哥伦比亚的私企——科伦公司。准确地说是它的一个子公司,科伦农业技术公司。"

"这又和小敬有什么关系?"曹雪卿皱眉问道。

吴晓峰竖起一根手指让她稍待,然后从他的公文包里取出一个精美的皮质口袋,从里面倒出一柄小小的短剑。

"这个是'玻利瓦尔之剑'。"吴晓峰抽出长约二十五厘米的剑刃,"当然,这只是一个按照比例缩小的工艺仿制品,但它象征着大哥伦比亚政府赠予外国人的最高荣誉。南亚美利哥大解放者礼仪用剑的复制品,代表着国家的友谊。在七年前曹敬完成解读那个毒贩之后,我混到了这柄剑,作为纪念品。"

"而在跨国联合抓捕制毒者的过程中,我们的情报部门偶然地发现了蒙塔拿事件那个制毒者中的失踪人员。是个叫多明戈的进化者,最终在科伦农业技术公司的一个咖啡工厂里被捕。事实上,他们用咖啡销售来为毒品原料的贩售做掩护。在这个过程中,我们对科伦农业的技术总监进行询问,结果发现他的头脑中有专业级的……防护措施。"

吴晓峰点了点自己的太阳穴。

"他的名字叫欧内斯特,自称大不列颠人。这位欧内斯特博士唤醒了我脑中的回忆,我回去后查了不少资料,最后发现他是参与'蒙塔拿计划'的一名技术人员。接下来,我们顺着他一路查下去,发现了'新世纪之门'、新罗马政府内部在新总统上台前的一些部门重组,以及托庇于科伦公司的一系列操作。"

"你认为这个杀手也是同一个来源,蒙塔拿号?"曹雪卿皱眉道。

"命运的巧合。"吴晓峰笑道。

曹雪卿把手指放在茶杯的残骸上，又收了回来。

"事实上，我作为一个旁观者，觉得你现在的举动很奇怪。实际上，七年前我就觉得你很奇怪了。"吴晓峰把玻利瓦尔之剑收回公文包。"我作为当时的精神检查人员，为你解除了曹敬在你身上下的深度精神暗示，让你能够看清这小子的本质。而你却以撒手不管作为回应，实在是令我非常不解。这违背了我对人性的通常认知。"

"那你对人性的通常认知又是什么呢？"曹雪卿的眼睛转向窗外，雪下得更大了。

"不是你这样的。"吴晓峰悄无声息地踏前一步，"你应该……"

他意识到危险的时候，已经来不及了。没有血，高温造成了焦煳的伤口，根本没有血流出来。几秒钟后他才感觉到迟来的疼痛，太过于突然，他完全没有来得及反应。

"一个脸上的小伤。"曹雪卿依然望着窗外，"不会致死。"

吴晓峰没说话，他点点头，提着包出门，把空间留给曹雪卿一人独处。

秘书如同雕像一般，中立、沉默、无声无息。

十三

明明是冬天,曹敬此刻却汗流浃背。

吴晓峰宽宏大量地容许他除去束缚器,让他在独立的房间里冥想。这房间之前是审讯室,曹敬能够品尝到空气中残留的情绪波动。甚至是非常轻微的过往的碎片,他能听见非常轻微的说话和吼叫的声音……而事实上,杀手的头颅距离他五米之遥,房间里的空气极度静谧,只有偶尔的"滴答"声。

是汗水从额头上滴下来的声音。

眨眼。

曹敬看见凝固的黑洞,停止了旋转、在冻结的时间中缓缓蒸发的黑洞。邪恶的引力把他往里面拉,杀手的思念如同巨大质量的星体,令曹敬不停地失重下坠。他的意识分成了两个部分,一个部分被杀手脑中高密度的回忆和事件牵引,另一个部分则在冷静地审视这个过程。

滴答。

唯有自身的人格达到同样的强度，才能够抵御邪念的侵蚀。

我到底为什么在这里，我到底为什么要读取这个杀手头脑中的资讯，让他的性格、知识和感官来污染我的头脑？曹敬和方桌上的头颅对视，汗如雨下，身体一动不动，头脑中像是着了火。

面对它呀，那个理性的部分说，面对现实，承认它的吸引力。承认这一点……

这个杀手，这个化名梅和勇的异乡人，他身上有某种和我类似的特质，所以我会被吸引，我会以他的逻辑思考。我会以梅和勇的名字在拟态回忆中进入屠场，有条不紊地准备杀戮，就像是厨师在精心准备餐点前，先要擦拭自己的利齿和刀刃，戴上手套，品尝甜美的呼吸。

戒毒。

曹敬轻咬自己的舌头，他记得读完那个毒贩，体会了新型毒品后，全身上下的神经末梢都仿佛被火烧过，又被冰雪覆盖，冷得在床垫上一边发抖一边失禁的感觉。明明自己没有碰过毒品，头脑却相信自己已经上瘾了。戒断反应，是一种生不如死的感觉。

进入一个嗜杀成性的杀手脑中，体会杀戮的快乐……不，不是杀戮。头脑中的一个声音和他说，这声音酷似梅和勇，不过更为年轻。他说，这不是杀戮，而是暴力带来的权力。你会对这种彻底的支配欲上瘾，这可比毒品厉害多了。支配他人的整个生命，从呱呱坠地到几十岁这么大，他经历过的一切，爱与被爱，悲欢离合，现在都被你握在掌中，你有权去改写这个故事。你会这样去做，因为我知道，你一直都是这样的人。

你一直都是我们的同类。

支配他人的快乐，拥有这种能力的人，没有一个会选择放弃。

人类是追寻欲望、追寻权力的高级动物。曹敬在头晕目眩中听从对方的絮语，看着支离破碎的碎片流过，他举起斧子、举起枪口、举起棍棒，以"水蛭"的名字吸附在巨大的生命力场上，充满快意地吸吮力量。在午夜、雨季、阴霾中执行一次次任务，在一个个文本构成的节点中穿行。

自由。

汗水落到布垫上。

杀手的职业是发挥自己的天性，他没有记忆、没有负担、没有责任，只有一次次醒来，走向目标。阅读，在不同的城市间巡游，黄昏落日时的火车，云海上的飞机，醒来的时候他看见窗外一片黑暗，原来是火车正在通过隧道。同车厢的旅人倚在座位上打瞌睡，环顾四周，他看见抱着孩子的母亲，倚在蛇皮袋上的农民，穿着校服、蜷缩在被子里的女学生。杀手栖息在芸芸众生中，火车驶出山洞隧道，于是星空出现在他眼前。

传心者发来指令。

杀手心不在焉地思考目标和计划，出神地看着群星。有的时候他会考虑，不出任务的时候自己在哪里，会做什么。然而一切都暗淡、模糊、冰冷……他觉得自己或许很长时间都被主人冷藏起来，装在某个冰箱里，和海鲜睡在一起，与龙虾、扇贝做伴。

曹敬切入闪耀的记忆虹光。

东京，夹杂着雨点的寒风，五颜六色的霓虹灯光，他听见大地深处的嘶吼，整座城市似乎寂静了几秒钟，似乎所有人都在屏息凝神，倾听大地深处的声音。十几秒钟后，大家都会重新转动起来。

站在立交桥上的时候，他能看见金色的光流川流不息，街边举着标语的青少年一本正经地走过,在墙上留下流行信仰的符号。作为金蔷薇国经济指数最高的地区,夜摩在很多时候都游离于法律之外。不稳定的地质情况令东京都市圈在全球各大金融中心里有一种独一无二的浮华感,所有人都知道自己生活在危险的巨兽背上,所以眼前的纸醉金迷可能在一瞬间灰飞湮灭。

历史上的大迁移令夜摩本地民族大规模迁徙到大陆,然而某种反向的作用力,令追逐金钱和权力的人们悄无声息地反其道而行。或许是本土官僚和家族的存在,抑或是政策上似无还有的偏向,令夜摩成为金蔷薇国与其他大国交流的最大渠道,一张敷满朱粉的面具。财富与权力、艺术与文化……这些名片下的夜摩是一个畸形而不适宜常人居住的地区,山野被大型农企所控制,而都市圈则变成了长满金与酒的肿瘤。

他在望远镜里看见目标从出租车上走下来,还有些畏寒地裹紧了围巾,毕竟是年过六旬的老人,他想。他知道目标刚刚与十二月党的使节把酒言欢,外交官们在酒店里窃窃私语,而这个老家伙只是一个头衔华丽的点缀并为某些言论背书,事实上他是一个已经离开权力中心许久的科学明星。

当他从立交桥上走下来的时候,崇拜"概念砂"的街头少年从他身边成群结队地走过。他们在墙上留下凌乱无序的名词排列,这是新兴宗教中的一种,特征是不崇拜神,而崇拜形而上的、语言学上的概念。他们相信信息在无规律后隐藏的某种真相,人类大脑虚构的意象构建了文明,而他们崇拜这些虚构的语义。

他逆潮流而行进,路过"爱""正义""欲望"和"英雄"。喷漆的臭味令他不快,隔天清洁工人就会把这些"概念砂"的信仰涂鸦清洗干净。他不知道这个宗教信仰是从什么地方发源的,但他隐约听说和几个小说家写的故事有关。

东京是本世纪后叶世界上最繁华的大都市之一,它是非法娱乐业被地方法律容忍的欲望天堂、离岸业务繁荣昌盛的金融中心、新宗教信徒泛滥的传教圣地、亚西洲地下音乐和影片的文娱乐土。

也是被边缘化的土著们栖息的地方。

汤山,医学界著名学者,东京医学院教授,其为人所称道的才华是对能力者的"调校"与"治疗"。他与诸多奇人异士有着良好的关系,在夜摩当地的报纸上被称为"异能士的医疗家"。

"蒙塔拿号事件"中,汤山的名字出现在特别调查小组的名单上,而他今天的目标就是这位知名学者。

他再度回想情报:汤山的家族没有在大迁徙中迁往大陆,而是留在了家乡。以他的地位,去大陆会有更好的发展,然而他继承了父母固执的秉性,顽强地守着自己的家,哪怕只是一间五十年前修建的公寓。他读过资料,他知道这样的人要怎样处理才松口。

但他讨厌做这样的事。他的主人也知道,他是一头难以控制的猛犬,一旦放开就会造成巨大灾害,连他的主人也保不住他。

关键在于进化者难以遏制的超卓个体暴力。

隐匿的非法进化者一向是世界性难题。而像他这样,被精心调校的非法进化者,破坏力大于一支小型快反部队,而隐蔽性犹过之。然而他并不喜欢这种像猛犬一样被豢养的生活,他想要自由自在地行使自己的力量,展现自身的强权,让人们能够记住他的名字——

他的名字……

鲍里斯·李,这是他现在护照上的假名,鲍里斯成为鲍里斯仅仅是五个小时之前的事。上一次他的名字是朴恒智,他作为朴恒智活了三个星期,直到把证件丢到铁桶里,然后洒上汽油,丢了一根火柴进去。

他没有名字。这是他感到最讽刺的一件事。

曹敬睁开眼睛,全身上下都被汗水浸透了。死人头颅的眼睛直直地看着他,让他感觉全身发麻。这只是一个短短的开始,梅和勇的记忆结构混乱、破碎,就像是一触碰就会碎裂的瓷器。他只能小心翼翼地读取最外层的一片。

"任何细节都对我们有用。"

曹敬发现吴晓峰坐在他侧面,脸上贴了一块挺大的胶布。曹敬指了指自己的脸,无声询问。

"刮胡子来着,但我怎么都用不惯手动刮胡刀。"吴晓峰嘿嘿冷笑,"电动剃须刀忘在家里了。"

"目标是汤山,时间不确切。但他在东京用的名字是鲍里斯·李,之前在弁辰国曾经用过朴恒智这个名字。"曹敬沉吟道,他用手指搓着茶杯,让茶杯不停旋转。"我不敢进得太深,所以没有发现太多心理活动。我猜他当时也确实没有太多心理活动,有的只是情感脉冲的一次次大电流,让我感受到他的直观情绪——烦躁、苦闷、渴望解脱束缚、大快朵颐。"

"这些是我已经知道的事。"吴晓峰抠了抠脸上的胶布,"汤山的死在当时影响不小,当然,对外宣称是心脏病突发去世。我们那时候不知道杀手为什么要杀他,但后来发生了北海道大屠杀。于是我们知道了汤山教授泄露了什么情报,我们在北海道的一个特殊训练基地突遭袭击,我们损失惨重,都是些小孩,就死在自己床上。"

曹敬不忍地皱眉。

"我和你说这个是让你现在就做好准备,毕竟你之后会看那一段。注意细节，魔鬼在细节里。"吴晓峰轻描淡写地说。

"你是认真的吗？"

"一颗人头放在你面前，用耗费上百万的医学技术保存着。"吴晓峰掏出烟盒放在桌上，"我现在甚至不敢在这个房间里抽烟，怕破坏了你的状态。你说我是不是认真的？"

曹敬用一只拳头顶在自己下巴上，过了好一会儿才说："你用剃须膏了吗？"

"什么？"

"听说用牙膏泡沫也行。"曹敬说，"我用的就是冷水和剃须刀片，只要够小心的话就不会刮破。当然，这是在脸上没有痘或者其他增生的情况下，但如果速度放慢一点儿，是不会刮破的。"

吴晓峰啪的一声把火柴盒拍在桌上，没打开，过了一会儿又把火柴和香烟全部慢慢收了回去。

两人沉默了一会儿，这会儿曹敬脖子上没有束缚器，也没有人用枪指着他。他没有用心灵感应去摸一摸吴晓峰的心智，他在用最简单的察言观色去观察自己的"导师"。

似乎是感觉到了自己被窥探，吴晓峰开了一个新话题："还能继续深入吗？"

"可以。"

"执行上有什么问题吗？"

"我想问题不大。"曹敬用吴晓峰式的冷淡口吻回答。

在接下来的深入中，曹敬需要更深一层地接触杀手的内部，去"理解"其内在扭曲的情感和人格的驱动力，这是最危险的。他又想起七年前的那一次深潜，落入蓝色的、无尽的拟态快感，碰触高浓度"盐"的记忆。

彻底摧毁，然后重建，残破的少年曹敬不断自我重组直至成为今天的青年曹敬。他敏锐地认识到一件事：重组多次以后，他就会和眼前这个反社会人格的胖子一样，失去正常情感，只留存最低劣和浑浊的东西。

但，或许人世间就是这样。赤裸裸地接受认知的冲击，我们每个人都将无可避免地被摧毁，然后重组。

这样苟活下去。

曹敬眨眼。

他离开这间斗室，潜入亡魂的碎片，开始冗长的意识检索。

曹敬状态最好的时候，能够在睡眠时清晰地看见梦和外部碎片的分野。

梦是源自自己头脑的碎片，这些碎片会和他人梦的电波缠绕在一起，组成怪异扭曲的世界。全盛时期的曹敬能滤清梦的结构和组成，探究一个个物件的来源，模糊混乱的逻辑会因曹敬自己的脑力支持而坚实、明确起来。在他持续注入心智后，这些碎片就会拓展出足够广阔的时空，让他能够探究最细微的征兆。

黑夜中停泊火车的沙漠，曹敬的思想飞腾起来，这是一首诗歌的残片，一部电影的意象，来自他自己的记忆碎片。月光下，火车停在铁轨上，人们从车上下来，围着沙漠上的火堆喝酒、吃肉。一个个幻影围着火堆又唱又跳，曹敬从人群中走过，看着自己和一位少女在人群中旋转、腾跃。

黑色的火车剪影将他裹挟下去，他抬起头，火车头严厉地看着他。于是他叹了一口气，拈过另一块碎片。

舞蹈的人群淡去，金碧辉煌的大厦和立交桥在沙丘上崛起，抖落干燥的黄沙，现出现代大都市的魔影。曹敬一手握着手电筒，一手拿着一本书——《脑神经功能新探》，作者是汤山。

……脑内病变的病人，功能区都有一定的推移或者代偿。大脑这团肉块有着灵活应变的本事，哪怕是相对稳定的运动性言语中枢区……

快步穿过街道，曹敬听见摩托党的噪音在背后闪过，午夜飙车族们呼啸着穿过街道，掩盖了他撬开公寓门锁的声音。关掉手电筒后，曹敬步入这栋小公寓的楼道。

他记得汤山的门牌号，以他在学术界的地位，住在这样简陋的地方是很不体面的。但他追溯过汤山的资金流动，其大部分收入都捐给了各种社会福利机构，甚至到了"裸捐"的地步。

摄像头位置非常明显，他轻易绞断数据线。今天是周六，维修部门最快也在两天后的工作日才上班。他站在楼道里，侧耳倾听。

这栋公寓里，大部分人正在疲惫地沉入睡眠。

曹敬暂且转移目光，回避杀手开始吸取生命力的环节。他已经在那颗头颅里读过一次，不想再次体验"水蛭"的吸食过程。他的目的不是重历杀戮，他要仔细研究的是其中的一段对话。

推开门的时候，曹敬屏住呼吸。公寓的历史能追溯到战后经济复苏的年代，陈旧但干净，与外面的花花世界格格不入。墙头上挂着黑框的大照片，两位老人拘谨地微笑着，电视机、冰箱、洗衣机、壁挂空调这老几样都有年头了。汤山还没睡觉，客厅里亮着灯，走进去的时候，曹敬看见这个老头正在泡一杯参茶，满头银发在灯光下闪烁。

"请稍等一下。"

他知道我要来，曹敬和杀手做出了同样的判断。

那一刻，杀手想要立刻展开能力，清理在场的所有人并迅速离开现场，换上备用身份，离开这个国家。

"下午两点半的时候，一位朋友给我打了通电话，让我迅速寻找庇护。"老家伙转过身，疲惫地打量着杀手的身形，"那位朋友很有能量，而且每次说话都很有分寸，所以我立刻相信了他说的话。但我多留了个心眼，我问他到底是谁要对付我这个老头子。"

曹敬全神贯注地听着。

"他说是'那些孩子'中的一个，我就明白了。"汤山喝了口参茶，"我放下电话后，让内人去和儿女们住几天，然后猜测你什么时候会来到这里……比我想象得还要有效率。所以，现在，我看见你站在我面前……"

室内的空气黏稠沉闷，曹敬渴望挖掘医学家的头脑一窥真相，但杀手没有如此敏感的感应力，只是困惑地打量着自己的猎物。

"你生病了，孩子，而我可以医好你。"汤山向曹敬伸出手，"我可以治好你头脑中的疾病，让你不再饥渴，也不再忘记……只要让我照顾你。你之前所做的一切都不是你的错，你只是一个被操控的工具，有些人把你做成了一件武器，折磨你、扭曲你，把你变成了现在这副残酷的模样……"

他的话真心实意，不是谎话，曹敬震悚地意识到这一点。多年来对人类行为和神态的观察让他本能地判断出汤山毫无伪饰，他真切地希望救助来夺他性命的屠夫。

但梅和勇，不，鲍里斯·李，因为这一席话而愤怒了。他走上前一步，抓住汤山的手，然后折断了它。

"别说废话，告诉我，你退休前最后一个训练所在哪里？"

杀手用咆哮和愤怒掩饰自己心中的羞辱感，他相信，或者说他愿意相信，他是发自内心地想要去做这些任务，刑讯逼问以及杀这些人。在他心里有某种不容玷污的职业尊严（曹敬不太确信这是不是深度暗示的产物），这种职业尊严和作为掌握生杀权的上位者的骄傲，让他全心全意地完成每一次任务。

而现在，这位医学家当面指出他只不过是精神改造后的某种奴隶，所有的尊严和骄傲都不过是假象。他怒不可遏，同时心底里又隐隐认同他的看法。

汤山因为痛苦而流泪，身体蜷曲起来，两人跌跌撞撞地撞碎了茶壶和玻璃杯，他的眼泪打湿了厚厚的眼镜片，呜咽着说："放开手……我能够帮你，治好你……不要继续杀人了……"

"你懂什么？"杀手咆哮道，"你又知道我什么！"

"你是否完全不记得自己是谁，只有不连续的短期记忆？呜……你的牙齿下面有早期使用的植入式通话设备，可以通过外界触碰手动关闭……还有手指！你从来没剪过指甲，因为你的指甲其实是人工植入物，不会变长！"

汤山抱着自己软软的松垂的手，直视杀手的双眼，短短的花白胡须颤抖着。

"然后呢？"杀手上前一步，森然道，"你说出这些，是不是想表示，你就是为我做这些手术的人？还是说，你对其他人做过一样的事？"

曹敬感到杀手内心的怒火已经鼎沸，他要慢慢折磨这个老人，让他求生不得，求死不能。本能的杀意和怒气让他几乎按捺不住要动手，只有最后一丝执行任务的理性让他把自己的双脚牢牢按在原地。

"我曾经……经历过那些。"老人羞愧地低下头，"但我后来改悔了，我不愿意再做那样的事情，我每次想到都想要吐。我想拯救更多的人,想挽救你……所以我留在这里,想直面你。以补偿我做过的事。"

"告诉我,你最后负责过的那个训练基地在哪里?"

"我不能告诉你。"汤山指了指自己的头,"我不能说,离开的时候,我的那一块记忆被封锁了,哪怕我想告诉你也没有办法。更何况,哪怕我能说,我也不愿意告诉你,因为你……你背后的人,非常危险且毫无人性,而那里都是些好孩子。"

然后,另一个"人"出现在了曹敬的梦中。

杀手的意识被压缩了,另一个更强的存在感爬了进来,把梅和勇的自我意识挤压到一边,占据了更多的感官资源。曹敬费力地调配那些他没有运用的资源,去感知现场的情况——

"杀手"上前一步,攫住汤山的脖子,在尖叫声中直视他的双眼。某种精神上的接触发生了,曹敬可以感觉到这个外来者正打量着医学家头脑中的封锁防护,试探性地侵入、盘旋、迂回,还品尝了一下成色。

还好,不是高手做的封闭。我需要几分钟的时间。衰弱他。

梅先生,曹敬默祷,你如果能体验到一点点他工作时的手段,我就能体察到他的身份。拜托了。

然而梅和勇只是一个载体、一个工具,曹敬此刻阅读的是他身上留下的历史记录碎片……无论曹敬有多么想要跨越时空去感受一下"外来者"的实力,他也只能用梅和勇的意识记录去思考和推理。

如果这一次和后来医院那次是一样的情况,那么这个"外来者"当时应该同样身处东京,就在这附近。

比预想中的更费时,十分钟后杀手松开手,"外来者"精疲力竭地带着情报离开。汤山奄奄一息地倒在地上,自我意识被身体上的衰弱压制到了最低谷。

任务已经完成，杀手疲惫地想。接下来只要灭口，处理现场，一切就结束了。

他去厨房里找了一副塑胶手套，抽了一柄切肉刀出来。

"你真的愿意这样活着吗？"下刀的时候，汤山一边喘气一边问，"你向我说实话吧。我们都知道，你回去后，就会不记得我们在这里说过什么。我们曾经想过什么。如果连反抗的想法都不容存在，那……你怎么能算是有选择权，怎么能算是……用自己的意志选择了成为一个工具呢？"

梅和勇的刀停下了，他想了一会儿，问：

"有书吗？喔，我刚好带了你的《脑神经功能新探》。"

突发性威尼克脑炎。

"我已经没有了选择的自由。"

刀锋刺入。

Wernicke区变异，导致语言功能损失。

"我已经没有办法回头。"

鲜血流淌，温暖了橡胶手套。

语言功能损失后的代偿。

"我只想享受作为工具、作为屠刀的生活。"

最后一口气息。

失去语言认知能力。

"不过还是谢谢你。"

有人塞了一根管子到他嘴里，曹敬下意识吸吮，冰凉的液体流了进来。他睁开眼，发现自己正在抽噎，眼泪把眼眶都糊了起来，风一吹，被汗水打湿的全身都在发冷。那人用一块湿毛巾帮他擦脸，曹敬睁开眼睛，看见毛巾上血红一片，伸手一摸，鼻子一直在流血，腿上已经流了一摊。

"再喝一点儿。"曹雪卿半跪在他面前，把水杯和吸管递过来，"你现在缺水。"

"……现在几点？"曹敬的声音非常沙哑，身体真的很缺水。

"凌晨十二点半。"曹雪卿从身边拿起一个棉签，仔细放进曹敬的鼻孔里，轻轻旋转，然后把沾满血污的棉签取出来，把两团棉花塞进去止血。

"我没事。只是这东西耗费精力很大。"曹敬接过毛巾，晃晃悠悠站起身来，把衣服脱光，粗鲁地擦拭自己的身体。"都是正常现象，记忆同步、拟态情感……我会做出一些非常出格的举动，但这些都是正常的……"

"转过身去。"曹雪卿接过毛巾，让曹敬背过身，双手按墙。用毛巾从他背部一路向下，使劲儿擦了几下。地上还有一盆水，曹雪卿在盆里洗了两把，然后继续擦拭。

"我自己来就行了。"

"你又够不到身后。"

曹敬盯着自己的手指甲。

曹雪卿擦完的时候，曹敬问："如果我是一个坏人怎么办？"

"怎么可能？"

"如果我……"曹敬停顿了一下，"如果我一直表现出来的那个曹敬都是假的，而真实的我，龌龊、卑鄙，是个无耻小人。你会怎么看我呢？"

他没有回过头，背后有一会儿没声音。过了十几秒，他感觉到有一根手指按在他的肩膀上。

那根手指似乎开始发热，又像是错觉。然后他感觉到手指沿着他的脊背一路滑下来，沿着背上的伤痕，一路向下。

"世界上又有谁不是戴着面具过日子呢？你戴着面具，我也戴着面具，只有吴晓峰那样的精神病人才不戴面具。"曹雪卿静静地说，"哪怕父母和子女、丈夫和妻子，又有多少人能够彼此坦诚呢？你是不是坏人，对爱你的人来说又有什么区别？"

"我想还是有区别的。"

"我认为没有区别。"手指沿着背上纵横交错的伤痕划来划去。

曹敬沉默不语。

"你总想为任何事找到一个理由，小敬。你想知道别人为什么喜欢你，为什么讨厌你。你想切实地用事实和推理证明一个人是好人还是坏人，应该选择这个女孩还是那个女孩……你在理性上太优秀了，导致你的感性部分——作为一个精神感应者理应最优秀的部分，反而显得笨拙。"

光的锁链，若有若无的光带环绕在曹敬身周，蛇一般爬遍他的全身。但与以往不同，它们并不灼热。或许是多年的锻炼令曹雪卿的控制力更上一层楼。

"这个世界上的很多事不需要缜密的推理，它们只是一个个瞬间，只是当下。喜欢一个人，讨厌一个人，最重要的不是理由，而是这一刻的心情。你想得再多，也不过是自寻烦恼。你害怕后果，但害怕又有什么用？它无法解决问题。你要做出的只有前进或后退这两个选择。"

曹敬再次说话的时候，声音低沉得像是换了个人："主动接受这个世界的折腾，心安理得、厚颜无耻地活下去吗？"

"无论你做出什么决定，我都会支持你。"背后的声音说。

"你还记得我们在少训所时的事么？"曹敬转过身，面无表情地用毛巾擦干头发。光带黯淡下去，逐渐熄灭。他把内衣卷成一团丢到角落里，光着身子穿上棉布衬衫。

"你说。"

他转身的时候，曹雪卿后退了一步。在这个距离，两人的身高差得特别明显。曹敬身高一米八，而曹雪卿比他矮了大约十厘米。曹敬不太习惯用俯视的角度看她，姐姐在这个角度罕见地显得有点儿柔弱动人。

"你还记得，有个叫相阳的小孩吧。"曹敬一边系扣子一边说，"我目睹了他崩溃的整个过程，看着他的能力渐渐消退、丧失。"

曹雪卿抱着手等待下文。

"我曾经能够阻止这个过程的，甚至我就是他崩溃的推手之一。"曹敬把衬衫下摆塞进裤腰里，"他是一个对我友善的人，一个挺好的人。但在他失去能力的过程中，我冷眼旁观，饶有兴趣地观察、分析这个过程，直到他彻底完蛋，成为一个废人。"

十四

那天晚上加练的时候,曹敬问相阳:"你将来想做什么?"

他的回答是:"我想赚钱养家。"

"这不是废话?"曹敬不耐烦道,"谁都要工作赚钱,我是问你想通过什么样的途径赚钱。"

相阳指了指自己的脑袋,说:"我拿到许可后,用这个许可就能找到工作。精神感应者应该很好找工作吧,也可以去参加心理治疗的培训,或者当商业顾问……我母亲的老家是个很闭塞的三线城市,还没有专业的心理治疗医生,我回去的话可以自己开一个诊所。你呢?"

"你自己看看。"曹敬做了个开启的手势,"来吧,我把自己的脑子打开,你进来看看。如果你要做精神分析的话,帮我分析一下,我应该怎么选择。"

森林,相阳和曹敬在森林中跋涉。

天色阴晦，抬头看不清树冠，林间弥漫雾气，静谧安详，只有两人踏足腐败落叶时才会有声音。

"感觉如何？"曹敬问。

相阳没说话，这是他第一次在曹敬引导下进入对方的心灵。他看了好一会儿，然后惊叹道："细节这么丰富……已经很厉害了吧？"

"还缺了很多，比如飞鸟、阳光……真正的核心不在这里，在另一个层面，这里是外层防护圈。走不出去的森林，没有我引导的话会陷入线索和迷宫，在里面团团打转。这是记忆和逻辑交织的蛛网，你做的任何一个选择都是错误的，除非你说出暗语，或者寻找到这片森林的本质，解锁它的核心结构……不然永远也没办法找到进入核心层的入口。"

曹敬平静地侃侃而谈，他嘴唇翕动，说了一个无声的暗语。

"为什么要进入你的心灵对话？"

"因为在这里，我们无法说谎。"曹敬沉吟了一下，"在这里，每个人所思所想的事物都会表达出来，双方是透明和坦诚的。就像你现在这样，你想到这个问题，就会立刻问出来。除非你能够将自我隐藏在一个面具人格下……这也是为什么精神感应者能做最好的精神医师，我们能够直观、形象地看到每一个人精神世界的问题。"

"你的外层防护这么阴森诡异，是你刻意做成这样的吗？"

"你记得吴老师的外层防护圈是什么样的吗？"曹敬反问。

"……城市。"相阳沉吟道，"生动活泼的城市街道。里面的'人'特别多，似真似幻，但里面的'形体'特别真实……很难区分出真实和虚假。"

"吴老师的每一个形体都是他以前读取过的人，这是我的一个猜测，但八九不离十。"

森林开始燃烧，黑沉沉的树皮绽开金红色的蛛网状裂纹，流动的火焰从每一道缝隙中淌出来，像是熔炉中的蜂蜜。在高热的炙烤下，树木从下至上一块块焦黑、分裂。两人立于火中，地火舔舐着厚实的落叶，以燃料为食，席卷看不到尽头的迷雾丛林，将错综复杂的巨树、灌木、荆棘、泥沼组成的繁复迷宫付之一炬。

相阳伸出手，抚摸毫无热量的火焰。在高热下溃烂的树木残骸像是泥巴，在手指的按压下塌陷下去，破碎成轻脆的灰尘与泡沫。肮脏的灰尘泡沫承受不住，和漫天灰烬一起坠落，露出混茫无光的黯淡天空。

灰尘蠕动了一下，黑色浑浊的东西凝聚起来，白色的灰渣搅动着，一个圆滚滚的巨物从两人面前蠕动着升起。烟尘和灰烬组成了那个东西的眼珠、皮毛、黑黝黝的湿润鼻尖、长长的胡须和利齿。

"它是卡夫卡。"曹敬指了指，"群猫之王，我梦境的使者。"

后者矜持地舔了舔自己的鼻子。

"你怎么知道吴晓峰的'城市'里都是他以前读过的人？"

"那些人都很恶心。"曹敬摸摸卡夫卡的鼻子，"他和我说过'城市'的来源，是对一位大师的模仿。那位大师能够在自己的心相中构建一个完整的世界，群山、沙漠、城市、完整的社会、数不清的形体、无边无际的幽深海洋……无人能够穿越整个世界，找到那位大师的核心。而那个世界的'商用版'，截取复制的一部分，就成了最高标准的防护措施。"

"为什么你的防护这么荒芜？"相阳问。

"因为我讨厌我的同类。"曹敬简洁地说，"我知道你现在控制不住奔逸的思想，但还是希望你别问这些傻问题了。"

精神世界是一个危险莫测的地方，这是吴晓峰不厌其烦强调的事。常人经过精神锻炼，例如长期冥想，能够把不稳定的精神世界清理、调整、固化，并逐渐完整控制自己的精神，将自己的思维升华到更高的层面，其外在表现形式有很多，例如……

"例如我，在觉醒后，随着自我锻炼，可以完全集中精神在一件事上。当我需要的时候，我就能完全把精神贯注在学习上。这也是为什么我虽然不太听课，但成绩依然不错的原因。"曹敬竖起一根食指，"而你忽视的痛觉技巧，也是一种对自我精神的运用技巧。"

"但我从没有尝试过一天的'冥想'啊？"相阳对此很不解。

"我们天生就是比常人更敏感的进化者，由于对精神感应能力的掌握，我们天赋获得的'神通'是传统精神修行者——无论哪种宗教、哪种派别——一辈子也难以达到的高度。我们的起点本身就不一样，你继续锻炼下去，就会发现你也能做到很多'大师'追求的精神功能。"

"以前有宗教典籍上说，当一个人修行到了一定境界后，自然会飞升天境。乳香、没药、黄金、天女……声色犬马、纸醉金迷、酒池肉林，应有尽有。"曹敬打了个响指，"而以后，我们也能够做到类似的事情。光凭想象和虚假的感受，我们可以在心灵的世界中过上神仙生活。"

相阳张大嘴巴，一句话也说不出来。

"真实和虚幻，对我们来说是一个绕不过去的问题。精神感应对我们来说是天赐的能力，但也是一种'障碍'。如果现实世界一直过得不如人意，那说不定有一天，某个落魄的精神感应者就会突然断线，在一瞬千年的精神世界里度过没有尽头的仙人生活，直到精力消耗殆尽，在现实中枯萎死去。"

"你既然水平这么高，那你到底在为难些什么呢？"相阳问。

"有些事靠冥想永远无法解决。"曹敬闭上眼睛。

他伸出手和相阳相握，从核心中流出来的碎片一闪而逝。

早上跳楼梯时的阳光，福利院的食堂，脱皮的墙壁，姐姐的笑靥，孩子们在操场上打打闹闹，曹敬的手抚摸过书柜上的书脊，晚上在走廊上读书，感应灯三秒钟踩一脚才能照亮，和明郁江手牵着手在屋顶散步，蹲在厨房里剥毛豆，觉醒后一夜夜在梦境的大海中徜徉，飞翔在城市的夜空中，穿行在梦境……

"我到底想要什么？"曹敬的声音如同穿过厚重冰层的钢棱，超然物外的理性部分在说话。越过一切情绪、回忆，理性越过重重记忆碎片的迷雾，穿过曹敬剪辑的生命梗概，直面不知所措的相阳。他心中的某个部分知道，他没有指望相阳能够给出答案，只是有些事只有精神感应者能够理解、能够交流、能够倾诉。

太孤单了。

自我封闭的人窥探着一个个心灵，却无法和他人交流情感。

两个精神感应者的眼睛互视着，曹敬注视着相阳的眼睛，他是曹敬挑选的工具，被曹敬选作侵蚀对象的基底。他用精心选择的碎片冲垮相阳那脆弱的防线，洪水般肆虐的情感和回忆注入相阳的内心，蹂躏、蚀刻他笨拙粗糙的心灵。相阳正在被曹敬转化，被染上了曹敬的颜色。

成千上万的记忆碎片、梦境，如同缤纷的洪流，夹杂着醇厚发酵的情绪，大块大块地将相阳包裹在其中。没有一件是确实无疑的"事实"，全部都是不完备的碎片和谎言编织的梦境，只有一样事物是完整而坚实的，那就是曹敬的心，以及心中敏感的情绪，冲动与自我抑制，矛盾与挣扎，曹敬的一切自我……银色的意志力和黑红色的恶意，以及星星点点的、金色的希望与梦想。

"你告诉我,我到底想要什么?"曹敬问,相阳的心智被短暂地改造为曹敬的仿写,在短短的这一刹那,曹敬问他,在浓缩的人生冲击下,迷雾和森林迷宫都被抛弃,剩下的只有最坚实、构成曹敬人格核心的过去。

相阳张大嘴,说出了答案。

黑红色的潮水退去,银色的光晕、金色的星群围绕着二人旋转,只有那句话震耳欲聋地在无限时空中回响。

曹敬不太确定,但他仿佛在晕眩中看见某个影子在更高的地方观察他们。一个白色的幻觉,如同薄雾,弥漫在时间之外,窥探这场内心的风暴。有一双眼睛,正在记录这一切。

曹敬长长吐气,从晕眩中回过神。他关闭了一切声音的接收,在寂静中思考,然后优雅地切断和相阳的链接,清扫干净自己的记录,退出心的世界。

他的室友一晚上没有说话。

熄灯后,他听见相阳的床上传来声音:"我好嫉妒你啊。"

"什么……"

"你有好多我没有的东西。"

曹敬没有回答,他转了个身,假装自己睡着了,但他那一晚直到十二点多才入睡。

纯黑色的睡眠,没有梦。

在那之后,相阳逐渐和他疏远了。曹敬没有思考过理由,但他可以猜到。

几天后的早上,他起床的时候,相阳的床铺是空的,床底的行李也不见了。下课的时候他问吴晓峰关于相阳的事,吴晓峰耸了耸肩,说相阳突然没办法使用能力了,他的人格无法承受长期的超量精神压力。吴晓峰说教育程序或许出了些问题，相阳的"损耗"大大超出了日常训练的量。

"他的才能无法驾驭这么大的消耗。"吴晓峰的小眼睛若有所思地看着曹敬，"我想这件事会不会和你有关？"

"如果这事和我有关，会给我的最后考核分数造成影响吗？"

"有可能。"吴晓峰怪笑道。

后来好几年曹敬都在想，吴晓峰那时候的笑容底下到底是什么，他真的对整件事一无所知吗？他最后甚至开始怀疑，是不是吴晓峰在引导他去利用相阳，但他再也没有机会去尝试突破吴晓峰的防护，看不见隐藏在头颅后的真相。

作为一个心灵感应者，吴晓峰是一扇他无法打开的门。

"准备好了吗？"吴晓峰问。

曹敬点点头，他用一根手指把头发梳到脑后，确保自己的视野清晰开阔。

他的目标走进房间里，戴着手铐和脚镣。和想象中的凶恶罪犯不同，方方是个看上去略显阴柔的人，甚至还带着一点儿书生气。曹敬注意到他的眼珠中有很浅的蓝色血丝。犯人穿着橙红色囚服，面色漠然，嘴唇干裂。当他的手铐被卡在桌上时，能看见嶙峋的腕骨和手臂上的英文文身。

"他？"对方盯着曹敬，嘴唇咧开，"我还以为会是资格更老的。"

没有人回答，押送他的警察鱼贯而出，吴晓峰是最后一个走的。走之前，他留下了一张纸，上面是这次的考题。

一、此人的姓名、籍贯、性格侧写。

二、此人的罪行。

三、此人犯罪网络的上线、下线，以及一切有关情报和线索。

连背景提示也没有。

曹敬先以不知情人的角度去观察这个毒贩，他的鼻梁上有一点凹痕，眼睛的焦距很奇怪，不像是吸毒过量的后遗症，之前应该是习惯戴眼镜。从他的坐姿上来看，很有教养，不像普通混混。

"我这已经是三进宫了。"毒贩带着一点儿调侃意味，"警察的那一套我见得多了，如果没有证据，你们也不能把我怎么样。嘴硬到底，最多熬一个月就出去了，而且通常蹲不了一个月。如果有证据，那我抵不抵赖也没有用。反倒是你，我怎么会被你这个毛都没长齐的小鬼审问？"

曹敬没说话。

方方的手很奇怪，他掌纹细腻柔软，唯一有问题的是他的手指尖。虽然有烟草熏黄的痕迹，但在那之下没有指纹，所有纹路都被销蚀得很干净，只留下了化学烧灼的痕迹。

"你第一次吸毒是什么时候？"曹敬问。

"怎么，你也想来上一口？"毒贩满不在乎地反问，"如果你真的想，等我出去了，你再来找我。"

进入的角度，事先的诱导，曹敬准备好了切入。他的思想利刃将切入对方的大脑，如滚烫的刀锋分开黄油一样，凡人的头脑图景将袒露在他面前，任他取用。他是梦境的全能掌握者，思想和记忆的大师，注定驾驭众生的超人，俯视红尘的大觉悟者。

只是相阳之前说的那句话令他动摇。

眨眼。

他看见方方——真名方成,他曾有富裕而有权有势的家庭,空虚的少年时代,在酒精的作用下接过的药片。与别人不同,他知道这是什么,他也知道后果——但他不相信,或者说他觉得哪怕毁在这上面也没什么所谓。他憎恨自己的父母,各自寻欢的父母,还有失控的人生、等待爱情、被背叛、亲手掐死自己的女友。

曹敬眼前闪过女人临死的面容。

他拿起笔。

眨眼。

"方成。X省X市人。"曹敬一边写一边念,"今年二十九岁。右臂上的文身为'SillyGirl'。是指你十九岁时杀死的女友陶温。因吸毒过量后产生幻觉,你误以为女友出轨,在寓居的公寓中失手将其误杀。之后不得不出国留学……"

毒贩脸上的表情变了,原本满不在乎的脸随着曹敬说出的每一个字渐渐绷紧。

"而这桩杀人案,最后由你父亲找人顶罪,伪造成入室抢劫杀人。"曹敬的笔一顿,"这是你的第一桩罪行。你怪罪于陶温有眼无珠,竟然喜欢上自己这样无药可救的人渣,对她的愚蠢和天真充满愤怒。然而每次当你想要怪罪自己的时候,你选择毒品。你相信陶温没有死,而是变成了自己的守护天使,自己的幽灵伙伴,她还会每天和你说话、亲昵、做爱……直到毒品药效过去。"

"你……"

曹敬伸出笔,指着毒贩的脸,淡然道:"你现在知道我是谁了?"

他看见那张原本还算英俊的脸逐渐狰狞、扭曲。恐惧、愤怒、痛苦、哀伤……强烈的负面情绪从他脸上流过,刹那间变化数次。这时候,曹敬切实体会到了吴晓峰后来提过很多次的权力感,把玩对方心灵的快乐。

"第二个问题，你是怎么开始贩毒的？"

"请……"

这一次，方成换了一副语气，谦卑得不像是刚才那个人。手铐叮当作响，曹敬看见他努力把双手合十，整个人萎缩下去，趴在桌上，只把被铐住的双手合十举起。

"请……请不要继续说了。"

"第二个问题，你是怎么开始贩毒的？"

"我招认。我诚心招认，我在二十三岁那年……"

"不必了。"曹敬截口道。

眨眼。

对方的心智已经慌乱不堪，试图遮掩住那些最不堪的事物。但他完全不懂得对自我心智的克制，越是掩饰，越是把那些事物呈到曹敬的面前。刚才在他脸上展现出的那些情绪，这次曹敬亲身感受到了。对读心者的恐惧，对自己肮脏过去被翻掘出来的愤怒，对此时自身无力无奈的痛苦，以及热辣辣的、旧伤口被揭开的哀伤和疼痛。

曹敬轻而易举地分开纷繁的杂念，庖丁解牛般分开对方的意志，吸毒鬼的心智本就软弱腐败，完全无法组织有效的抵抗。曹敬没有运用精致细微的切入手法，而是更为暴力、更为强硬地撕开谎言、幻觉和借口，将溃烂的伤口暴露在严厉的视线之下。

家庭迅速地衰落，挫折接踵而至，曹敬甚至都无法适应快节奏的叙事变幻。方成是家族衰败的起点，当他的父亲显示出颓势的时候，立刻有人挖出他作为污点攻击。方成在覆灭前夕改名换姓地潜逃到外地，从内地城市前往夜摩，随身携带着父亲之前为出国潜逃准备的数百万现金。

他看见报纸上自己的父母锒铛入狱,带来的几百万在短短半年时间里挥霍一空。足够一个人生活几辈子的钱,在高昂的人工毒品、赌桌和名酒中消耗殆尽。他同时维持好几个女友,在年轻女人身上一掷千金,好像上辈子欠了她们一条命一样,然后在金库耗竭后从她们的生活中消失。

"……然后你成了一头毒品骡子。"

曹敬低语道,闭着眼睛在纸上书写。

"一开始你是收钱卖命的人。"曹敬低声说,"吞下毒囊,到达目的地后拉出来。最开始只是这样简单的事。"

眨眼。

苍老的毒贩趴在桌上,一动不动。

"金蔷薇历八十六年的时候,你犯的大罪小罪太多了。光是我可以记下来的就有几十起偷窃、抢劫、诈骗……当然,也有几乎同等数量的被抢劫、被偷窃、被诈骗……我看见了你那时候的上家的名字。你的第一次贩毒,是和一个喜欢穿假鳄鱼皮鞋的男人,他的耳朵形状很特别,是团成一团的,额头上有疤。你不知道他的真名,只知道他的外号叫'宝贝'。"

虽然不知道真名,但这会是一条好线索。曹敬记录下那个人的体貌特征,虽然已经过了六年——他用铅笔把之前写的东西划掉。"宝贝"已经死了,方成已经杀了他,现在他才读到。

曹敬略微有些意外地和方成对视,他第一眼看进去的时候就知道对方是个人渣,令人唾弃、无可救药。他在这里看见的只有黑暗,不停地往下滑落的黑暗。方成的一生看不见起色,看不见光明,只是一味地往下坠落、坠落……但他好像一直在挣扎,这种无望挣扎的感觉令曹敬不解。

杀死"宝贝"不是毒贩之间的恶性竞争,也不是他吸过毒后的暴力发作——那时候方成已经开始接触到了那种新型毒品。他发现"宝贝"在做拐卖人口的生意——更确切地说是拐卖儿童后,决定杀了他。在下手之前,他吸了那种新型毒品,谣传是海外的军用神经活化剂。

那种感觉连曹敬也不敢轻易触碰。

"你觉得自己算是有底线的人吗?哪怕同样丧尽天良,你觉得你比其他人要好上那么一点点,没有坏得那么彻底?"曹敬哂笑道,"还是说你觉得这种自我安慰,能够让你晚上睡觉的时候安心一点儿?连你幻想出来的陶温都让你害怕,时间越长,你甚至害怕吸毒后看见她的身影。你骗不过自己,这也是为什么你开始寻找新的毒品,让愤怒和暴力来盖过你越来越强的恐惧感。"

敌意的视线,曹敬看见方成抬起头来,用怨毒的眼神盯着自己。

"我……"

"你说什么?"曹敬做了个倾听的手势。

"我说……我靠你妈!"

毒贩的身体爆发出惊人的活力,咔嚓一声,曹敬听见他锁在手铐里的手腕发出一声脆响。干瘦的身体像是大虾一样蹦起来,但钉在地上的脚镣和桌上的手铐束缚住他的暴起,让他失去平衡,以丑陋不堪的姿态挂在桌子边上。

"呼……咕……呼……"

曹敬下意识地站起身,想去把他扶起来,却又怕他伤害自己,只好站在那里不动,看着方成一点点把自己重新拽回椅子上。

"你这变态小杂种……"毒贩咬牙切齿地说,"你坐在那里,居高临下地冷嘲热讽,好像你自己是个什么了不得的玩意儿一样……

你就是个变异贱种，和我一样的烂人。翻翻拣拣，在我的脑子里翻翻拣拣，我咒你跟我一样，家破人亡，妻离子散，和我一样一辈子看不到太阳，你这不该活在世上的畜生！戳人痛处就那么开心吗？别人越痛你就越爽是吗？来啊！继续啊！我什么都不怕，我一点儿也不怕你！因为我已经看清楚了，你他妈的就是不敢戳自己的痛处，只好靠寻别人的痛处来找开心！你才能感觉到自己是个人！"

按照吴晓峰的说法，这时候可以顺着他的话直接还一句"是啊，看你难受，我就是这样开心"。或者用别的方式回应，继续撩拨对方的怒火。但曹敬不知为何不想这样做，他明明有很多种办法去反击，继续痛击对方，直到方成完全失控，精神防线崩溃。

但曹敬面上毫无表情，他没有回应这些辱骂。

"他在做什么？"吴晓峰皱眉道。

曹雪卿坐在评审的座位上冷眼旁观，她不应该在这里。但当她表露出旁观的意愿后，有人立刻做了安排。这或许就是真正权力的滋味，她还没有提出明确的要求，仅是一个模糊的意愿，就有人为她把一切都安排好。曹雪卿不禁想，如果她表露出想要干涉考核成绩的暗示，能不能得偿所愿……

"什么意思？"

从空调强劲的监控房间里，看到曹敬和毒贩方方。曹雪卿注意到，吴晓峰此时不再做出平时那种快活的模样，而是表露出内心的真实想法。

"他应该更强硬的，但我注意到……他逐渐和对方产生了某种共情联系。"吴晓峰低声喃喃自语，"这种共情联系……不应该出现在他的身上。"

"你对我弟弟表现出的同情心感到不满？"

"这种同情心出现在除他之外任何一个人身上，都不会令我不满，反正与我无干。人有道德感，有同理心，对我来说是个利好消息，然而偏偏一个心灵感应者不应该有这样的感受。我已通过多日的教导去指引他用客观、独立的视角观察他人，但很显然，他在这次重要的考核中没能做到。"

有十几秒钟，室内只能听见空调制冷机的鸣响。

然后吴晓峰补充道："我对他很失望。"

"对他还保有人性这一点儿……我很满意。"曹雪卿说。

吴晓峰回头漠然一瞥，曹雪卿回以寸步不让的眼神。

"你的这分心意让我很受触动，真的，在我的职业生涯里很少能遇到你们这样的关系。"吴晓峰掏出一个打火机，却发现口袋里没有烟，只能悻悻地打开关上，"但，曹小姐，你得明白一件事情。我和你的出发点是一样的，我们都是为了曹敬好。但，你想要保护他的天性，而我想让他去适应这个世界。让他独立自主吧，曹小姐。"

"我对此深表怀疑。"

"呵，还有一件事，你真的觉得曹敬的'天性'需要保护吗？"吴晓峰讪笑着转头，对上曹雪卿忽红忽白的脸色，"我替你解除深层暗示的时候，你可没有现在这么镇定。"

"你觉得他能否通过考核？"

"你想让他通过吗？"吴晓峰脸上的讪笑越来越盛，"说出你的看法，我一定卖你一个面子。不仅是曹敬，那位明郁江小姐也一样。你以后会有很多机会决定一个人的命运，从现在开始熟悉权力的感觉，以后你还会面对很多类似的情况。"

两个房间，曹雪卿触碰墙壁，这是真正的电视剧里那样的单向镜，两个房间被强化的单向玻璃阻隔。曹敬和毒贩对峙的时候，隔壁的审判者们作壁上观，看着他痛苦、犹疑、挣扎、汗流浃背的模样。吴晓峰出门去找烟了，现在房间里只剩下曹雪卿一个人。在吴晓峰不在场的时候，她终于能够放纵自己的回忆，重温那些暧昧模糊的回忆。

嘴唇的柔软触感，肌肤之间的摩擦，汗水的味道……她把手掌按在单向镜上，手指压紧玻璃，然后把整只手掌按上去，想象玻璃对面的手掌和她的手掌相贴，就像是两人的手掌相握。少年炽热坚硬的身体，然后是令人窒息的深吻，直到最后一丝气息也消失在肺部深处，黑色的晕眩盖住了一切，最后只余下心灵内部传来的深挚爱语。

门外传来打火机点着的声音。

"小敬……"

几乎幽然无声的叹息，消散在巨大的空调噪音里。

之前吴晓峰给曹敬说过，心灵感应者是一个令人厌憎的稀少族群，而他们最令人恐惧的就是深度暗示能力。优秀的心灵感应者能够影响目标的潜意识，将其改造成完全不同的另一个人。一个人的记忆会被篡改，被虚假的记忆洗脑之后，完全被精神控制……在二十世纪早期，曾经有人认为心灵感应者应该从世界上彻底被根除，一个不留。

后来随着时代和思想的进步，这种思潮逐渐消失了，自然也有人认为这是心灵感应者族群从中作祟。甚至有人认为存在一个心灵感应者组成的精英集团，渗透进全世界的权力圈，长期影响世界的局势，在阴影中控制各大政权。这种历史悠久的阴谋论在地摊文学中颇有市场，不过很多文章，把"心灵感应者"这个词换成犹太人、汉人、吉卜赛人、或者说全体进化者……听上去都很有道理。

"你这道貌岸然的变态杂种……谁给你的权力来审判我！你也只不过是个骗子、怪物，没有人性的僵尸……你凭什么把自己摆在比我高级的位置？我呸！你和我一样，都是应该死在烂泥里的渣滓，你之所以坐在我的对面，而我却锁着链子、被炮打头、吃铁豆子，仅仅……仅仅是因为命呀！"

方成痛苦地向脸上伸手，试图捂住自己的脸。曹敬看见他流下了浑浊的眼泪，在脸上冲开几道灰尘沟壑，整个人的额头上都是汗珠。

"仅仅是因为……我们的命不一样……遇上了不一样的人，撞上了不一样的事……异地相处，我也有可能成为你，你也有可能成为我……我现在真是后悔呀，如果不吃最开始那颗药，如果我没碰毒品，如果我没有遇上陶……我为什么会变成现在这样子，为什么……"

曹敬额头上绽开青筋，双拳握紧，铅笔啪的一声从中折断。

他把相阳之前说的话反复咀嚼了几遍，看了一眼单向玻璃，他知道在那后面，考官们正看着他的一举一动。

然后他做出了进入少训所以来最大胆的举动——

他抛下铅笔，伸出手，握住了方成的手。

他似乎听见隔壁有人惊呼，就连桌子对面的毒贩也吃惊地抬起了脸。

"放你妈的屁！我才不会变成你这样的人！"在对方剧烈的情感冲击中，曹敬嘶声大吼，"我去你妈的！！！"

曹敬拉着方成，一同坠入痛苦的过去。

眨眼——迄今为止最用力的一次眨眼，眼球几乎渗出鲜血。

曹敬握住那女生的手,他被毒瘾发作时的痛苦折磨得抓心挠肺,全身上下的血管都有蚂蚁爬动般的痒意。他松开手,看着明郁江吃痛而皱眉的表情。他看见对方纤瘦脖颈上的吻痕,心乱如麻。有个声音在对他说:她和你考上了不同的学校,周围那些比你更阳光开朗、帅气青春的男人围着她大献殷勤,每一个都比你更有竞争力……你被淘汰只是意料中的事。

她只是想攀附你的姐姐罢了!那个声音在耳边严厉地大喊,你算什么?你只是一个阴沉的穷小子罢了!来一针,你就能够从这种痛苦中挣脱出去!

"不!"曹敬痛苦地哀号,声带都破损了,"我不!我不要这样!"全身上下的痛苦连环重拳出击,把他打得喘不过气来,涕泪横流。曹敬原先清秀的容貌现在已经一片狼藉,他刻意维持的俊美外貌和内敛气质,在毒瘾发作的时候全被扒了下来,露出地上翻滚蛆虫般的原形。他跟跟跄跄地推开想要扶起他的明郁江,在一片泪眼蒙眬中看见床头上的针管和粉袋。

欲望一刀刺穿他的防线,那种深切的、从骨髓内部而来的渴望几乎摧毁了他的意志。曹敬惨叫一声,扭头就跑,再也不敢去看第二眼。推开门,他在楼道里跌跌撞撞地往下爬,腿一软,直接滚地葫芦似的滚下楼梯。浑身上下的疼痛被放大,骨头断了吧,这么痛。他手脚并用地爬出公寓,卧倒在冰雪里,把脸埋进冰雪,任由鼻涕和眼泪喷涌而出。

就在这里死了吧。

我要离开。

断线。

他模模糊糊地感觉到方成正在号啕大哭,还有第二个人的哭声,曹敬意识到那是自己的抽泣。

他重新链接。

曹敬看着床垫里的那些钱，训练有素地换算出这些大额纸钞能够换来多少日夜的纸醉金迷，多少袋欲仙欲死的粉末。自己可以一次性抽到死，在飘飘欲仙中鼻子里流出鲜血，脑子烧坏，然后躺在柔软的沙发上停止呼吸。仅仅是畅想这个画面就令他心旷神怡，骨髓里又酸又酥，好像要飞起来一样。

结束自己堕落的一生，脑子里的声音这样说，你知道自己无药可救，就这样放弃空虚、无聊的一生，最后得来一个空虚、无聊的结局，不是很好吗？

至少你快乐过。

曹敬深呼吸，然后命令自己转身，他要离开这个让他无法呼吸的地方，一个没有父母的冷漠家庭，回到福利院里去。我的父母已经死在了洪水里，曹敬对自己说，这些都是幻觉、虚幻、假象、谎言，这些钱是假的，快乐也是假的。

快乐是真的。

但仅仅是快乐又有什么意义呢？曹敬诘问自己。他和自己做着辩论，努力不让自己去想那些钱、那些粉、那些快乐。

他在雪地中慢慢远去，直到再也看不见身后的景物，整个人被风雪淹没。

又是一个雪天啊。曹敬模模糊糊地想。

"他还清醒吗？……他还活着吗？"

"这两个人好像都没有呼吸了。"

最后，一剂蓝色的针剂，神经活化剂，针头刺入心脏。

生命复苏，风雪中的曹敬呼出灼烫的空气。身体不再疼痛，那些酗酒纵欲造成的暗伤,通宵达旦的内脏绞痛,全部消失了,只剩下纯正暴躁的活力,和推动活力的愤怒。世界变得慢了,他意识到自己的神经反射速度变得超凡脱俗,等待一片雪花缓缓落到鼻尖。

"你不抗拒我的过去?"方成站在他身边问,"我以为你会像之前那样,咬着牙抗拒住所有诱惑,离开这片黑色的回忆旋涡。"

两个遍体鳞伤的人打量着彼此,一样的伤痕累累,一样的灼烫呼吸,一样的流下蓝色残液的针管。

"这次不会。"曹敬抽出甩棍,旋转机簧。他一直想给自己做一件这样的武器。

短刃缓缓出鞘,曹敬大步走向破败的小巷,越过车牌被卸下的面包车。他听见远处好像有女童的哭喊,假鳄鱼皮鞋咔嗒咔嗒的脚步声,充满猥亵意味的笑声。

"你觉得,做这种事会让你比起其他渣滓更好一点吗?会让你比其他芸芸众生更有底线,让你有一晚能够安睡吗?"方成问。

曹敬倒持短刃,刺入自己的左胸,让鲜血浸湿衬衫。相阳说的话,他想。

相阳说:"你想让你爱的人得到幸福。"

"你爱着这么多的人……"相阳落寞地说。

曹敬和方成冲进模糊的人群中,展开利齿。

他眨眼。

复印机轰轰作响一阵,吐出一张纸。

这张复印件上,有人用凌乱潦草的笔迹写下一个毒贩的生平。方成,男性,外号方方,籍贯、父母、性格侧写和犯罪历史。越到后面,笔迹就越潦草,甚至出现了第三人称和第一人称的混用,例如"在鳗鱼仓库里,我和外号'宝贝'的福九发生争执,方成用匕首刺伤了'宝贝'。后者肝脏破裂,送医后不治身亡,大风大雪,大快人心"等混乱的叙述。

一路写下去,出现了时间轴混乱、事件混乱和人物混乱的情况。之后看笔迹,写字的人停顿了一段时间,竭力整理自己的思绪,最后终于把各个人物之间的脉络讲述得足够有逻辑。

后面一些信息被审阅人用笔标了出来,包括写到走私网络的新型偷渡办法,几个关键的节点人物、组织结构,这些毒品的源头以及走私者之间的流言。大洋彼岸某国海警部队中有高层和走私网络存在相当亲密的联系,只要找到合适的掮客,就有渠道进行利益交换……

拿着纸的人从头到尾细读了一遍,然后问:"他现在人呢?"

"在单人禁闭间里。"吴晓峰又加了一句,"这是他自己要求的。"

少训所里的禁闭间通常用来惩戒那些野性难驯的少年,还是第一次有人主动要求住进这种狭小逼仄的简陋房间,在这睡觉都伸不直腿。

隔着禁闭间的门,曹雪卿看见曹敬盘腿坐在小床上,墙上、床单都有小块的血斑。

"毒瘾发作的时候,他会不停撞墙,或者撕扯自己的头发。"看护介绍道,"他们说他的毒瘾不是生理上的,而是以心理上的瘾为主,相对来说,戒断过程会很快结束。但这过程中的痛苦,很难避免。"

"心理上的问题,不能用你们这些人的能力去消除吗?"

"他不会愿意的。"吴晓峰哂笑一声,"他现在已经选择了和我不一样的方向,我自然也不会干涉他的选择,这是他的自由。"

"考核结果呢？"曹雪卿问。

"你怎么看？"吴晓峰反问。

禁闭间的门发出令人牙酸的声音，曹敬抬起头，看见曹雪卿端着一盆水走进来。

他脱去衣服，沉默无语地用毛巾擦身。曹雪卿仔细端详他全身上下的旧疤痕和新的擦伤，替他擦拭背部。

"秋天了。"曹敬突然说，"我好像闻到外面有桂花香。"

"我从外面走过的时候，满地都是桂花。"曹雪卿颔首道，"过两天我们拿一块篷布放在树下，然后敲些桂花下来，用蜜腌渍一下，然后就能做成甜点……是做桂花糕的时候了，买一点琼脂粉……可以做成桂花凉糕、果冻……"

浅金黄色的桂树，在少训所年代久远的小楼边上排成一排。据说这里的树是建国初期的时候种下的，那时候这里不是少训所，而是一所国立的军事院校，在战争时期培养了不少年轻的军官，这些军官后来成了部队的骨干和精英。这所军事院校在几十年前被合并，所有师资力量全部并入了国防大学，只留下教学楼、宿舍和操场。

"头发掉了好多啊。"曹雪卿皱着眉在地上捡起一缕缕被强行薅下来的发丝。"不要再这样了，头皮上都是血。"

"刚好剪个短发。"曹敬愉快地说，"长头发太难打理了。剃短一点儿，精神也方便。"

"你喜欢就好。"

"我想我再在这里待几天就好……"

"我有个消息要告诉你，从我的一个私人渠道来的消息。"曹雪卿下定决心要说出来。

曹敬竖起食指放在唇边，笑道："我可是读心者，你要说的事情，我已经知道了。"

曹雪卿看着他脖子上的束缚器，叹息道："郁江的情况也不好，她的考核结果上周就出来了，只是她不想通知你，以免破坏你的状态……老姜说，城外一个果园给福利院赞助了一车水果，今天下午会拉到福利院那边。你出来的时候刚好可以吃到很多水果馅饼，那些东西放在那里很快就烂了，所以容易烂的先吃掉，耐放的先放着……"

曹敬有一瞬间露出哀伤的表情，但他很快笑道："跟桂花凉糕比起来，这些小毒瘾不值一提……我觉得现在就可以提出申请，从这里走出去了。"

在离开少训所之前，曹敬和吴晓峰有过一次深谈。后者花了很长时间给他讲为什么不给他通过考核，吴晓峰说这是对他的保护。他认为曹敬运用心灵感应的方式太亲昵、太深入，他说这对人对己都是一种伤害。一个心灵感应者不应该陷进去，是的，他能够看到更多，体察到更完整的信息，完全进入对方的记忆……然而他作为一个观察者，本身进得太深，影响了观察的结果。

"你的主观情绪令解读不可信。"吴晓峰简明扼要地总结，"你的陈述带了太多主观色彩，无法客观中立地分析那些信息，反而污染了这些信息。如果你被自己的情绪误导了呢？更别提这次直接染上毒瘾这种愚蠢到令人发指的低级失误。你竟敢直接跳进去，在重度污染的屎尿里畅游，难道我还得给你一枚泳坛健将的金牌不成？"

曹敬沉默地看着他。

"所以，不，No，不给你通过。我认为你这次考试很失败，鉴定完毕。我需要的是不把情绪带进工作里的专业人士，而不是跳大神的萨满,现在这个社会也不需要一个习惯请神上身的心灵感应者。你是一个不稳定因子,让你继续持有精神感应能力,对他人来说,存在安全隐患。"

曹敬点点头,然后和他握了握手。

"你读一读我现在脑子里在想什么。"曹敬建议。

吴晓峰笑了。"我想我们以后还会再见的。"他意味深长地说,"现在先别急着跟我恩断义绝,我知道,你现在明白我是故意给你安排他作为考核目标。我也知道,你这样的性格就是容易被他人的不幸所吸引……就像是飞向火焰的飞蛾。我对你的期望比对其他人都高,所以我给你的考验也最难,对你也最狠……讨厌我吗?恨我吗?你越恨我,你就越像我……嘿嘿嘿,对我来说怎样都不亏,是吧?"

"我实在不想再见到你。"曹敬咧开嘴说。

"青山不改,绿水长流,大家以后山水有相逢,以后你还有很多机会可以对我……恨之入骨。"吴晓峰嘎嘎大笑。

"我要回去念书了。"曹敬点头,"你的历史课讲得还不错。"

曹敬要回去念书了,回归高中生的生活,去思考未来的学校和专业。他考虑了很久自己未来要学什么专业,以及帮明郁江想这事。明郁江茫然了很久,去少训所的这些时间让两人的学习成绩都拉下了不少。曹敬开始整理自己的学习笔记,拉着明郁江一起学习,而两人之间也逐渐产生了一些矛盾。

曹雪卿骗了他,她没能和他们一起吃桂花糕。曹敬学会做桂花糕的那天,曹雪卿离开了,留下了一封信,说她要去燕京,之后她的行踪就会变成一个秘密。老姜没在这个事情上多说什么,只是说非常之人行非常之事。

曹敬很想念她。

和明郁江的关系，或许是终于过了热恋期，或许是因为两人都对自身的价值产生了怀疑。曹敬再也无法知道自己的女友在想什么，他不知道怎样才能去迎合、去照顾她。从前的曹敬是有自信照顾好她的，但现在的曹敬看着镜子里的人，一个脖子上挂着束缚器的凡人，眼睛里还有一点儿神经紧张的痕迹，这是短暂戒毒经历的后遗症。

明郁江对他来说再也不是透明的，而对明郁江来说，她的心态也发生了变化。少训所的经历让她切身体会到了进化者之间的阶级格差，之前她是千里挑一的罕见进化者。而少训所里，她只是泯然众人中不起眼的女生，接受的是流程化的教育和泛泛的指导和训练。不必和曹雪卿比，就连曹敬那样的特化小班教育也不如。

她被挫伤了。

虽然这种伤痕会随着时间慢慢愈合，她也会重新找准自己在人世间的定位，但在这段时间里，她需要舔舐自己的伤口。她以为曹敬会和她一样，结果曹敬似乎一夜间脱胎换骨，虽然一样迷茫，但曹敬成熟了。在曹雪卿离开后，他知道自己要做什么，想做什么。

两人的关系逐渐疏远，尽管一直保持朋友以上的感情。两人的生活重心逐渐转移到学习和考试上。

"我想去念沧江市的师范大学。"曹敬有一天晚上说，"我打算转到文科。"

"为什么？"明郁江很惊异，"现在高二都要结束了，哪怕手续能办好，接下来一年时间里，你得重新去学文科……"

"我知道。"曹敬轻轻抱住她，"但……我现在知道以后要做什么了。一点儿时间也不能浪费，哪怕我现在已经不是进化者，但我想……还是有办法去高效学习。"

高三那年飞速流逝，整个一年都像是梦一般飘过去了。曹敬每天晚上冥想，睡前复习白天的学习笔记，连早上刷牙的时候都用一只眼睛盯着书。成绩从一开始的文科吊车尾稳步上升，每个月的月考都有很大的进步，最后终于到了他应该在的位置。

金蔷薇历九十三年，他们参加了高考。然后度过了一个安静的夏天。

十五

"……妈的,还真的有点儿慌啊。"曹阳说。

明郁江把挎包交给警卫,笑道:"慌什么?"

不仅是挎包,连曹阳手里提的一束花都被警卫仔细检查一遍。今天市武警总部的安保严密异常,曹阳注意到,这些警卫不像本地人,更像从燕京调过来的。

"好久不见了,老二。"曹雪卿披着大衣,容光焕发地从走廊的另一头走过来,"还有郁江。"

"好久不见,姐。"曹阳皱了皱眉头,把手里的白色康乃馨交到她手里,这个粗壮的大汉在曹雪卿面前莫名地矮了一点。"老四现在怎么样?什么时候能出来?"

"挺不错的。再过两天吧,赶得上回去过新年。"曹雪卿把脸凑到花束里,吸了一口气,"有劳,我会转交给他。要坐会儿喝杯茶吗?"

明郁江皱眉道:"现在不能让我们进去看看他?"

"是郁江小姐啊。"

不知什么时候出现的吴晓峰热情地向明郁江打招呼，打断了对话，也让气氛重新回温。众人客套寒暄的时候，曹雪卿和曹阳走到边上，小声谈了几句。吴晓峰注意到了这边的情况，但他只是微微侧目，曹雪卿发现后立刻住口不言，领着曹阳回来了。

"曹阳警官是吧，我读过你的资料。"吴晓峰纡尊降贵地和曹阳握了握手，皮笑肉不笑地拍拍他的肩膀。"来看望小敬的吗？兄弟情很深啊。不愧是一家人，一个个都是栋梁啊。"

"如果进去看麻烦的话我就把东西放下，然后回去。"曹阳咳嗽一声，不太自在地和吴晓峰交谈，对方刻意摆弄官威让他很不舒服。"我请了半天的假，如果他现在不方便的话，我改日再来吧。"

"方便。怎么会不方便呢？"吴晓峰笑嘻嘻地说，曹雪卿细眉一扬，却没有反驳的意思。

"主要是……小敬现在在辅助我们执行一个任务。你们也知道，心灵感应者的精神状态需要保持稳定，才能发挥出自己的能力。所以一般在面对精密调查的时候，我们会给他一个独处的空间，亲人朋友和他接触很容易破坏这种精神上的稳定，令他心情波动。"吴晓峰一边领路，一边扬扬自得地说，"这个在我们说笑的时候叫关禁闭，术语叫'封闭感应'。但以小敬的才华，是不需要像普通感应者那样斤斤计较这么多的。"

吴晓峰带着众人来到三楼走廊尽头的门前，穿过两个值班警卫，用钥匙把门打开。

曹敬正在里面玩一个橡胶球。

他坐在床上，穿着病号睡衣，把一颗红色弹球丢到对面的墙上，然后在它弹回来的时候一把捉住。门口进来这么多人，他也只是瞥了一眼，然后继续进行抛接游戏。

"这么有兴致？"吴晓峰嘎吱嘎吱地走上前去，一把接住他的弹球，看了一会儿，皱眉问道，"这球你是从哪里来的？我不记得这房间里有过这个东西。"

"我请人帮我买的。"曹敬嘴唇轻微动了一下，像是在笑，"我虽然被关在屋子里，但又不是犯罪嫌疑人，也有办法活动活动。"

吴晓峰把弹球放到床头柜上，侧开身，示意来访者进来。

曹阳默不作声地把水果放在床边，明郁江给他带了一本《脑神经功能新探》。又从挎包里掏出一个银色的Walkman，放到他手边。

"有心了。"曹敬点头致意。

"你好好保重。"曹阳平时不喝酒的时候就不太说话，半天憋出来一句，"别勉强自己，累了就休息。"

两人拥抱了一下。

"这次干得好。"曹阳补充道，"你这次干得牛逼。老头子也会夸你的。"

"不会的。"曹敬微笑道，"老头子会把我骂一顿。然后让我写一份反思……让我戒骄戒躁，别翘尾巴。最后才不咸不淡地夸我两句。"

"你能从以前走出来就好、我们都盼着你出来的那天。"

"别把我说得跟蹲大牢一样。"

"你现在不是蹲大牢吗？"

两人同时大笑起来，曹阳话少待的时间就短，拍了拍他的头后就走出门去抽烟，把位置让给了明郁江。

曹敬笑道："你那时候不该破坏那个杀手脑子的，给我现在造成了好大麻烦，但我原谅你了。"

"谁要你这傻瓜原谅。"明郁江有点不自在地帮曹敬整理衣领,手指滑过他锁骨上陈旧的疤痕,"能不能把门关起来,我总感觉好像在被人监视着跟你谈情说爱一样。"

"他们不会放任我和别人单独待在一起,提前享受战略级待遇。"曹敬点点明郁江的额头,"你那时候把梅和勇的大脑破坏得太严重了,现在我只能读取支离破碎的电磁场,几乎不能形成完整的回忆……凭空提升了好几个难度。"

"那我们当时说不定就要做一对同命死鸳鸯咯。"女生轻吻他的额头,这是她长久以来第一次在言语上做出暗示……不,明示,"你赶得及过年之前出来吗?还是要跟你姐一样一去不回?"

"过年还有一个多月吧。"曹敬叹息,"很快,再过几天就会出去了。要过年的时候,福利院确实缺人手,我得回去帮忙……只是不知道姐姐和三哥会不会回来。"

"他们回不回来关我们什么事。"明郁江从牙缝中吐气,"我们来玩一个游戏好不好?"

"什么游戏?"

"你姐姐在门口看着……"她的嘴唇贴近曹敬的耳朵,沿着发鬓一路向下,让吐息轻柔地抚摸曹敬的面颊,"我们在她面前,故意表现得亲昵一点,怎么样?我看她那副晚娘脸的表情,真是笑死人了。"

曹敬能感觉到光的灼热。

诚实地说,他有点儿害怕。

"能把门关一下吗?"曹敬伸出手,把球往门口掷出去,"劳烦关一下门。"

缱绻过后，曹敬专注地观察明郁江白皙皮肤上渗出的汗水，只是很小的水珠，粘在皮肤表面，不会因重力而滴落。

"你身上好像很少有疤、瘢痕之类的。"他不期然想起她脸上曾经的烫伤疤痕。

"行血旺盛嘛。"明郁江懒洋洋地说，"血液流动速度快，新陈代谢速度快，伤疤都消失了。经常用血液加速的方式去锻炼，我的内脏功能、精力都比正常人要强，体脂率也很低……羡慕吗？"

她伸出手，然后曹敬看见细微的水珠纷飞起来，哪怕已经看过无数次这个细小的奇观，他还是会在心中惊叹。细小的水珠失重、悬浮，蔑视重力地在空气中旋转，形成绚丽的水痕，最后凝结成一团水球。这些无色无形的液体中竟然显现出不同的图案，是折射率不同吗？

曹敬看向明郁江，她正专注地操控水流。

"不同的液体，颜色、性质、折射率和溶解性都不同。这也是我最近才想到的事，虽然还不确定能够有什么用……但很好看，不是吗？"

汗水中的盐分，曹敬看见水球中出现了一个半透明的雪花图案，然后是旋涡和星辰，最后是一片惟妙惟肖的蔷薇纹章。各式的图案无穷无尽地自我演化，往空间的角落蔓延，最后溶化消失。

曹敬感觉到她悠长稳定的呼吸，忍不住握住她纤细修长的手指，感受两人心灵的共振。他能够看到她心灵中搏动的精致结构，在千百万众生中独一无二的雪花，这是只属于明郁江一人的灵魂，她对此毫无怀疑。她的一切烦恼和快乐，希望与追求，都是天然的造物，无瑕无垢，曹敬很羡慕这一点。

"你觉得我是个什么样的人？"

"总是想太多的傻瓜。"明郁江笑道。

"那你猜猜，他们看不看得到我们在做什么？"

"我不管这么多。"明郁江爬起身，在地上找到自己的高跟皮靴，费力地穿上，"你都无所谓，我又有什么所谓？他们管天管地，还能管我和你亲热？"

"我很快就能出去，还想着过年呢。"曹敬捡起球，用力扔到门上，"在这里混吃混喝得差不多了。我觉得他们也想把我踢回家，免得再浪费他们的人力。"

门打开，警卫探头进来，曹敬说："是时候了。但我有一个要求，我想和内务部来的人说一件事。"

过了一会儿，答复过来，他们同意了。

曹雪卿大步走进房间，吴晓峰坐在侧面，面色不豫。

曹敬面前放着那本《脑神经功能新探》，他已经翻了大半本。

"大脑真是个有意思的东西。"曹敬用铅笔在书页上画下横线，"脑神经不同的部分之间功能能够互相转移，在一部分大脑功能区被切除后，最开始会丧失功能。但之后，其余神经网络能够'模拟'出相似的功能，重建被破坏的区域，甚至一半大脑被切除的人也能够……我这样的精神感应者，也想研究一下这个转移时期的思想图景……会否是一种完全异常的感觉？"

吴晓峰一言不发，抱着手靠在椅背上。曹雪卿发现一件有趣的事，当曹敬表现出优游自如的自信姿态时，吴晓峰就有些坐立不安。

看见曹雪卿走进房间后，曹敬合上书，露出笑容，把注意力转移到杀手的头颅上。

残骸散发出一股淡淡的臭味，原本光洁的皮肤逐渐萎缩发黑，显出肌肉的皱纹。填充肌肤的脂肪层已经消耗殆尽，让周围的人看到它皮肤下的真容：畸形的肌肉和坚利的骨骼，给人以违背常理的不快感。

"已经能看见尸斑了。"曹敬半趴在桌上，用一支铅笔指向头颅的下部接近脖颈的断面，"血液流动接近停滞……因为重力的原因淤积在颈部。在没有心脏泵动血液的情况下，血液无法继续循环，内部养料纯粹依靠体液的渗透……已经到极限了。"

曹雪卿见过死人，但这种非生非死的奇妙状态还是第一次见识。红色的尸斑把脖颈染成血的颜色，与其说是人的尸骨，不如说是奇特的现代雕塑艺术。她凑近死者的眼睛，想着他会不会突然睁开眼睛，或是开口说话。

"他不会开口说话。"曹敬说。

曹雪卿悚然一惊，抬头看见他脖子上光溜溜的，只有一道白色斑纹，和杀手的红脖子相映成趣。她恍神了一下，才意识到自己的头脑里还有最高级别的思想保护，刚才仅仅是一个巧合……或是他对自己的思维方式了解太深。

"但我现在的任务就是让他说话。"曹敬咧开嘴笑道，"在他被时间'消磁'之前。"

这个笑容让曹雪卿有些眼熟，她记得一个有着鲨鱼般利齿的人，总是咧开嘴这样笑着，一副满不在乎的愉快模样。那位朋友说那是近亲乱伦造成的先天基因病，生下来她就有一口猎食者的牙，无法以人乳喂养，她说自己从小是喝奶瓶长大，那些橡胶奶头每两天换一次。

曹雪卿害怕这样的笑容，只属于猎食者的笑容。

"人到齐了，你还有什么要求？"吴晓峰按了一下打火机，"开始吧。"

曹敬伸手指向曹雪卿，说："我要感受一下她的防护。"

吴晓峰色变，皱眉道："你什么意思？"

"我想感受目前最高级精神能力者的水准。"曹敬向曹雪卿伸出手，"然后我才能'借形'，利用那种稳定的结构去过滤目标人物头脑中的杂音。"

铅笔点在头颅的眉心，曹敬示意道："这里，郁江曾经使用了液体亲和能力，破坏了一部分神经丛，令这位杀手朋友失去了意识。虽然在那之后，梅先生的大脑训练有素地将这些功能转移、修复，但这对我的读取造成了很大的困难。当然，如果不困难，你自己就能搞定。"

"但你当时入侵过他的脑子，你还有'原始路径'，两者比对下能够重建记忆库……就像上次那样。"

"要入侵更深层，找到那个传心者的指令痕迹，我需要一个足够坚实的基础，一个优秀到我完全无法破解的'场地'进行操作。这个场地会是我处理数据的平台，结构优秀，功能强大，能够接入外部数据……然后我想到，雪卿现在的头脑防护，是'那位大师'的心相世界，我想不到更优秀的平台了。"

吴晓峰眉头紧锁。

"我的心灵防护，"过了一会儿，他慢吞吞地说，"如果你需要高水平的防护样本……"

"就用我的。"曹雪卿截口道，"如果没有技术上的问题，就用我的。"

吴晓峰的手指不停揉搓，显然陷入了矛盾。

"你也要帮忙。"曹敬转向吴晓峰，"在我处理数据的时候，你负责监视我的状态,如果我被平台反击,你得把我拉出来。"

曹敬第一次看见吴晓峰的脸色这么臭,他感到巨大的快意。

"吴先生。"曹雪卿笑道,"可以开始了吗?"

砰的一声,吴晓峰浑身一抖,他桌上的塑料打火机突然爆开了。他霍地站起身,切齿道:"对战略级的精神防护进行试探是触犯我们内部条例的……曹小姐,请你出来一下,我有几句话想和你说。"

两人出门后,吴晓峰低声急速道:"曹小姐,我不知道你为什么对我有这么大的敌意,我以为我们之间不用讲那些派系之间的隔阂。我们没什么矛盾,也不存在什么竞争,我本身就没有阵营,不站队……你为什么总是偏袒这小子?我以为我们以前已经达成过共识……"

"我见过'那位大师',你推崇备至的那位大师。"曹雪卿的笑容此刻更像是怜悯,"她和我聊了很久。"

吴晓峰的脸色顿时变得苍白,讷讷道:"聊了什么?"

"她说,我的头脑中曾经有两个暗示。第一个是一位少年下的,我听见了那个暗示的真正内容,而不是你告诉我的那个。"曹雪卿露出温柔的笑容,她停顿了片刻,观察吴晓峰的脸色,"她告诉我……第二个'下咒者'看见了第一个暗示,然后下了第二个暗示,让我的记忆发生了变化。他让我的头脑创造了许多不存在的记忆,第二个暗示几乎毁了我,也几乎毁了他,因为那些莫须有的虚假回忆,你几乎让我杀了小敬。"

"我……我以为她不会干涉这些的。"吴晓峰挤出一个笑容。

"她说,她只认识一个精神感应者擅长这种恶作剧。她让我原谅他……但我做不到。"曹雪卿的声音越来越轻,"我能在一瞬间蒸发一个人在世界上存在的所有痕迹,不管他是精神感应者还是内务部高级顾问，在我——曹光武——行走的阳炎——面前都不过是即将熄灭的虫豸，甚至不会留下灰烬或尘埃，仅仅是蒸发，变成离子……"

吴晓峰嘴唇动了两下，他似乎想伸手到口袋里，但手指动了两下，却又停住了。

"但我没有这样做，吴先生。"曹雪卿用一根手指按住他的肩膀，"第一个理由是，那位大师说，你是她的朋友，她恳求我不要报复你。第二个理由，小敬对你依然抱有某种尊敬，他没有生身父亲，而你在他最叛逆的时候出现在他生命中，在某种意义上担任了父亲的角色。哪怕他自己都没发觉这件事，但他依然想要得到你的肯定。"

曹雪卿松开手指。

"所以你现在还活着，真该庆幸你当年只是下了暗示。如果我想动手，哪怕是那个从铁翅国叛逃的战略级也没法在这个距离下救你。现在，我们这次对话结束，转身回到房间里去。"

"给我几分钟，我要整理一下。"吴晓峰抽出根烟，犹豫了一下。曹雪卿抿起唇，他的烟无声无息地亮起火星，独自回去了。吴晓峰站在原地吸了一支烟，火焰烧得比他想得快。

吴晓峰推门进来的时候，听见曹雪卿正在说话，她给曹敬讲述在南海时遇到的一次政治事件。有两位王妃在盛大的节日庆典上跳入火堆，为当地岛国的国王殉葬。

"两位在探讨什么？"胖子笑道。

"在讲我脖子上这道疤是怎么来的。"曹雪卿微笑道，"但这个故事可以下次再说，我们做正事吧。"

曹敬很感谢曹雪卿刻意营造的氛围,作为战略级的曹雪卿在短短数年里脱胎换骨,她给他讲述的世界各地的风景、奇闻逸事以及隐藏在那之后的凶险故事,让曹敬倾慕不已。有一瞬间,他觉得世界如此广大,真想追随在姐姐身边,和她一起走遍天涯海角。

但这只是白日梦,曹敬从意淫中回到现实。

"可以开始了。"曹敬向吴晓峰点头,"我想从北海道事件进入。"

"先从曹小姐这里开始。"

曹敬把椅子挪了一下位置,让自己和曹雪卿坐到一起。两人面对面,互握双手,她的目光里全然是信任。

他深吸一口气,闭上眼睛。

施加了封闭的心智无法在感应中现形,只有在至近的距离,曹敬才能够感觉到存在一个稳定运作的精密防护结构。一颗在深黑色天幕中转动的人工天体,静谧无声,散发出微不足道的波动。一团玄秘的虚空,感觉不到形状、颜色,只有虚无。连吴晓峰的防护都没有给他这样罕见的观感。

他投入其中。

"每一个个体都是碎片。它们是更大的、形而上的集体意识的一部分。这个集体意识可以称呼为国家、民族、文化、语言……具备这些信息共识的人,每一个都是这个集合的一个碎片。这些信息集合本身是地球上最大的精神体,一个国家、民族的意识,你想过怎样去控制它们吗?"

曹敬仿佛听见有声音在说话。

"你相信有自由意志存在吗?你相信在我们之上,有某种更高级的生物吗?"

你是谁?

"你相信自己的人生吗?"

你在说什么?

"你见过'她'吗?"

曹敬悚然惊觉,巨大的恐惧感一瞬间席卷全身,他知道现实中的自己已经寒毛直竖——在这一瞬间,他有一种直觉,这个声音不是某个人在和他说话,而是某种机制、病毒、心灵上的探测器,而且已经挖进了自己的内心。就在自己进入姐姐心智防护的同时,心智防护的自动反击设置已经反向入侵了他的头脑,调查他的记忆。

每一个问题,都是自己没有清楚思考过,却又在潜意识里反复琢磨的"点"。这些"点"被激活的时候,自己会下意识地启动、去思考这些问题——然后自己内心深处最底层的秘密就暴露在入侵者面前。

"别怕。"

他终于睁开了眼睛。他正坐在一张靠窗咖啡桌面前,曹雪卿握着他的手。两人面前放着咖啡,中间有一盘蛋糕。

"你好美。"曹敬脱口而出。

"在这里没办法说谎。"曹雪卿笑道,"这是那位大师告诉我的。"

"你和外面的你不太一样。"曹敬想闭嘴,但他控制不住。或许是因为在这里,他知道这个世界只有他和曹雪卿两个人。"你在这里……真是光彩照人。我几乎不敢看你,怕控制不住自己。"

"谢谢。我很高兴,但你现在不该这样做。"

曹雪卿的谏言十分明智,曹敬澄清了一下头脑,引以为豪的定力好像完全失去了作用。这就是世界上最好的心灵防护吗?他告诫自己可千万别搞砸了,然后开始观察这个世界。

非常精致——这是他的第一印象——非常真实,没有任何梦境、心相世界的违和感,找不到一点儿差错和谬误。这是一家路边的咖啡店,咖啡的香味、店里的客人、服务员、街上的行人、车辆……天空中的云朵和光线,每一片树叶似乎都是天然的。唯一让他感觉到不协调的,就是曹雪卿看上去比平时还美丽。

原来如此,曹敬想,这个世界的构成是和我的"观察"息息相关的。它的细节因为我的观察而增强,它链接了我的头脑,从中汲取认知的信息,和我共舞,补完了这个世界的一切构成。而姐姐之所以如此美丽,是因为此刻的她超越了客观现实,她的形象被我的认知强化了——我的潜意识认为她美丽,所以她在我看来就美丽。

"原来如此……"曹敬把手指放在自己的太阳穴上轻轻按摩,"我有把握接入梅和勇了。"

三度链接,以曹敬为中继,他的第二重心智开始运作,同时执行双向读取,他进入了梅和勇的大脑,将已逐渐微弱模糊的电磁场记录、转接,在曹雪卿的头脑中重新运作。

两个人,三个世界,缓缓地融为一体。

天上开始下雪,曹敬和曹雪卿走出咖啡馆,一辆黑色轿车恰好停在路边。两人对视一眼,打开车门进入后座。前排的司机默然无语地点火,发动引擎。

"我们待会儿会重历'北海道事件',那是杀手在杀死一位东京医学家几个月后犯下的罪行。那时候他用的名字是……"

"韩载锡。"前排开车的韩载锡说,"这个名字是指挥官起的。他们为我安排了一个弁辰国的身份,韩载锡这个人或许真的存在过,证件看上去用了很长时间。"

"谢谢。"曹敬说,他转向曹雪卿,"在那之后,我们会去往北海道野外的训练基地,然后会目睹一场惨烈的屠杀。我不建议你也跟到这里来。"

曹雪卿摇头问:"我们只能旁观吗?"

"这是……已经发生过的往事。"曹敬皱眉道,"我们在这里做什么,不会影响到什么,事情依然会按照剧本演下去,我们只能旁观。"

"让我想起之前和你说的那个在南海发生的故事。"曹雪卿闭上眼睛,靠在轿车后排的座位上,"那时候,两位王妃跳进火堆殉葬,我们也只能旁观。我那时候就想,如果我突然不顾一切地冲出去,把她们救下来,会不会改变什么?当然,我知道的,这什么也改变不了。她们是心甘情愿,哪怕我去救了,她们也会埋怨我吧。"

"哦……"

"但我后来又想,世界上总会有人在这种时候也会傻乎乎地冲上去的。"曹雪卿睁开一只眼看着他,"我想,小敬你就是这种可爱的傻瓜。当然,我不是说在现在这个回忆里,而是在现实……"

"权力就是用来做这种事的。"前排的司机转过头,后排的两位乘客瞪着他,梅和勇的过去记忆体有着一对暗淡的灰眼珠。"无论是暴力、魅力、影响力……只要你有力量,你就能扭转现实,以自己的想法改变别人。"

"太智能了。"曹雪卿捏着自己的鼻梁,"好大一颗死人电灯泡。能不能先让他闭嘴?"

北海道异能力培训所的地点一直是不对外公开的机密,它位于北部山原地带,远离城市,开车三个小时才能到。而且它外面是一个当地大型的牛奶基地,被大片大片的奶牛牧场和田地所阻隔。大门处的悬牌写的是"宗谷优良饲料厂",里面真的有饲料制作厂房和机械设备，产量也很高。而后面的教学楼和宿舍则对外宣称是某农业大学的教学实践基地。

每年，数量稀少的怪异"农学生"被大巴送进饲料厂，在这里接受长时间的训练。有的时候他们会去附近的马场骑马散心，或是参与当地农业作业来娱乐，比如挤牛奶或是坐上拖拉机收割作物。虽然是乡郊野外，但中央的特殊人才政策倾斜，令内务部有充足预算在这里建造全国最好的培训基地之一。

培训基地的安全主要建立在保密性上，虽然在周边有隐蔽哨所，附近地区的军事部队也具备快速反应能力，最快能在半小时内赶到。但北海道异能力培训所一直以来都非常安稳，直到一个叫韩载锡的人开车来到这里。

"冬天，潜入更简单。"韩载锡打开雨刷，车头灯在夜里照出前面几十米的路程。他的神情很专注，虽然轮胎上有防滑链，但在这种大雪天里，一不小心就要出事。

雨刷空洞的声音令人昏昏欲睡，不过人很难在梦里再次睡着。曹雪卿把头放在曹敬腿上，用自己的大衣盖着肚子，忍耐着好像没有尽头的漫长旅途。而后者支着下巴，不停询问韩载锡各种各样的问题。

"我想更多的原因是你的指挥者知道，目标人物这个冬天一定会在训练所。"曹敬把姐姐的长发在手指上绕来绕去，"你不知道具体的名字，他们只是让你'歼灭殆尽'。"

"是的。"韩载锡的灰眼睛透过后视镜看他，一只手把一本书放在方向盘上，"我不问问题，只执行命令。"

"这个基地的等级，和我后来受训的基地应该是同级的。"曹雪卿揉了揉自己的鼻子，闭上双眼，平静地闭目养神，"他们跟我说，战略级并非每年都有，但候选会有很多。这些高级基地大多接收特殊价值者，许多高级进化者会被召集到这里来，对这些未来的高价值人才进行评估和锻炼。"

"就像来到少训所的吴晓峰。"曹敬陷入沉思，"我在教育局干的这两年，和少训所的人也接触了不少。'正常'资质的小孩通常都由普通教育者进行培训和鉴别，吴晓峰这个水平的高级进化者来到少训所，其实是很稀罕的事情。我那一批聚集了全国五六个特殊资质的心灵感应者，还有你，所以他才会到场。"

"而这些'教师'有许多都具备优秀的作战能力。"曹雪卿抿起嘴唇，"虽然我承认这个杀手的能力很强，而且不畏惧打多人战，但我不相信这个基地里的成员会毫无反抗地被屠杀干净。"

"他有帮手。"曹敬长出一口气，"就和后来在沧江市的时候一样，那个传心者应该就在附近支援。"

车窗外大雪纷飞，天色黑暗，连远处的灯光都看不清，更别提附近有没有人了。

"最合理的解释是，在他几个月前夺得情报资料后，那个传心者先一步抵达这附近，然后在这里踩点，观察待机。韩载锡最后出场，负责执行致命一击。"

车突然嘎吱一声停了。杀手摇下前车窗，递出一本证件，大雪和寒风一下子闯了进来。

"这么大的雪，来这里干什么？"车窗外的岗哨里，有人打开手电筒往后排照，曹敬和曹雪卿双双皱眉，被刺得有些晃眼。

"送备用电台！"韩载锡把手放在嘴边喊，"去年冬天，卫星天线被雪压坏了。今年冬天的时候带一个备用的无线电台过来，免得天线坏了后联系不到外面。"

车子被放行。

"其实是信号干扰装置。"韩载锡关起车窗后说,"以免行动被干扰。"

"只有你一个人吗?"

车子停下。这里已经是牧场区,杀手盯着路边的一个指示牌看了一会儿。一个Q版的奶牛漫画形象,嚼着麦秆,竖着大拇指。韩载锡从驾驶座边上抽出一杆折叠工兵铲,跳下车,在奶牛牌下挖了几铲,掏出一个脏兮兮的布袋放在驾驶座上。

车子重新启动后,韩载锡从布袋里取出一柄带消声器的手枪和几个弹夹。他检查了一遍枪支,藏在自己外套的内侧。

"我不喜欢用枪。"他意简言赅地说,"后备厢里有消防斧。"

"你在这里有朋友。"曹敬的想法得到证实,这里有人为他准备了武器。不是那个传心者,就是传心者控制的内部人员。

"朋友。"灰眼睛的人露出牙齿,笑了,"心灵感应者滑溜溜的,能进到各种各样的地方,会给我们提供很多第一手资料。他能告诉我该从哪里进去,该杀哪些人。"

车再次停下的时候,曹敬和曹雪卿走下车。韩载锡打开后备厢,检查电量,把干扰器打开。然后从一捆毛毯下面抽出一柄消防斧。

"我和这位'朋友',或者说上司的合作从两年半之前开始。"韩载锡握住斧子,前方宿舍大楼的灯光突然全部熄灭。"记忆中和他一起工作,大约也就是两年半之前的事。"

"停电了,但这里应该有备用发电机。"曹雪卿看了看周围,"没有吗?不,应该是被破坏了。"

杀手大步流星地走上前去,宿舍楼边上有好多大雪堆,之前堆积的柴火被雪覆盖住了。韩载锡伸开双手,做出一个拥抱的动作,然后衰弱立场降临，哪怕仅仅是回忆，二人也模糊地感觉到巨大生命力的流动。

"单纯的吸收，不能确定无疑地杀死一个人。"韩载锡举起手里的斧子，"深度衰竭的人也可能被救活，用斧子把头砍下来，这个才是最保险的。"

有人从前门走出来，像是去检查发电机。这是个穿着红色羽绒衣的大胖子，看到韩载锡的时候他愣了一下，甚至没反应过来是怎么回事，就被一斧子劈在面门上，血流如注地倒了下去。

"最开始的时候他们还能抵抗，但很快他们力气就越来越小了。"韩载锡带二人走进门廊，曹敬哪怕有心回避也无法回避，他们现在在杀手的回忆里，只能跟随他一同前进。"最致命的是，他们根本不知道自己为什么就没了力气。是冬天太冷，手脚冻僵了，还是关着门窗，氧气不足？是煤气泄漏还是早饭没吃低血糖？等到他们意识到不对劲的时候，已经无力回天。"

"我之前曾经认为我和他是一样的人，但现在我发现我和他有一点本质上不同。"曹敬对姐姐说，他不期然地想起小时候的那个噩梦，他和曹雪卿躲在柜子里，闭息凝神地看着屠夫把睡梦中的人一个个杀死。

"你当然和他是不同的。"曹雪卿不忍地咬牙。

"我有很多卑劣的地方和他很像，只有一点……哪怕都是争强好胜，但我喜欢和人公平较量。我还有自尊和骄傲，但他却是无底线的屠杀者。"曹敬冷然道，"我真高兴后来杀了他。"

血流成河。韩载锡从101室开始，许多青年、少年还躺在床上说话，看到有人进来时还以为是教员，头却直接被斧子劈开了。雪天的夜晚，有人只是探出头去看是否全都停电了，却被斧子从背后砍倒。

一层楼、两层楼、三层楼。不是战斗，仅仅是流水线上的屠杀。

"装了消声器的手枪还是会很响，所以他喜欢用冷兵器，夜里杀人没有声音。"曹敬干巴巴地说，他和曹雪卿站在一起。两人已经不再是小时候那样，在噩梦中只能瑟瑟发抖，哭着逃跑，他们现在都是久经风浪的进化者，正面与杀手交锋也毫无畏惧。但他们无法在回忆中改变任何事，只能看着发生过的惨剧再度上演。

"这些小孩连喊都喊不出来。"曹雪卿叹息道。

"胜之不武。"曹敬看着警卫被韩载锡拔出手枪击倒，武装警卫挣扎着爬出来，拖着步枪对着韩载锡瞄准，却没力气扣动扳机，最后被杀手从容射杀。

"执行任务而已。"杀手一边换弹夹一边说，"如果正面战斗，这里的小鬼们可能有一半能够把我撕碎。但……进化者在没有防备的时候，和普通人一样脆弱，一颗子弹、一把刀，就死了。"

他越过了一扇门，往下一个房间前进，寻找下一个受害者。

曹敬却停下脚步，盯着那扇门看。这扇门上有一个符号，一个眼睛的图案，眼睛里面没有瞳孔，只有一个五角星以及一句手写的诗：

亿万个辉煌的太阳，呈现在打碎的镜子上。

曹敬站住不动。

他看着木门，他知道门后就是传心者。

曹敬的手指划过门上的图案，粉笔的痕迹，字迹粗粝。

"一个符号，用来追索定位。"心灵感应者站在门前，在木门的另一侧是虚空，那不是杀手的记忆涉及的区块，韩载锡不知道那背后是什么，但曹敬知道。

"这个符号……"

"是我想出来的。"曹敬说,"这个世界上只有我一个人知道它。"

信息污染。曹敬知道这个词,吴晓峰说过,个人的情感流出会污染记忆信息,他有一瞬动摇,但随即意识到自己正身处世界上最好的精神结构里。这个世界坚实无比,毫无动摇。

曹雪卿没有说话。

过了一会儿,她说:"吴晓峰知道我们现在的对话吗?"

曹敬摇头,他的手指轻触那行诗句。出自《太阳城札记》,他记得。

"虽然世界上的曹敬只有我一人,但我知道,有一个模仿品。"曹敬收回手指,挺直肩背,"他就是韩载锡的'朋友',他作为被培训者进入了北海道基地,为杀手提供内部信息,指挥他进来,进行无差别屠杀。而这个符号就是他的'标记',它会触发韩载锡头脑中的暗示机关,让他无视这间寝室。"

"模仿品?"

"他准备好了活力药物,或是通过对韩载锡的了解回避了衰竭场。我的判断应该没有大的偏差。"曹敬说话的声音越来越轻,"因为他和我……同为宝贵的精神感应者却都具备如此胆略,喜欢来到第一线。"

我是不是早就知道?

曹敬在思想中咬紧自己的舌头,他模糊地意识到了痛苦。那种微妙的熟悉感,甚至从梅和勇——韩载锡——随便他用什么名字——身上散发出的熟悉感。他在潜意识里知道对方每一步的行动,他理解杀手的策略,甚至在目睹之前,他就知道了——如果我是杀手,我就会这样运作!

战栗。

曹敬从牙缝中吐息。

使用一样的符号，写下一样的诗句，你竟然利用一份记忆剪辑便还原到如此高度……相阳，你果然是精神感应者中的天才。

真可悲。

周围的一切颤抖起来，杀手的背影停下脚步，韩载锡转过身，和两姐弟目光相触。

世界的氛围改变了。

"这是怎么回事……小敬，重力好像在消失？"曹雪卿伸手抓住曹敬的肩膀，所有人的脚都在离开地面，轻飘飘地悬浮起来。

"回忆崩溃的前兆，我正在退出。"曹敬抓住曹雪卿的手，他知道，这是他最后一次看见韩载锡了。他看着杀手的高大身躯飘浮悬停，斧头从手中脱落，杀手正在湮灭，他的眼睛似乎有一丝感情流露。但曹敬知道，那是幻觉，只不过是过往的残光终于熄灭。

最后的电磁场消失，只有那柄斧子在通道中缓缓飘行。

重力是虚无时空中崩溃的第一个常识，然后是色彩和形状。两人的双手在这方梦境的末日尽头相握，万物逐渐蜷曲剥落，虚假的舞台开始落幕。走廊、楼屋、风雪、田野、夜晚……信息退潮，像某种化学反应。曹雪卿的长发燃起火焰，她的光与热像是一千个温柔的太阳，开始融化视野内的一切。战略级的阳炎之极将所有数据消融，只剩下两个悬于虚空混沌上的精神。

奢侈地用了一个呼吸的时间，曹敬凝视无数次想念的恒星，直到视网膜上留下长久的伤痕。

眨眼。

睁开眼，他听见吴晓峰的第一句话是："你发现了什么？"

回到现实,沧江市武警总部,没有窗的审讯室。曹敬闻到自己汗水的气味,他用袖子揩了一下额头,湿的,唇干舌燥。胖子还没有发现,死亡和危险的气息已经扑面而来,近在眼前。

"我们现在不安全。"曹敬伸手夺来桌上的水杯,大口吞咽。

吴晓峰略一迟疑,按下桌上的电铃。有人开门进来,吴晓峰低声吩咐。那名身着常服的秘书点头,转身出门。

转过头,内务部特使皱眉问道:"理由?"

曹敬干笑道:"我认出那是谁了,他和我们两人都有仇。我们都知道一个心灵感应者能干什么,而且他一定会报复……在这栋楼里,有多少人有思想防护?"

"我们带的人里,所有秘书都有。"吴晓峰站起身,"而更别提苏易城和……"

他停了一下,脸皮绷紧了。

曹敬皱眉问道:"那个绷带人到底是谁?什么身份?"

"他是安德烈·安德烈耶维奇·托洛茨基。"吴晓峰不情不愿地说,"他的重建还没有完成。"

曹敬的椅子翻倒了,曹雪卿却无动于衷。

"内部斗争。去年五月份,铁翅国下议院通过了新版《信仰自由和宗教组织法》,导致安德烈大将倒向我们。我们为他准备了安全通道,但被该国安全局发现了,等他到我们手里的时候已经变成了废人。"

曹敬刚刚润湿的喉咙开始发紧,大将安德烈·安德烈,被称作"守护圣人"的铁翅国战略级,三十年前就被推上台的大人物。最近两年不见他出现在新闻里,原来已经毁了。

"人呢?"曹雪卿皱眉,"那'秘书'速度太慢了。"

曹敬心中一沉，在他沉浸于深度潜入的这段时间里，自我意识完全投入心灵世界，面壁苦行式地向内发掘精神的奥秘，但这并不意味着他没有关注周围的世界。他知道这里是武警大楼，听见人们在这里谈论罪恶，心事重重地批改文件，在烟草和快餐的气味中度过一个个夜晚……这些信息浮光掠影地从外围流淌过去。

只不过几个呼吸的工夫，周围环境的"气味"改变了。曹敬脖子后面有些针刺的疼痛，不安感有若实质，呼吸不畅，而声音——他敏锐地感觉到，生活的"杂音"正在迅速消失。

来得太快了，比自己预期得还快！

曹敬撑住桌子道："怎么回事，周围的人好像……"

出现在曹敬感应范围里的是大量的惊奇、疑惑，意识中的点点星光逐一亮起紫色的疑惑和墨绿色的惊惧。曹敬抿住嘴唇看向吴晓峰，后者双眉紧皱，眼观鼻鼻观心，脸上的肌肉半天颤抖一下，突然开始说话。

"安德烈的能力被我们称为'禁绝'。"吴晓峰倏然仰起脸，两眼圆睁，瞳孔放大，"其外在表现为球形的监牢，能够隔绝几乎一切物理层面上的交互作用。除了精神感应外，我们目前没有找到任何——"

他话说到一半，曹敬就目睹了"禁绝"的出现：一个直径两米的黑色球体陡然代替了吴晓峰的身形。

曹敬哑然。

曹雪卿轻笑了一声，下一秒钟，另一个黑球将她吞噬进去。

曹敬吐出一口气，黑暗降临。

黑夜吞没了所有人。

完全静谧的黑色空间,伸手不见五指。

曹敬感觉自己像是漂浮在海水中,然后他理解了"隔绝几乎一切物理层面上的交互作用"是什么意思——"禁绝"里面没有重力。在这个监牢里,地球与他的关系已经被切断了。他恍惚间觉得自己会不会正在飘离地面,坠入天空。

他努力伸手,终于触到了这个监牢的边界。不是坚硬的墙壁,无法继续前进,手指无法继续往前伸展,仿佛一只手套卡在手上,牢牢把住五指,温和而坚决地和他僵持着。"禁绝",来自一位战略级的能力,将空间完全封锁的奇妙现象。

局势急转直下,直坠谷底,曹敬反而镇静了。他强忍焦躁,闭上眼睛把整件事从头梳理一遍:一切从我击败梅和勇开始。不,应该从最早策划行动开始。

相阳。

他再度专注地回忆那个少年,他成了那个"新世纪之门"的成员了吗?恢复了自己的精神感应能力,一个不受控的传心者,他在北海道进入培训基地卧底,然后和杀手搭档摧毁了培训基地。

然后是这一次,他和杀手一起来到沧江市,把目标瞄准了曹敬……不,他来得比梅和勇更早一段时间。利用心灵感应,他收集了本地教育部门青少年管理办公室的资料,然后发现了自己。他到底是对自己怀有私怨,还是单纯的巧合?然后借助本地教团的力量,在自己居所附近替梅和勇准备武器,只不过半路上杜云娟那姑娘搅了局。

吴晓峰来到沧江市到底是必然还是偶然?如果他是为了杀手而来,那这一切到底在不在"新世纪之门"或者说相阳的预料之中?相阳知道,曹敬和吴晓峰必然再度重逢。于是,在这座城市里,简直是举办同学会一样！两个学生、一个老师，重新聚齐了！

曹敬冷笑，如果是"那个"自己，那当然不会放过这个机会！

梅和勇的头颅，他有渠道知道这件事吧。如果再想远一点的话，安德烈大将被转交给吴晓峰的时候，真的"干净"吗？到底是谁泄露了信息，向铁翅国安全局出卖了安德烈？到底是谁安排吴晓峰来处理安德烈？然后，主角在这里集齐了，曹敬、吴晓峰、曹雪卿、苏易城……所有高价值目标全部在场，启动终极武器。

现在不是去思考阴谋论的时候，曹敬克制住自己奔逸的思路。

"还清醒吗？"

吴晓峰的声音从脑子里浮现，曹敬本能地感到不快，然后他意识到这是吴晓峰在向他联络。

"不要慌张，安德烈的能力虽然无法以物理层面击破，但'禁绝'无法隔绝精神感应，这就是我之所以负责安德烈的原因。现在看来，在我接手他之前，安德烈的身上就已经被人下了'咒语'，这次真是丢人现眼。"

"还有心思闲聊吗？"

"别着急，这不是有曹小姐在吗。"

在曹敬看不见的外界，禁闭曹雪卿的黑色封印外壳出现了一个金色的点，白金色逐渐扩张。纯黑色剪影般的黑色球体仿佛变成了一只有着金色瞳孔的眼球。黑色的冰层逐渐消融，伸出白皙纤细的、烧穿冰层的手掌。

曹雪卿的手中握着一个拇指大小的银筒，这枚银筒拴在一条银链子上，一直贴肉挂在曹雪卿脖子上。战略级的双足咔嗒一声落地，重新适应重力，她微微侧头，与两名感应者交谈。

"不，不必把我们放出来。"曹敬听见吴晓峰说，"我们就在'禁绝'里面，这里面很安全。氧气？不，暂时不会耗尽。接下来请你去解放这次带来的五名秘书……对方已经将大楼里所有工作人员全部封禁，也让我们节省了一些精力。那小子应该就在这里，找到他，然后把他解决就行。"

"有人来了，外部入侵，"曹敬对姐姐说，"数量很大，狂热、冲动，疑似被洗脑。"

"我来负责那些！"吴晓峰语气有些焦躁，"曹小姐，你只需要对付安德烈以及找到那个传心者，问题就解决了。"

"相阳。"曹敬说，"那个传心者的名字是相阳。"

安德烈·安德烈。这是他对铁翅国人冗长名字的简称，有一种回环式的趣味性。相阳第一次见到安德烈的时候是在一个老火车皮厢里，铁翅人躺在病床上，鼻子里插着氧气管，床边挂着浓黄色的尿袋，瞳孔没有焦距。病床随着车厢有规律地振动，车窗被绣花布帘遮挡，外面的日光将布帘影子投射在战略级的脸上，万花筒般旋转。

时间不多，他们在海参崴登上火车，下一站之前必须离开。为自己注射兴奋剂后，他进入安德烈的头脑，立刻惊诧于北方神经病毒的破坏性。铁翅人的自我意识千疮百孔，承载意识的基础——神经组织正在头骨里融化，大脑组织缓慢地转变为脓液。在这种情况下，利用"冰水"保全性命已经是奇迹，更遑论保留记忆和能力。

"不管怎么看，这都已经接近死透了……"

他切入进去，漫步在意识的沙滩上，这里只剩下残缺的意象。废弃物满布的海滩上，他看见一对男孩女孩，携手站在海水里。男孩白色的短袜被海水浸湿，女孩的连衣裙湿漉漉地随着潮汐波动，上面的绣花被污浊的海水搅弄得混沌一片。

涨潮了，他下意识走向男孩女孩，揣摩这到底是安德烈童年的回忆，还是他现实里的儿女。在他触碰到这对儿童的时候，一股巨力将他抛了出去。

眨眼。

"这是什么……"

黑色的世界，没有光线，甚至没有重力。他的同伴打开手电筒，惊诧地发现四周被纯黑包围。没有任何反光，黑黝黝的边界，甚至连边界的形状和范围也无法确认，只有当其中一人大着胆子去触碰的时候，才触摸到了坚硬的形体。

事后归纳信息的时候，他们判定"禁绝"的外在表现是正圆形的球体，球体的体积受操控者控制。而只要"禁绝"还在维持，只要安德烈愿意，几乎没有任何事物——包括已知的物质、光线、应力，能够越过界线，内外完全被分隔为两个世界。甚至有人认为，在"禁绝"内部，所有人身上的时间都是停滞的。

"好消息是他还能用。坏消息……下一站到站的时候，如果我们还被关在这个笼子里，内务部的人就会把我们攥在手心里。"

接下来两个小时，在重建对方心智的过程中，相阳发现了安德烈作为"战略级"的秘密。

对曹敬来说，他是第一次参与多位进化者的联动作战。他悬浮在无重力环境中，尽量降缓自己的呼吸——不确定黑色封印中的氧气到底能支撑多久。吴晓峰默许他先统括全局，观看目前的局势。

曹雪卿的动作非常快，曹敬感应到了那几个波动稳定的心智，五名秘书被曹雪卿一一解放。曹敬忍不住思考曹雪卿是怎样做到的，名为"禁绝"的黑色封印据说能够隔绝一切内外物理层面上的交互，其中必然也包括了……光。

虽然没办法亲眼看到，但曹敬微妙地体验到曹雪卿短暂运用了超出他理解的技术，想必这就是她成为战略级后取得的技艺。

他的注意力很快被吴晓峰的动作所吸引：这位感应者迅速接入了五名秘书，将自己的思维投入五个头脑中。在对方的有意展示下，曹敬看见吴晓峰的思维触角绕过坚实的思想堡垒，快疾地找到功能区块，接入秘书们的感觉神经，粗大的信息簇集成了诸多感觉器官的神经脉冲。吴晓峰从其中找到视觉的斑斓电流，从容轻巧地全部纳入自己的感官神经。

"别发愣，信息，给我信息！"

在吴晓峰粗暴的催促中，曹敬展开自己的情绪感知。

大量的敌意信号从楼层下方传来，蠕动的黑色炭火灼热烫手，散发出狂躁的破坏欲。这些滚烫的炭火信号之间挨挨挤挤，磨蹭着靠近，触角四处摸索。

"敌人大约是当地的信徒。"曹敬无意识地用手指点数，"人数在四五十人……不，更多。从前门入侵，武器大概是刀和铁棍。杀伤力不高，但情绪非常激动。"

有毒的热病在人群中蔓延，曹敬浅尝辄止，他略微探测了一下这些炮灰，对面的驱使者并不打算把他们变成精兵强将。仅仅是在这些当地教团的信徒头脑里安装了一个封闭的回路，单纯地灌输恶意与执念。

"转移我们的视线？在已经有一名战略级入场的同时，这些人的功能是——"

"掩盖痕迹。"吴晓峰回应曹敬的疑惑，"一场暴乱，狂热的群氓冲击政府机关。他们能够破坏大多数痕迹，哪怕事后调查会发现诸多疑点，但也能够牵制和迷惑调查小组。"

在与曹敬说话的同时，吴晓峰依然在收放自己的思维蛛丝。五名秘书如同牵线木偶，在吴晓峰的指引下配合无间，如多人舞蹈般动作协调。曹敬忍不住从侧面观察，吴晓峰的操作如同大师演奏乐器，指令繁复优雅，令人目眩神迷。

有一点让曹敬奇怪，这类精锐部队通常会有年龄和身体素质的硬性要求，但秘书却没有这种成规，其中甚至还有两鬓斑白的中老年人。相较于暴力素质，看上去这支部队更侧重于解决问题的综合素质。

"曹敬！"

"嗯？"

"搜索安德烈的位置，准备迎接冲击，去和那小子正面交锋，制衡他！"

"在做了。"

眨眼。

曹敬深呼吸，再次深呼吸，一头扎入滚烫的熔岩湖。

愤怒、狂躁、恐惧——负面情感的大潮涌来。迷幻、晕眩、颤抖的多视角。曹敬在一个个暴徒的视界中跳跃，他闻见牙关紧咬的铁锈味，在干瘪肮脏的牙床上满溢出来。他听见一个狂热的声音站在桌子上讲道，在废旧的小学教室里聚集了对生活失去信心的人。退休金寡薄的老人，住在臭水河边上的流浪汉，在录像厅里花光最后一个硬币的闲汉……最开始是用廉价的茶点，然后是不断宣讲现世的苦难和来世的财富，讲述每一个皈依修行、敬拜圣子的人都能够在死后的王国里享用无尽，直到时间的尽头。

我要的是人的名字、人的脸、人的位置。

讲道的人脸一闪而过,不是他。这一次煽动必然是相阳亲自动手,曹敬看见了对方"推动"的痕迹,在欲望上的轻轻一推,让他们相信这次暴乱能够为他们在天国的功劳簿上积累不可磨灭的功绩。让他们相信武警部门正在策划把他们一网打尽的行动,这里有魔鬼的现世肉身,正在暗室中鬼祟地计划谋害神的选民……只要把祸首剿灭,他们就能够平安无事。

听见了,曹敬找到了一个人影。他站在人群边缘,戴着一顶鸭舌帽,围着一条羊毛围巾,全身包裹在灰色大衣里面,只有一双眼睛闪闪发光。他在人群中说话,声音清朗坚定,他为人们指路,然后在一拥而入的时候尾随在后面,漫步进来……

枪声!

疼痛和愤怒挤压过来,曹敬借这些疯子的眼睛看见枪口喷吐的火舌。秘书们训练有素地借助楼梯、桌椅建立防御工事,用手枪阻截暴徒们的冲锋。狂热信徒们甚至没有一个明确的目标,只是大肆破坏,冲在最前面的人顿时被子弹击倒。但秘书们火力有限,在悍不畏死的冲击下只能且战且退——直到一道光闪过。

这不是曹敬印象中的任何温柔、温暖的光。在这束光出现之前半秒钟,突然间天黑了,日光黯淡。然后从深黑的渊薮中射出一束白炽、稳定的光束,冷酷地穿透茫然的人群。曹敬没闻到血腥味,甚至没有痛觉,几秒钟后才有焦烟的气味四处蔓延。

没有痛觉?

巨大的压迫感,曹敬忍不住分神了。他应该继续搜索相阳的踪迹,但他忍不住将自己的思念停驻于此,目睹姐姐的英姿。

从黑暗中步出的毁灭化身,曹雪卿的身姿并不光彩夺目,正相反,她全身笼罩在混沌不清的暮色中——光的缺失,只有一双眼睛在黑暗中熠熠生辉。曹敬品味到暴徒们心中涌起的恐惧以及他们生出的念头:这便是骄矜自傲的天魔降生!光是注视便能摧毁人性的神之敌,遇见她的时刻便是人生的终点……

这些人会崩溃吗?不,曹敬心想。相阳为他们注入的狂怒还没有熄灭,生命威胁会让生物感受到恐惧,而恐惧的极点就是愤怒,他们还会继续号叫着进攻……

但曹敬想错了,曹雪卿甚至没有给这些暴徒重新组织冲锋的机会,哪怕那些斧头铁棍菜刀实际上不可能对她造成伤害。半个呼吸后,辉煌的光束暴雨般横扫整个走廊,完全无视伤亡地贯穿了脆弱的人体,场面安静得异乎寻常。没有惨叫与哀号,曹敬只感觉到自己能够跳转的心灵一个接一个地关闭,在他们还未来得及反应的瞬间,生命就已经被蒸发殆尽。

几个呼吸后,已经是一地狼藉。甚至没有鲜血溢出,只有渐渐散发的焦臭气息。

"……在看吗?小敬。"

曹敬没有回答,安静地触摸暴徒们残留的电磁场,这仅仅是其中的一批而已。他吸吮着死者的残片,从电磁场的碎片中剥取有用的情报。人数远不止这些,但在战略级面前,这些暴徒的人数没有实际意义。最重要的是——安德烈和相阳。

调转过来思考,如果我是相阳,用这些前驱的小卒试探出了对方的最大底牌:一名破坏力惊人的战略级,而且其不知为何能够克制我方战略级的"禁绝"。这样的话,这个牌局就非常棘手了,那么……

他从正在死去的暴徒眼睛里看见一枚手掌大小的黑球,在走廊尽头浮现，悬浮在空气中，晃晃悠悠地飘荡过来，这个外形让曹敬想起水雷。

"闪开！"

黑球陡然加速，迅雷般飞来。曹雪卿伸出手掌，似乎想要凌空击爆，却因为曹敬的提醒果断侧跃闪开，翻进之前秘书们用办公桌做成的掩体。黑球在这一瞬自行解体，鸣雷大震，冲击波将掩体桌椅吹飞，曹雪卿也不得不往后撤退。

是将大量爆炸物积存在小型"禁绝"内部吗？在小范围内积蓄的巨大冲击，其能量被"禁绝"完全封闭在内部，直到解除的那一刻彻底爆发。曹敬觉得自己背上出汗，曹雪卿虽然破坏力惊人，但本身依然脆弱，如果对方仅仅是这样在看不见的地方狂轰滥炸……

曹敬迅速切入其余楼层的暴徒视角，在几十双眼睛的信息流里寻找更多的"禁绝"。

介入、介入、介入，然后他与相阳的意识不期而遇。

他早就在等着曹敬了，伪装成暴徒中的一员，将头脑的外层打开，等待着曹敬自投罗网。曹敬一头撞进来，然后惊诧地发现自己被抓住，然后陷入对手更深层次的心灵。

曹敬的仓促反击比对方预期得更为凌厉，双方一瞬间交感共振，狠狠撞击了一下，碎片的记忆流了过来。

……头疼。相阳随身带着一小瓶芥末酱，每次头疼晕眩的时候闻一下，再抹一点在鼻孔处，然后冲劲儿就把自己带回现实。但芥末酱有一个缺点，抹多了就开始流鼻血，嘴唇上会干裂疼痛，红肿发炎。

相阳旋紧瓶盖，伸出自己的手，在眼前晃了晃，毫无疑问，什么都看不见。这里什么光线也没有,让人有一种安心感,好像回到了柔软、温暖、潮湿、黑暗的胎内,不会有任何危险。

不愧是"高加索的守护圣人"!相阳想,名不虚传的战略级,能力千变万化,可能性几乎没有穷尽。哪怕是现在,相阳也觉得安德烈的技艺在他手里只发挥出十之一二,相处时间甚短,令他只能用最简单的方式去驾驭。

从战术上来说,在自己的杀手朋友被割下头后,相阳在沧江市的任务已经告一段落。他用密码写好报告,通过邮政寄向某个海外邮箱,确保情报得到回收。

但一位高价值人物来到了沧江市,这是在计划之外的突发事件。安德烈并不应该在这里就被启用,他以后还会出现在更重要的场合,只是以相阳的个人感情来说,这次值得冒一次险。而且,说到底,他骨子里就喜欢冒险,不爱循规蹈矩。

毕竟,"他们"都知道这一点。

相阳笑了,在漆黑的子宫里换了个姿势。已经这么久没见,他真的很希望在另一种场合和曹敬见面。他想仔细观察曹敬现在的模样。并不完全是友谊(是的,他承认心中有某种情谊存在),更主要的是好奇。他想知道,以前那个傲慢的曹敬,经历了这些年后变成了什么样的人。

吴晓峰,你真是头了不起的畜生,竟然能想出这么缺德的主意,把我们的朋友折磨成这副模样——你这只命运之手,扮演得真是妙趣横生。

吴晓峰追求对称意义上的平衡感,他把作为"强者"的曹敬身上的力量剥夺,把他变成一个曾经拥有上位者傲慢的"弱者"。看他艰难地挣扎、适应、矛盾、痛苦,他就是这样的一头狗熊,贪婪地舔舐一个人心灵破裂时渗出来的蜜汁……相阳一边想一边忍不住地直乐，某种程度上，自己或许很幸运，没有成为吴晓峰选择的人。

从结果上来说，我曾是一个"出局者"。相阳抚摸着芥末瓶的盖子，只不过最后我还是回来了，在付出了这许多东西后，我带着筹码重新坐回这张桌子，和各位老朋友再次同台。虽然筹码不多，但足够赌一把。

发牌吧。**相阳闭上眼睛**。

画卷展开，这里上百人的记忆和认知，他们对这栋大楼的印象，综合在一起。信息压缩、伸展、过滤，最后组合成有效的信息库。相阳把自己的感觉投入其中，然后——他出去了。他和安德烈·安德烈肩并肩站在一起。两人沿着走廊阔步前行，能看见窗外积雪的树丛，快新年了。

"我们得找到曹雪卿，然后杀了她。她是来自南方的杀手，只能由你来对付。"相阳的声音病态而又稚嫩，像是多年未曾发育。"她想让我们永远也看不见太阳，但只要我们抢到先手，她就完了。"

身侧的战略级没有说话。

这回，相阳想，我来扮演一次命运之手。我想看看，朋友，好不容易重建自我的你，再一次崩溃会是什么样。

一点小小的趣味希望你不要让我失望。

对曹敬这名入侵者来说，相阳的精神防护出乎他的意料。

"这里……"

这里是相阳的精神世界外部，被称为防御层的地方，每一个人都会自觉或不自觉地建立的心理隔离带，让自己真正的内心和外界（甚至是自己的主观意识）保持距离。再往下就是心灵的底层，一切秘密、一切记忆、一切涌动的思想一览无余的地方。

曹敬站在空荡荡的走廊里，水泥地、蓝白色花纹的瓷砖、烟味、盒饭发臭的味道从窗户一眼看出去，曹敬就确认了具体位置。

这里是武警总部大楼。

防护心相和现实环境重叠是为了什么？曹敬皱眉，从单纯的"感觉"上说，他的直觉确定，这个心智防护是和曹雪卿身上同一等级的防护。有技艺高绝的精神感应者在相阳的防御层上构建了相当精妙的思维迷宫，直觉告诉他，这种心相与现实世界的重叠绝非巧合。

在曹敬的知觉中，大部分人的精神世界是混乱而无条理的，在读取的时候需要加以诱导，或者以一个关键词做引子。头脑就像是杂乱不堪的数据库，有效利用关键词检索才能迅速找到想要的信息。简而言之，不设防的头脑利用的主要难点在于信息整理和收集。

他特意研读过进化者的发展历史，精神感应者开始为人所知后，这类稀有人才立刻被重视开发。相对其余谱系的进化者，精神感应是非常"社会性"的能力，它只有在人与人的交互中才具备价值。而对精神感应者的研究和利用也在缓慢进行，最早研发的技术，就是精神防护。

精神防护的本质是整理记忆，然后在隔离带捏造出一个具备逻辑的心相世界。受过冥想训练的人可以自主完成这一点，让入侵者在迷宫中找不到出口，直到主动退出为止。它的表现形式多种多样，有人设置一系列谜题，有人做出一个迷宫，甚或是琐碎的日常环境，其最终目的都是隐藏进入深层思想的入口。

哪怕这个防护是有人替相阳制作的，曹敬心想，其框架制作是有人代劳，但"材料"必然取自相阳本身的记忆。之前刚刚接触过最高等级的防护，曹敬现在有了一些体会，他揣测这栋大楼是由相阳自己在原先的基础上做的拓展，从环境细节上来说……

他用这个去观察安德烈和那些喽啰。曹敬突然意识到这一点，这里是精神上的沙盘。相阳抽取他人的记忆碎片形成了这个"模型"，将他操控的心灵放置在这里。就像吴晓峰控制那些秘书们一样，相阳的思维之线连着安德烈。

"所以你可以用安德烈丢出那些遥控炸弹。他没有感应能力，无法做到视距之外的攻击，而他的眼睛是你。"曹敬朗声道。

"确实如此。"有人在他背后说，"我也得有一些眼睛，就像你一样。"

曹敬立刻转身。

一身厚重的大衣，穿戴着围巾、鸭舌帽，面色苍白，一副弱不禁风的模样。相阳，出现在曹敬的"面前"。精神上的碰触，本应是无形的角力，思想和感情的交互，但借由稳定的心相世界，二人的精神显化为实体，面目分明地对视。

一直追寻的传心者，杀手的同伴，曹敬曾经的朋友，堂而皇之地在他面前现形。

曹敬一时无语。他不太确信这是相阳，不仅是因为他已经和此人多年未见，也因为此人……

"身体发育会这样惊人的吗？"

相阳笑道："我现在很像你，没错吧。"

曹敬难以反驳，也不知作何回应较为得体。虽然早有预感，但亲身体验这个场景，还是令他颇受震动。

与他印象里那个脑袋有点圆的少年截然不同。要说相阳像谁，反倒像是曹敬每天在镜子里见到的自己。并不是说五官脸型一模一样，曹敬依稀能够找到当年那个少年的面目，但他的眉目、神态，某些细微的地方和曹敬自己颇有神似之处。

信息污染。

曹敬听说过这样的案例，为他人植入虚假的人格，虚假的自我认知。但相阳身上表现出的异态……

"不必尴尬，不是你的错。"相阳本人为他解围，"这是我自己的选择，你当时给我看的东西，让我印象非常深刻。从那之后很长一段时间，我都很嫉妒你，然后我立志学习你，从你的经历中汲取营养，成为跟你一样又有力量又自信的人……这一点到现在我也觉得没做错。啊，好久不见，曹敬。"

"好久不见……相阳。"曹敬阴沉地回答，"为了提升水平做到这样，至于吗？值得吗？"

名为相阳的人微微露出笑容。

曹敬现在二十四岁，而相阳的外表却像是五十多岁。再仔细看的时候却又让人有些不适，他的面部，青年的特征和老人的特征混杂在一起，让人感觉不像正常的人脸，反倒像是化了不成功的老年妆。皮肤还很细腻，甚至还有痘瘢，但皱纹却已经蔓延至额头、鼻翼、耳后等部位，头发有非常严重的少年白，眼球表面出现了浓厚的云翳。

精神上的过度使用令衰老提前降临，相阳身上出现的各种征兆，让曹敬想起佛经中的天人五衰。经书上说天人在死期将至的时候，身上会出现五种征兆，预示不朽者的末日。

"用了药？"他猜测。

"吃了不少。"相阳点了点自己的太阳穴，"一开始吃的量很少，后来我主动要求加量了。他们说，吃多了之后，神经系统会变懒，习惯了外界摄入，就懒得自己分泌递质了。正统的冥想修行没有这个问题，但我没工夫去慢慢修行了。我就说，只要有药吃，就能维持高水平的精神状态？那就多吃点。"

"你应当是理解这种活法的。"相阳抬起未老先衰的头颅，竟令曹敬感到一丝高贵的气质，"我选择的不是活的方式，我选择的是死的方式。"

"最好的感应者不会用药物。"曹敬感觉自己的胃部缩紧了，他不自觉地想起曾经阅读过的精神感应者们的故事，那些最后走入末路的人们。"你能做出扎实的心理幻觉，但用药物催发出来的心力无法帮助你理解他人，在思辨的时候不能帮你回答问题。在面对他人心灵的时候，你和我是平等的，都要靠同理心、情感和直觉去判断，这是药物无法帮助你达到的……"

"我找到他了。"曹敬将一半的精神抽离出来，联系上吴晓峰。

"纠缠住他，让他不能干扰你姐姐。"吴晓峰操纵秘书们的动作迟滞了一下，"你不要管别的，咬住他不放，剩下的让我来解决。"

"让我猜一猜，你正在评估我的物理位置，然后通知你姐姐和那几个提线木偶，想要攻过来。"相阳挠了挠头发，表情略微有些苦恼，"嗯……这确实是和你交流必须要付出的风险，不过还在我的预料之内。事实上，这样反而让你姐姐的行动更好预测了。"

曹敬闭口不言。

"让我们来看看吧。"相阳打了个响指。半透明的影子无声无息地出现在两人身边，这些影子是那些暴徒的心灵投射。曹敬突然意识到这与现实世界是对应的，然后他注意到其中一个最清晰、最突出的高大身影。

那人脸上的绷带已经散开，四处飘飞，像是挂在头上的滑稽胡须。绷带下的面容伤痕累累，这便是饱经风霜的安德烈，他的脸并不凶恶，更多地令人感觉到悲伤和同情。曹敬不记得自己曾见过如此有故事的面容，一时间竟呆住了。

"我现实世界中的本体由安德烈亲自守护。"相阳点头致意，"必须承认，曹雪卿竟然具有破除'禁绝'的能力，这一点让我很吃惊。应该是'圣人的骨骸'吧，虽然有预先评估，但真的面对战略级和圣骨的组合，我还是吃了一惊。"

"啊……"

"不知道什么是圣骨吗？"注意到曹敬的表情，相阳微笑道，"战略级与战略级的能力发生冲突的时候，双方的能力在极近距离会互相干扰。一般来说这种干扰非常微小，难以利用。但'圣人的骨骸'这种极罕见的道具，大约来自某个百年一遇的特殊体质的进化者，不仅能够将扰动的波纹放大，甚至可以破坏能力。就算是整个共和国，这种骨骸也没有几块。看来曹小姐很受重视……"

他显得很镇定，曹敬微微皱眉。

作为直接对抗国家暴力机构的法外之徒，相阳的从容超乎曹敬的意料。他坦然承认自己的计划出了纰漏，但精神却毫无动摇，曹敬没有找到可供利用的情绪瑕疵。

"曹敬同学，你知道我从你这里学到了什么吗？"相阳笑吟吟地说，"你那时候的自信心，那种骨子里的冒险精神和解决问题时的冷静，真令我钦佩不已。如果没有从你这里学来的心性，我恐怕没有那个胆量直面战略级。不过，讽刺的是，现在我们好像颠倒过来了。曹同学，你这些年来好像已经变成了一个普通公务员。真有意思，这是适应能力的体现吗？当你不得不面对现实，失去原先实力凭依的时候，果断地选择低头做人吗？"

"适应力是人类最优秀的品质。"

经历过这两年的公务员生活，曹敬早不把冷嘲热讽放在心上。

他在推测相阳此刻的心理状态，自己踏进陷阱并非是偶然事件。相阳早在医院就知道曹敬会与他接触，还特意为他这样一个刚刚恢复能力的感应者设下圈套。

这个圈套会不会一开始是为吴晓峰准备的，只是自己先走了进来？曹敬觉得这个思路是正确的。如果自己不是恰巧完成了对杀手头颅的研究，此刻自己应该还在梅和勇过往的记忆里徜徉，那么相阳要面对的主要敌人就是吴晓峰。

他应该和吴晓峰在这里一对一的。

相阳似乎看出了他的心思，笑道："吴晓峰这狐狸真是狡猾，他把和我正面碰撞的机会让给了你，这也是他的一贯策略。哪怕他实力再强，也总喜欢把别人当棋子顶上去，然后自己浑水摸鱼。他在利用你，先让你来试试我的成色。但这正合我意，我正想和你谈一谈，然后我才会去正面会一会吴晓峰……在安德烈击败曹雪卿小姐之前，我们还有一些时间。"

曹敬不得不承认，相阳对吴晓峰的判断和自己如出一辙，正中曹敬本人对吴晓峰的嫌恶观感。很多时候他觉得吴晓峰不是人类，而是披着一个人形皮囊的……不知道什么东西，只是在模仿人类的感情和选择。他具有极高的知性，却只有令人不快的恶意。

他调转自己的思路，开始寻找主动。

"是什么感觉？"

"嗯？"

"你从十七岁开始模仿我的方式去思考……有什么感觉？你从我的人生剪辑里继承了多少情感，你在敌对姐姐的时候，会有'感觉'吗？"曹敬一连串地发问，长久锻炼出的超卓稳定情绪，依然保护着他的逻辑。

相阳的嘴角略微撇了撇，很难说是笑容。他缓缓道："你不喜欢你以前的样子？"

曹敬点头，算是承认这一点。

"你是通过这样来取得内心的平衡吧，曹敬同学。嘿，呵呵，不然的话，你早晚会疯了的。曾经高踞云端，这会儿却只能和其他庸碌众生一样在泥里刨食，你现在也只能一遍遍告诉自己，'嗯嗯，在泥里刨食才是正确善良的我，之前的我是不正常的、可悲的、自大而不自知的'……不然的话，你要怎么接受现在这个自己？人的适应性啊，真是厉害，我们最擅长的就是欺骗自己，对吧？"

曹敬哑然。

"至于曹雪卿小姐。我嘛……"

曹敬认为相阳略微动摇了片刻。不是单纯的神态，而是整个人的精神迟钝了一下。但他几乎一瞬间就做出了结论："虽然我和她无冤无仇，但我曾经和人立下约定，要帮他做事。所以，这就和个人恩怨喜好无关了，她只是我的工作目标。"

那人是谁？

曹敬皱眉道："有人对你使用了精神控制。那个你现在效忠的人，他对你施加了精神控制。"

"你在说什么胡话？"相阳扑哧一声笑了。

曹敬的语气如此笃定，而且在精神世界里，无法说谎——曹敬认为相阳似乎开始疑惑了。对方从感情上完全不会认同这个判断，但他会相信精神世界的规矩，相信他的心相世界坚固而强大，于是放在相阳面前的只有一个解释：曹敬显然误解了什么，犯了一个愚蠢的错误。

他一定乐于观赏曹敬继续犯错，以此得到更多的优越感。

"先澄清一件事吧。"相阳咳嗽一声,"从少训所离开之后,我花了很长一段时间去思考,哼,不,应该说是'痛苦地辗转反侧'。然后有人找到我,我加入了他们,并且在科学的训练下重新取回了精神感应能力。在这之后,我一直在学习、挖掘自身潜力和自我提升。吴老师给我打好了地基,教授给了我心灵感应的基本法则和原理——我唯一缺乏的就是大量的实践练习,而这种练习机会,他们为我提供了。"

大量的……精神感应实践训练吗?曹敬记住相阳透露的每一点情报,如果说都是结业考试那种强度的深度探测,那确实是很了不得的锻炼。除非走上犯罪道路,日常生活中完全没有深度挖掘他人思想的机会。

"所以,在这种经验的积累下,我的水平在大量实践中得到了迅速的提升。特别是其中有一个存在心灵感应潜力、感觉非常敏锐的人。我在他身上实验了很久,各种各样的精神操控。"相阳好像在忍住笑意,"如果说真的有人对我施加精神影响力,无论是篡改认知、修改记忆、人格侵蚀——就像是你对我做过的那样——还是信息混淆、误导……这些都会留下痕迹,而我是一个谨慎到每天会抽时间自我检查的人。我不是傻瓜,我也没有把自己完全奉献给他们的牺牲精神,我只是履行约定而已,完全自主地签下的约定。你懂我的意思,对吗?"

曹敬理解他的意思。作为独善己身主义的那个曹敬——不,相阳,不会被理想、信念、信仰之类虚无缥缈的事物打动,单纯只考量自身的利益和感情需求。无论是迷惑异性来补偿自己的情感缺口,还是诱导、控制他人来达到自己的目的,做这些事的时候不会有丝毫迟疑。唯一坚持的,或许就是自己的某些原则。

精神感应者能够骗过世界上所有人，唯一骗不过的人只有自己。对自己真诚，这一点上，无论是现在的曹敬还是相阳，都没有区别。

"但是，我指的不是精神操控意义上的控制，而是影响。你被对方影响了，不是对你的头脑动了手脚，而是非常简单地骗了你。"曹敬竖起一根手指，着重指出这一点，"我这两年来见过不少青少年案例，越看越觉得恐慌，这些卷宗和亲身实践告诉我一件事。精神控制并非需要超自然的天赋，普通人也能做到这一点，而且……太简单了。玩弄人心是一件简单到让我觉得害怕的事情。"

相阳没说话，只是向曹敬摊开手，做了一个洗耳恭听的手势。

"对于精神不稳定、迷茫、动摇的目标，只需要对他表示认同，提供他需要的自我价值的证明，你就能够控制他。"曹敬长长呼出一口气，"我想，认同你的那位先生，你看不见他头脑里在想什么吧？你不知道他是否真情真意地认同、支持你、理解你，而非某种演技。只不过他提供给了你实实在在的支援，让你重新拾回了能力，或许还有一些物质上的支持……人生意义呢？你现在的人生追求，有没有来自外界的推动？"

相阳哂笑了一下，摇头道："这就是你现在能做的——挑拨离间？我以为你会有更好的表现。曹同学，我有一句话想问你。"

曹敬安静地等待他的反击。

"你已经不相信人和人之间的情谊了吗？"相阳哂笑着问，表情有些伤感，"你现在是不是已经自居'成熟的社会人'，对他人的彼此信任指指点点。我知道这或许是你的小伎俩，但我们现在身处诚实的时空，你能说出这些话代表你确实在这样想——我对你有些失望，我以为如果是曹敬你，能看得更高的。"

曹敬有一种奇妙的荒诞感，明明对方是"邪恶的反派"，却在赞颂人类感情的美好，自己却在说些恶人才会说的台词。

"你无法证明这种彼此信赖，或许只是你自己的幻觉。"曹敬高声道，"我见过许多谎言和幻觉，多到足以撼动我的信任——"

"它是真的，在我的世界，在心的世界里，那位朋友对我的认可是真实可见的，沉甸甸的。"相阳踏前一步，走到离曹敬极近的距离，"人看不见风的流动，大气的形态，但当风暴来临的时候，你就能看见了！黄沙、落叶、被摧枯拉朽的一切——它会在你心中留下无法磨灭的刻痕。于是你知道了，风是存在的，大气是存在的，直到连石头都被磨平的那一天！被自己的谎言锁在迷宫深处，无法相信别人，曹敬，你也不过是一条可耻的蛆虫，活在自我厌恶和欲望的泥潭里。你又有什么资格评点我的世界？"

下一刻，曹敬忍不住大笑起来，连相阳都怔了一下。

"哈哈哈哈哈，呵哈哈哈哈哈——你说得没错。"曹敬笑得几乎停不下来，"你对我的判断，我本人非常认同。可见无论绕了多远的路，一个人最后总能找到正确的答案。是的，我确实是个可耻的人，一点儿也没错。

"但是，怎么说呢，一个可耻的人也在努力活下去。哪怕只是一条蛆，如果有人对他赋予感情，让他承载他完全不配的价值，把他当作这个世界上绝无仅有的宝贝，那头蛆也会努力拱两下，竭力让自己爬出粪堆的。"曹敬点了点头，"相阳同学，我向你道歉。我对你出言不逊，说了你那位朋友的坏话，对不起。因为我也有一模一样的感受——我这样的性格，总会遇到某个人，不管是男是女，总会有人相信你……这或许是作为蛆虫的最大幸福了吧。"

相阳的表情终于动摇了一下。

"所以，我这条蛆就要和你来正面较量了。"曹敬捻了捻手指，

"很多年没有练习,我也不知道现在还剩多少水平。如果我出丑的话,请你不要取笑。"

入侵,对抗,曹敬重新切入。调校自己的情绪,梳理思维,抛开一切杂念,只剩下全然的专注。这是他曾经具备的才华,娴熟地整理自己的头脑,蜕变为心灵世界的猛兽,赢得每一场对抗。

他训练有素的头脑将数据转化为感官信号,把无形的精神对接为视觉、听觉、触觉……制造出身临其境的幻境。常人的精神结构简单粗陋,感应者探测的是浮光掠影的潜意识以及思想、记忆、梦境的碎片,于是感受到的画面等信息也会支离破碎,难以辨识与理解。

感应者在碎片的迷宫中拼凑、挖掘出有意义的信息,这一过程需要高超的想象力和创造力,以及分析、共情和敏锐的感应力。越是敏感的人,越能够从有限的碎片中感受更多的信息,注意到通常所不会察觉的细节。

相阳的心智防护是一种罕见的极端情况:信息没有断裂、没有缺损、没有重点,不存在逻辑上的谬误,也没有失真、变形……曹敬所能感应到的一切信息都没有"缺口"或者"破绽",感应器官得到的是对现实世界完美无瑕的复刻,找不到理解的头绪。

就像完全的"无"。

相阳的心相中,不存在"相阳"的主观意识,万象万物都是客观实体,作为主体的相阳的自我意识则消失、隐形,遁入某个曹敬察觉不到的地方,在这个完美绝伦的时空中隐匿无踪,空空一片。在这种情况中,曹敬无法找到"发力"的点,随意使用自己的意志力去做"推动",只是在做无用功。感情的力量、意志的力量、思考的力量……在找不到发力点的时候,都只能白费力气。

完美无瑕的防护?

还没有到达那种境界，因为他将心相作为一种工具使用，将这心相作为引导那头战略级……安德烈的工具使用。那么，可供理解的点就出现了——存在于心相世界中的安德烈，其必为特异，必存在违背现实之事。

曹敬准备好了切入口，安德烈！

曹敬全力下潜，他感受到的一切开始黯淡，仅仅是变暗淡了一点点，但那是此心相还未臻至完美的征兆。当曹敬试图切入底层的时候，它依然会做出反应——虽然远未到崩溃的程度。如果切入底层的话，他能看见在世界底部运作的思维、情绪以及构成心相世界的因与果——这一切都将以纯粹的流动信息呈现。

半透明的铁翅国战略级在相阳精神世界中的投影凝聚为实质，在曹敬入侵的一瞬间，黑色的"禁绝"再度浮现，将他的思维阻隔在外。

"很有趣吧。"相阳曼声道，"但我得批评你，你现在太迟钝了。速度太慢了，和当年的你比起来。做出决策的速度、反应的速度、嗅觉和操作……拖泥带水，笨得像头鼹鼠。如果当年你这么迟钝的话，我或许完全不会羡慕你……因为你只不过是个慢吞吞的庸才罢了。"

庸才就庸才吧，曹敬能感觉到自己的精神正在逐渐攀升。他情绪高涨起来了，对现在的曹敬来说这真不是一件容易的事。从小到大，曹敬就习惯了压抑自己的情绪，以常人难及的镇定理性去捕捉他人的喜怒哀乐，敏锐的感性对他来说是一件需要经常加以抑制的事物。他一直有一种不安感，如果放任自己的感性驰骋，就会变成追逐无尽人欲的害兽。

因为，正如你所说，我的本质是一条可鄙的蛆虫，啃啮他人心灵的虫豸。后天习得的理性让我压抑自己的情感，紧紧握住牵引自己的稻草绳索，害怕自己坠入权力之渊——你以为我没有尝试过那样的滋味吗？权力、占有欲，主宰他人性命和思想的无上大权，我等并非凡人！注定驾驭众生！

但，这里就有一个问题了，为什么"不"呢？为什么我无法选择享用这分权力呢？

制裁。害怕制裁？这个国家，这个星球被人类社会所包裹，社会的规则正处于裂变的前夕，凡人与进化者的矛盾一触即发。全球每一块土地上都有新的人类在不断诞生，他们撕开旧时代的卵壳，探出头来，呼吸自由的空气，迷茫地打量周遭。旧人类而非旧人类，新人类而非新人类，一切都还混沌未明——这是摆在所有执政者面前的艰难事实，人类历史上从未有过如此大的分裂。

无论社会文化是多么竭力想让进化者们托庇于它们的羽翼，为他们重新安排位置，都无法改变这天生的阶级区分。而其中的反抗者，就会被制裁，被社会、被暴力、被法律所制裁。在这个时代，还没有任何进化者能够成功对抗整个国家与社会的力量，哪怕是罕见的心灵感应者也一样。

"这就是答案？"

不对，我并不是因为畏惧制裁而选择了良知。并不是因为社会学上根基于数学的博弈论，或是理想国中关乎善恶权力的辩谈，也并非是因为我被道德中光明美好的一面所感动，而是因为……

"滚出去！"曹敬狂吼，耳边传来相阳畅快的大笑声。

"呀，感觉到被窥探的不快了吧？这一点上得表扬一下，你对反读心技术掌握倒是很好，不枉我把注意力集中在你身上，而不是去关注还在徒劳无功地指挥秘书的吴老师……"

相阳犯了一个错误，他低估了曹雪卿。曹敬心中的快意一闪而逝，他自始至终都信任姐姐的实力，相信她能够突破目前的困局。他竭力拖住相阳，和他争论、角斗，等待曹雪卿绽放超新星的光辉——来了！金色的光流蛮横地撞进现场，和安德烈的黑色封印相碰撞，余波四溢，将相阳说的话打断。滚烫的溢光烧毁水泥，熔化了的金红色铁水从楼面的断面处淌下，将两人所处的位置化作火山地狱。

"小敬！"

曹敬一瞬间明白了自己该怎么做，他从相阳的心相世界中抽出一半精神，将思想分裂成两片的剧痛再度袭来，他奋力将那一半精神投入曹雪卿的思想。几乎没有遇到阻碍，姐姐的头脑包容了他，他的头脑一半位于天堂，一半位于地狱，然后他令天堂与地狱相撞。

心相世界的界限变得模糊，曹敬用曹雪卿的眼睛看见袭来的黑色"禁绝"。相阳在通道中布下的浮雷没有起到作用，曹雪卿直接打穿了地面，隔着几十米远的距离，烧穿了直径半米的混凝土和钢筋，将上下三层楼打通，直袭安德烈本人。

阳炎的操控者用右手拇指和中指捏着那枚疑似存放"圣人的骨骸"的银筒，用银筒瞄准飞袭过来的黑色"禁绝"群落。密集的光针从银筒底部穿射出去，打气球般点破黑色的浮雷。听上去像是有人放了一串一千响的炮仗，密集的爆炎遮蔽了双方的视线。

曹敬不停转换自己的视界，在现实中交战的是安德烈和曹雪卿，他无法插手。但在心灵的世界里，他还有能力与相阳周旋。

他在转换视界的时候发现，曹雪卿和安德烈的心灵投射已经开始变形。原本保持稳定的形态，在两个心相交会的时候再也无法维系，变得更混沌模糊。骤然看过去，很难想象是人类的投影，反倒像是怪异的幻觉。

现实中的安德烈将自己防护在多层坚实的黑色封印中,但在逐渐歪曲的心相世界中,他辐射出的热量简直如同太阳——第二轮太阳!金色的光与热将他身周的时空包覆,形成了难以逼近的情绪场。哪怕是已有过复杂的感应经验,曹敬也是第一次遇见感情浓度这么高而极端的个体。

在金色日轮中,高大的男性身影隐约可见,目光灼人,细微的光粒像是炸开的火星,不断迸裂出来。如同镜像,在日炎的对侧,另一轮可怖的太阳正驻足于此,其色为玄深的暗黑,滚动的黑色日炎正舔舐着四周的一切。

黑色的太阳和金色的太阳……威猛的魄力互相倾轧,放射出四溢的余波,将原本牢固的精神世界软化动摇。双方的强度远超凡俗——哪怕仅是在精神世界中的投影——都让曹敬难以呼吸。

曹敬分神观察,黑色的太阳是被她内部持有的黑色源泉(那件"圣人的遗骨"吗?)所染黑的,姐姐的心神散发出热烈阴郁的气息,而金色的太阳却散发着悲怆凄烈的威光。灵魂的色泽再鲜明不过地展现两名半神的心神,令曹敬首次目睹如此致命的美丽。

"看见了吗,曹同学。这是很美的景象吧。"相阳从金色烈阳的背后走出,苍老的面容展现出喜悦的微笑,他将手伸入安德烈的金焰,黄金色的火焰温顺地让开,将他的手掌包裹在内。"即将死去的战略级,地球上最伟大的生命体。是啊,可敬的安德烈,每一次驱动他,都在消耗他仅存的……灵魂,或许应该用这个词,形容它最后的残骸。"

"你把他的意识定格在某一瞬间了吧。"

对面的人抬起眼睛,森冷的光一闪即逝。

"反应很快。"

"他的情绪很不正常,操控者将他的时间认知停止,让他的意识停留在人生中的某一刹那,永远无法从这一瞬间走出去。他的精神始终处于那一瞬的高昂,极端的感情催动极端的力量,让他的技艺以最高水平发挥。强烈的愿望、意志、渴望……只有用这种消耗方式,你才能将他运用至这等境地。"

金色的太阳,其慑人的威光越是炽烈,剩余的寿命就越是短暂。哪怕无法接入其中,曹敬也能感觉到他躯壳中最后的愿望,推动垂死身躯继续行走的意愿是如此强烈,乃至于在心相世界中转变为非人的形体。

相阳赞叹道:"你的敏锐没有全部退化。是的,他在被铁翅国人逮捕的时候曾经激烈地反抗,他最后的愿望是保护他的那些孩子,这就是"禁绝"的真相——高加索的守护圣人制造的避难所。用来逃离人世的黑色梦乡。"

曹敬突然间明白了一件事,在安德烈如此强盛的巨力面前,相阳本人的精神世界无法盛放巨人的头脑,于是他反其道而行之。相阳用自己的方式"理解"了安德烈这分已抵达幽玄它域的怪异能力,他利用了安德烈的"禁绝",把安德烈头脑中的"禁绝"和自己的心相世界合并,自己所感受到的这分精神世界的坚实,其根源是"相阳的禁绝"。逃离人世的黑梦,安放心灵的避难所。

"禁绝"并非只能在现实层面上阻断内外,它甚至可以在精神领域中施展,相阳与安德烈的精神链接令他能够做到这样的奇迹,也令相阳拥有了世界上最高等级的心灵防护。

"姐姐——"

黑色的阳炎温柔地碰触曹敬的手臂,他用曹雪卿的眼睛看见光流与黑色结界的交错,手中握持的"圣人的骨骸"在银筒里打转。

现实时空,天一瞬间黑了,曹雪卿缓缓吐出一口长气,在黑暗中静默地等待曹敬的发言。方圆数十米内是极度的黑暗,所有的光线都被曹雪卿锁住,吸纳在掌中的银筒里。没有了光的反射,无论谁也看不见。相阳借用的眼睛看不见了,暴徒们要么死在地上,要么呻吟着在黑暗中翻滚。大家都陷入了平等的黑暗。

安德烈的位置已经记住了,相阳大约在安德烈身后五米处。进入黑暗后,双方都在无声无息地移动。曹敬暗忖,相阳最开始动手的时候,将感知范围内的个体全数封印,但现在却没有办法指引那些储存了爆炸物的小型浮雷攻击过来……是因为观察模式不一样吗?

"封印某人"需要的条件是相阳在精神世界锁定对方的思维波动,然后安德烈制造封印,相阳是安德烈的眼睛。而"将小型封印移动到某地"则需要视觉上的指引,相阳能感觉到心灵主体的移动,但显然无法精确定位,所以需要借助他人的眼睛进行观测。

如果他现在启用封印封锁姐姐,也不过是让姐姐多用一次圣人骨骸。

"姐姐,借我用一下那个。"

曹雪卿沉默着,然后允许了。曹敬此刻的身体依然停留在安全的审讯室里,他的精神附着在曹雪卿身上,手中把玩着那个骨骸。

在精神领域里,"圣人的骨骸"表现为流淌着黑色雾气的黑洞,不断侵蚀着周围。光是想要观察它,曹敬就感觉到不安和疼痛。它不是"黑色的物质",而是"反物质",存在的对立面,虚无和混沌。

能够解读吗?像相阳借助安德烈那样,借助骨骸的力量?曹敬逡巡到骨骸的边上,嗅闻它散发出来的悲伤气息,小心翼翼地剥离信息的残片。这东西无疑是一名女性的骨骸,点滴残片中映照出模糊的窈窕身影。曹敬叹息着合上双眼，祈求冥福，睁开眼的时候，一只猫的影子从他眼前走过。

"我要上了。"曹雪卿冷然道，"小敬，做好准备——"

姐姐一直在寻找主动权，她在黑暗中默不作声地熔穿楼层，一跃而下，静谧地落地。她制造了黑暗，也同样可以制造光明。

强劲的亮光突然闪起，黑色的"禁绝"浮雷立刻一拥而上，轰爆声接连炸响。黑色的防爆盾被吹飞，在另一侧点亮强光手电的"秘书"生死不知。

看清这一点的瞬间，曹雪卿暴起突进。如雨的光弹伴随着宽阔的光柱撕开黑暗，积蓄许久的光能喷流而出，横跨整个楼层。坚固厚重的"禁绝"首当其冲，被结结实实地轰个正着。借助"圣人的骨骸"激射出去的破坏射线，击打在纯黑色的多重复合的空间隔断上。超越物理法则的两大魔术奇观激烈碰撞，烧出白金色的流火。

"禁绝"的空间隔断被不断撕裂，又迅速重建。纯黑色，百分之百吸光的结界赫然在光河冲击下变成了半透明的色泽，露出了背后安德烈的身影。刺耳的吱嘎声中，曹敬在精神世界里化为一团光斑，撞入安德烈这轮金色太阳的内部。

这一点就是相阳心相的"裂隙"，曹敬像一把楔子将自己贯入其中。

精神世界中的金阳骤然迸裂，火雨四散，伴随着愤怒的咆哮和悲鸣，巨大的情感冲击将曹敬的意识吹飞，绝望、愤怒、悲泣……黑色与红色转瞬间吞没他的视野，走廊被血雨覆盖，骨肉破碎的杂音刺入耳膜，极度强烈的神经信号席卷在场每一个人的神经末梢。曹敬和相阳，两名感应者都在这瞬间弯下腰去，竭力抵抗痛苦之潮。

枪声、爆炸声、幻象与面前的火海重叠，曹敬感觉自己的皮肉正在被撕扯下来，某种巨大的斥力从身体内部发生，肌肉筋膜嘎吱作响，整个人都要被粉碎成一团血泥。此时，他听见铁翅国语的叫喊声，有人正在遭受和他相同的处境——这是安德烈的记忆。他理解了，溢出的情感，相阳的操作失控了，被约束在心相中的巨大情感倾泻而出，把和相阳链接的曹敬一同吞没……

十六

　　黑色，苦而咸。嘴里有沙砾般的触感，空气变得稀薄。

　　这是"绝望"的气味，曹敬模模糊糊地意识到这一点。在情感爆炸的烈风中，他的思维能力被大部剥夺，只残余最后的本能，已经写进潜意识里的反应策略。

　　他伸开双臂，以自己的完全心灵迎接冲击。

　　在过往的人生中，曹敬品味过许多思想与情感、甜美、酸涩、醇厚、辛辣，稀薄至接近于无……光靠感觉，他能够触摸一个人的深处，从心灵层面上认识一个人。除去社会面具下的个体通常都令人不快，曹敬目睹过人们浑浊、卑劣地在面具后扭动的情绪与思考，伸出手去触碰黏腻温热的物欲，毫不留情地剥开他们道貌岸然的面具，直到某日在镜中瞥见自己的倒影。

　　他张开双手，将安德烈的所有悲痛吞下。

　　高密度的侵略性情绪，曹敬像苇草般顺从巨流的拨弄，倾听来自金色火焰的声音。

正义的愤怒,来自英雄激情的火焰。理性的绝望,面临末路的流沙。灼人的烈焰把曹敬捆绑起来,举到高处,厉声叱喝,叱问他有何面目在世间至为正义的愤怒前存身。当正义之人已经被罪孽之手熄灭,他有何资格苟延残喘,不过是一介亡魂,不过是一介行尸走肉,不过是一介被私欲驱使的心灵机器……

曹敬感觉到自己快要被炼得没了,他模糊记起小时候看过的故事书,里面讲齐天大圣孙悟空在太上老君的丹炉里烧炼,烟熏火燎,还留下了眼病……他感觉现在自己也正在被炼成一撮灰尘。安德烈的头脑中被怒火烧满,这分情绪直接拷问他的存在价值,诘问曹敬存在的意义。

为了自身私欲而活,为了生存本能而活,都会被这分来自牺牲圣人的愤怒攻击,然后曹敬看见了那一幕,看见了安德烈·安德烈向自己的祖国投降的那一幕。

在装载炸药的卡车撞进开往刑场的车队之后,全副武装的密探们把战略级从金库般的车厢里拖了出来,然后发现安德烈·安德烈在上车前就被注射了致命毒剂。领队的武官惊奇地询问,世界上怎么会有人能够打穿安德烈的"禁绝",后者没有回答。他的大脑已经开始慢性死亡,只有还在活动的听觉神经记住了那个年轻武官的声音。

时间再往前倒退,安德烈举起双手,面对唱诗班的孩子们的合唱。《圣三一颂歌》《带领敬拜》《主必再来》《韵律诗篇》,甚至还有以前闲暇时候他教他们唱的《红梅花儿开》和《故乡》。这些孩子平时总是唱得东倒西歪,有人调皮捣蛋,但这一次他们唱了一首又一首。旁边的人没喊停的时候,他们就拼命唱,一个个站得笔直,他们把会的歌全部唱了一遍。当他们开始迟疑的时候,拿着枪的人没有说话,于是他们把《故乡》唱了一遍又一遍。

看那田地，看那原野，一片美丽风光——看那高山，看那平地，无边的草原和牧场——

安德烈遍体鳞伤地在暴雨中举起手，示意自己投降。他或许有办法穿过整整一个团的步兵把守的战争地带，击败十几个来自全国各地的生命科学委员会成员，用"禁绝"把在场的所有儿童都保护起来。但他没有办法保护更多的人，他的家乡、他的朋友……从一开始，逃离自己的祖国就是不可能的任务。

安德烈·安德烈明白，进化者是操控异常的人类，战略级是操控着巨大异常的人类。而说到底，也不过是一个人类。

但他能成为进化者中至为强大的，就是因为持有巨大的信念。他坚信进化者降临在这个世界上自有其天命，来自冥冥中不可预测的天上的某种旨意，而他不过是即将降临之人的前驱。每一个为天上主人开道的天使都手持转动的炎剑，守护天命垂青的人，安德烈·安德烈死于此时此地，也不过是其中一柄炎剑终于折断，落入泥水，归于沉默。

他相信天使祝福过持有巨大力量的人，早在一切开始之前，这就已经是注定……是时候迎接人世间的终点了。有生即有死，降临在人世间的圣灵，作为人子而活，也作为人子而死。

看见了，曹敬在火焰中叹息，这分神圣的愤怒来自信仰的审判，源于守护天使的审视。在安德烈笃信自己的神圣命运时，他的内心就已经变化为圣灵的模样，以纯白的怒火焚烧不洁的心灵。纯粹的信仰带来的强韧意志力，令他的心灵转化为无坚不摧的审判火焰，这种愤怒本应烧灼自身。但安德烈相信自己是使徒，携带着神圣使命，所以无惧自己心中的怒焰。

"真方便。"已经遍体鳞伤的曹敬吐出一团黑烟，"仅仅是相信自己的信仰，就能活得这么纯粹明了。信仰真是方便。"

我永远没办法回避这种审判的火焰，曹敬心想，因为我知道自己不是什么圣人或者天使，只是一个凡人。但……相阳是怎么回事，他是如何做到在与安德烈连接的同时，不被圣灵的怒火烧伤？是因为他的心灵纯白无瑕，还是因为他有着我所不知道的技巧？还是……

反向思考。曹敬理解了情绪的由来后，火焰带来的痛苦就不那么难受了，而且以前自己被另一种火焰，源于爱的火焰温柔地烧烫过很多次。如果自己是相阳，该怎么设计？啊，我明白了，这个追求技巧的狡猾家伙。

他理解了，于是他看见了相阳。

相阳是那些合唱团少年中的一人，他把自己替换进去，顶替了一个人的位置。安德烈以为他是自己要保护的这些孩子中的一个，抱着他冲过枪林弹雨。就在他的"禁绝"抓住回忆中的追击者，将他们丢到天边的同时，审判的火焰温暖地包裹住相阳，这是安德烈的另一面，与狂怒对应的慈爱。

相阳牢牢地被安德烈保护在烈焰之中，甚至安德烈此刻迸发出的力量也是为了相阳而生。这名来自异国的战略级原已接受了自己的死亡命运，此刻却为了他在世界上的最后一个孩子而苟延残喘。

"尘归尘，土归土。"曹敬在火焰中怒吼，"让他去该去的地方！"

"很快。"相阳在火焰的另一侧大笑，"等到你们都死了，我也死了，安德烈也会死。在他前往天堂，我下地狱之前，我会在人间和他道歉。而在那之前，曹敬你没办法抓住我。安德烈的'禁绝'和我的心相同归于一，世界上不会有任何人能够打破。从一开始，我就已经立于不败之地。"

不过是一个精神感应者和一个战略级罢了！曹敬感觉自己的眼睛里流下血来，"圣人的骨骸"正在他的手中释放力量，掌心的剧痛像是有东西正在啮咬血肉。他听见模糊的猫的哀鸣，在他和相阳之间，似乎只差一步，但这一步却永远无法跨越。

"只要我能够——跨越火焰。"

曹敬确实伸出手去穿越火焰组成的墙壁。他握住"圣人的骨骸"的那只手，溃灭一切能力的骨骸的组成信息。他无法理解的反逻辑的悖论骨片，足以破坏一切，无论是"禁绝"还是心灵防卫，甚或是曹敬自己的精神。无法触及、无法解读、无法理解，曹敬的理性正在被圣人的残骸消灭。

"小敬！"

黑色的火焰烧穿了曹敬的身心，来自曹雪卿的意志，一团黑色的火焰将他包裹在内。曹雪卿向他开放了全部的身心，来自战略级的意志力注入，保护他不受骨骸的毒害。

曹敬的一只耳朵听见曹雪卿苦楚的呻吟，他内心无处倾泻的痛苦正在流向姐姐，他想要切断两人的精神联系，却无法做到——曹雪卿固执地拽着他不放，顽强地吸收他体内积蓄已久的黑暗。曹敬浑身颤抖，他听见曹雪卿向他吐露进入内心的钥匙，解读谜语的谜底——一个单词。

这个单词像是一点火星，将曹敬日日夜夜来积累的一切情绪点燃。他突然感觉到自己看明白了很多事情，深蓝色的猫的眼睛在他眼前一闪而过，他看见了自己的梦境守护神，它逡巡在骨骸的周边，用灼人的深蓝色的温柔目光看着他。

……原来它一直没有离我而去。

曹敬竭力伸出手，穿过了不可逾越的"禁绝"之壁，在致命的苦楚中抓住了相阳。

令他惊诧的是，火焰带来的痛苦远比他想象得要轻。在极端情感形成的精神烈焰之中，相阳的表情变得惊讶。外套包裹下的相阳干瘦得几乎像是骷髅，他猛力一推，两人就一起滚进了弥漫的熊熊烈火。

眨眼——眨眨眨眨眨眨眼。

相阳的生日是七月二十七号，曹敬记得很清楚，因为这天他曾在少训所里与相阳一起过生日。那天食堂专门做了一个鸡蛋糕过来，稍微有点儿焦了。吴晓峰说那个烤炉平时没烤过蛋糕，是用来烤肉和发面的，所以食堂师傅做的时候没掌握好温度。

吴晓峰说，在城里订购一个蛋糕得上门去提，而一来一回得五个多小时，所以蛋糕就让食堂的师傅自己烤了一个。生日蜡烛也没有准备，就用白蜡烛代替，招待不周，实在抱歉。

相阳没抱怨什么，那天训练只做到下午三点，然后吴晓峰拿出了蛋糕。三人围在蛋糕边上，吴晓峰提议唱生日歌，被剩下二人否决了。于是一切从简，点起蜡烛，相阳闭上眼睛许愿，然后吹灭蜡烛。最后，三人把蛋糕分了吃。

有空闲的时候，曹敬本意想去找姐姐和明郁江，但留相阳一个人在这里又觉得过意不去，便和他回寝室下象棋。

两人棋艺不精，水平半斤八两。曹敬心思本来也不在这里，看在他生日面上，就有意放水，令相阳多赢几盘。两人一边落子，一边漫无边际地聊天，聊到了彼此的家乡。曹敬不喜欢被人询问自己的出身，以往有人如果露出鄙夷之色，他便生出怒气，用冷漠眼神逼视对方，或是寻隙刺对方一下。谈起这个话题时，便有意引导相阳说他自己家里的事。

闲扯几句，相阳说起葫芦来，说他家在阳台、天台上种了几棵葫芦，他母亲喜欢用葫芦做菜。清蒸葫芦，还有用擦出来的葫芦丝油炸的葫芦饼，掺入白糖，是很好吃的甜品。曹敬第一次听说有这种做法，犹豫一下，就提起福利院里的猪肝来。

内脏这东西不是人人爱吃，但老头子喜欢吃。曹敬喜欢吃嫩的猪肝，腌好后迅速大火猛炒一下，但每次去厨房帮工的时候这么搞，老姜就把他敲一顿。老头喜欢吃老的猪肝，用水煮老后切成小块，凉拌了吃。老姜说他小时候肉是限量供应，得要票买。但他老家那地方有一家肉铺，卖用水煮过的老猪肝，那东西不用票，所以老姜家里经常买那种猪肝回来凉拌了吃。

相阳听到这里拍手说他家里也有类似的做法，自家用青椒、红椒、辣椒籽和蒜做的辣油和猪肝拌出来很是下饭。他说这些的时候脸上现出酡红，问曹敬以后想吃什么。

曹敬愣了一下，他第一次遇见有人如此郑重其事地问他"以后想吃什么"，好像吃东西是一件非常郑重的人生大事，与修学、就业、婚嫁能够相提并论。

"海鲜吧，贝壳类。"曹敬答道，福利院里几乎没出现过河鲜海鲜，大部分时间都是吃保存时间较长的东西，包括区政府支援的物资福利什么的，也就是腌肉、火腿之类容易保存运送的东西。曹敬在课本上读过《我的叔叔于勒》，对里面描写的生蚝很感兴趣。菜市场里也见过河蚌、贻贝（本地叫淡菜）之类的软体动物，然而跟着厨子肥叔出去采购，大部分都是白菜萝卜，水产完全不考虑。

"我想吃蜗牛。"相阳愉快地说，"书上说外国人吃烤蜗牛，好像蛮恶心的，但他们说法国最有名的就是吃蜗牛配红酒。等我们以后有钱了，我就请你吃海鲜，然后我们再一起去吃蜗牛，你喜欢蜗牛吗?"

"法餐吗?"

曹敬露齿一笑,随后他想到了一个主意,道:"你到我这里来,我来做法餐。"

两人把棋盘推开,曹敬把相阳请进自己的头脑中,凝聚注意力,回想自己从百科全书上看过的资料。他想,法国餐……

牛肉、红酒和蜗牛,汤和甜点吧。那时候的曹敬在头脑中构想一块好牛肉,他回忆那些杂志写的美食家对牛肉的专业评价,织造出雪花斑的脂肪和肉块。然后是蜗牛,黏稠的鼻涕一样的东西,要怎样才能变成人能吃的东西呢?汤是什么?曹敬知道萝卜汤很好喝,他擅长用生姜小火煮的萝卜汤……

后来回想的时候,他觉得自己构想这些东西花了太久,但最后毕竟还是做出来了。于是他请相阳坐到一张垫着白布的椅子上,在霜红色的枣木桌上一道道摆出得体的餐点。吃起来像猪肉一样的烤牛肉,口感像果冻的烤蜗牛,精确无误的生姜萝卜汤和最后的葫芦饼。等到相阳吃完,曹敬坐在桌子对面问:"怎么样?"

"很不错。"相阳挺胸叠肚地回答,随即又萎缩了下去,"但我没办法回礼,我没有这么精准的控制力。"

"今天是你的生日。"曹敬抠着自己脖子上的项圈,"身无长物,我只能送给你这个。"

"你自己能够在脑子里天天这样做吗?"相阳眼睛亮晶晶地问,显然对掌握这种技巧抱有高度的兴趣。

回答是否。曹敬不得不告诉他残酷的事实:这招他只能给别人享用,因为曹敬自己知道这些全都是假的,是不入流的幻想,他骗不倒自己。曹敬根本不知道真正的烤蜗牛是什么样的,真正的红酒又是什么口味。如果对水煮白菜粉丝汤有兴趣,直接睁开眼等着食堂开饭就好。

曹敬把腿蜷缩起来,盘腿坐在床上。

"《我的叔叔于勒》那篇课文,你们上了吧?"曹敬突然说,"那个写了生蚝吃法的外国作家叫莫泊桑。"

"嗯,生蚝。"相阳抬起头,不明白他在说什么。

"这个大作家最后死在疯人院里,死于梅毒。"曹敬淡淡地说,"他们说梅毒会破坏一个人的大脑,最后完全失去人性和思维能力……这就是写生蚝的莫泊桑先生的结局。"

相阳不明白他为什么要说这个,曹敬没有解释,他关闭了自己的大脑,蜷缩起来,等待剧痛的来临。生蚝,他想,如果我知道生蚝是什么味道就好了。我假设它滑溜溜的,有点腥气却又很鲜美,嚼起来很柔韧……大约是这样吧,软体动物的话……

痛苦如约而至,但这一次比他想得要温柔。

眨眼。

记忆的碎片闪过,仅仅只过了一瞬间。曹敬知道姐姐还在现实中和安德烈缠斗。毁灭性的光烧融一切,与黑色的边界相抗衡。无穷无尽的光辉,煌煌地贯穿人们的视野,她真的太好了,曹敬忍不住想,人间不值得她的停留。

天突然黑了,不仅仅是外部的感觉,曹敬知道自己正在进入相阳的更深处。但对方没有束手待毙,巨大凶猛的原始精神冲击迎面撞来,把曹敬击飞。他与相阳的连接被打断了一小半,对方像是一个急着脱离埋身战的拳击手,迫切地想要拉开距离。

"你现在活得很高兴吗?"他听见相阳喘息着问。

姐姐正在积聚前所未有的力量,曹敬短暂地和她的视野结合为一体，看见外面天黑了。不仅仅是这么一小片地带，几个街区？半个城市？整个城市？阳光正在消失，日落提前到来——字面意义上的日落。巨大的光柱仿佛阳炎坠落，从天而降，将途经的一切熔毁，正正击中安德烈最后的"禁绝"。

"会有很多痛苦的地方。"曹敬爬起身，看着自己的手在火焰中被点燃，之前握住骨骸的手掌已经变得虚无，再也感觉不到了。他这会儿仰视着高大的安德烈，与圣徒的目光对视，坦然无畏地直面对方的审判，似乎痛觉已经完全消失。"但做我自己想做的事当然必须付出代价，但……还是会快乐的，尤其在帮助他们的时候。只是你，相阳，已经不明白了，你失去了共情的能力。哪怕你现在技术再娴熟，你在心灵感应的本质上已经无法寸进了。"

无言以对，相阳的表情看上去是想要嘲笑他，但曹敬怡然无惧地任凭安德烈的火焰舔舐他的身躯，无疑是对发言的最好佐证，这让相阳的表情似笑非笑地扭曲起来。

"所以，现在又回到了我们一对一的时候，不是吗？"相阳同样能借助安德烈的感官感觉到吧，圣徒的灵魂正在燃烧，他已经走向绝路。然而二人心中都像镜子般清楚，在心灵中的角力还没有结束，战斗就还没有结束。

"此刻，我已经通过了'禁绝'的审判。"曹敬平静地伸出手，"现在轮到你了。你全心全意地作为相阳活着吗？你全心全意地追随自己的理想吗？你问心无愧吗？"

相阳沉默了大约五秒钟，然后大步走到他面前，同样沐浴在审判的火焰之中。两人四目相对，毫无相让。他伸出手，于是曹敬握了上去，确认了相阳没有借助假身份取得审判火焰的赦免权。此刻他褪去了一切表皮，仅仅以相阳的身份站在拷问的烈焰中，与曹敬一样沉默地忍耐。

相阳冷然道："我小看你了，现在的你，完全不亚于曾经的你，是个了不起的感应者。但你通过与曹雪卿的结合来穿越我与安德烈的壁障，这令我找到了最大的破绽。"

曹敬安静地回应："只要你在意识中击败我，那你就可以借由我的通路前往姐姐的心灵……你也想这样做吧。与安德烈相比，你们更想要的是曹雪卿——完整、强盛、年轻的战略级。"

两人的眼神交会，试图在彼此的瞳孔中寻找更多的信息。相阳的瞳孔中映照出的曹敬安详宁定，他的"相"在精神的领域中前所未有地稳定，前所未有地自信。

"我们的才能根源于同理心。"曹敬看向安德烈的身影，铁翅人正在烧尽自己最后的灵魂，相阳把他最后的牺牲停留在不动的时间里，但烧尽的那一天必将到来。

他有话想说，但曹敬紧接着说："我们的力量来源于同理心。无论是你还是我，我们通过同理心去理解他人、影响他人。就像是你理解了安德烈的过去，然后你理解了他的愿望，于是你控制了他。而哪怕无法感应他人的脑电波，同理心依然存在于我们每个人身上……理解别人是不需要超能力的。"

相阳一语不发。

"我现在的工作，确实如你所说，是一个庸庸碌碌的公务员，跟这里工作的人一样。"曹敬伸手指向走廊里的门，"还算体面的工作，在你看来不上不下，没有远见，只知道有一群青春期小孩要我监督和辅导。"

相阳的嘴角歪了歪，曹敬对此理解为礼貌性的笑意。

"我虽然不再能一眼看穿别人在想什么，但我还有我的同理心。

我发现真挚的同理心是一件非常稀罕的品质,哪怕在我这一行,一个最需要同理心的行当。"曹敬斟酌了一下措辞,"哪怕在教育这个行业里,真正为青少年着想的人也不多。我虽然没办法拯救世界,但我可以拯救几个小孩,用正确的方法去帮助他们。

"但你想要夺走我看顾的小孩。雷小越是个不错的孩子,有完整的家庭,他的父母都很爱他,我会帮助他成长为一个人格健全、精神健康的孩子,他身上有无限的可能性。而你与你的同伙破坏了他的家庭,随手杀了他的父母……你还因为一个虚无缥缈的预言想要杀死我在这个世界上最敬爱的人。"

相阳没有回答,他有一会儿觉得曹敬仿佛要流下眼泪,但他没有。

"你们本可以不伤害他们的,有很多种方法,既得到那个小孩,也不用伤及无辜。"曹敬的声音像是在朗读审判,"你们习惯了用杀人解决问题,已经对此麻木,而代价就是你已失去了同理心,变得跟吴晓峰一样。你失去了心灵感应者最大的力量。"

"你在胡说什么!"相阳皱眉说道。

"你杀了人,却依然从容自若地行走在这火焰里,已经让我确信此事。"曹敬寒声道,"作为感应者,杀人是抹除心景,需要承担最大的重量,而你却轻轻巧巧地避开了,用所谓信念让自己心安理得地活着。这种罪行每一次都会剥离你的同理心,让你逐渐失去共情的能力——你背叛了感应力,心灵感应也会背叛你。"

"胡扯八道!"相阳反唇相讥,"那你又怎样有资格承受圣灵的火焰?我知道,你也杀过人,对吧!你不仅用心灵感应杀过人,还用心灵感应夺取女人的心,嘲弄和伤害他人……明明是一丘之貉,你又有什么脸皮在这里呵斥我没有同理心?共情只是一种心理机制,一种逻辑思维能力,通过经验的积累也能理解人的思维和感情。如果没有同理心,我又怎样控制安德烈?"

曹敬展开双手,敞开自己的胸膛,火焰中蓝色的血液从曹敬的胸口淌出,浸透了他的衬衫和外套。

"但你只是理解,你无法感同身受。我没有回避,我全身心地拥抱我的罪,一切的欲望与卑劣,一切的痛苦和悲伤。"火焰舔舐着曹敬的身躯,蓝色的液体不停淌下,这是相阳未曾见过的事物。汗水?油脂?血液?在精神世界里,这到底是什么的隐喻?

"我直面火焰的炙烤。我依然痛苦、悲伤,但我依然能保持自我意志的独立和清醒,因为痛苦和悲伤对我来说已经是家常便饭。安德烈的一切愤怒和诘问,我都能吸收进去。"曹敬的声音在火焰中几乎轻不可闻,但相阳却听得清清楚楚,"你未曾体会过,但这就是自始至终没有逃避的心之力。同理心,在人世间苦行的回报。"

猫,现身了。

在两人思想的模糊边境,出现了猫的影子。黑色的阴影从曹敬的脚边绕出来,穿过炽烈的火焰,一头、两头……群猫像是从地底出现,从曹敬的影子里涌现。猫群的海洋涌动着波浪,无声地徜徉在布满火焰的地面。

相阳往后退了一步,试图闪开猫的环绕,但这些瘦小敏捷的阴影没有实体,它们聚集在相阳的身边,不发一语,用蓝色冰糖般的眼睛盯着他。他迅捷地左右观察,又退了一步,因为发现的事实而惊骇不已。

"这些东西是……"

"欢迎来到我的思维。"曹敬用手指叩击自己的额头,"桥接达成,你的防护已被击破。"

相阳环目四顾，他记得曹敬的心相世界是一片漫布雾霭的晦暗森林，寄宿着猫一样的守护神。相阳做过功课，分析曹敬阴郁的心境与对怪诞意象的偏爱，分析那只名为"卡夫卡"的梦境守护。

而这里分明只是走廊，与之前无二。

但这些猫是曹敬的侍从，它们的实质是什么？幻化成动物的念头、欲望、灵感、自我认知、记忆碎片，还是曹敬本身灵魂的碎屑？相阳丰富的经验令他做出多种可能性的判断，但这些都有一个前提：他联合安德烈"禁绝"建造的精神世界隔离带，已经被曹敬侵蚀到了底层，通过某种他还不明白的技术。

曹敬双手合十，曼声道："你想搞清楚我到底是怎么穿过你心理防御的，对吧？没有用'圣人的骨骸'，我实打实地渗透了你的心灵护壁。"

相阳一声不吭。

"无论从任何方面来考虑，你都觉得不可思议。你计算过吴晓峰的心理反应，分析过吴晓峰的性格，并且借由'禁绝'的概念制定了所有心灵感应者都没有办法穿越的绝对防御——由单纯一条法则构建的感应机制，对敌意的感应。凡具备敌意之人，都无法跨越你的防护。"曹敬伸出手指画了一个圆形。

"这是你的逻辑推理。"相阳冷静地说，"而你是如何做到绕过这个的？让我想一想，在探明……或猜测我的防御机制后，你通过自我催眠，清除了自己头脑中的敌意，然后进入我的头脑，是这样吗？很符合你的性格，自我催眠、自我洗脑，调整自己的思维模式以适应局势，这就是你的天赋所在吧？"

相阳的推断简洁明了，并且连曹敬也不得不承认，相阳确实非常了解他。

"不,我没有自我催眠。"曹敬说出了实话,"我渗透了进来,没有对自己的头脑改造什么,答案很简单,我不具备敌意,或者说,我超越了敌意。"

相阳的脸上逐渐浮现出血色,皮肤下的血管明显地凸出来。他表情纹丝不动,却变得有些狰狞:"世界上只有精神病人,而且是疯得最厉害的人才不存在对他人的敌意。这违背了人类作为动物的本性。我感应过那么多的头脑,不分男女老幼品行如何,敌意与恶意根植在每一个人的本能里。"

"所以我说,你已经失去了同理心。"

能够找到自己事业的人无疑是幸运的人,曹敬心想,哪怕遇到再多不幸,唯有这一点我要感谢上天。我知道我想要做什么,我的愿望和我的祈祷。在人类之上存在某种更高的东西吗?冥冥之中存在某种不可抗力吗?说实话,我并不相信那些,我只向自己的心灵许愿。

"我因为同理心而成为优秀的感应者,也因为同理心而成为现在的曹敬。"

于是曹敬伸开双手,对相阳展现出自己被点燃的心能,第三轮太阳出现了,并非被"圣人的骨骸"染黑的火焰,也不是金色的审判的火焰,而是深蓝色的流动的火焰。在心相世界里,曹敬身上的火种逐渐蔓延,这是纯净的情绪在理念时空中的展现。

其名为泪之火。

倾听了世间苦难,并将这些苦难背负在肩上,祈愿为人们拭去泪水的感应者才能点燃这火种。曹敬凝视着自己的手掌,在与相阳对峙的时候,他被迫在自己心中寻求更纯粹的情感,能够击穿理性思绪的情感。流动的深蓝色冰晶凝结的火焰,这是泪水的结晶,曹敬体验过的所有悲伤与不幸，都沉淀在这里。长久以来直面人世间最深的渊薮，终于在这里，人性的深渊给予他回报，给予他世界上最温柔的火种。

"有一点你说对了。"曹敬的目光所及之处，相阳身上已经开始燃起蓝色的火焰，"我确实是一个精神病人，但这个世界需要精神病人。"

相阳并不感觉到疼痛，只感觉到轻微的释怀感。长久以来紧绷的神经松弛下去，自己的外壳无声无息地破碎了，然后意识开始变得模糊，他意识到自己的意志正在被瓦解，曹敬正在试图进入他的深层思维。

"不！"

他奋尽力气，挣脱了名为火焰的救赎。

相阳没搞清楚一件事，这丛蓝色的火焰到底为什么会这样厉害，击穿了他联合"禁绝"设立的绝对壁障……但他隐约意识到这和曹敬所提到的"同理心"有关。但这又是为什么呢？自己明明已经理解了同理心到底是什么，明明已经钻研了这么多的技巧，明明也锻造了坚强的执念……

为什么你明明荒废了这么多年……

不公平啊，这难道就是天赋，还是说，当我为了实现自己的目标，回避负面情绪的纠缠时，我已经主动放弃了感应者最大的力量？原来如此，如果再来一次，我选择直面他人的苦难的话，我也能够锻炼出那样的纯粹的情感吧。但那样的我又不是今日的我，不会完成我所创下的功业，不会认识志同道合的同伙……

思绪百转间，火焰已经再度缠上了相阳的身躯。他脸上的表情瞬息万变，然后定格在沉静与彻悟。周围的心相空间正在成为蓝色火焰的燃料,墙壁开始翻卷、剥落,所有的颜色都开始褪去,只剩下流淌的深蓝色,海般深邃的蓝色。他现在明白了,这是曹敬收集的泪水的海洋。

而来自天使的真诚的火焰,最后点燃了泪水。

"……曹雪卿是对世界未来有害的人。她将在未来的末日灾难面前扮演重要的角色。"相阳轻声道,"她必须被杀死或扭转……不然现存的人类社会秩序将毁于一旦。数不清的人将为之丧生,而到那时候,你回头看今天我说的话,你会懂得这一切。"

在精神的世界里没有谎言。

"别动。"曹敬厉声道,"我可以帮助你找回同理心!不要!自首还有希望!"

"干得不错,朋友。"相阳说,"只可惜……不能让你看见。"

曹敬被阻挡了一个呼吸,最老的花招,他们在吴晓峰那里学会的第一个攻防策略。一个记忆的碎片,一个绊脚石。相阳坐在板凳上写作业,母亲正在粘火柴盒。和吴晓峰抽烟用的那种精美的火柴不一样,这是最低劣的便宜火柴,母亲身上总是有着持久的硝石与白磷的气味……

相阳的形象斑斑点点地开始崩溃,沙子样的碎屑从他身上落下。心灵内部的自杀机关启动,他的心智正在自内而外地溃灭,不会有一点信息保留下来。

"不要对这个正在分裂的世界视而不见。宗教是我们的工具,在面具后面,我们在殚精竭虑地拯救人类世界,没有救赎,也没有荣誉和财富,只有理想、计划和行动。我们已经走到了悬崖边上,曹敬,我们的民族、我们的文化、我们的社会,我们曾经引以为豪的一切都将化作齑粉……"

相阳的声音几近梦呓。

"你很爱你的姐姐,这令我怜悯你。曹敬……你是一个好孩子,比我更好的好孩子。"

曹敬或许有那么一次机会阻止相阳自杀,但他最后选择了放弃干涉。

然后这里只剩下曹敬一个人。

蓝色的海洋最后凝成一团,原来这是一只深蓝色的猫眼虹膜。这头梦境的守护神合上这只蓝色的眼瞳,于是曹敬的心相时空关闭,拉下帷幕。

他看见天火降下,最后的"禁绝"被射穿。黑色的避难所在来自天空的净火中焚烧殆尽,没有留下一丝痕迹。

他看见黑色的"禁绝"一个接一个地消失,被束缚的人们回到大地的怀抱。

他看见天空重现光明,曹雪卿立在废墟之上。熔化的流体焦炭盘绕在她周遭,似乎畏惧她一般不敢靠近。建筑被余波破坏,以"日落"为中心,方圆十余米的范围都只剩下黑色与金红色,铁水四溢,灰烬四处飞舞。

他切断了连接,一个人沉入蓝色的海洋。

十七

特护病房。

吴晓峰坐在病床对面,手里拿着一个本子,不停在上面写写画画。

"命大没死?"让吴晓峰略微心烦意乱的声音从病房门口传来,苏易城拄着拐杖,他之前希望苏易城不幸死在事件中,但很可惜,吴晓峰想,我的运气一直不好。

"让你失望了。"

苏易城咧嘴一笑。他注意到吴晓峰手里的本子上写了几个词,最明显的那个像是"泪之火"。这个词引发了他的兴趣,这听上去像是一个怪异的生造词,他高声问道:"泪之火是什么?"

吴晓峰瞥了他一眼,摇头道:"不知道。"

"那你在写什么?"

"大约是一种情绪的具象化,目前还不能确定。"吴晓峰歪了歪头,"……对精神感应者来说,情绪是生命力的一种表现。高纯度的情绪,是一种难以控制的工具。通常只有通过深度冥想才能把自己的情绪转变为实体。"

吴晓峰审视了一会儿病床上躺着的人，摇头道："常人遇到不幸的时候会感到痛苦，然后他们会体验痛苦，然后从痛苦中脱离出来。无论是物欲还是精神方面的欲望，人会本能地把自己的注意力转移，让时间或正面的情绪去冲淡这种痛苦。哪怕不会心灵感应，这个道理也是人人都懂得的。"

苏易城毫无仪态地大笑道："人活着，当然要把那些不快乐的事情放下，然后去寻找快活啊！你什么时候也开始搞这些故弄玄虚的道理了？"

"精神感应者比常人更擅长于此道，因为我们能够观察人类情绪的产生与湮灭，深入探究各种情感的机理，所以感应者比起正常人来说，活得更舒畅自在，因为我们不会有'想不通'的事，不会被痛苦长久地纠缠。"吴晓峰露出意味不明的微笑，"就像是古时候的修行人，通过锻炼来控制自己的思想，平安喜乐，清净玄微。"

苏易城略微明白他的意思了，认识曹敬不长时间，他从未在曹敬身上见过"平安喜乐"，不如说曹敬给他一种略微神经质的感觉，身上总有一股不吉的气息。如果吴晓峰说的不假，这人应当是天赋过人的精神感应者，在所有进化者里也非常罕见。

"我第一次见到有人会主动拥抱痛苦，不光是自己的痛苦，也包括他人的痛苦。'泪之火'就是痛苦与慈悲的沉淀，这小子时时刻刻打开自己的同理心，把所见所闻的负面情绪全部吞进自己的心里……"

苏易城看见吴晓峰脸上的表情扭曲起来，变成一个丑陋的笑脸。"我从没见过这么疯的疯子，吸收了如此巨大分量的痛苦居然还没有倒下，还凝结成了痛苦与慈悲的实体，我都要为他鼓掌了。对面输得不冤啊，一个人的意志是没办法跟无限超量的心灵沉积相媲美的。偏执对偏执，两者在数量级上差距太大了。"

苏易城第一次觉得吴晓峰真的在高兴，他撇嘴道："你这是为自己名师出高徒而激动？"

"不。"吴晓峰冷笑道，"我很惊喜，他已经被扭曲成这么畸形的人了。意外之喜……我很期待他什么时候崩溃。人究竟是有极限的，身体有物理上的极限，精神也有精神意义上的极限。人的意志力是有限度的，曹敬现在能承受这种性格带来的压力，但他能撑多久？当他重新取回感应能力，接触到的不幸与痛苦十倍于现在，我想看看他能坚持到什么时候。"

"我太期待了。"吴晓峰站起身，"出去谈吧，他的精神需要恢复。逼迫得太紧，可就没有人生的醍醐味啦。"

曹敬有的时候会觉得自己的理智从觉醒的那天就失去了。有的时候他寻思如果命运在到来前给他一个选择的机会，当心灵感应作为一件上天的恶作剧礼物降临在自己身上的时候，会附带一张说明书，列出正面收益和负面影响，然后再问他"是"或"否"，他会做出怎样的选择。

正面的影响是能够看见别人的思想，能够获得更多人际交往中的收益，能够让自己更加专注，在自己的脑子里思考更多的东西，学习知识与技能的速度比常人更快……好处是很多的，曹敬不会觍着脸对人说心灵感应是单纯的负面能力。他列过表格，思考心灵感应为他带来的优势，为他提供的更多可能性……这些都是很令人鼓舞的。

负面的影响一开始并不起眼，有一些影响甚至过了好几年后才让曹敬注意到,例如:他逐渐失去了做梦的能力。

他的头脑已经越来越训练有素,梦境这种"头脑在休息时间的业余活动"再也不会出现,曹敬从此只能漫步于自己精心编制的心相时空,睡眠再也无法带来惊喜。

直面他人毫无遮掩的恶意,目睹世界最肮脏无耻的一面,被他人戴着有色眼镜看待,一生都无法获得真诚踏实的爱与信任……与这些相比,没办法做梦只是损失表格上的细枝末节,甚至连曹敬自己都不会把它郑重其事地列入"损失"一栏。但十几年后,曹敬不自觉地开始寻找重新做梦的方法,在业余时间里研究神经科学和心理学,甚至尝试求助于药物。

后来他发现,在极度疲惫的时候,头脑的控制力下降,他的心相世界将变得模糊,逻辑、记忆会不稳定地弥散开来,在这种半清醒的情况下,曹敬任它们自己组合,显现出各种怪奇混乱的幻觉,这种体验非常近似于自体产生的梦境。

他"梦"见了曹雪卿。不是正常的曹雪卿,而是和神话故事中天使形象接近的曹雪卿。曹敬看见组成曹雪卿的元素被拆分:姐姐,能溺死人的深黑色眼睛,柔软光滑的缎子般的长发,微张湿滑的嘴唇,白皙丰润的肌肤,围绕周身的光斑……这些元素弥散开来,从"光"的概念扩散开去,连接到一系列的物理公式与神话传说上。

在他"梦"中的曹雪卿是半透明的,身体像由晶莹的凝胶组成,能看见里面水晶色泽的坚硬骨头,眼睛则是黑水晶,黑沉沉的,里面有一抹琥珀色的弧光。

"猫的眼睛啊。"曹敬忍不住笑了。

晶柱般的纤细手指插入他的头发,抚摩着曹敬的头皮,让他浑身酥软。离得近的时候,曹敬发现曹雪卿正在从内向外地挥发细小的光点，像是一粒粒光凝聚的沙子。随着光沙的散发，曹雪卿的身形变得愈发虚幻。

"别……"

曹敬本能地明白，当她的光点彻底散发完毕，就是曹雪卿从世界上消失的时候。他惶恐地想要保留住曹雪卿，却无能为力，只能在她消失前紧紧抱住她，记住这一刻的触感。

"光是注定要向外辐射的。"曹雪卿用一半天使的声音说，"当你看见光的时候，你的眼睛就接受了它的一部分，这便说明了光的本质。光只有被他人看见的时候，才成为光。这是能量的传递，哪怕光的源头耗尽了，它的一部分也永远与你融为一体。你会记得看到光的时刻，你的视网膜，眼球后面的神经束，你储存记忆的神经网络与电磁场……就在那里。"

柔软的巨大羽翼包裹住曹敬伤痕累累的身体，把他拥抱、托举到很高很高的天上去。

"呼……"

曹敬睁开眼睛，被电视里报新闻的声音吵醒。他发现自己躺在一张床上，和之前醒来的时候有些类似，不过这一次手腕没有被铐在栏杆上，算是可喜的进步。

一台彩色电视放在房间的角落，两个人坐在椅子上看新闻。他眨了眨眼睛，是吴晓峰和曹雪卿。像是有感应，曹雪卿回头看了一眼，向他点头，不是猫的眼睛，是人的眼睛。

曹敬心中莫名悬着的石头落地了。

他闭上眼睛，新闻主持正在重复提到一个名字：小斯坦利。

战略级和内务部的部门主管全神贯注地盯着新闻画面，曹敬睁开一只眼睛,看见画面上一个金发男子正身披绶带,在漫天飞舞的彩带中向着镜头方向挥手。此人一头金发中夹杂着褐色,保养很好,笑的时候露出洁白的牙齿。背景似乎是新罗马的总统就职典礼,作为地球上最有权力的人之一,这个男人过于年轻了。

吴晓峰评论道:"历史上第一个进化者总统。年仅三十七岁。"

这是会在后世历史书上留下痕迹的大事,但曹敬此刻有一个别的问题想问。他已经猜到了结局,但他想确认一下:"相阳和安德烈怎么样了?"

"被小型太阳正面打击,没留下任何痕迹。"吴晓峰干巴巴地说,"相阳身上的线索就在这里断了。我们只能从别的地方入手调查,不过这不关你的事。你这次做得很好,接下来关于你还有一些安排。"

"好的安排还是坏的安排?"

"好的。"

由吴晓峰的嘴里说出这句话,曹敬本能地不太信任。

"甲级凭证两个礼拜后就会由你的上级转发给你。"吴晓峰看上去对宣读这些琐事很不耐烦,"我听说你现在已经没地方住了,刚好,根据甲级进化者的福利条例,你的单位,也就是教育局会给你分配住房。以后你就有八十平方米起步,包含独立卫生间和厨房的正规公寓居住。"

曹敬花了一些力气才保持自己的表情纹丝不动,这对于一个躺在病床上的人来说并不容易。

"好消息就一次说完吧。"吴晓峰的脸变得罕见的和蔼可亲,"关于梅和勇。公安部有全国通缉令挂在那里,虽然你可能不知道,但他身上的悬赏金积累丰厚。鉴于你在抓捕……击毙该要犯的过程中有功,所以悬赏金额的一万五千元,也会发放给你。"

曹敬觉得自己的表情已经控制不住了。

他突然想起还有一件事:"那……雷小越呢?那个小孩现在在哪里?你们要怎么处理?"

吴晓峰脸上的假笑消失了,他坐下来跷起二郎腿,问曹敬:"我们来探讨一个问题……你觉得对那个小鬼来说,前段时间发生的一切是否太残忍了?"

曹敬愣愣地点头。

"同时,他也可能牵连到我们的对手,无论叫'新世纪之门'还是什么名字……的下一步计划。在这种情况下,我们不能简单地在他的家庭关系里寻找下一个监护人。"

"你的意思是……"

"别做梦了,我们也不会把他交给你,你连自己都养不好,就不要想着照顾别人了。"吴晓峰否定了曹敬的想法,"我们已经为他安排好了新的监护人。虽然以后他和你没关系了,但如果你还想见他一面的话,一会儿可以给你安排。"

几个小时后,曹敬在一间休息室里见到了雷小越。

让他吃惊的是,少年脸上的表情太平静了。经历了父母双亡的惨剧后,曹敬以为他起码需要几个月才能恢复心理健康,或许是吴晓峰还没有告诉他悲惨的事实?他还不知道之前发生了什么……吴晓峰的小九九算得真精,这件事确实由我来传达比较合适,我的精神感应能够安抚人们的悲伤,让他能够度过最难过的时候。

曹敬思忖处理方案的时候,雷小越皱眉盯着桌子对面的人,扬声问:"你要带我走?"

"你不认得我了?"曹敬愕然。他摸了摸自己的鼻子,对方的语气很陌生。

"你是谁啊?"少年的眉毛越皱越紧,"我认得你吗?"

曹敬没说话,桌上有一个本子,一支笔,他玩了一会儿笔,把笔盖拔下来又插回去,来回反复了好几次。

然后他问:"就当我们在玩一个游戏吧,先从认识彼此开始。能不能给我讲一下你的来历?你先说,之后我说。"

少年狐疑地看着他,然后不大耐烦地说:"我叫雷小越……来自X市的XX福利院,孤儿。因为觉醒了,变成了进化者,他们就说要把我送去一个叫少训所的地方,然后就把我带到这儿来了。你不是给我做检测的人吗?是得先考试,还是说你要记档案?怎么跟审犯人一样……喂,轮到你了。说话啊,愣着干什么。"

"我叫曹敬。"

曹敬伸出手去,和少年握了握,轻声道:"……我是教育局青少年进化管理办公室的人,教职人员。我来到这里是为了帮助你,保护你。"

又沉默片刻后,曹敬轻声道:"以后你要好好学习,好好照顾自己。"

"你在说什么?"

"没什么。"

尾　声

"熬猪油的时候为什么要放水？油里有水不会炸开么？"

"猪板油刚下锅熬的时候要放半碗水，不用很多，避免脂肪变焦。"曹敬用大铁勺略微推一下板油块，"在猪油熬出来的过程中，这些水分会煮干，到时候就只剩油和脂肪组织了。"

过年的时候，福利院厨房的厨子和小工要回老家，每年都是几个回来过年的人自己干活。曹敬从早上忙到晚上，被油烟熏得神志模糊，已经没力气去想人生、世界、社会阶级之类的，光是备料就干不完。

熬猪油大概要一个小时，曹敬找了张板凳在厨房角落里坐下，略微歇息。明郁江在边上剥蒜，她笨手笨脚的，曹敬怕她切到手，于是曹雪卿在切菜。曹雪卿从小干活儿就麻利，刀法娴熟，效率极高。

"你买几个葫芦回来干什么？"曹阳叼着烟在边上洗东西，平时曹雪卿直接让他出门找个没人的地方抽烟，但这会儿都忙得分不开身，便懒得管他。

曹敬笑道："新学了个甜点，待会儿做出来试试。"

"猪肝最后做，那东西快得很，油锅下去几下就好。但你先把它切开泡着，把里面血水泡一泡。"曹雪卿指点曹阳把几块猪肝先准备好。

"老头儿不是要吃水煮的吗？"

"他说水煮就水煮？"曹雪卿拧起眉毛，"猪肝不是快炒了好吃吗？水煮就老了。"

"他喜欢吃老的呀。要切丝，跟辣油凉拌了吃，老毛病了。"

"他说凉拌就凉拌啰。"曹敬搅了搅开始冒泡的猪油锅，"最后分一块出来爆炒就行了，待会儿我先腌一下。"

"老三不回来？"

曹雪卿冷哼道："不回来，他忙得很。"

"比你还忙？"曹敬懒洋洋地用勺背推了推逐渐皱缩的板油块，脂肪的香味在厨房里弥漫开来。院子里的两条黄狗闻到香气，在门外猛摇尾巴，不过它们教养很好，老姜把它训得很出色，绅士极了，不会踏进厨房一步。

"忙着呢。"曹雪卿看了一眼手表。

曹阳哧笑一声。有小孩在厨房外面探头探脑，曹敬抓了两把花生给他们，让他们出去玩，别到厨房里瞎掺合。

在院子里吃年夜饭的时候，曹敬他们跟老姜单独坐一桌。老姜支着一个不锈钢饭盒在煤饼炉上烤，把里面的一盒黄酒烤得烫了，再下一个鸡蛋，烫出一层薄薄的蛋花。他给每人倒了一杯蛋酒，喝完后大家脸都红扑扑的。

照例，老姜酒兴上来，又开始追忆当年。过年的时候没人拂他兴致，于是众人又听了一遍老姜当年如何含辛茹苦地把他们培养成人的故事。老姜说自己很高兴他们一个个都长成了对社会有用的人，对社会、对全人类能够做出贡献。

谈起姜德的教育理念，众人现在也啼笑皆非。小时候姜德为了他们德智体美全面发展，会带他们去参加各种社会活动。有一次还带这么一群还在念小学的人去看外国引进的戏剧，曹敬模糊记得叫《肮脏的手》，看完还要写读后感。众人习惯性地一片赞美，结果姜德亲自撰写一篇雄文批判。自然，对孩子们来说，他用的那些名词都过于高深，姜德过于严肃的戏剧鉴赏文章迅速石沉大海，变成日后聚餐时的笑谈。

曹敬在这种场合不太说话，只是端着酒杯跟着大家一起笑。由于性格刻板，老姜以前闹过不少笑话。但曹敬很尊敬他，现在他也继承了他性格中稳重踏实的一面，这会儿他还在想待会儿吃完年夜饭后收拾桌子的事儿。

过两天他就要搬去新房子住了，现在就在等手续。福利院里有住人的床，只是以前的家具和书都毁了，让曹敬略有些惆怅。但今晚他很高兴，无论过去怎么样，日子确实越来越好了。喝了几杯酒后，曹敬觉得温暖惬意，自己的家人围绕在身边，平日里刻骨的冰寒退去了，于是他想起来一件事。

吃到一半的时候，卧在脚下啃骨头的狗突然叫起来，大门外有人敲门。曹阳去开门，然后传来熟悉的轻浮声音。曹丹提着大包小包站在门口，正探头往里面望。外面放礼花鞭炮的人越来越多，曹丹风尘仆仆，也不知是怎么回来的。

"去燕京当个兵，结果搞得油头粉面的。"老姜笑道，"不过可算是把你们四个都聚齐了，这也很不容易。福利院里面走出去那么多人，能回来过年的也就你们几个。虽然不忘本是一件好事，但你们也要注意建立自己的生活，在社会上取得自立的资本！"

众人都点头称是。

吃完年夜饭，众人簇拥着老姜去看新年晚会。因为福利院里人多，所以特意用平日学校讲课的投影仪接到电视上，找了一块白墙像放电影那样看。曹敬端着葫芦烙四处分发，几个成年人都没有坐在那里跟小孩一起看投影，而是四处走动闲聊。老姜坐在边上抽烟，手里端着一保温杯的黄酒，在那儿自斟自饮。

"有个东西给你。"曹敬端着盘子过去，让老头自己拿一块，又从口袋里掏出一个皮口袋，放到他腿上，"我要搬家，那边放这个不太方便，你留着玩吧。"

"你还懂得孝敬我？"老姜斜眼看他，用手摸了摸口袋，"这是什么？匕首？小刀？"

"你当年做了个短刀给我，我也搞一把还你。"曹敬说道，"别人送我的，借花献佛了。"

老姜借着光仔细看了一眼，表情严肃起来，等他把口袋里的东西倒出来看，再抬头的时候，曹敬已经走了。

曹敬本想去收拾东西，却被曹雪卿喊住。很显然，曹雪卿看见他刚才做了什么，笑问："吴晓峰的'玻利瓦尔之剑'，你就这么给老头儿玩了？"

"我又不在意那东西。"曹敬撇嘴，"老头儿喜欢勋章这些纪念品，我就放他那儿呗。"

看到她脸上的笑意，曹敬忍不住辩白道："吴晓峰把这玩意儿给我，不代表他对我的认可，人际关系对他来说是一种机械化的交际应对。"

曹雪卿问："那他说他认可你的价值的时候，你感到开心快乐吗？"

"没什么感觉。"曹敬硬邦邦地说。

曹雪卿笑了，过一会儿她说："我有一件比较严肃的事情问你，你好好考虑一下。"

"嗯。"

"我需要一个心灵感应者在我身边。"曹雪卿沉吟道，"小敬，你现在已经没有束缚，是被正式认可的心灵感应者。在这之后你的生活会发生极大的变化，坦诚地说，你依然会受到各方面的节制。但我也需要一个精神感应者的辅助，作为一个战略级，我会有很多任务需要进行，有你在身边的话……会方便很多。但这需要你离开沧江市，到一个新的环境，可能对现在的你来说是一个不错的选择。"

曹敬考虑了一下。

"这个辅助你的角色非我不可吗？"他问。

曹雪卿无言摇头。

"……我现在暂时无法做出结论。"曹敬站在夜风里考虑了好几分钟，"我现在还不能确定。因为我现在的工作和生活，对我来说……如果是非我不可，我愿意放弃现在的生活，但如果并非……"

"不用勉强。"曹雪卿截口道，"我只是提出一个建议，另外，你也不必这么迅速就下结论，这会是一个长期的约定。另外，如果我有一天真的需要你的时候，你能来帮我吗？"

"没问题。"

曹雪卿把手放在他肩膀上，轻轻按了按，道："好，谢谢你。"

谢谢你。曹敬在心里说。

"未来可能不会太平。"曹雪卿看了一眼四周，皱眉道，"虽然和你无关，但会有一些风波。"

她忽而苦笑道："不该在大过年的时候说这个。新年愉快，小敬。"

"新年愉快,雪卿。"

曹敬罕见地换了一个称呼,完全是脱口而出,一定是酒的原因,他想。

"在这儿聊什么呢?"明郁江走过来,脸蛋红扑扑的,像是多喝了几杯,"老头子上了年纪,不知道能不能撑到半夜十二点……有什么想法,晚上等不等跨年,还是去做点别的?"

曹雪卿伸手摸了摸她的头,替她把头发理得整齐点。笑着叹道:"傻瓜……"

"你干什么啊……"

曹敬说:"我有一个主意。我念诗给你们听吧。"

"什么?"

"《吉檀迦利》,我念《吉檀迦利》给你们听吧。"

"你怎么会喜欢泰戈尔?"明郁江醉醺醺地失笑道,"我以为你会喜欢……嗯……北岛或者海子那样的诗人。"

曹敬肃穆而高贵地说:"今晚,我想读《吉檀迦利》。"

他也醉了。

巨大的爆竹声中,他们迎来了新世纪的第一天。

(本卷完)

是新年吗?她在鞭炮声中想……

雪花纷纷扬扬地落下来，平时她不会注意，但现在她发现，雪花好像融化得没有平时那么快了。她记得从前有个人告诉她，雪花落在掌心，一瞬间就会融化，所以观察六角结晶的形状，只能穿上一身黑色的外套，比如羽绒衣，体温不会散发，就能看见雪片的形状了。

明明马上就要完成任务，却在最后一天……她竭力挪动了一下身体，但子弹打穿了内脏，身体已经开始衰竭。她想起曹敬好像一个月才笑一次的沉静面容，想起自己给恋人写的信，那些一去不回，石沉大海的信，会不会一直堆在某个被遗忘的信箱里？她想起那个心爱的人，她想说我曾经动摇过，因为我遇到了一个很可爱的男人，在远方的你知道吗？你会来找我吗？我一直很想念你……

…………

《战略级天使》第二卷

将于二零一九年初正式上市

敬请期待!

图书在版编目（CIP）数据

战略级天使．不灭之火 / 白伯欢著．-- 北京：新星出版社，2018.7
ISBN 978-7-5133-3032-9

Ⅰ．①战… Ⅱ．①白… Ⅲ．①长篇小说 – 中国 – 当代 Ⅳ．①I247.5

中国版本图书馆 CIP 数据核字 (2018) 第 063551 号

战略级天使．不灭之火

白伯欢 著

策划统筹：	贾 骥　宋 凯
责任编辑：	汪 欣
特约编辑：	张泰亚
美术编辑：	张恺珈
责任印制：	李珊珊
封面插画：	Zoo
装帧设计：	何海林

出版发行：	新星出版社
出 版 人：	马汝军
社　　址：	北京市西城区车公庄大街丙3号楼　100044
网　　址：	www.newstarpress.com
电　　话：	010-88310888
传　　真：	010-65270449
法律顾问：	北京市岳成律师事务所

读者服务：	010-88310311　　service@newstarpress.com
邮购地址：	北京市西城区车公庄大街丙 3 号楼　　100044

印　　刷：	三河市文通印刷包装有限公司
开　　本：	910mm×1230mm　　1/32
印　　张：	13.25
字　　数：	307千字
版　　次：	2018年7月第一版　　2018年7月第一次印刷
书　　号：	ISBN 978-7-5133-3032-9
定　　价：	54.00元

版权专有，侵权必究；如有质量问题，请与印刷厂联系调换。